アナベル・リイ

小池真理子

角川ホラー文庫
24380

目次

……月照ればあわれ
麗しのアナベル・リイは私の夢に入る。
また星が輝けば、
私に、麗しのアナベル・リイの双眸《ひとみ》が見える。

エドガー・アラン・ポオ「アナベル・リイ」より。
（阿部保・訳／彌生書房刊）

序章

これからここにまとめようとしているものは、単なる手記ではない。

少なくとも私は手記を残そうとする者にありがちな自己陶酔、隠しきれない自意識をひとつも持ち合わせてはいない。少しでもそうしたものがあったのなら、どれほど救われていただろう。

たった一日、いや、わずか数時間とて忘れていられたためしがなかった。何かに夢中になっていたり、楽しい冗談を口にし、親しい人と楽しく笑い合っていたりしている時ですら。眠っている時でさえ、それは意識の奥底にこびりついていた。忘れられずにいること、怯《おび》え続けることが私の人生だった。

そんな人生を手記にまとめてどこかに発表するなど、想像しただけで恐ろしい。私は何も、他者に向かってとっておきの秘密を打ち明けたいと思っているわけではない。できることなら、私は私自身の身に起こったことから永遠に逃れていたいのだ。

にもかかわらず、私は今、こうして書き始めている。手記とも記録ともつかないものを。現代ふうに言えば、長く果てしなく続くツイート《つぶやき》を。一部の人にとっては、馬鹿馬鹿しい世迷《よま》い言、愚かな錯覚にしか過ぎないかもしれないことを。

とうに還暦を過ぎた。生きた時間よりも、残された時間のほうが圧倒的に短くなった。いずれ私が死ねば、脱け殻と化した私の肉体と共にこの奇怪なできごともきれいさっぱり焼き尽くされる。私の記憶……いつ果てるともなく続いてきた怯え、恐怖、不安に苛《さいな》まれた日々にも幕が下ろされる。ジ・エンド。そうなれば、私にも長い間、待ち望んでいた平穏が訪れることだろう。

どのみち、人に気軽に打ち明けることができるような話ではない。もし私がこのことを人に話したら、ということは数えきれないほど何度も想像してみた。

相手は眉《まゆ》をひそめ、沈鬱《ちんうつ》な表情をしながらも、とりあえずは最後まで聞いてくれるだろう。気の毒な人間を見るような視線を投げてくるだろう。やがて私は憐れむような口調で言われるのだ。あなたは心を病んでいる、自分で作り出した妄想から逃げ出せなくなっているだけなのだ、と。

私は必死の形相で、違う、違う、これは事実あったことなのだ、私はまぼろしの話をしているのではない……と繰り返し、叫び、相手ににじり寄っていったあげく、泣きだしてしまうかもしれない。

それが怖くて、これまで誰にも話せなかった。本当に誰にも。

私が死ねばすべては無に帰す。何もかもが、痛くもかゆくもなくなる。忘れるも忘れないもなく、すべての記憶は一切合切、消滅する。

だが、同時に、この説明のつかない事実もまた簡単に、塵芥《ちりあくた》のようになって消えてしまうのだ。どうにも説明がしにくいのだが、そのことが私には悔しい。口惜《くちお》しくてならない。

私の死後、何年かたって、この文章に目をとめてくれる人が現れる可能性がある。その「誰か」は、もしかすると、この一連の不可解な出来事を客観的に分析し、うまくいけば科学的な立証——科学で立証できるとしたらの話だが——を試みてくれるかもしれない。長く私を脅かしてきたものが、恐れるに足りないものであったと、あの手この手で証明してくれるかもしれない。なんだ、そういうことだったのか、とわかる時がくるのかもしれない。

だが、運よくそうなったところで、その時すでに、私自身は冷たい石の下の骨壺《こつつぼ》の中に詰めこまれた、無機的な物質と化している。わかったとしても何もできやしない。しかし、それでも、「あの世」があれば、私は「そうか、そうだったのか」と得心することができるではないか。そんな馬鹿げた、幼い、しかし、私なりに真剣な夢を捨てきれずにいる、というわけなのだ。

話を進めていく前に、これだけはあらかじめ強調しておきたい。私はもともと霊的な現象には懐疑的だった。亡霊も足のない幽霊もお化けも、作り話としてはたいそう面白いが、決定的に私を怖がらせたことなど一度もなかった。

むろん、子どものころ、大人が聞かせてくれる怪談や不思議な話には大いに興奮した。

おかしな言い方だが、きちんと向き合って純粋に楽しむことができた。私は決してひねくれ者、天の邪鬼《じゃく》ではなかった。

だが、ひとたび話が終わればすぐに忘れた。現実に立ち返った。

私はお化け屋敷でやたら大きな悲鳴をあげながら、そばにいる男の子の腕にしがみついたり、幽霊物語や体験談を誰かに聞かされて、青ざめたりするような、可愛い女の子ではなかった。夜中に明かりのついていない長い廊下を歩いてトイレに行く時は、さすがに怖いと感じたが、闇はただの闇でしかなく、雨戸を叩《たた》く風の音は風の音でしかない、と自分に言い聞かせていれば、そのうち怖さも消えた。

朝になって日がのぼれば、百鬼夜行する洞穴のように暗かった廊下も、たちまち光が束になってさしこんでくる、暖かくて穏やかな廊下に戻る。白く怪しいものが浮遊していたように見えたのも、窓辺に干しっぱなしにされていた白いタオルであったことがはっきりする。ほうら、やっぱりね、と私はひそかに自分の勇敢さ、確かな観察力を誇らしく思ったりしていたものだ。

だが、それは何も私が強かったからではない。強い弱いの問題ではない。私が、素直な感情を表に出すことができない子どもだったからこそ、恐怖、という感覚をも封じ込めることができただけの話である。

すべての感情を隠蔽《いんぺい》しながら生きることに慣れてしまうと、ものごとを合理的に解釈しようとする精神ばかりがいたずらに肥大化していくものだ。傍目《はため》にも私は、面白みのない現実主義者、合理主義者と見なされていたことだろうと思う。

Aという問題に遭遇すれば、冷静沈着にBという解決策を講じる。Cという悩みのたねが生まれれば、即座にDという方法を編み出して取り除こうと努力する。人前で泣くのはもってのほかだったし、誰かにすがって自分の問題を丸投げし、悩める乙女を演じることなど、やれと言われてもできなかった。

大学時代、議論好きの男子学生から、「きみを見ていると女の軍人を連想する」と言われたことがある。姿勢を正し、まっすぐに前を向き、感情的にならず、ものごとを淡々と処理していく傾向のあった私をそのように譬《たと》えたのだろう。言われた時は遠回しに侮辱されたと感じ、傷つきもしたが、今から思うと、人からそう見られても不思議ではなかったかもしれない。

両親はもともと、世間並みの家庭生活を営むことができない人たちだった。今ではもう、知る人もいないと思うが、父はかつて、多少は名の知れた洋画家だった。美術界ではそれなりに名の通った賞も受賞している。私から見れば、どうということのない地味で平凡な静物画を中心に制作していたが、運のいいことに資産家の熱心なファンがついていたため、個展を開けば必ず売れた。

大学で美術史の非常勤講師を務め、本人の画集のほかに何冊か美術史関連の著作も出版されていた。そんな中、くだんの資産家が間に立って話を進めたため、父はベルギーのブリュッセル郊外にある歴史の旧《ふる》い美術学校で講師を務めることになった。私が大学二年の時である。両親は、遠足にでも行く小学生のようにはしゃぎながら日本を離れて行った。

母は美術とは縁もゆかりもない人間だったが、裕福な家庭に生まれ育ち、たまたま趣味で油絵を始めた時期に父と出会って、たちまち意気投合、結婚した。

二人とも初めから浮世離れしている点では、双子のようによく似ていた。どちらも生活設計がおそろしく不得手で、世間知らず、どんぶり勘定だったから、経済的には常に苦労していた。実際、私たち一家はどん底生活を送ったこともある。父方の祖父が遺《のこ》した家がなかったら、どこでどう暮らしていたかわからない。

時に、それぞれに外に恋人を作り、こそこそと恋愛ごっこを楽しんでいたこともあったようだが、総じて夫婦関係は悪くなかった。互いが好きなことをして、それを認め合い、表向き協力し合って生活しつつ、いよいよ金に困れば父が絵を売り、母が実家に無心までして、なんとか凌《しの》いでいた。二人の頭の中には、まともな人生設計など何ひとつなかった。

三つ年上の兄は小学校のころから成績は常にトップクラス。いわゆる秀才肌の人間だった。会話の次元も異なっていたから喧嘩《けんか》にもならなかったが、私とは徹底して気が合わなかった。しかも、兄は母に似て姿かたちがよく、何を着せてもよく似合い、周囲の人々からほめそやされていた。

両親の目は常に私ではなく、兄にだけ向けられていた。意識的に兄と私を比べ、優秀な兄を可愛がっていたからではなく、また、出来のいい息子、容姿の美しい息子を自慢したかったからでもない。父にも母にも、その種の世間体や見栄《みえ》は希薄だった。

　彼らはただ、目の前で目立つ動きをみせるものに向けて、無邪気に視線が吸いよせられていくという習性をもっていただけで、その意味では二人とも、やることなすこと、動物的だった。そこに何かの企みや心理のからくりがあるのだったらまだしも、単に華やいだ容姿と優れた頭脳をもった兄のほうに目が吸いよせられていくだけの両親に対して、どうすれば自分に関心をもってもらえるのか、幼い私にはわかりかねた。

　そのことが私の中に、決定的な疎外感を生んだ。結果、私は何が起きても慌てず騒がず、気分のいい家族ごっこを演じ続けるための技だけを身につけていった。

　親を批判したり、反抗心を剝《む》き出しにしたりすることもなかった。愚痴もこぼさなかった。親からの愛情をほしがる代わりに、出来の悪いドラマの中の科白《せりふ》のような、ありふれた思いやりの言葉を口にし、腹の中でさびしく舌打ちしていただけだ。

　そんな環境の中で成長したことと、私が現実的合理的に生きるようになったこととは、無関係ではないと思う。「女の軍人」のように生きていれば、少なくとも傷つかずにすむ、ということを幼いころから学んできたのかもしれない。

　めそめそ、いじいじするのは性に合わなかった。人から眉をひそめて同情されたり、憐れに思われたりすることは、何よりも私のプライドを傷つけた。ちょっとしたことで神経に障るような悲鳴をあげたり、都合が悪くなると簡単に現実から目をそむけてしまう女たちを前にしていると、彼女たちが送ってきた幸福な人生が透けて見えて、自分との遥《はる》かな距離を感じた。

かといって、孤独だと思ったことはない。私は独りで過ごす時間をこよなく愛していた。誰かと一緒にいないからといって、それがさびしいことだという感覚は希薄だった。たとえば秋の暮れ方。三日月が姿を現し、インクブルーの色に染まった空の、黒々と縁取られた木々の先っちょに引っかかっているように見えるだけで、その愛らしさと切なさを独りで味わっていることの贅沢《ぜいたく》に胸がいっぱいになった。冬の午後、今にも雪に変わりそうな冷たい雨を窓の外に眺めているのも好きだった。絶え間なく吹きつけてくる風の音を遮って、ストーブの上のやかんの湯気がガラスを曇らせる。やがて水滴が、ひとすじの涙のように静かに滴り落ちていく。そんな様子を見つめていると、魔法にかけられたかのように気持ちが鎮まっていくのがわかった。

あるいはまた、春先の庭の、幾種類もの庭木や蕾《つぼみ》をつけた花が放つ、けだるいにおい。初々しい熊《くま》ん蜂の羽ばたき。路面の水たまりに水を吸いにくるアゲハチョウ。夏に向かう季節の、いつまでも降りやまない雨の音。緑の梢《こずえ》をぬうようにして聞こえてくる蝉しぐれ。胸元や首筋、鼻の頭に噴き出す汗。風呂《ふろ》上がりにはたく、白い天花粉の甘ったるいにおい……。

「あ、それ、わかる!」と千佳代《ちかよ》は声を震わせて言った。いつだったか、雨のそぼ降る夜だったが、調子にのって少し飲みすぎた私がそんな話を問わず語りにつぶやいた時のことだ。

千佳代は私の隣にいて、今にも私の腕をつかみ、ふりまわし、泣きだしそうな顔つきで、ひどく興奮していた。大きな目はさらに大きく見開かれ、てらてらと光る頬は上気していた。

「ねえ、えっちゃんと私って、感じることが何もかもそっくり。ほんとに全部、おんなじ。今、えっちゃんが言ったこと、私もいつも感じてるんだもの。それにしても不思議よね。私たち、なんでこんなに似てるの？　ほら、みて。あんまり感激したから、こんなに鳥肌が立っちゃった」

言いながら、千佳代は私の手をとり、自分の腕に触れさせた。剝いたばかりの茹《ゆ》で卵を思わせるすべすべした腕には、いちめんに粟《あわ》のような鳥肌が立っていて、体温がいきなり一度ほど下がったかのように、そこだけがひんやりと生温かかった。私は思わず手をひっこめた。

千佳代は私のことを「えっちゃん」と呼んだ。出会ったその日から、そうだった。ふつうは苗字《みょうじ》で「久保田《くぼた》さん」と呼ぶか、少し親しみを示したとしても、せいぜいが「悦《えつ》子《こ》さん」程度だろうと思うが、千佳代は初めから「えっちゃん」だった。

えっちゃん、えっちゃん、と千佳代は私に呼びかけ、媚《こ》びるように微笑んだ。それが癖なのか、腰をくねらせ、男にも女にも誰にでもみせる、いかにも千佳代にしかできないシナを作り、やわらかな餅のような感触の身体を寄せてきたり、私の腕に腕をからませたりした。

そのたびに私は、同性から受けるそうした行為はあまり嬉《うれ》しくないのだ、ということをわかってもらおうとして、傷つけないよう注意しながら、少し力をこめて身体を離したり、腕をといたりしようと試みた。だが、千佳代に通じたためしはなかった。

私がなんとかして離れようと努力すればするほど、千佳代はいっそう強く私にしがみついてきた。そして、えっちゃん、えっちゃん、ね？　そうよね？　などと、私の耳朶《じだ》に温かい息を吹きかけながら囁《ささや》いたり、甘えるように私の手をとって、掌《てのひら》に意味不明の文字を描いては、くすくす笑ったりした。

千佳代の身体からは、いつも淡く、苺《いちご》の香りが漂った。まだ熟しきっていない、少し青くささの残る苺を丹念につぶし、コンデンスミルクをたっぷりかけた時のようなにおい。甘さの奥に、かすかな酸味が控えているような……。

そんな香りのオーデコロンかシャンプー、あるいは石鹸《せっけん》を使っていたのかもしれない。あえて訊《たず》ねたことはなかったが、少なくとも神経に障る香りではないことは確かだった。あるいはあれは、千佳代自身の体臭だったのかもしれない。

あのころ、千佳代のまわりにいた男たちの中には、あの香りを性的なもの、オスを誘いこむメスが放つものとして受け取っていた輩《やから》もいたのではないかと思う。派手にまきちらされるフェロモンのようなものではなかったが、あの香りをまといながら腕や肩や背中に触れてくる千佳代の、湿りけを帯びた掌や、やわらかな乳房のぬくもりを感じた男たちは、某《なにがし》かの反応を返してしまっていたに違いない。

飯沼《いいぬま》はどうだったのか。あの独特の香りに惑わされた一人なのか。いささか過剰とも思われるスキンシップに、つい、性的な反応をしてしまったのか。彼ならばただの遊び、一夜の気の迷いですませることもできたはずなのに、あんなにも早く、千佳代の求愛に屈してしまったのはなぜだったのか。

飯沼はあの時代、誰もが認めるいい男だった。まわりの女たちがあわよくば、と願いつつ、機会を見計らっては、飯沼に媚びを売っていたのを私は知っている。それをいいことに彼もまた、適当に女たちの相手をし、楽しんでいた。

だが、私の知る限り、飯沼は、そう簡単に女に陥落する男ではなかった。彼はただの遊び人ではなかった。仕事に関しても、女遊びに関しても、常に芯《しん》の部分に矜持《きょうじ》のようなものが見え隠れしていて、それこそが彼の最大の魅力だった。少なくとも彼は、妄執とも言えそうな馬鹿げた愛を受け入れ、あげく、その亡霊に苦しまねばならなくなるような男ではなかったのだ。

それなのに、なぜ？

……今となっては知る由もない。

1

一九七八年。今から四十年以上も前のことになる。

晩秋というよりも初冬と呼ぶべき季節にさしかかっていて、その日は朝から小糠雨《こぬか》が降り続き、日暮れからたいそう気温が下がり始めた。

西荻窪《にしおぎくぼ》の裏通りの、さらに路地へ曲がった奥の突き当たり。四階建て雑居ビルの地下にあるバー「とみなが」。カウンター席が八席、小さなボックス席が一つあるだけの小ぶりのバーで、私がアルバイトを始めたのが、その年の七月だったから、まだ五か月もたっていなかったころのことだ。私は二十六歳だった。

その年の誕生日は、「とみなが」のオーナーである富永多恵子《とみながたえこ》が祝ってくれた。

かつて二度ばかり、酔った勢いで肌を合わせたことのある男友達から、バイトが終わるころに店に迎えに行くよ、悦子の誕生日を祝ってどこかに飲みに行こう、と誘われていたが、気乗りがしなかったので断った。その男が言う「どこか」というのは、看板に「ご休憩」と恭しく書かれている街道沿いのホテルのことだった。湿ったベッドの脇でぬるいビールを飲み、私が欲しいと言ったことのある、少し高価な画集などをプレゼントされて、御礼とお愛想を言いながら服を脱ぐことになるのは目に見えていた。そういうことをする気分ではなかった。

多恵子はその晩、客という客に、「今日はね、えっちゃんの誕生日なのよ」と教え、誰彼かまわず、おめでとうと言わせた。客が全員、帰った後、多恵子はいそいそと店のドアを施錠し、いたずらっぽく微笑みながら、小さなバースデーケーキをカウンターの上に載せた。丸いケーキの上にはチョコレートを使って「Happy Birthday　悦子」という文字が描かれていた。

「バー　とみなが」のロゴの入った小さな細長い箱マッチを擦り、多恵子がケーキの上の小さな蠟燭《ろうそく》に火を灯《とも》した。二十六本も蠟燭をたてたら、ケーキが見えなくなっちゃうから、と多恵子は笑った。マッチで火をつけた蠟燭の数は六本だった。

そのマッチのロゴを描いたのは私である。

あまり程度のよくない私立の美大を卒業後、イラストレーターになりたくて新宿《しんじゅく》にある小さなデザイン事務所で働き始めた。その後、所長でデザイナーだった中年男がスタッフの若い女と恋仲になり、同じ事務所で働くデザイナーの妻と大騒動を巻き起こした。どういう流れがあったのかはわからないが、私はその妻から呼び出され、「あなたも同じ穴のむじなでしょ」と決めつけられた。なんでも私にも「前科」があり、自分の夫と深い関係だった時期がある、と妄想を抱いている様子だった。私はうんざりし、呆《あき》れ果て、辞表を出した。

人は時に、信じていたものに裏切られると、見境がつかなくなる。常識では考えられないようなふるまいをし、あげく、冷静さや理性を完全に失ってしまう。気の毒に、と思わないでもなかったが、いわば無実の罪を着せられ、とばっちりを喰《く》ったことには腹が立った。

その騒動が起こる半年ほど前。誰かの紹介だったと思うが、自分の店のロゴの入ったマッチを作りたい、と言って事務所にやって来た富永多恵子の担当になったのが私だった。所長の妻がいくつかの試作品を作ってみせたのだが、多恵子はどれも気にいらず、結局は私の作品が選ばれた。

これ最高、店のイメージが三割アップされる、と言って多恵子は大喜びし、私のセンスがとてもいい、とほめてくれた。それが縁で、私たちは急速に親しくなった。

デザイン事務所を辞めた後、多恵子に会って馬鹿馬鹿しい顛末《てんまつ》を打ち明けた。多恵子は事務所の所長夫妻、とりわけ妻のほうを悪しざまに、気持ちよく罵《ののし》ってくれた。あまりに的確な言葉を使って表現したので、私は笑いが止まらなくなった。

吉祥寺《きちじょうじ》や西荻窪にほど近いところにあった「とみなが」は、あの時代、石を投げれば必ず当たるほど、あたりをうろついていた芸術家志望、芸術家くずれ、フリーで仕事をしている連中に人気のある店だった。新宿方面からわざわざ通ってくる客も少なくなかった。

色気があるのやらないのやら、多恵子はいつもわざと着くずしたヒッピーふうのファッションに身を包み、じゃらじゃらとビーズだの模造パールだのの大ぶりのネックレスを何重にも首から下げていた。トレードマークは爆発したのかと思われるほど左右に大きく拡がったソバージュヘア。ハスキーな声。そんな多恵子の飾らない人柄に、あの時代を生きる多くの男女が惹《ひ》かれ、通って来た。店は繁盛していた。

ありあわせの食材で気取らない手料理を素早く作り、次から次へと酒の肴《さかな》として出すのも多恵子の特技だった。飲み過ぎて人事不省になった者には、一夜の宿として店を提供することもあった。

三十四歳、独身で、過去に何人かの男との深い交際はあったようだが、私と親しくなったころの多恵子に特定の男はいなかったはずである。ごくたまに、こそこそと店の電話で長話をしては、色っぽい吐息をもらしたりしていることもあったが、せいぜいがその程度だった。

恋愛だの結婚だの、ということよりも、自由を愛する人々が自分の店に通いつめ、夜も更けるまで大まじめな議論を交わしたり、くだらない冗談を連発したり、飲んだり食べたりしてくれることを誇りと感じているような人だった。

その多恵子から、「ねえ、まじめな話よ。働き口を探してるんだったら、私の店を手伝う、ってのはどう?」と打診された時は嬉《うれ》しかった。「とみなが」にはすでに何度か行っていたし、客層のよさや店の雰囲気もよく知っていた。水商売の仕事はいやかもしれないけど、と多恵子は言い、豪快に笑った。でもさ、そもそも私、自分が水商売してる、っていう自覚、ないんだけどね、と。

私がごく自然な流れの中、「とみなが」でアルバイトを始めることになったのは、そんないきさつがあったからである。

ブランデーをグラスに注ぎ、多恵子が「えっちゃんの二十六歳が最高の年になりますように！」と、くわえ煙草のままブランデーグラスを掲げた。その時、多恵子の派手に拡がったソバージュヘアに、危うく煙草の火が燃えうつりそうになった。

「あ、多恵子さん！　大変！　髪の毛燃えてる！」と私が騒ぎ、多恵子が悲鳴をあげ、大慌てで毛先をこすり、二人で大声で笑い合ったことは今もよく覚えている。

千佳代と初めて顔を合わせることになったその晩も、私は「とみなが」で多恵子を手伝っていた。ちょうど、自称ミュージシャンだという若い男女のカップルが帰っていった直後で、ぎとぎとの赤い口紅や脂のついた手垢《てあか》だらけのグラスを洗っている最中だった。

多恵子は私の隣で、その日、多恵子の実家がある伊豆《いず》から送られてきたという、鯵《あじ》の干物を焼いていた。

その晩は、どういうわけか、換気扇の調子が悪く、まもなく干物を焼く煙が店内にこもり始めた。多恵子は眉《まゆ》をひそめながら、油汚れのこびりついた換気扇に向かって悪態をつき続けた。

店のドアが細く開いて飯沼一也《かずや》が顔を覗《のぞ》かせたのは、そんな時だった。まだ九時をまわったばかりの時刻だったが、たまたま客足が途切れ、店には誰もいなかった。

多恵子は四つ年下の飯沼に恋愛感情を抱いていた。「もし飯沼さんがプロポーズしてくれたら、私、すぐにこんな店、たたんで、人生変えるからね」などと言い、かつて飯沼と寝たことがある、と私に打ち明けてきたこともあった。

飯沼との情事を明かした時、多恵子は目を潤ませ、私の知らない多恵子になっていた。飯沼が、通い慣れた店のママである多恵子と一夜を過ごしたからといって、特段、驚くことではなかったが、その話を聞いた時、胸に一陣の風が吹いたことはよく覚えている。

「いらっしゃいませ」と多恵子は飯沼に向かって笑顔を作った。「干物焼いてたんだけど、換気扇の調子が悪くって。ひどい煙でしょ。やんなっちゃう。あ、そこ、ドア、開けといてくれる？」

それには応《こた》えず、飯沼はちらと後ろを振り向き、誰かに合図するような仕種《しぐさ》をした。現れたのは、見慣れぬ若い女だった。

多恵子は、飯沼が新顔の女性客を連れてくるたびに、関係を知りたがった。わけもなく居丈高になったり、自分も飯沼と寝たことがあるのよ、と言いたげに横目で女を見やることくらい、してみせても不思議ではなかったが、みせかけの穏やかさを演じることにかけて、多恵子は天才だった。

その晩も同様で、多恵子は飯沼の連れの女にとっておきの輝くばかりの笑顔を向け、「ごめんなさいねえ、魚くさくって」と言った。「実家から干物が大量に送られてきちゃって。お客さんのいない間に、じゃんじゃん焼いといて、つまみ代わりにしようかと思ってたとこなんですよ。あ、飯沼さんは干物、嫌いじゃなかったわよね？」

「好きだよ。食うよ」

そう言ってから、飯沼はスツールに腰をおろし、連れの女のほうをちらりと見た。女は上目づかいに飯沼を見て微笑し、そのあと、すっくと背筋を伸ばしたかと思うと、誰にともなく、「はじめまして」と言って軽く頭を下げた。

見るからに猫っ毛の、さらさらとした黒髪をショートカットにし、横分けにしていた。額が広く、彫りの深い顔だちに、大きな、なんにでも興味を示すような瞳《ひとみ》が目立つ。化粧はうすく、ノーメイクのようにも見えたが、肌はきめ細かくてつややかだった。

「紹介するよ。こちら、杉《すぎ》千佳代さん」

飯沼はそう言って、ポケットの中からハイライトを取り出した。多恵子と私が「どうも」「はじめまして」と口々に挨拶《あいさつ》を返すと、飯沼は私たちのことを千佳代に簡単に紹介した。

千佳代は目を輝かせながら、私と多恵子を交互に見つめた。そして、ぼってりしたくちびるから、今にも涎《よだれ》を垂らしそうなしゃべり方で、「よろしくお願いします」と言った。

変わった名前だ、というのが第一印象だった。千佳代。千佳《ちか》、でもなく、佳代《かよ》、でもない。千佳代……。

飯沼が煙草をくわえたので、すかさず多恵子がカウンター越しにライターで火をつけようとすると、彼はそれを紳士的に断り、「とみなが」のロゴ入りマッチを擦った。煙たそうに眉間《みけん》に皺《しわ》をよせ、煙草に火をつける時の飯沼の顔が一番、セクシー、と多恵子が蔭《かげ》でほめちぎっていたが、実際、その通りだった。マッチの焔《ほのお》に照らし出される彼の、陰影のある、彫りの深い顔はいつ見ても惚《ほ》れ惚《ぼ》れした。

多恵子が飯沼と千佳代のグラスにビールを注ぎ、私がその日のお通しの里芋の煮ころがしを二人の前に差し出した。飯沼は煙草の煙をふうと吐きながら言った。「彼女、女優でさ」

いきなり低い声でそう言われたので、彼女というのが誰のことなのか、理解するのに少し間があいた。

「まあ、すごい。女優さんだったんですね」

多恵子はさもお愛想めいた口調でそう言った。そこには明らかに、目の前にいる女が、まるで女優には見えない、と言いたげな皮肉が含まれていたが、それに気づいたのはたぶん、私だけだったろう。

「おきれいだから、何をやってらっしゃる方なのかな、って、ちょっと想像たくましくしてたんだけど」と言い、すいと背筋を伸ばすと、多恵子は拡がったソバージュヘアを片手で後ろに流す仕種をしながら、千佳代に微笑みかけた。「もしかして、舞台女優さんですか？」

千佳代が口を開きかけると、飯沼が「よくわかったね、舞台女優だって」と言った。

「どうしてそう思ったの?」

「なんとなくよ。ほら、舞台の人とテレビや映画の人とは違うもんじゃない? うまく説明できないけど」

「彼女は彗星《すいせい》のごとくデビューを飾った、新進気鋭の舞台女優なんだよ」

「やめて、飯沼さん」と千佳代が耳まで頬を赤く染め、目をふせた。「冗談ばっかり」

飯沼は声に出して笑い、「ほんとのことを言っただけじゃないか」と言った。

「お知り合いになって長いの?」

様々な感情を押し殺していたであろう多恵子がそう訊《たず》ねると、飯沼は「そうでもない」と答えた。「おれが週刊誌で書いてる演劇紹介のコラムで、劇団『魔王』の公演を取り上げたんだ。それが縁で知り合った」

「あら、『魔王』って、もしかして例のアングラ劇の?」

「うん。ここんとこ出し物がなくなってたみたいなんだけどね。今回は、エドガー・アラン・ポオの有名な詩を芝居にしたんだよ。タイトルは『アナベル・リイ』。愛は永遠に続く、っていうことを綴《つづ》った詩。それを脚色して舞台劇に変えて、ここにおられる新人女優の杉千佳代が、見事に主役のアナベルを演じたという次第」

わざと大げさに、芝居がかった調子でそう言うと、飯沼は、隣のスツールに座っている千佳代の顔を覗きこんだ。

千佳代がむっつりと黙りこくってしまったので、飯沼は少し慌てた様子だった。彼は千佳代の肩を抱き寄せ、軽く揺すった。「気にするな。もっと堂々としてればいい。主役を演じたのは間違いなくきみなんだから」

アングラ劇団「魔王」は、劇団としては弱小だったが、当時、多方面に根強い人気を誇るアングラ女優の加賀見《かがみ》麻衣《まい》が所属していたため、一般にも名が知られていた。新作の『アナベル・リイ』の主演も加賀見が務め、しかも、一夜限りの特別上演ということで、一部ファンの間では噂が噂を呼び、前評判も高かったという。

大学時代、全共闘運動に明け暮れていた飯沼は大学卒業後、就職はせず、あちこちを渡り歩くようにして週刊誌やタブロイド判新聞のフリーライターを続けていた。扱う記事は政治ものから芸能ネタ、風俗、書評に至るまで、硬軟とりまぜて多岐にわたった。器用だったから、というよりも、どんな分野においても確固たる思想、秀でた観察眼、分析力、批評精神を発揮できたためで、小さな書評や映画コラムでも、彼が書くものは単なる作品の紹介記事にとどまらなかった。彼にしかない視点で鋭く斬り込まれていく批評の数々は、そのほとんどが署名記事であり、一部の同時代人に絶大な人気があった。

飯沼は当時、週刊『K』誌で月に一度、演劇評を担当していた。そのコラムで取り上げるために、『アナベル・リイ』の舞台を井《い》の頭線《かしら》沿線にある小劇場まで観に行ったのだった。

だが、当日、飯沼が劇場に到着すると、周辺は異様にざわついていた。場内で慌ただしく配られた俄《にわ》か作りのチラシには、アナベル役の女優、加賀見麻衣が、数日前、急な高熱にみまわれて倒れ、病院に搬送されたこと、原因がつかめず、当分の間、回復が望めないため、急遽《きゅうきょ》、代役は杉千佳代が務めることになった、という文章が印刷されてあった。

杉千佳代は劇団員だったものの、これまで「魔王」の公演で主要な役を与えられたことは一度もなく、まったくの無名であった。そんな千佳代が、『アナベル・リイ』の主役代役を務めることに決まったのは、加賀見麻衣の演じるアナベル役の科白《せりふ》をすべて覚えていたのが、彼女しかいなかったからである。公演が迫りつつある時で、どうすることもできない状態だったため、演出サイドは無名の千佳代に代役を務めさせるという英断を下したのだった。

「信じられないことに、他に誰も覚えきれてなかったんだよ」と飯沼は、多恵子が焼いた鰺の干物に箸《はし》をつけながら言った。「知っての通り、加賀見麻衣は脚本も書くだろ。特に自分が主役を張る芝居となると、全部、独り占めして、稽古場《けいこば》での科白まわしも、次々と気分で勝手に変えちゃうこともあったらしいから、はた迷惑だったみたいだよ。だいたい、自分が病気で出られなくなる、なんてこと、はなから頭になかったんだろう」

「でもどうやって」と多恵子が千佳代に向かって訊ねた。「どんなふうにして科白を覚えたの？」

千佳代は小首を傾げるような仕種をした。「なんとなく覚えられたっていうか……」

私は驚いて、思わずカウンターから身を乗り出した。「ほんとに？」

「すごいだろ？」と飯沼が言った。「神がかった嘘みたいな話なんだけど、ほんとのことなんだよ。彼女は今回のアナベル役に憧《あこが》れて、欠かさず稽古を見に行っててさ、加賀見麻衣の癖とか動きとか、全部把握しようとしたんだ。その時は単に、いつかこの役をやれればいい、っていう程度の軽い気持ちだった。それが、真剣になればなるほど、科白も演技も全部、自分のものになってしまった、って言うんだからね。驚くよ」

多恵子は目を丸くし、しげしげと千佳代を見つめた。

千佳代は厚いくちびるをすぼませて、「たいしたことじゃないです。偶然、そうなっちゃっただけですから」と言って目をふせた。「ポオの詩、もともと大好きだったし、今回、有名な『アナベル・リイ』を舞台化するって聞いて、もう、信じられないくらい嬉しくって。加賀見さんがオリジナルで書いた脚本も幻想的で素敵だったし。うちの劇団でこの作品を上演できるだけでも幸せだ、って思ってましたから。でも、私、演技のほうがひどくて。今回のことではもう、信じられないくらい、みんなに迷惑をかけました。あんまり恥ずかしくて、二度と劇団には戻れません」

「そんなことはないよ」と飯沼が前を向いたまま低く言った。きまじめな口調だった。

「急なことだったんだから無理もない。あんまり自分を卑下するな」

千佳代の目から、すうっと透明なものが滴り落ちたことに最初に気づいたのは、たぶん私だ。大まかとはいえ、事情を知れば、彼女の気持ちはよく理解できた。私は演劇にはあまり興味がなく、学生時代に唐十郎《からじゅうろう》のアングラ劇を一度観に行った程度で、詳しくはなかった。

劇団に所属すると、生活はどんなふうになるものなのか、そもそも収入はどうなるのか、わからないことが多いが、それでも役をあてがわれて舞台に立つことの喜び、誇りは容易に想像できた。だからこそ、人気女優の急病で代役を務めたというのに、さんざんな結果を残したという千佳代が、ここで泣きだすのも無理はないだろうと思った。

何か声をかけてやりたかったが、即座にうまい言葉が出てこなかった。私はカウンターをはさんで千佳代の正面に立ち、そっと彼女を見守った。

ふと顔をあげた千佳代の目と私の目が合った。励ますつもりで、私がうすく笑みを浮かべ、軽くうなずいてみせると、千佳代はしとどに涙をこぼしながらも、必死で笑顔を作り、くちびるを震わせて、「ごめんなさい」と言った。「みっともないところ見せちゃって」

私は首を横に振り、エプロンのポケットに入れておいた四つ折りのハンカチを取り出して、千佳代に渡した。

千佳代は「ありがとう」と小声で言い、素直にそれを受け取って涙を拭《ふ》いた。「洗ってお返ししますね。あの、お名前は……」

「私？　久保田といいます」

「ううん、下のほうの……」

「悦子。立心偏《りっしんべん》の悦……」

「えっちゃんね」と千佳代はすかさず言い、涙で濡《ぬ》れた目を細めて微笑んだ。「えっちゃん、って呼んでいいですか」

私は瞬きをし、おずおずとうなずいた。いいも悪いもなかったが、酒に酔っている様子もないのに、初対面でのこの、異様な人懐こさは何なのだろう、と不思議に思った。

とはいえ、決して不快ではなかった。そうした事情を抱えた、いわば失意のどん底にいる若い娘が涙を流しながら、私に向かって「えっちゃん」などと、笑顔で呼びかけてくるのは、どこか懐かしい、心温まるようなひとときにも感じられた。

「私は二十六歳。えっちゃんは？」

千佳代は赤くなった目で私を見ながら訊ねた。同い年、と私は答えた。

「ほんと？　わあ、嬉しい」

何が嬉しいのかわからなかったが、私も微笑を返した。

飯沼はその時、多恵子相手に何か別の話を始めていた。多恵子は煙草を指にはさんだまま、もう一方の手を自分の腰にあてがい、胸を突き出すような姿勢で立っていた。店内には焼いたばかりの干物のにおい、煙草の煙が充満していた。有線放送から流れていたのはピアノによるジャズナンバーだった。

それから幾日かたち、深夜、ふらりと独りで店に来た飯沼が「これ」と言って多恵子に一本のビデオテープを手渡した。「よかったら見てやってくれない？」

「え？　何？」

「千佳代が『アナベル・リイ』のアナベル役をやった時のテープ。録画状態がとんでもなく悪いんだけど。ま、ああいう小規模の劇場だと、どうしてもね」

飯沼と入れ替わるように、数人の客が帰った後のことだった。多恵子は早速、店のビデオデッキに録画されたテープをセットし、飯沼を振り返った。

ややあって、ふっ、と微笑し、静かに訊ねた。「ね、彼女とどういう関係？」

容赦のない質問に対し、飯沼は見事に正直に答えた。「つきあい始めたばかり、っていうのが正確なところかな」

多恵子は一瞬、沈黙した。傍で聞いていて少しはらはらしたが、多恵子がそんなことで負けるわけもなかった。「可愛い人だものね。すっかりしょげてたし。飯沼さん、同情しちゃった？」

「そういうわけじゃない。それとこれとは別」

「そう。でも、あんなに飯沼さんのこと、頼りにして。男でなくても、何かしてあげなきゃ、って気にさせられるわね」

「おれには何もできないけどさ」

「でも、週刊誌のコラムやなんかで応援記事とか書けるんじゃないの？」

「それはそうなんだけど……その話をするなら、まず、そのテープ、観てよ。飛ばし飛ばしでいいから」

「ちゃんと観るわよ。今から三人で観ましょ」

　多恵子に言われて私は三人分のブランデーグラスを用意した。店を閉めた多恵子がそこに、ふだん客には出さないヘネシーを少し注ぎ、「これ、あたしからの奢《おご》り」と言いながら、ビデオデッキの再生ボタンを押した。ふだんよりもさらに動作がてきぱきしていたのは、内心、煮えくり返るような嫉妬《しっと》を感じていたからかもしれない。

　劇団「魔王」新作公演。エドガー・アラン・ポオ原作、加賀見麻衣脚本、『アナベル・リイ』。収録日＝1978年10月22日。場所＝井の頭劇場。

　画面に、黒マジックでそのように走り書きされた文字が大写しになった。

……そのビデオを観た感想を長々と記すつもりはない。

　千佳代の演技はあまりにひどく、残酷と言っていいほど出来が悪かった。科白こそしっかり頭に叩《たた》きこんでいたようだが、私のような、演劇に詳しくない人間の目にも、大根役者以下の演技にしか見えなかった。

　アングラ劇ゆえ、抽象度の高い、難解さを伴う演技力を求められていたはずなのに、何ひとつ成功していない。それどころか、全体の動きがたどたどしく、学芸会ばりの大仰な科白まわしは痛々しくすらあった。

　私と多恵子は時折、目と目を見交わした。感じていることが同じであることは明白だった。

　飯沼が気をきかせてテープを早送りしてくれた。ざらざらとした画面が早送りされていく中、くるぶしまである白いドレスを着たアナベル役の千佳代が、劇中、愛する男を求め、両手を大きく宙に掲げて天を仰いでいる姿ばかりが長く映し出されていたように感じられた。少し気味が悪かった。

「……というわけだ」

ビデオデッキの停止ボタンを押すと、飯沼がひどく疲れたように言った。「どうにもならない演技だよな。観ていて哀れだった」

ビデオテープの音声が消えたため、店内が急に静まり返った。多恵子も私も、何も言わなかった。私同様、多恵子もまた、気のきいた感想を言おうとして言葉を探していたのだと思う。

その静寂は思いがけず長く続いた。実際には二、三秒程度だったと思うが、私にはもっと長く感じられた。

最初に沈黙を破ったのは飯沼だった。彼は苦笑しながら「おいおい、なんだよ、二人とも黙りこくっちゃって」と言った。「ひどかったのはわかるけどさ。そこまで沈黙されると、居心地悪いよ。こんなもの見せたりして、彼女に悪いことしちゃったみたいな気になるじゃないか」

「ああ、ごめんなさい。でも、そういう意味で黙ってたわけじゃなくて……。全然違うのよ、飯沼さん。彼女のこの演技は、どういうふうに解釈したらいいんだろう、って、ちょっと考えてたもんだから。何か意味があるんじゃないか、って……つまりね……」

多恵子は必死で言葉を探していた様子だったが、飯沼ははなから小馬鹿にしたようにそれを無視した。「解釈なんか、しなくたっていいよ。ただひと言。演技力ゼロ。役者としての才能なし。可哀相だけど、それだけのことなんだから。……あのさ、何でもいいから、音楽かけてくれないかな。お通夜じゃあるまいし。こんなに静まり返ってちゃ、気が滅入《めい》るよ。それと、おれ、ビールね。なんかつまむものもほしいんだけど」

「はい、すみません。すぐご用意しますね」

多恵子は我に返ったように笑顔を作り、ビデオデッキからテープを取り出して、さりげなくカウンターの上に載せると、有線放送のボリュームを上げた。その晩、流れてきたのはアストラッド・ジルベルトの軽快なボサノヴァだった。あたりがいっぺんに明るくなり、色彩が戻ってきたような感じがした。

多恵子と二人、手分けしてビールやグラス、お通しなどの用意をした。冷蔵庫の中には、多恵子手製の何種類もの惣菜《そうざい》、もしくは、火を通せばいいだけの食材が入っていた。

「でも、飯沼さんがついてるんだもの。鬼に金棒。彼女だってなんとか立ち直れるわよ。まだまだ若いんだから、これから何だってできる。はい、どうぞ。お待たせしました」

厚めにスライスした蒲鉾《かまぼこ》とわさび醤油《じょうゆ》、手製の鯵の南蛮漬けなどを並べた皿を多恵子が飯沼に差し出した。飯沼は黙ったまま、箸を使わずに蒲鉾を一枚、手づかみで口に放り込んだ。

「今となってみれば、科白を全部、覚えてたかどうか、なんて、二の次、ってことだったのねえ」多恵子があっさりと突き放すように言った。「こんなこと言うのも申し訳ないけど、覚えてなかったほうが、よかったんじゃないのかしら。覚えてたからこその大抜擢《ばってき》だったとしても、本人は夢にも思ってなかったでしょうから、嬉しい半面、舞台では死ぬほど緊張したはずよ。誰だってそうなる。ね、えっちゃん。そうじゃない？」

私はすかさず大きくうなずいた。「緊張なんてもんじゃなかったと思いますよ。世間の目が一斉に注がれるんだから。意地悪く試されてたみたいなもんでしょう？　でも、そんな中でも、ともかく最後まで演じきれた、っていうのは立派だったと思うな。そういう評価は、してあげたいです」

「そうそう、そうよ。ほんと、立派だった」と多恵子も大げさに同調した。「私だったら、途中で泣きだしてたかもしれない。それどころじゃなくて、吐きそうになって、貧血起こして倒れてたかも。最低よね。ブーイングの嵐よ、きっと。ともかくさ、えっちゃんの言う通り、彼女はきちんと幕が下りるまで演じきったんだもの。すばらしいじゃない。どんな結果だったとしても、彼女は彼女なりに、アナベルになりきってたんだから」

「まあな」と飯沼は気乗りがしないような言い方で言い、咳《せき》払いを一つすると、「結局は才能の問題だよ」とひとりごちた。投げやりな言い方だった。

「でもさ、飯沼さんが彼女に惹かれる理由もそこにあるんだと思う」多恵子がくちびるの端を少し上げながら、多恵子らしい皮肉をふくませて微笑みかけた。

「どういうこと？」

「彼女がね、才能あふれる、ぴかぴかの新人女優だったら、飯沼さん、興味もたなかったでしょ」

「それはどうかな」

「私が男だったら、世間で話題の、これからぐんぐん成長していくような新人女優になんて、興味もたないと思う。それよりも、なんだかすごく心もとないけど、日のあたらないところで必死になって生きてる子のほうに魅力を感じて、そっちに向かって手を差しのべちゃうだろうと思うわよ」

「女の才能なんて、くそくらえ、何の役にも立ちゃしない、ってわけ？」

そういう意味じゃないわよ、と多恵子は軽く飯沼を睨《にら》みつけ、煙草をくわえてマッチをすった。「私は女の味方だもん。そういうことじゃなくて、つまりね、相手に才能があろうがなかろうが、そんなものはいったん惚れたら、全然関係なくなる、ってことを言ってるの。それどころか、むしろ、才能なんか、色恋には邪魔になる。なんにもなくたっていいんだから」

「ああ、それはよくわかるよ。そうなった時初めて、二匹のだんご虫になれるわけだもんな」

「え？　何、それ」

飯沼は、かたちのいい大きな歯をみせて笑った。「だんご虫だったか、便所虫だったかは忘れたけど、誰だったか、男の作家がエッセイに書いてたんだよ。男と女の理想のかたちはそれしかない、って。ほら、北向きの、一日中、日のあたらない日陰のさ、湿った石をはがしてみたりすると、だんごみたいにからまり合って、丸くなってる虫がいたりするだろ？　あれだよ、あれ。男と女も、あんなふうにじーっと、暗い中で番《つが》い続けてる、ってのが最高のあるべきかたちだ、って書いてて、おれ、いたく感動した」

「ああ、それ、いい話だわ」

「男と女ってのは、とどのつまりは、そういうことなんだよな」

「でも、だんご虫、っていう言い方は上品すぎない？　お便所虫のほうがインパクトある」

「その場合、『お』は取ったほうがいいね。ただの便所虫で結構。充分」

「便所虫ねえ……」と私が思わず、ため息まじりにひとりごちたので、飯沼と多恵子は顔を見合わせて噴き出した。私もつられて笑った。

すっかり寛《くつろ》いだ様子の飯沼は、無邪気さを装って執拗《しつよう》に千佳代のことを知りたがる多恵子の質問に答えるのが嬉しかったのか、それとも、答えずにはぐらかしているのはこの場合、得策ではないと考えていたのか、聞かれるままに、ぽつぽつと千佳代の話を始めた。

もともと変わったところのある子で、男女という意味ではなく、初めはそこに興味を惹かれた、と彼は言った。正直な言い方だ、と私は思った。

劇団員である傍ら、生計もたてていかねばならないため、千佳代は化粧品の販売員をしていた。販売員といっても、百貨店などの大型店舗で働いていたのではない。スーツケースに化粧品を詰め、所定の場所に出向いて、集合住宅や住宅地の家々を無作為に選び、売り歩く、という仕事である。

扱うのは大手メーカーの製品ではなく、知名度の低い化粧品会社のものだった。宣伝費をかけることができないため、いつでも切り捨てることのできるアルバイトを大勢雇い、主に人力で売り歩かせることで利益を得ている会社だった。

「押し売りに近いようなものよ」と千佳代が面白そうに言っているのを聞いた覚えもある。

いきなり見知らぬ女が、重たげなスーツケースを持って現れれば、警戒こそすれ、温かく迎えてくれる相手など数少なかっただろう。一応、制服としてのジャケットスーツを着用していたため、いきなり門前払いを喰らうことはなかったし、若い女、というだけで興味をもってもらえる場合もないではなかったが、多くの場合、購入までには至らない。演劇で覚えた話術を駆使し、相手の世間話につきあって、なんとか化粧水や乳液を一本買わせるのが関の山、という話だった。

給料は完全歩合制だった。うまく売りさばければ、驚くほどの収入を得ることもあったが、そうでない場合のほうが多かった。しかも、彼女はあくまでも劇団「魔王」に所属する劇団員だったので、本業をおろそかにするわけにはいかない。したがって、月によっては実働日数を少なくせざるを得ない時があり、アパートの部屋代や光熱費にも事欠くことも稀《まれ》ではなかったという。

貧しい暮らしをものともせずに、役者の夢を紡いでいた若者なら、当時、いくらでもいた。むろん現代でも。珍しいことでも何でもない。

だが、飯沼がそんな千佳代を称して「変わった子」とひと言で形容するのは、私にはとてもよく理解できた。

千佳代は収入が不安定であることを気に病んでなどおらず、将来を不安に思うこともなく、かといって、一攫《いっかく》千金を夢みて野心を燃やす、といったふうでもなかった。若い女なら誰もが望んでいたであろう、安定した結婚生活などといったものとも無縁のように見えたが、同時に彼女はどこにでもいそうな、ふつうの、ありふれた若い娘そのものでもあった。

ものごとにこだわらず、何事につけ、飄々《ひょうひょう》としているようにも見える反面、いささか異様なほどの繊細さ、本人ですら手にあまるのではないか、と思われるような並外れた感受性も備えていた。いずれもが千佳代であり、同時に、そのどれもが千佳代ではなかった。

「彼女、コウモリが好きなんだよ」と飯沼が言った。その場にいない千佳代をからかうような、楽しげな口調だった。「実家に住んでた時はコウモリを飼ってたんだってさ」

多恵子が目を丸くした。「コウモリ？　あの、天井からぶら下がってる黒い雨傘みたいなやつ？」

「そんなにでかいやつじゃなくて。なんかよく知らないけど、コウモリの子どもなのかな、いや、もともと小さな種類のやつだったのかもしれない。あんまり可愛いから、つかまえてきて部屋で飼ってたことがある、って言うんだよ。哺乳類《ほにゅう》だから、顔が小さくて、ぬいぐるみのネズミみたいに可愛くて、ペットにするには最高だったんだってさ。今でも、できるならコウモリを飼いたい、って言ってる」

「おお、いやだ」と多恵子が眉をひそめた。「いくらなんでも、コウモリはごめんだわね」

　私はかつて、たまたま、通りがかった小鳥屋にふらりと入り、売り物の小さなコウモリを目にしたことがあった。小さいとはいえ、野生動物が街の小売店で売り買いの対象になっているということが信じられなかったが、ありふれた小鳥を展示販売している店に、そんな生きものがひっそりと売られていることには興味をもった。

　値札がついていたが、安いとも高いとも思わなかったから、たいした値段ではなかったと思う。掌《てのひら》に載るほど小さなコウモリだった。睡眠中だったのか、おとなしそうで、虫かごを思わせるような木製のかごの中、とまり木も何もない床でうつらうつらしていた。

　たしかに顔つきがネズミみたいだった、と私が言うと、飯沼が味方を得たとばかりに「そうだろ」と身を乗り出した。「可愛かった？」

「正直に言うと、案外、コウモリって可愛いんだな、とは思いましたね。羽を拡げなかったらネズミだと思うかも」

飯沼はまっすぐに私を見つめた。「えっちゃんは飼おうとは思わない？」

「眺めてるだけなら面白くていいですけど、飼うとなるとねえ……」

多恵子が間に割って入り、飯沼に訊ねた。「だいたい、何を餌にすればいいのよ。生きてるミミズとか？」

「雑食だから、なんでも食べるらしいよ」

「人間の残飯でもいいの？」

「台所を走り回るゴキブリなんかも食ってくれるんじゃないか？」

「わあ、やめてよ、飯沼さん」多恵子が渋面を作りながら、宙で掌をひらひらさせた。

「なんで、そんなものを飼うのよ」

「おれに聞かれたって、わかんないよ。それに言っとくけど、彼女は今現在、コウモリを飼ってるわけじゃないんだからね。実家にいた時の話をしてるだけだからね」

「彼女、出身はどこなの？」

「島根」と飯沼が答えた。「街の中じゃなくて、山のほうだって。それこそコウモリをつかまえてこられるような田舎だって言ってたよ。父親は農協に勤めてる」

美人で男の気を惹《ひ》くような外見をしているわりには、千佳代にはどこかに垢抜けない素朴さが潜んでいた。それこそが千佳代の最大の魅力だと思っていたので、彼女が島根の山育ちだったと知り、私には合点がいった。

多恵子が「それにしたって……」と言った。「ほんと、ユニークな人であることは確かね。いろんなことが、見た目と全然違う、ってところもユニーク。どう見ても、彼女がコウモリ好きとは思えないもの」

「だろ?」と飯沼はさらに面白そうに言った。「おれはさ、部屋の中でワニを飼ってたことがある、って聞かされるより、断然、面白いと思ったんだよ。だって、コウモリだよ、コウモリ。なかなかイケるよな」

「ワニのほうがまだまし」と多恵子は言い、私が「でも、ワニをどうやって部屋で飼えばいいの?」と訊くと、「そんなこと知らないわよ。お風呂《ふろ》場に入れとくしかないんじゃない?」と言ってうさん臭そうに笑った。

私たち三人はそのうち、千佳代の話というよりも、変わった習慣や趣味のある人間の話に移っていった。飯沼はビールの次にウィスキーをコーラで割ったコークハイを飲み、煙草を吸い、すっかり酔っぱらった様子の多恵子は、時折、飯沼に色気をにじませた視線を投げつつ、口紅の落ちたくちびるを細めて「いいぞぉ、色男!」などと言いながら、ふざけて口笛を吹いた。

飯沼が持参した、千佳代が映っている「アナベル・リイ」のビデオテープはその間中、カウンターの上に載せられていた。どういうわけか、私にはそれが、気になって仕方がなかったのだが、飯沼は最後までそれを自分のバッグに収めようとせず、テープはまるで、私たち三人の会話を盗み聴いてでもいるかのように、いつまでもそこにあった。

2

当時、私が住んでいた家は、練馬《ねりま》区の大泉学園《おおいずみがくえん》にあった。関東《かんとう》大震災の後、郊外の住宅地として開発された街である。もともとは学園都市にするという構想があったらしいが、大学などの移転計画がうまく運ばず、名前だけが残された。

自然環境が整っていて、西武池袋線《せいぶいけぶくろ》を使えば都心まで乗り換えなし、という地の利のよさに惹かれ、父方の祖父が早いうちから目をつけていたと聞く。瑞々《みずみず》しい草木に被《おお》われていた広い土地を購入し、祖父が家を建てたのは戦後まもなくのことだった。

平屋建ての、当時としてはモダンな和洋折衷の家だった。祖父に芸術家気質は希薄だったが、長らく財閥系企業の顧問税理士を務めていたせいか、父などその足元にも及ばないほど、現実的な金銭感覚をもっていた。

吝嗇家《りんしょく》だったわけではない。だが、無駄な金を使ってものごとを台無しにすることをもっとも嫌うところがあった。雑木や雑草に被われていた庭をいたずらに金をかけていじりまわし、明るいだけが取り柄の、味わいのないものにしてしまうのは愚の骨頂だと主張し、祖父の家の庭は大半がそのままの自然なかたちで残された。

そのため、始終、虫に悩まされたし、梅雨時の湿気は熱帯雨林のそれを思わせた。だが、四季折々の草花が群生する、手がほとんど加えられていない庭は、いつ眺めても壮観だった。

もともと自生していたソメイヨシノの細い木の枝先には、春先になると小さな蕾《つぼみ》が芽吹き、やがて花開かせた。新緑の季節になると、たちまち木々は小さなジャングルのように萌《も》え広がった。梅雨のさなかの闇の中では、愛らしい鬼火のような蛍が、すいと庭を横切っていくのを見ることもできた。

夏の間は日がな一日、蟬しぐれに囲まれた。茫々《ぼうぼう》と生えた叢《くさむら》の中では、どこから種が飛んできたものやら、向日葵《ひまわり》や鬼百合《おにゆり》が美しい立ち姿をみせてくれることもあった。

庭の片隅に池を掘り、鯉や金魚を泳がせよう、という話が出たこともあったが、祖母が頑《かたく》なにいやがり、計画は即座に立ち消えた。敷地内にあとから池を作るのは縁起がよくない、という理由だったが、そう信じこんでいた祖母は、池を作らずにいながら、まだ五十三の若さで早世した。脳溢血《のういっけつ》だったと聞いている。

もともと身体が丈夫なわけではなかった祖父は、祖母が世を去ってからわずか二年後、あたかも祖母のあとを追うかのように病に倒れ、短い入院生活の果てに息を引き取った。五十八歳だった。

祖母に続き、祖父が世を去った時、兄は九つで、私はまだ六歳だった。父は一人っ子だったので、祖父の遺《のこ》した財産を不動産もふくめて、すべて相続。主《あるじ》を失った大泉学園の家で暮らすべく、私たち一家はまもなく祖父の家に引っ越した。

祖父に充分な蓄えがあったとも思えないが、ある程度の預貯金は父に遺されたはずである。大泉学園の家と土地はそのままそっくり、父の所有するものになり、毎月、家賃に困ることもなくなった。

大泉学園に引っ越すまで、私たち家族は、小石川《こいしかわ》や本郷《ほんごう》の貸家を転々として暮らしていた。貸家といっても、画家である父が絵を描くことができるだけの空間が必要で、条件を充《み》たす物件の家賃は高額にならざるを得なかった。そのため、両親は常に金に困っていたのである。

「ああ、いい気持ち。こんなに広い家に住めるなんて、夢みたいだわ」

引っ越した直後、夏の盛りのころだったが、大泉学園の家の縁側に腰をおろした母が、浴衣《ゆかた》姿でうちわを使いながら、芝居がかった調子でそうつぶやいたのをよく覚えている。

西日が射してはいたが、生い茂る樹木で光は遮られ、庭は涼しげだった。

両親はそんな庭に向かって並んで座り、冷やしたビールを飲んでいた。両親の傍では兄が行儀よく正座しながら、慎ましい手つきで枝豆を食べていた。

叢では早くも虫が鳴き出していた。やぶ蚊が耳もとで唸《うな》り続けた。渦巻き型の蚊とり線香が細い煙をあげていた。

父はビールをごくごくと喉《のど》を鳴らして飲み、わざとらしく盛大なげっぷを放った。母は、くすくす笑い、隣に座っていた兄に優しい目配せをした。

その家族三人の光景の中に私はいない。実際のところは、すぐ近くにいたはずだが、記憶の中での私自身はいつも、少し離れたところから両親と兄をぼんやり眺めているだけなのである。

別段、さびしいとも思わずに。仲間外れにされているとか、愛されていない、とも思わずに。私を除く家族三人だけが、いつも私の視界の中に入っていることが当たり前になっていて、そうなると、そこに自分がいない、ということにも何ら違和感を覚えずにいられるのだった。

父がブリュッセル郊外にある美術学校で講師の仕事をするために、両親そろって日本を離れた時、私は二十歳だった。その時点ではまだ兄も同居していたため、両親は子どもたちを日本に残して渡欧することに関して、何ひとつ心配はしていない様子だった。

私は兄と二人、ほとんど会話らしい会話を交わさないまま、ひとつ屋根の下で暮らした。だがそれも、兄が大阪に本社のある造船会社に就職が決まり、引っ越して行くまでのことだったから、長い期間ではない。

もともと生活に細やかな神経を使うことができるような親ではなかったため、補修が必要になっても家は大概、放っておかれた。あちこちにガタがきて、いよいよどうしようもなくなると、地元の大工に泣きついて、大慌てで屋根だの扉だのを直させる。そして、喉元過ぎれば、また忘れていく、ということの繰り返しだった。

しかし、祖父が、名うての宮大工を使って建てさせたという家は、驚くほど頑丈だった。水回りに黴《かび》が生えようが、暴風雨にさらされようが、瓦《かわら》の一枚や二枚、吹き飛ばされようが、劣化はしても、崩れ落ちていく弱々しさとは無縁のまま、どっしりといつもそこにあった。

たまご色だった壁は雨風にさらされ、煤《すす》けて変色していたし、整然と煉瓦《れんが》色の瓦が並ぶ屋根には、ところどころ、隙間から雑草やら苔《こけ》やらが生えているありさまだったが、それらもまた、時を重ねた家の風雅な趣と呼べないこともなかった。

　庭に面して、父がアトリエとして使っていた洋間だけがL字型にせりだしていた。後に建て増しされた部分で、どこから見てもそこだけは欧風だったが、あとはありふれた畳の小部屋と、板敷きでありながらも、柱や鴨居《かもい》は和風、といった小ぶりの洋間が混在していた。

　ブリュッセルにいる両親からは「もうしばらくこちらにいることになると思います」などと仰々しく綴《つづ》られた手紙が送られてきた。「いることになる」のではなく、漫然とそこに住み続けたいだけだったのだと思う。彼らは自分たちの自由を確保するために、ものごとを曖昧《あいまい》なまま、宙に浮かせておきたかっただけだ。

　かと思えば、母が国際電話をかけてくるなり、独りで暮らしている悦子のことが心配でたまらない、と言ってくることもあった。ねえ、大丈夫？　ちゃんと食べてる？　いくらなんでも、そろそろ日本に帰らなくちゃね、悦子がかわいそう、などと、とってつけたように言い、自分で発した言葉に感極まるのか、それが涙声に変わるのだった。

しかし、どのみち、場当たり主義の両親に計画性などないことはわかっていた。彼らから何を言われようが、いつだって耳を素通りしてしまい、結局、私の中には何も残らなかった。

いずれにしても、大泉学園の家は、若い娘が独りで暮らすには広すぎた。私は文字通りの留守番役だったのだし、独りで住んでいる以上、家の管理をしなければならない立場にあったわけだが、細かく家の中のことをチェックしながら暮らすのは煩わしかった。

私は日々、自分のことで精一杯だった。家を守ろうという意識は希薄だった。

屋内の掃除も庭の草むしりもままならず、かといって業者に頼めるほどの金銭的余裕があるはずもなくて、結局は考えるのも億劫《おっくう》になり、ほったらかしにしていた。蛙の子は蛙、と言うほかはない。

両親が、近隣とのつきあいはほとんどしていなかったので、名前と顔が一致しなかったが、路上で近所の人とすれ違えば、私は何事もなかったかのように会釈をした。

「お元気ですか?」と聞かれれば、「おかげさまで」と答えた。中には眉をひそめて「お一人だとさびしいでしょう」と話しかけてくる主婦もいたが、そのつど愛想よく「大丈夫です」と笑顔を返した。

「バー」とみなが」で働いていたため、帰宅するのはたいてい連日、深夜をまわってからだった。そのため近所では、私が都内のどこかで「夜の仕事」をしている、という噂がたっていたようで、親切にもそのことを教えてくれたのは、小さな八百屋の女将《おかみ》だった。色黒でいかつい身体つきをした、化粧の濃い女で、年齢は私よりもひとまわり上、といったふうだった。

店先に山盛りになっていた枇杷《びわ》を買おうとした時のことだ。「独りだと多すぎるので、半分にしていただくことはできますか」と私が訊くと、女将は「できますよ」と言い、目分量で枇杷を半分にしてくれた。

その女将が私に「忙しいですか」と聞いてきた。なれなれしい聞き方だった。私が曖昧に微笑むと、「きれいになったもんねえ、やっぱり」と言われた。「垢抜《あかぬ》けた、って言えばいいのかしらね」

意味がわからないまま、黙って釣り銭を受け取った。女将は「夜のお仕事は身体こわす、って聞いてますからね。お休みをきちんととって、気をつけなくちゃね」と笑顔で言った。

「夜のお仕事って？」と私が上目づかいに相手を見やり、小声で訊き返すと、「いやあだ」と女将は太い指のついた掌《てのひら》で口を被いながら、笑い出した。笑いながら腰のあたりに妙なシナを作ったのを見て、私は目をそらした。

店が休みになる日曜と祝日は、家にいて、たまった洗濯を片づけたり、手のつけようのない、鬱蒼《うっそう》と草が生い茂った庭を眺めながら、コーヒーを飲み、デザインブックに気ままにスケッチしてみたり、物思いに耽《ふけ》ったりして過ごした。

必要以外、休日に出かけることはめったになかった。本を読み始めると時間がたつのを忘れ、気がつけば窓の外が闇に包まれている、ということもしばしばあった。

独り暮らしだったから、各部屋を均等に使う必要もなく、私だけの居住空間は限られていた。もともと自分の部屋として使っていた洋間には学生時代からの机とベッドがあり、横になったまま本を読めるよう、フロアライトも置いてあった。

就寝前はたいてい、パジャマに着替えてから自室で過ごした。家中で、いちばん居心地のいい場所だった。

食事をする時は、台所にある調理用のテーブルで新聞を読みながら手早くすませた。かつて家族が集っていた居間のテレビは、アンテナの関係なのか何なのか、急に映りが悪くなってしまっていた。電機屋に来てもらうのも面倒だったので、テレビを観る時は、玄関の正面にある応接間を使った。

古い革張りソファーが並べてある古風な応接間だった。天井には古めかしいシャンデリア、壁には、くすんだ黄色の光を放つライトがついていた。木枠のついたガラス窓の向こうに庭を望むことができた。カーテンは煤けてしまった海老茶《えびちゃ》色。あまり日の射さない部屋だったせいか、季節によっては、少し黴くさくなることもあった。

父は客人を応接間には通さず、アトリエに招いていた。燦々《さんさん》と日の射す、天井の高いアトリエは、父の自慢だった。夏の暑い日の午後など、革張りソファーは肌触りが冷たくて気持ちがいい、という母が、時々、昼寝に使っていたことはあったが、それ以外はめったに使われることのない部屋だった。

応接間には、比較的新しい型のテレビが据えつけられていた。それをいいことに、テレビを観る時だけ、私は応接間に引きこもった。

特に観たい番組があったわけではない。だが、たまに深夜、古い名作映画が再放送されているのを見つけると嬉《うれ》しくなり、安ウィスキーの水割りやコーラ、湿ったポップコーンなどを運びこんでは、ソファーに寝ころがって鑑賞した。

時にそのまま、庭の虫の音を耳にしながらソファーの上で眠りこけてしまう。そんなときは必ず、自分の寝返りがたてるスプリングの、大きな軋《きし》み音で目を覚ますのだった。

当時、千佳代が住んでいたのは、同じ西武池袋線沿線の、江古田《えこだ》駅に近い安アパートだった。同じ路線を使っている、というだけで、またしても千佳代の私に向けた親愛の情は爆発的に深まった。

「ねえ、すごい偶然。こんなに近くに住んでたなんて。いつか遊びに行ってもいい？」

そう訊かれたのはいつだったか。「とみなが」で初めて会った翌年、新年を迎えてまもなくのことだったろうか。

心底、無邪気に言われると、休日の邪魔をされたくない、と思う気持ちは瞬く間に消え失《う》せた。私は弾んだ声で「もちろんいいわよ。どうぞ」と答えた。

千佳代が初めて私の家を訪ねて来た日のことはよく覚えている。三月初め、風の強い、よく晴れた日曜の午後だった。そのころはもう、彼女は飯沼と半同棲《どうせい》を始めていた。

週のうち半分以上は、飯沼が当時、住んでいた明大前《めいだいまえ》駅近くのアパートに泊まり、飯沼の仕事が忙しい時は、遠慮して江古田のアパートに帰る、という生活だった。私の家に来るために、千佳代は前の晩、何があっても飯沼のところには行かず、江古田に帰る、と言っていた。

駅から私の家までの道順は、あらかじめ簡単な地図を書いて渡してあった。化粧品のセールスの仕事で各地を歩きまわっている千佳代なら、土地勘がいいに決まっている、と思っていたが、想像通り、彼女は約束の時刻ぴったりに、わが家の玄関前に到着した。

白い毛糸のマフラーをぐるぐると首に巻き付けて、薄茶色の、少しくたびれた感じのするウールのコートを着ていた。春が近いとはいえ、思いがけず冷たく吹き荒れていた北風の中を歩いてきたせいか、頬は赤く染まっていた。恋しい男に愛されている幸福な若い女、という印象は薄かった。むしろ、恋しい男と営む生活に満足するあまり、早くも生活臭すら漂わせ始めた女の、揺るぎのない自信のようなものが感じられた。

片手に小さめの茶色のハンドバッグ、もう一方の手に紙袋を下げ、千佳代は玄関に迎えに出た私に向かって、唾液《だえき》が滴り落ちそうなほどくちびるを濡《ぬ》らし、うっとりと目を輝かせながら、「素敵なおうち」とつぶやいた。「やっぱりお父さんが芸術家だと、住むところも違うのね。日本映画の中に出てきそう。すごく上品で雰囲気がある」

「ただの古いボロ家よ」と私は言った。「それに、この家は父が建てたわけじゃないし」

「誰が建てたの?」

「おじいちゃん。父方の。とっくに死んだけど。さあ、あがって。風が冷たかったでしよ。そのへんのスリッパ、使ってね」

千佳代は私に微笑み、手に下げていた紙袋を両手で私に差し出した。少女めいた仕種《しぐさ》だった。中には来る途中で買ってきたという、ケーキの箱が入っていた。

「ここのケーキ、おいしいのよ。飯沼さんは甘いもの、苦手なんだけど、ここのなら、必ず食べてくれるの」

「着いた早々、ごちそうさまの話だわねえ。千佳代ちゃんが勧めるものなら、なんだって、がつがつ食べてくれるに決まってるじゃない」

「そんなことないわよ」

千佳代は耳のあたりまで頰を染めながら、照れ笑いを返した。

応接間にするか、居間にするか、少し迷い、結局、千佳代を応接間に通すことにした。どちらでもよかったのだが、初めて訪ねてきた客人は応接間に通したほうがいい、と思ったまでのことで、他意はなかった。

後に起こることを知っていたら、私はあの日、応接間に千佳代を入れなかっただろう。まっすぐ居間に連れていき、カセットデッキをつけて音楽を流し、千佳代持参のケーキを食べ、コーヒーを飲み、興味津々といった感じの彼女の好奇心に根負けして、父のアトリエや私の部屋を見せてまわっていたことだろう。

もちろん、その場合でも、応接間がどうなっているのか、見てもいいかしら、と言われたら、見せてやったと思う。海老茶色のカーテンを閉じたままの、うすぐらい応接間。

戸口から中を覗《のぞ》かせ、「別になんにもない部屋よ」とだけ説明して、ドアを閉じ、それで終わっていただろう。

　千佳代は脱いだコートを手に応接間に入るなり、あたりをきょろきょろ眺めまわして、「わあ、すごく素敵。落ち着く。それに、なんか懐かしい感じがする。大昔から知ってたみたいな」と言って感嘆の声をあげた。

　たいした調度品が置かれていたわけではない。祖父の代から集められた、骨董《こっとう》価値があるのやらないのやら、小さな古い壺《つぼ》や獅子《しし》の像が漫然と飾られているだけだったのだが、千佳代はそれらをひとつひとつ、ため息まじりに眺め、指先で軽く撫《な》でまわし、目を輝かせた。

「ここから庭も見えるのね。気持ちいいのねえ。すごく広いお庭じゃない。小さな森みたいよ。あ、あそこに咲いてるのはクロッカスかしら。そうだ、クロッカスよ。間違いない。クロッカスって、いまごろの季節に咲き出すんだもの。ねえ、そうじゃなかった？」

「クロッカスかどうかはわかんないけど」と私は少し鼻白みながら言った。千佳代の興奮には慣れていたが、小さなことに反応しては興奮し、相手に同意を求める癖はしばしば私をうんざりさせた。「ほったらかしにしてる庭だから、知らないうちに花が咲くのよ。風で種が飛んでくるのね。いちいち調べたりしないから、何の花なのか、わかんないものばっかり」

「クロッカスは球根よ。種から咲くわけじゃなくて。じゃあ、球根が風で飛んできたのかしら」

「まさか」と言って私は苦笑した。

千佳代も微笑んだ。「こんなに広い庭だったら犬がいてもいいわね。飼ってないの？」

「飼ってない。でも、猫は通ってくるのよ。ノラなんだけど」

「へえ、そう」

「千佳代ちゃん、犬が好きなの？」

コウモリのことを思い出し、私が思わずそう訊《たず》ねると、千佳代は「好きよ、大好き」と無邪気にうなずいた。「犬も猫もどっちも」

コウモリの一件を話題にしてからかいたかったのだが、蔭《かげ》で飯沼がその話を私や多恵子にしていることがわかったら、千佳代がどんな気持ちになるか、想像できないわけではなかった。私は話をそらした。

「千佳代ちゃん、ここでちょっと待っててね。コーヒー、淹れてくるから」

「何か手伝う？」

「ううん、大丈夫。テレビでも観てて。居間のテレビは壊れちゃってて、直すの面倒くさいから、そのまんまにしてるのよ。私、映画やドラマを観る時は、いつもこの部屋を使ってるんだ」

「ね、えっちゃん」と千佳代は、応接間から出て行こうとした私を呼びとめた。

「何？」

千佳代は一つ大きく深呼吸すると、私に向かってにっこりと微笑んだ。「今日はありがとう」

「え？　何が？」

「招いてくれて。しかもこんなに素敵なおうちの、こんなに居心地のいい応接間に。なんだか私、大昔、この応接間で過ごしたことがあるみたいな感じがしてる。デジャブ、っていうの？　既視感？　すごく感じる。不思議ね」

返す言葉が見つからなかった。私はうすく微笑を返すにとどめた。


千佳代の大仰な反応は、いつにも増して私を白けさせていた。

手入れの行き届かない旧《ふる》い建物の、当時、都市部の住宅にはよくみられた、古めかしくも定番の応接間だった。目新しさなど、どこにもない。年代物の応接セットの上に、趣味の悪いシャンデリアがぶら下がっているだけの部屋の何が、そんなに気にいったのか、私にはわからなかった。

千佳代はもともと興奮しやすいたちだった。生まれつきだったのかもしれない。感受性が強すぎて、よく言えば、どこまでもまっすぐで正直、純真無垢《むく》な好奇心のかたまりだった。ひとたび心を動かされれば、本人も制御できないほど興奮に拍車がかけられ、止まらなくなる。

その反応に鼻白むことは多々あっても、別に腹は立たなかった。不思議だった。千佳代のそうした性格は、結局のところ、私にはどこか微笑ましいものだったのだ。

都会育ちならいざ知らず、コウモリをつかまえて飼育できるような山間《やまあい》の村で生まれ育ち、女優になることを夢みて上京してきた人だった。重たいスーツケースを手に化粧品を売り歩き、日々の乏しい糧にしては、一方で劇団員として日の目を見ようと真摯《しんし》に生きていた。そんな千佳代が、好きな日本映画の中でしか見たことがなかった応接間に感激し、よくできた映画のセットの中に足を踏み入れたような興奮を覚えたのだとしても不思議ではなかった。

千佳代を応接間に残し、私は台所に行った。その日は、千佳代のためにコーヒーミルを使って本格的なコーヒーを淹れようと決めていた。

ミルは、多恵子から譲り受けたものだった。店で使っていたミルを新しいものと取り替える際、お古でよかったら使ってよ、と多恵子に言われた。ありがたく受け取り、以来、休日には気が向くとミルで豆をひき、コーヒーを淹れて飲むようになった。

とはいえ、客人のためにわざわざ、豆を挽いてまでコーヒーを淹れる気になったのは初めてだった。私は自分が感じている以上に、千佳代の訪問を喜んでいることに気づいた。

知り合ってまだ、さほどの時間もたっていなかったのに、千佳代はすでにそのころ、私にとって気のおけない友人になっていた。

互いに、ほとんどそれまでの人生の詳しい履歴は知らずにいたが、若い時分にはよくあることだ。一から十まで相手の情報を確かめてからでないと親しくなれないのは、若さを失った証拠でもある。

外面《そとづら》はよくても、真の友人づきあいを避けようとする傾向があった私にとって、無邪気に、物おじもせず近づいてくる千佳代は、雨の中、どこまでも後を追ってくる子犬を連想させた。子犬は相手の困惑にさえ気づかない。振り向けばそこにいて、つぶらな瞳《ひとみ》を瞬かせ、雨に濡れながら無邪気に尾を振っている。

時に多少の煩わしさを感じないでもなかったが、いくら遠ざけようとしても、かまわずに後を追ってくるものだから、やがてこちらも根負けしてしまう。そうこうするうちに、いつしか誰よりも心やすくいられる相手になり変わっているのだった。

それは千佳代が幼いころから培ってきた独特の処世術だったのかもしれないが、本当のところはどうだったのか、よくわからない。確かなのは、計算ずくでそのようにふるまっているようには決して見えなかったことだ。

強い庇護《ひご》欲をかきたてられた飯沼が、よるべない少女のごとき千佳代の熱心な求愛を受け入れて、生活の半分以上を共にするに至ったのと同様、私もまた、知らぬ間に傍にぴたりと寄り添っている彼女を快く迎えていたのである。

当時流行していた水森亜土《みずもりあど》の、愛らしい人気イラストが描かれた四角い盆に、コーヒーを注いだマグカップを二つ、ミルクピッチャー、小さな砂糖壺、それにケーキ皿、フォークやスプーンをのせ、応接間に戻った。

千佳代は庭に面した窓に向かって立ったまま、「ね、えっちゃん、見てよ、見て！」と庭を指さしながら大声で言った。興奮のあまり、その場で足踏みしながら踊りだしそうだった。「今、あそこから猫が出てきた！」

私は盆をセンターテーブルの上に置き、急いで千佳代の隣に立った。胸のあたりに小さな白い三日月形の模様がある以外、全身、真っ黒の猫が、常緑樹のイチイの木の奥からのそのそと現れ、途中で立ち止まって、悠然と背中の毛を舐《な》めているのが見えた。

カラスの濡れ羽色、とでも言えるほど、つややかな黒い毛並みの猫は、いつからか、わが家の庭に通って来るようになった。見かけるたびに私はオイルサーディンの缶詰の残りやチーズ、かつおぶしなどを与えていた。猫はなんでもよく食べた。

「クマ、っていう名前なの」と私は言った。「他のうちでは何て呼ばれてるのか、わかんないんだけどね。とりあえず、うちではクマ」

言いながら私はガラス戸を開け、「クマ、クマ、こっちにおいで」と声をかけた。クマは長い尾をぴんとたて、期待に満ちた足どりでこちらに向かって歩いて来た。

まだキャットフードが、それほど一般的ではなかった時代のことである。高級スーパーに行けば、猫専用の缶詰が売られているのは知っていたが、ノラ猫にそこまで贅沢《ぜいたく》をさせてやれるだけの余裕など私にはなかった。

再び台所に走った。クマが来た時のために、とビニール袋に入れておいた煮干しを手に応接間に駆け戻ると、千佳代が子どものように腰を屈《かが》め、背中を丸めてクマの頭や顎《あご》の下を撫でてやっているのが見えた。猫は目を細め、長い尾をプルプルと震わせて愛撫《あいぶ》を受けていた。

「いい子ねえ。ノラなのに、全然、人間を怖がらないじゃない。可愛い！　喉、ゴロゴロ鳴らしちゃって」

「そりゃあ、そうよ。オスだもの。きれいな女の人に撫でられたらイチコロ」

私は笑いながら千佳代のそばに行き、ビニール袋を開いた。においに気づいて、クマがいっそう強く喉を鳴らした。手から煮干しを食べてくれる黒猫の、ざらざらとした温かな舌の感触が心地よかった。

千佳代が「私にもやらせて」と言うので、煮干しを渡した。千佳代の白い手に、煮干しをねだるクマの太い前足が載せられた。

「わあ、この手、気持ちいい！　おヒゲ、くすぐったい！　鼻が濡れてる！」

千佳代が歓声をあげ、幸福な少女のような表情を作って顔をほころばせた。ふわりと、いつもの香りが漂った。少し酸っぱさの残る、熟しきっていない苺《いちご》のような香り……。

私と千佳代は交互にクマに煮干しを与え続けた。その頭を撫で、喉の脇や背中を撫でてやった。ふがふがと煮干しを食べ続ける猫の、潤った口の音が聞こえた。全部、食べ終えると、名残惜しげに猫は私たちの指を交互に舐めた。

風は冷たかったが、猫の身体は健康的な熱を帯びていた。春が近づいていた庭のすみずみに、私と千佳代の甲高い笑い声が響いた。

満足げに顔を舐めている猫をそこに残し、ガラス戸を閉め、手を洗うために私は千佳代を洗面所に案内した。手が煮干しくさくなっていた。

見るものすべてが、楽しくて物珍しくてたまらない、といった顔つきで、千佳代は洗面所の脇に掛かっているタオルやら、歯磨きクリーム、コップなどを眺めまわした。天井に視線を移し、床に敷かれたマットを見つめ、へえ、とか、素敵、などとつぶやいた。雑然としているだけの洗面所の、いったい何が素敵なのかさっぱりわからなかったが、頰を上気させながら、時折、私を見て目を輝かせる千佳代は、同性の目から見ても愛らしかった。

私は「コーヒー、冷めちゃった。残念、せっかく淹れたのに」と言い、千佳代の腕をとるなり、応接間に連れ戻した。クマの姿は見えなくなっていた。

室内が少し寒くなっていたので、足元の電気ストーブのスイッチを入れた。ごわついた革張りの、ところどころ白いヒビが走っている旧いソファーに、並んで腰をおろした。その位置からは、庭がよく見渡せた。

風は相変わらず強く、芽吹きを前にした庭の木々を間断なく揺らしていた。空には、風で流されていく千切れ雲が見えた。

千佳代は私が淹れたコーヒーをほめちぎり、こんなおいしいコーヒー、飲んだことない、えっちゃん、天才、などと言った。何もかもが大げさだと思いつつも、言われて悪い気はしなかった。

私は多恵子から譲り受けたコーヒーミルの話をし、私たちは友情をこめて多恵子について話し始めた。多恵子が未《いま》だに独身であることや、決まった相手はいそうにない、ということ、いてもおかしくないのにね、あんなにいい女で、気持ちもさっぱりしてて、男が放っておかない人なのにね、といった、他愛もない話だった。

だが、私は途中でふと、千佳代は飯沼と多恵子のかつての関係に探りを入れているつもりなのだろうか、と思った。そうだとしたら、言葉に注意しなくてはならなかったが、実際のところ、どうなのか、定かではなかった。

仲良く並んで座ったまま、私たちはケーキを食べた。カスタードクリームがたっぷり入った、大ぶりのミルフィーユだった。

飯沼が、その店のミルフィーユが大好物なのだと聞き、私は「へえ」と目を丸くした。「飯沼さんとミルフィーユって、意外な組み合わせ。なんか全然、似合わないんじゃない？」

「そうなのよ。『とみなが』で、多恵子さん手製の料理をお酒と一緒に食べてる彼しか知らなかったから、私も初めは信じられなかった。チョコレートとかの甘いものを口にしてるのも、見たことなかったんだもの。それがね、たまたま私がここのミルフィーユを食べてた時、一口食べたい、って言ってきて。フォークで口に運んであげたら、おっ、うまいな、これ、って。しまいには私の手からお皿を取り上げて、ぺろりと平らげちゃって。でも、食べ方が下手なもんだから、あたりいちめん、パイの薄皮だらけ。口のまわりは粉だらけ」

幸福そうに目を細め、千佳代はくすくすと笑い続けた。私は、飯沼と多恵子の親しさをこの人は本当のところ、どのようにとらえているのだろう、と改めて思った。

男と女のことに、少しでも勘が働く人間なら、ただの客とバーのママの関係だとは思わなかったろう。まして、動物的な直感の鋭い千佳代が、何も感じないでいられるはずはなかった。

だが、千佳代は私から何も訊き出そうとはしなかった。訊きたがる素振りも見せなかった。

ケーキを食べ終え、雑談を少し続けたあと、私は「さてと」と冗談めかして言った。

「これから、杉千佳代さんに向けたインタビューが始まりまーす！」

千佳代はもぞもぞと楽しそうに腰を動かして足をそろえ、目を大きく見開いて私を見た。「なぁに？　どうしたの？」

「飯沼さんとの愛の暮らしについてのインタビューよ。私はインタビュアー。いい？」

頬がうっすらと染まり、千佳代は明らかに照れながら、「何よ、今さら」と言った。

「知ってるじゃないの」

「インタビュアーには、あらかじめ仕入れた情報を本人に向かって確認する義務があります」

「やぁね、えっちゃんたら。いったい何を訊きたいのよ」

私はかまわずに、「質問その一」と言った。「千佳代ちゃんが、あっと言う間に、あの名だたるプレイボーイを夢中にさせた理由は何だったのでしょう。はい、お答えできる範囲でどうぞ」

「ああ、やだやだ」千佳代は身をよじって苦笑した。「そんなの、私にもわかんない」

マイクを向けているつもりで、右手に拳《こぶし》を作っていた私は、笑いながらそれをひっこめた。

「まじめな話、すごいことだと思うの。飯沼さんは、すごくモテてきた人でしょ。彼と少しでも近づきたいと思ってた女の人は大勢いたんだし。それなのに、彼はいつも仕事優先。確かに遊び人だったけど、派手に手あたり次第遊ぶ、っていうんじゃなくて、そもそも、そう簡単には女の子になびかない人だったみたい。彼を陥落させた女の子は一人もいなかったんだもの。だから……」

途中で千佳代が私を遮った。「それ、誰から聞いた？」

「それ、って？」

「飯沼さんが女の子になびかなかった、っていう話」

多恵子さんよ……と言おうとして、私はすんでのところで、その言葉をのみこんだ。

「とみなが」での飯沼と多恵子の会話を聞いているだけでも、あるいはバーカウンター越しに、酔っぱらったふりをしながら、多恵子が時折見せる媚態《びたい》を目にするだけでも、二人の間に、大人の情事と呼ばれるようなものがかつて一度ならず、あったのではないか、と誰もが思うに違いなかった。

　多恵子が長い間、飯沼に秋波を送っていて、彼のほうでも憎からず思っていたのであれば、何かの拍子に関係が深まるのは自然な流れである。

　おくびにも出さなかったが、やはり、千佳代は飯沼と多恵子の関係を気にしていたのだ、と私は思った。

「誰から、ってことでもないんだけど」とごまかし、私は取り繕いながら話を続けた。「なんとなくそういうことが、耳に入ってきてたのよ。ともかくね、そういう飯沼さんが、瞬く間に千佳代ちゃんにぞっこんになって、早くも結婚秒読みみたいになるなんて、いったい、千佳代ちゃんはどんな恋の魔法を使ったんだろう、って、興味津々。今日は、そのあたりを中心にインタビューさせていただきまぁす」

　千佳代は苦笑した。「魔法なんて使ってないわよ。それに、結婚秒読みだなんて。まだ、そこまでは……」

「でも、二人ともそのつもりでいるんでしょ？　このままいけば、ごく自然に、結婚ってことになるんじゃない？」

「はっきり口に出し合ったことはないんだけど」と千佳代は否定も肯定もせず、夢みるように、おっとりと言った。「まあ、そういうふうになるんじゃないかとは思ってる。……でもね、こんなこと、えっちゃんにしか言えないんだけど……あんまりうまくいきすぎてるもんだから、時々、不安になっちゃうのよ。贅沢な不安だって、自分でもよくわかってるんだけど。でもね、なんだか、夢みたいなことばっかり続いてるもんだから、これはほんとは現実に起こってることじゃないのかもしれない、って思ったりするの。私だけがずっと夢の中にいて、夢だと気づいてないみたいな感じ」

「幸せすぎて怖い、ってやつね」私はふざけて両手をあげ、降参した仕種をしてみせた。「なんだ、なんだ、それが結論？　ああ、失敗。訊くんじゃなかった」

「そんなんじゃなくて」千佳代は濡れたようなくちびるをすぼめ、首を横に振って目を瞬かせた。「ちゃんと聞いてちょうだいよ、えっちゃん。私ね、飯沼さんがここまで私を好きになってくれるなんて、全然思ってなかったの。だってそうでしょ？　私は不器用な田舎もんだし、頭も悪いし、飯沼さんに一目おいてもらえるような教養もないし。美人でもないし。……彼にはもっと都会的でおしゃれで、お似合いの女の人がたくさんいることはよくわかってるの。それなのに彼、去年の舞台での私の、例の大失敗を一生懸命、励ましてくれて、支えてくれて。私、あのころ、自分がほとほといやになって、ひどい状態だったのよ。飯沼さんが私のこと、しっかり包みこんでくれなかったら、自殺してたかもしれない。ほんとよ。だからね、今もまだ、夢をみてるみたいな気がしてるの。幸福な夢。目がさめたら、全部夢だった、ってことになるんじゃないか、って毎日、思ってる。それが怖いのよ。不安で不安でたまらないの」

私は笑ってみせた。「何を馬鹿なこと言ってるの。飯沼さんは本気で千佳代ちゃんに惚《ほ》れてるじゃないの。彼はほんとは、プレイボーイでも何でもなくて、実はずっと、千佳代ちゃんみたいな女の人を探してたんだと思うな。これまで出会えずにいただけ。お互いに、めでたし、めでたし、なのに、なんでそんなに怯《おび》える必要がある？」

「だって、えっちゃん」と千佳代は目を潤ませながら私を見た。「この幸せが壊れることがあるかもしれない、って思うと不安じゃない。誰にだって幸福は永遠に続かないものでしょ。そのくらいのこと、私にもわかってるから」

「そうかもしれないけど、現に今、幸せなんだから、それでいいじゃない。先のことをあれこれ考えて、怯えながら時間を無駄にするなんて、もったいない。今の幸せを味わい尽くしなさいよ。世の中には、うまくいかない恋に見切りをつけられなくなって、毎日、泣き暮らしてる人がいっぱいいるんだから」

うん、そうよね、と言い、千佳代は背筋をのばし、洟《はな》をすすり上げた。「愛されたい人に愛されてるってことだけでも、満足しなくちゃね」

「その通り」

「えっちゃんがいてくれてよかった」

「私は別に、何もしてないわよ。でも、私なんかが出る幕もないほど幸せなんだから、これはもう、おめでとう、ごちそうさま、って言うだけね。はい、よくわかりました。本日のインタビューはこれにて終了！」

千佳代は恥じらうように上半身をくねらせた。革張りの古いソファーが、鈍く軋んだ音をたてた。

飯沼と交わす愛のかたちについて、千佳代は決して具体的に語ろうとしなかった。質問すれば答えたかもしれないが、その種の具体的であけすけな質問をするのが苦手だったので、私もあえて訊かなかった。

そのくせ、私は千佳代が飯沼に、精神的にも肉体的にも「どんなふうに」愛されているのか、知りたくてたまらなかった。恥ずかしい告白だが、それが本音だった。

どんな愛の言葉を囁《ささや》かれ、どのようにして抱擁され、愛撫が始まっていくのか。褥《しとね》の中で繰り広げられる、愛し合う者同士の愛の交歓、その悦《よろこ》び……。

今の幸福が永続しないのではないか、という、とるに足りない、少女趣味的な不安の聞き役になっているよりも、私は、はしたなくも、親しい女友達があけすけに打ち明けてくる、恋人との性的関係について訊きたがっていたのだと思う。

その気持ちの裏には、私自身が密《ひそ》かに魅力を感じていた飯沼という男への尽きない興味があった。たとえ、はしたなくても、彼がどのように女性を愛するのか、どんな愛の言葉を囁くのか、どんなふうに悦びを溶け合わせるのか、知りたかったのだ。

知れば知るほど、羨望《せんぼう》がわき上がったかもしれない。ともすればそれは、嫉妬《しっと》心に発展していったかもしれない。

たとえそうだとしても、私は飯沼のことを知りたかった。彼の考えていること……思想的な深みや才能に関することなどではなく、彼の、生きものとしての単なる日常、動物的な一面を。

飯沼が千佳代に向かい、「悪いがきみは女優としては大成できないのだから、おれの嫁になれよ」などと言っている姿を想像するたびに、なぜか溜飲《りゅういん》が下がった。

何をやらせても純朴さと不器用さだけが先に立ち、有名なアングラ劇団でトップ女優の道を走り続けることなど、天地がひっくり返ってもできそうにない彼女を「嫁《め》」よばわりし、まさしく雨の中をどこまでもついてくる濡れた子犬を抱きあげるようにして愛で、強く抱きしめ、くちづけの嵐を浴びせ、「おまえはおれのもの、おれのもの」と囁き続ける飯沼が、私の想像の中では、これまで以上に性的なイメージを伴って再生されてくるのだった。

その日、千佳代はさも居心地よさそうに応接間にいて、日が傾き始めても帰ろうとしなかった。私はコーヒーを淹れ直し、次に塩煎餅《せんべい》とほうじ茶を出した。

会話は多岐にわたり、途切れずに続いた。途中、再び、黒猫のクマが姿を現したが、餌を出さないままでいると、どこかに去って行った。

猫から連想して思い出したのか、千佳代はポオの話を始めた。天から降ってきたような大役『アナベル・リィ』のアナベル役を演じるにあたり、原作者のエドガー・アラン・ポオについては彼女なりに、俄《にわ》か勉強をした様子だった。

「ポオはもともと、すごく貧しい家で育ったのよ」と千佳代は少し得意気に言った。「お父さんもお母さんも旅役者で、お母さんは早くに死んじゃって、お父さんは失踪《しっそう》しちゃったのよね。養父母に育てられて、大学にも行かせてもらったんだけど、いろいろうまくいかなかったみたい。愛する女性と結婚してからは幸せになって、たくさんの作品を残したのに、その最愛の奥さんは、若くして重い病気にかかっちゃって。それでね、相変わらず貧乏だったもんだから、部屋に暖房も満足な布団もなかったんだって。だから、ベッドに寝ている奥さんに、ポオが自分のコートをかけてやってて、そのコートの上にはいつも大きな三毛猫がいて、奥さんは猫を抱いて暖をとってたんだって」

身につまされるような話だったが、千佳代はまたしても、うっとりとした夢見心地のような表情を作ると、「その猫、不思議」と小さくつぶやいた。「いやがらないで、ずっと奥さんに抱かれて、奥さんをあったためてたなんて」

「猫も寒かったから、奥さんにくっついていたかったんでしょ」

私がそう言うと、千佳代は大きく両眉をあげ、「違うと思う」と言った。珍しくはっきりとした物言いだった。「それが猫の役目だったのよ」

「役目？」

「その奥さんをあったためてやることが自分の役目なんだ、って、三毛猫にはわかってたのよ」

「うちに来るクマには無理な話だな」と私はわざとため息まじりに言った。生まじめに話すようなことではないと思ったからだ。「抱っこして胸の上に載せたとたん、きっと爪立てて逃げ出しちゃう。何の役にも立ちゃしない」

聞いていたのかいないのか、千佳代は「役目。そうなのよ」と自分を納得させるように低く繰り返した。「人にも猫にも、役目っていうのがあるから。義務とかなんとかっていう、堅苦しいものじゃなくて。誰かから強制されてるわけじゃなくて、自然にそうなってしまう、っていう感じの。本能みたいなものかもしれない。その三毛猫もそうだったのよ」

うーん、と私は曖昧に言葉を濁した。猫が病人を温めることを自分の役目として引き受けて、じっと動かずに、いつまでも病人の胸に抱かれているなどということは、私には考えられなかった。猫は自分が寒いから、人間の身体の上で暖をとりたかっただけなのだ。

だが、千佳代は私の意見を頑なに否定した。あまりに頑なだったので、私はその時、かすかな違和感を覚えた。

ポオ夫妻が飼っていた三毛猫が、病気の妻を温め続けてやったのは猫の本能だったのかどうか、ということについて、それ以上、議論する気になれなかった。さらに言えば、それは議論するにふさわしい話題とも思えなかった。

話題を替えようとして、私ははめていた腕時計に目を落とし、「あ、もう、こんな時間」と言った。「千佳代ちゃん、今夜、夕食、一緒に食べてかない？　なんにもないけど、焼きそばなら材料そろってるんだ」

千佳代はそれに答えず、ふと私を見つめ、「ねえ、えっちゃん」と言った。真剣なまなざしの奥に、かすかな怯えと哀しみが見てとれた。

「何？　どうしたのよ」

「……変な質問しちゃうけど……私、『魔王』の劇団員として、これからもやってけると思う？」

一秒の半分ほどの間があいたが、私はできるだけ素早くうなずいた。「当たり前でしょ。千佳代ちゃんはずっと『魔王』の役者でいられる。自分で辞めない限りはね」

「私ね、あの時、舞台の上で、私が思うアナベルを演じたつもりだったの。どんなに下手でも、自分の中にあるアナベルを見せたつもりだったの」

私は深くうなずいた。「そうね。そうだと思う」

「救いようのない大根役者、って言われて、馬鹿にされてもいいの。その通りだったんだから。でもね」と言い、千佳代は少し言い淀《よど》んだ後で小さく吐息をついた。「私が演じたアナベルが、私自身だった、ってこと、誰もわかってくれてない気がするのよ。飯沼さんも。誰も」

何を言わんとしているのか、瞬時に理解したが、それを認め、同情したり、慰めたりするのが少し怖いような気がした。「とみなが」で多恵子と一緒に観た『アナベル・リイ』の公演のビデオが甦《よみがえ》った。

恋しい男を求めてやまないアナベル役の千佳代が、両手を大きく拡げて天を仰ぎ、狂気を孕《はら》んだ表情で男への愛を繰り返し語るシーン。迫真の場面であったことは間違いないし、千佳代の唯一の見せ場だった。

だが、あの場面での千佳代は、観る者を束の間、凍りつかせるようなものを漂わせていたように思う。なぜなのかはうまく説明できない。

千佳代が自分の中に存在していたアナベルを引きずり出して、あのような演技を見せたのだとしたら、後に起こることはすでに、あの時から予測がついていたということになる。そのかすかな予兆のようなものが、あの場面の中に嗅《か》ぎ取れて、だからこそ私は、冷たいものが背中を滑り落ちていく時のような気味の悪さを覚えたのかもしれない。

私は大きく息を吸い、「少なくとも私と飯沼さんはわかってるわよ」と陽気な口調で言った。そして、あまり食べたくもなかったが、菓子皿の中の塩煎餅に手を伸ばした。

「飯沼さんはね、千佳代ちゃんの演技に関しては辛口だったかもしれないけど、あの舞台での千佳代ちゃんが、アナベルになりきってて、自分自身を演じてた、ってことくらい、ちゃんと見抜いてたに決まってるから」

「そうかしら」

「それにね、運命論者みたいなことを言うと、『アナベル・リイ』の主演女優だった加賀見麻衣が、急病で倒れなかったら、千佳代ちゃん、飯沼さんと出会えなかったのよ。しかもよ、もし、千佳代ちゃんの舞台が周囲から絶賛されてたとしたら、その場合も飯沼さんとの出会いはなかったんじゃないの?」

千佳代は静かにうなずいた。二つの瞳が爛々《らんらん》と光り出すのが見えた。

「だから、すべてこうなるための必然だったのよ。何もかも運命だったわけよね」と私は言った。足元が冷えてきたので、電気ストーブの温度を一段上げた。埃《ほこり》が焼けるような、焦げたにおいがした。

「そう言えば、加賀見麻衣って、今どうしてるの？」

「さあ」と千佳代は言った。「退院してからも身体の具合が悪いみたいで、劇団には顔を見せなくなっちゃった。熊本の実家に帰ったとかなんとか、ちょっと耳にしたことはあるけど」

「何の病気だったんだろう」

「それが、未だによくわからないんだって」

「変ねえ、まだ若いのに」

「そうねえ」

「週刊誌とかでも全然、報道されないからどうしたんだろう、って思ってた」

「劇団のスタッフも詳しく知らないのよ。飯沼さんも、加賀見さんの噂は何も耳に入ってこない、って言ってた」

私はうなずき、背筋を伸ばした。千佳代に笑顔を向けた。「ねえ、飯沼さん、未だにあの日の舞台の話、してくる？」

「ううん、最近は何も」

「でしょう？　とっくに終わったことだしね。彼はもっと先のことを考えてるはずよ。

二人のこととか、千佳代ちゃんの未来のこととか」

「私の未来って？」

「そりゃあもう」と私は言いかけ、その先をどう続ければいいのか、一瞬、わからなくなった。

千佳代の未来……飯沼との結婚、飯沼と作る家庭生活、という平凡な未来は想像できたかもしれない。しかし、千佳代の、役者として成功する未来、劇団『魔王』における輝かしい未来の姿、というものはどうしても思い描くことができなかった。たとえ看板女優が原因不明の病に倒れ、劇団から退いたのだとしても。

「彼との愛の暮らし、でしょ？」と私はからかうように言った。「それが千佳代ちゃんの未来、ってとこね」

「えっちゃんたら、うまくまとめちゃって」

「だってほんとのことだもの。ねえ、今日は飯沼さん、何をしてるの？」

「取材があって、昼前から出かけたはずだけど」

「夜、どこかで待ち合わせしてる？」

「ううん、別に。遅くなるって聞いてるし、私はえっちゃんの家に遊びに行くことにしてたから」

「オッケー。じゃ、やっぱり、一緒に焼きそば食べようよ。ビールでも飲まない？」

「いいわね！　飲もう！」

千佳代は目尻《めじり》を下げて微笑した。

気がつけば、室内がすっかり薄暗くなっていた。なぜ、ずっと電気をつけずにいられたのだろう、と不思議に思った。

私は立ち上がり、壁のスイッチを入れた。埃をかぶったシャンデリアに、濁った黄色い明かりが灯《とも》った。明かりは庭に面したガラス窓に映りこみ、その光は、帳《とばり》がおりかけた薄墨色の庭に向かって音もなく流れていった。

3

こうやって、時系列で千佳代とのかかわりを記しながら、いささか残念に思うことがある。

エピソードのひとつひとつで、それが西暦何年の何月何日のことだったのか、明らかにしておきたいのに、残念ながら、細かい日付までは記憶から抜け落ちてしまっているのだ。月は思い出せても、何日だったか、ということまではさすがにはっきりしない。

今もそうだが、私には昔から日記をつける習慣がなかった。ましてや、パソコンや携帯電話はおろか、ワープロすらなかった時代の話である。気軽にキイボードを叩《たた》いて、簡単な備忘録を残すということもできなかった。

住所録兼用の薄手の手帖《てちょう》は持ち歩いていたが、四十年以上も昔の手帖など、今さら探したところで出てくるわけもない。処分した覚えはないから、何度か転居を繰り返しているうちに、紛失したのだと思う。

そもそも、あれから半世紀近い時間が流れている。あのころは、老いた後の自分が、千佳代や飯沼、多恵子に関する出来事を書き残すことになろうなどとは、夢にも思っていなかった。こうなるとわかっていれば、私は日々の瑣末《さまつ》な出来事を日付はもちろんのこと、正確な時刻まで逐一、記録していただろう。ある種の神経症患者のように。

今、書き記していることはすべて、私の記憶の中から引きずり出してきたものばかりである。私の手もとには、役所の書類のごとく正確な日付が記録されたものなど、ひとつも残されていないのである。

つまり、覚束ない記憶だけを頼りに、当時の風景や出来事を再現させているわけだが、それでも、はっきりしていることがひとつある。その日が西暦何年の何月だったか、ということだけは、ほとんど事実と相違していないはずなのだ。そのことに関しては妙な自信がある。

それは、根拠のない自信に過ぎないだろう。ただの思いこみだった、ということもあり得るだろう。

しかし、人間の記憶というものは、時に、記録された数字や事実よりも遥《はる》かに真実に近いものだったりするのではないだろうか。

千佳代が初めて私の家に遊びに来てから、およそ一か月後。一九七九年四月の、満開だった桜が葉桜に変わりかけたころだったが、千佳代はそれまで住んでいた江古田のアパートを引き払い、高井戸《たかいど》にあった飯沼の部屋に引っ越した。

いわゆる「通い同棲《どうせい》」ではなくなったわけで、二人の関係が、より濃密になっていったプロセスは容易に想像できた。言ってみれば、よくある話である。短期間のうちに互いが互いの愛情にほだされ、相乗効果を起こした、ということだったのだろう。

女と一夜を共にするのは大歓迎だが、共に棲《す》むことは苦手だ、と口癖のように言ってきた飯沼である。もともと恋愛は彼にとって「面倒くさい」しろものだった。ましてや、その恋愛が生活臭を帯びてくると、とたんに気持ちが萎《な》える、と言っているのを耳にしたことも何度かある。

ふつうの男が同じことを口にしても、まともには受け取れなかったに違いない。口説く前から女が寄って来るような男の、度し難い自信、衒《てら》い、まともに聞いてはいられない種類の、低俗な自己顕示……。

だが、飯沼に限って言えば、私にはそんなふうには感じられなかった。彼にはそうした科白《せりふ》がよく似合っていた。まるで彼のために用意された科白のようでもあった。格好をつけて言っているようには全く見えなかったし、勢いに流されて女と棲み始めるのを毛嫌いするというのも、彼らしいことだった。

だからこそ、と言うべきか。彼は千佳代の出現によって、簡単に宗旨替えをしたと思われたくなかったのだろう。あるいは単純な照れ隠しだったのかもしれない。まっすぐな想いを隠そうともしない千佳代を前に、わざと冷淡な態度をとってみせることもあって、私は時々、この人は本当に千佳代のことを愛しているのだろうか、押し切られているだけなのではないか、などと思うこともあったが、それも初めのうちだけだった。

飯沼は千佳代の不器用な、垢抜《あかぬ》けない面もふくめて受け入れ、支え、慈《いつく》しみ、惜しみなく愛を与えていた。そのことは、悔しいながらも認めざるを得なかった。

そんな二人が、長年連れ添った夫婦のような、慈愛に満ちた関係になるのに時間はかからなかった。

飯沼を信奉し、溺《おぼ》れている千佳代と、そんな彼女を包みこみ、守り、愛《め》でている飯沼は似合いのカップルだった。私の立場からすると、妬《ねた》み嫉《そね》みが生まれても不思議ではなかったと思うが、私は終始、にこにこしながら二人を遠巻きに眺め、祝福することができた。

そこに嫉妬《しっと》はなかった。嘘ではない。なぜだったのか、その理由を私はよく知っている。

千佳代は私が一から十まで支配できる相手だった。極端に言えば、私はいつでも彼女の前で、主《あるじ》になることができた。無垢《むく》なまなざしで飯沼を追いかけていく子犬のように、千佳代は私に対しても、常に同じ態度をとった。えっちゃん、えっちゃん、大好きよ、この世でたった一人の友達よ、と言って接してきた。その途方もない無邪気さの中には、初めからしもべになることを喜んで受け入れようとする、ある種の無欲な隷属願望すら見てとれた。

飯沼の相手が千佳代であってくれたのは、当時の私にとって幸運だったと言うほかはない。千佳代は純粋でまっすぐで、馬鹿正直で、そこに嘘や背徳、欲得はなかった。風変わりであったことは間違いないが、浮世離れの度が過ぎているせいか、背中に美しい二枚の白い羽を生やしているのではないか、と思わせることすらあった。

少なくとも私にとっての千佳代は、同じ土俵で戦う相手ではなかったのだ。もともと違う星に生きていて、違う星からおりてきたような女であり、たとえ価値観や常識のたぐいが異なっていても、まったく気に障らない相手だったのだ。

そうでなければ、飯沼と連れ立って店にやって来ては、忠犬のごとく飯沼のそばに寄り添う彼女を前に、苛立《いらだ》ちを感じないでいられたはずはない。なぜ、よりによって、飯沼はこの女じゃなければいけなかったのか、と思っても不思議ではなかった。私は私の中に時折芽生える、その種の悪魔的な感情をよく知っていた。

だが、千佳代は飯沼に悦《よろこ》びと共に隷属し、同時に私にも隷属していた。私にはそのことが大きな快感だった。私たち三人は初めから、嫉妬渦巻く三角関係になど、なりようもなかった。

何があろうと、私はいつだって千佳代の前で、千佳代よりも遥かに完成されている人間を装い、冷静にふるまうことができた。教え子を温かく見守る教師のような気分でもあった。そうやっている限り、私の自尊心は、一切、傷つけられることがなかったのである。

千佳代は劇団「魔王」から離れ、やがてかかわりすら持とうとしなくなった。すべては「アナベル・リイ」の舞台でみせた彼女の演技が発端だったのは言うまでもない。悪評どころか、劇評の俎上《そじよう》にのせることすら避けられてしまうような、あの痛々しい演技！　それこそが飯沼との出会いをもたらし、同時に、彼女自身を劇団から遠ざけることにもなったのだから、皮肉と言えば皮肉である。

それなりの大きな野心を抱いて上京したはずであった。役者として日の目をみるまでは塩を舐《な》めてでも生き延びようとする気概も、あったと思う。

だが、飯沼に救われ、守られ、飯沼の愛を独占できた時から、彼女は嬉々《きき》として、夢を追いかけるだけの人生から降りた。売れない女優、稀《まれ》にみる大根役者として四苦八苦しながら生きていくよりも、彼女は飯沼を愛し、愛され、飯沼と共に暮らすことにのみ、人生のすべてを賭《か》けたのである。

飯沼に呼び出され、外で会ってコーヒーを飲んできたと言う多恵子が、何やら刺々《とげとげ》しい表情で店に戻って来たのは、その年のクリスマスが近づいたころだった。

開店前の「とみなが」の流し台で派手に水を流して布巾《ふきん》を洗いながら、多恵子は「ねえ、飯沼さんから何を言われたかわかる？」と私に訊《たず》ねた。口元には笑みを浮かべていたが、声には怒りと軽蔑《けいべつ》がにじんでいた。「まったく、笑っちゃうわよ」

「どうしたんですか」

「ニュウセキ」

そう言った多恵子は乱暴な手つきで布巾を絞った。あたりに水しぶきが飛び散った。

初めは、何を言われているのかわからなかった。多恵子はぷりぷりした態度で絞った布巾を拡げ、濡《ぬ》れたままの手でソバージュヘアを勢いよくかきあげた。

「入籍よ、入籍。籍を入れたんですって。昨日、二人で仲良く区役所に行ってきたんだって。まったくもう、そんなこと、勝手にすればいいのに、わざわざ私を呼び出して報告するなんて。どういう神経してるんだか」

私は両方の眉《まゆ》を吊《つ》り上げた。自分でもよくわからない、どろりとした感情が生まれ、心の中を一巡していった。

だが、まもなくそれは鎮まった。風で一斉に舞い上がった埃《ほこり》が、ふわりと床に落ち、ひっそりと動かなくなった時のように。

「……千佳代ちゃんと、ですか？」

「他に誰がいるのよ」

「千佳代ちゃん、私にはなんにも言ってなかったけど」

「そりゃあそうよ。昨日の朝だか昼だかに、急に二人で思い立ったらしいから。へえ、そうですか、それはそれはおめでとう、って話でしょ？　そんなこといちいち人を呼び出してまで報告しなくたって、ここに飲みに来た時に報告してくれればいいじゃないの。どうしてわざわざ、私を呼び出して、のろけるようなことを言わなくちゃいけないのか、全然、わかんないわよ」

私がおずおずとうなずくと、多恵子はいきり立ったように経緯を話し出した。

「今日の午前中に、飯沼さんからうちに電話がかかってきたの。ちょっと出てきてほしいんだけど、って。報告しておきたいことがあるから、って。あんまり思わせぶりだったから、今、この電話で話せばいいじゃない、って言ったんだけどね。会ってから話す、の一点張り。でもさ、ほんとのこと言うと、私、それを聞いた時、すごいことを想像したんだ」

「どんな？」

多恵子はちらと私を目の端で見ながら、「わかるでしょ？」と怒ったような言い方で言った。「実はいろいろあって、千佳代と別れることになった、とかなんとかね。そういう打ち明け話をしてくるんじゃないか、って思ったのよ。でね、その後で、私と飯沼さんは改めて恋仲になるの。やっぱりきみしかいなかった、私もあなたしかいなかった、ってことになって、静かだけど燃えるような恋が始まって、それで最後は、めでたしめでたしになる、っていう、安手のドラマみたいな展開」

私は目を大きく見開き、瞬かせ、次いで笑い出した。多恵子らしい正直さだった。私はその種の正直さが好きだった。

「何がそんなに可笑《おか》しいのよ」

「ごめんなさい。つい……」

「想像するのは自由でしょ」

「もちろんですよ。なんでもアリ、です」

「結婚式はどうしようか、なんてことまで想像したんだから」

「そこまで？」

「二人だけで外国に行って、教会で式をあげて、フラミンゴたちに祝福されるとかね」

「フラミンゴ？」

「想像の中では、教会のまわりにフラミンゴがたくさんいたのよ。あんまりたくさんいるから、まわりがピンク色に染まっちゃうくらい。……なんでフラミンゴなのか、って訊《き》かれてもわかんないわよ。理由なんかないんだから」

私は涙をためながら笑いこけた。多恵子もつられたように小さく噴き出し、肩を揺すって笑い出した。

ひとしきり笑ってから、多恵子は軽く咳《せき》払いをし、洟《はな》をすすり、「年貢の納めどき」と言った。突き放すような言い方だった。「ま、飯沼さんも、ただの男だった、ってわけね。ちょっと呆《あき》れるけど」

「呆れる？」

「あんな」と言いかけて、多恵子は少し間をおき、急いで言い直した。「ああいう、信じられないくらい古風な尽くし型の女の子に、簡単にイカれちゃうなんて。もうちょっと、筋金入りだと思ってた」

私は黙ってうなずいた。

たとえ勢いだったにせよ、情を交わした経験もあり、それ以後も恋しくてたまらない気持ちを隠し通してきた相手だった。その相手が自分ではない、別の女を選んだということに対して抱く多恵子の気持ちはよく理解できた。

その晩、多恵子は荒れた。クリスマスシーズンだったこともあり、店に出入りする客は多かった。その誰もに、ふだん以上に陽気に話しかけ、勧められるままにビールやウィスキーを飲み、足元をふらつかせながらも、多恵子はやめようともせずに飲み続け、しゃべり続けた。

私も一緒になって飲みたい気分だったが、多恵子の介抱役を務めなくてはならなくなることがわかっていたので、控えた。

案の定、看板にするころには多恵子はすっかり酔いつぶれていた。

最後に残った中年の男性客が、「じゃあ、ママ、また来るよ。よいお年を」と言ってスツールから離れ、髭《ひげ》をたくわえた顔に笑みを浮かべた。隣のスツールで腰をくねらせながらバーボンの水割りを飲んでいた多恵子は、甘えたように手を伸ばし、ぐずり出す寸前の子どものように鼻を鳴らしながら彼の腕をとった。

思わず上半身をぐらつかせた多恵子を慌てて抱きとめた男にしがみつき、多恵子はくちびるを突き出してキスをせがんだ。

今夜のママはおかしいな、いったいどうしたんだよ、と言って男は笑った。そして、まんざらでもない、という表情で多恵子の頬と額に軽くキスをすると、ちらと私の顔色を窺《うかが》いながら店を出て行った。

ドアが閉まり、店内に私たち以外、誰もいなくなったとたん、多恵子はいきなりカウンターに突っ伏した。背中が小刻みに震えた。初めのうちは、泣きまねをしていただけだったと思うが、やがて烈しく嗚咽《おえつ》し始めた。

私はカウンターをまわって多恵子の隣に立った。声のかけようもなかったので、黙ってその背を撫《な》で続けた。やわらかな温かい肉の感触が、つけているブラジャーの留め金の硬さと共に、私の掌《てのひら》に拡がっていった。

飯沼が千佳代と婚姻関係を結んだと知っても、私は多恵子のように荒《すさ》んだ気持ちにはならなかった。

何がどうなろうと、千佳代は私に隷属している、自分は千佳代の上に立っている、という意識が私の中には根強くあった。上に立っている以上、千佳代にとっての祝い事はきちんと祝ってやらなければならない。そうすることで、自分の気丈さ、簡単なことでは倒れない強さを表現できる……。

「気持ち、よくわかります」と私は多恵子に話しかけた。「でも、飯沼さんにとって、多恵子さんは初めから別格なんですよ。だから、わざわざ多恵子さんを呼び出して、報告したりしたんだと思う。ふつうはそんなこと、しないじゃないですか。多恵子さんはね、そういう意味で、飯沼さんにとっては永遠のお相手なんです。なんでも知っていてもらいたい人、甘えたい人なんです。今はちょっと……なんて言うのか、遠回りしてるだけみたいな状態で……。ねえ、多恵子さん。年が明けたら、ここであの二人の結婚のお祝い会を開きませんか。そうすることで、きっと、多恵子さんの気持ちも……」

多恵子は何も聞いていなかった。カウンターに突っ伏したまま、多恵子は喉《のど》の奥でかすかな鼾《いびき》をかきながら、眠りに落ちていた。

店内に流れる有線放送からは、フランク・シナトラの「ホワイト・クリスマス」が流れていた。店の外のすぐ近くを救急車がサイレンを鳴らして通り過ぎ、尾をひくような不吉な音を残しながら遠のいていった。

カウンターの上の、偽物の樅《もみ》の木にまきつけた色とりどりの小さな電飾が、規則正しい点滅を繰り返していた。

心臓の鼓動に似ている、と私は思った。

4

舞台用語に「暗転」という言い方がある。いっとき場面を替えるために、それまで隅々まで照らしていた照明を落とし、舞台を闇に包みこんでしまうことを言う。

その「暗転」が、舞台の上ではなく、現実の中で引き起こされたのは、一九八〇年五月だった。前年の暮れ、飯沼と千佳代が婚姻届けを提出し、正式な夫婦となってから、半年もたたないころである。

週に一、二度、「とみなが」に連れ立ってやって来る、というのが二人の習慣になっていた。飯沼の仕事が忙しかったり、取材で地方出張になった時など、千佳代が一人でやって来ることもあったが、稀《まれ》だった。飯沼が単独で来る時は、たいてい仕事関係者を連れてきていた。彼が一人で店に来ることはなくなった。

多恵子はいち早くそのことに気づいていたらしく、彼女らしい猜疑《さいぎ》心を私にもらした。

「千佳代ちゃんが蔭《かげ》で飯沼さんに、『とみなが』には一人で行っちゃいや、って言ってるんじゃないか、ってね。ずっと思ってるのよ。飯沼さん、絶対一人で来なくなっちゃったでしょ。いくら結婚したからって、あの飯沼さんが、新妻にそこまで操《みさお》をたてるとはね。夢にも思わなかった」

多恵子の推理はもっともだったが、まったく現実味がなかった。「たまたま、飯沼さんが一人で来られない状況が続いてるだけですよ。第一、もしもほんとにそうだったとしたら、千佳代ちゃんが、多恵子さんと飯沼さんのこと知ってる、ってことになるじゃないですか。そんなことあり得ないもの」

「私と彼のこと、って言ったって、よくあるアヴァンチュールに過ぎないじゃない。世界中に掃いて捨てるほどある、一夜の気の迷い」と多恵子はため息まじりに言った。「私にとっちゃ、全然、気の迷いなんかじゃなくて、大まじめだったんだけど。でも、彼にとってはそうだったのよ。だからこそ面白がって、千佳代ちゃんに教えちゃったことがあるんじゃないか、って思って」

「まさか」と私は苦笑した。「『とみなが』のママと一夜の情事を交わしたことがある、って？　そんなこと、飯沼さんに限らず、わざわざ自分の妻に教える男なんか、この世にいませんよ」

「飯沼さんはとことん自由主義よ。男と女はどこまでも自由なんだ、っていつも言ってるし。千佳代ちゃんから冗談めかして私とのことを邪推されて、だから何だよ、何が悪い、って、ただの遊びだよ、って、あっさり認めちゃったのかもしれない」

私は目を丸くしてみせた。「多恵子さんの想像って無限なんですねえ」

笑って返してくれるかと思ったのだが、多恵子は無表情になったまま、応《こた》えなかった。

私は慌ててつけ加えた。「誓って言いますけど、私、そんな余計なこと、千佳代ちゃんにひと言だってしゃべってないですから」

「わかってる」と多恵子は言い、疲れたような目で私を見た。「そういうことをべらべらしゃべるような人には、私、どんな小さなことでも、絶対に打ち明けない主義なの。えっちゃんのことは信用してるわよ」

千佳代が蔭で飯沼に「とみなが」には一人で行かないで、などということを懇願するはずはなかった。昔、多恵子さんと、何かあったんでしょ？　そうなんでしょ？……と詰め寄っている千佳代は想像できなかった。

百歩譲って、非科学的な直感のようなものが働き、何か勘づいたのだとしても、私の知っている千佳代は、その種のつまらない独占欲を口にするような女ではなかった。

当時、千佳代と吉祥寺や新宿で待ち合わせて、女同士、ぶらぶら百貨店やブティックを冷やかして歩いたり、甘いものを食べたり、映画を観に行ったりすることがあったが、そんな時も私は、千佳代から幸福な結婚生活ののろけ話以外、聞いた覚えがない。飯沼に関する不安なこと、心配なことは何ひとつ、聞かなかったし、実際、彼女は、毛筋ほどもそうした感情は持ち合わせていなかったと思う。

「偶然、飯沼さんが仕事関係者を連れてくるようなことが重なってるだけですよ」と私は言った。「多恵子さんの考えすぎ。どうやれば、そこまで考えすぎになれるんだろう。笑っちゃいますね」

「そう？　ほんと？」

「そんなに気になるんだったら、飯沼さんに直接、聞いてみればいいじゃないですか」

「何て聞くのよ」

「どうして最近、一人で来ないの？　って。何かわけでもあるの？　って」

「そんなこと、恥ずかしくって聞けるわけないでしょ」

「なんで恥ずかしいんですか」

「あのね……そういうこと、わかんないかしら。私のプライドが許さないのよ」

そう言って、何やら険しい目をして私を見るなり、多恵子は「プライドなんか、豚に食わせろ、なんだけどさ」と吐き捨てるように言った。そして、大きく息を吸い、姿勢を正して目に見えないものを威嚇するかのように胸を突き出してみせながら、ふふ、と小さく笑った。

私と多恵子がそんな会話を交わした日の、まさにその晩のことである。ゴールデンウィークが明けたばかりで、開店と同時に客はひきも切らずに訪れていたが、どうした加減か、いつもなら深夜過ぎまで居すわるような客が、比較的早い時間に三々五々、帰り始めた。

客がいなくなり、これといってやることもなくなった。客用のスツールで煙草を吸い始めた多恵子と向かい合わせにカウンター内の丸椅子に座り、世間話をしていた時だった。九時半ころだったと思う。飯沼と千佳代がそろって店に現れた。多恵子は手にしていた煙草を慌てたようにもみ消すと、羽を拡げた孔雀《くじやく》のような笑顔を作って立ち上がり、二人を迎えた。

私はすぐさま、千佳代の顔色が悪いことに気づいた。心なしか、声にも表情にも元気がなかった。カウンターに向かって腰をおろす、その動作はいかにもだるそうだった。少し会わないでいる間に、痩《や》せたようにも感じられた。

飯沼が「彼女、風邪がなかなか治らなくてさ」と言った。「今日は何か、あったかいものを飲ませてやってくれないかな」

「あらあら、風邪ひいちゃったの？」と多恵子が聞き返した。「大丈夫？」

「ええ」と千佳代は微笑しながらうなずいた。「大したことないから」

私にはそのときの多恵子の気持ちの揺らぎが手にとるようにわかった。具合が悪そうにしている千佳代を前にして、妊娠しているのではないか、という疑念が生まれたとしても不思議ではなかった。なぜなら、私自身、一瞬、そう思ったからである。

千佳代と最後に会ったのは、四月二十日ころだった。連休中は連絡をとっていなかったので、何も聞いてはいなかったが、本人ですら気づかずにいた妊娠のせいでつわりが始まっている、と考えることもできた。

「ここんとこ、寒暖差が烈しかったですもんねえ。朝晩はまだ寒いし、油断すると風邪ひいちゃうわよ。ホットウィスキーでいいかしら」

てきぱきと動きまわりながら訊《たず》ねた多恵子に向かい、千佳代は曖昧《あいまい》にうなずいた。

「でも、私、今日はあんまりお酒が飲めないかもしれなくて」

「じゃあ、レモネードにしましょうか。それとも熱いココア？」

「ココアにしてもらったほうがいいんじゃないか」と飯沼が言った。

多恵子は千佳代がうなずき返すよりも早く、「わかった。おいしいのを作るわね」と言って湯をわかし始めた。

なんでも、週刊誌やタブロイド新聞のコラム原稿の締切を三本抱えていた飯沼が、その日の夜になってやっと書き終えることができたため、千佳代を誘い出し、外で遅い夕食をとってきた、という話だった。

外の空気を吸ったほうが気分がよくなるもんだよ、と飯沼が言った。「部屋にこもってると余計にだるくなる」

「熱はないの？」と私が問いかけると、千佳代は元気を装うように背筋を伸ばしてうなずいた。

「測ってないからわかんないけど。でも、平気平気。飯沼さんの言う通り、こうやって外に出てきただけで、かなり気分がよくなったから」

千佳代は夫になった飯沼のことを相変わらず「飯沼さん」と呼んでいた。千佳代が「飯沼さん」と口にするだけで、彼に向けた尊敬と愛情、深い感謝、情熱が、きらきらと輝くスパンコールのようになって、あたりに飛び散るのが目に見えるようだった。

だが、その一方で私は、多恵子が皮肉と冗談をこめて「おめでたなんじゃない？」などと言い出すのではないか、と思ってはらはらした。なぜなのかはよくわからない。千佳代の、青白いというよりも黄色くくすんだような顔を前にして、その質問は場違いのような気がしたのである。

結局、多恵子はその種の冗談めかした皮肉は口にせず、飯沼のためのバーボンのソーダ割りを自分の分も作って飲み始めた。千佳代が何もいらない、と言うので、飯沼にだけ里芋の煮ころがしを温め直し、手早く空豆と桜エビをかき揚げにしたりなどし、多恵子はいつもの陽気な多恵子だった。

　飯沼に勧められたので、私もビールを飲み、そうこうしているうちに、いつものように座が賑《にぎ》わってきた。その間中、客は誰も入ってこなかった。

　どういうきっかけがあったのだったかは覚えていない。何かの話の流れから、先祖代々の墓がどこにあるか、という話題になった。

　九州生まれの飯沼は、飯沼家代々の墓は長崎にあるが、忙しくて墓参りなどほとんどしたことがない、と言った。それを聞いた多恵子は、でも、飯沼さんが死んだら、そこに入るんでしょ、だったらたまにはお参りくらいしてこないと、ご先祖様に追い出されて極楽浄土に行けなくなるわよ、などと言って茶化し、私は私で、訊かれるままに父方の曾《そう》祖父のころからの墓所が谷中《やなか》にある、という話をした。

　お墓参りしてる？　と多恵子から訊かれたので、祖父が死んでから、一度も行ってない、と私は答えた。

「それ、いつの話よ」

「ええっと、六つの時だったかな」

　それを聞いた多恵子が目を丸くして大げさに天井を仰ぎ、「ああ、みんな、だめね。成仏できないわ」と言ったので、私たちは笑った。

「千佳代ちゃんのとこのお墓はどこにあるの？」

　そう訊ねたのは私である。なんとなく千佳代だけが、うすぐらい闇の中にいながら無理をして笑っているような気がして、気がかりだった。

「島根の山の中」と千佳代が答えた。「すごいのよ。行ったらびっくりするから。山の一角が全部、うちの墓所になってるの。ほんとに先祖代々、全員がそこに眠ってて。卒塔婆《そとば》なんかは崩れて腐ってなくなっちゃってるのもあるし、ちっちゃな墓石は真っ黒で名前も読めないまんま倒れてたりして……」

「土葬？」

「そうね、昔のものは全部、土葬だと思う」

「管理をする人はいるの？」

「まさか。うちは貧乏だから、そんなこと全然。気がむいたら、親類縁者の誰かが掃除に行くくらいで、ほったらかし」

「千佳代ちゃん、行くことある？」

千佳代はうっすらと微笑み、首を横に振った。「めったにない」

飯沼が説明を始めた。「明治時代なんてものじゃないみたいだよ。もっと前の、そうだな、江戸《えど》や室町《むろまち》のころからのもあるんじゃないかな。千佳代のとこに限らず、日本の山村にはまだまだそういう場所がたくさんあるからね。きちんと区画整理された霊園なんかじゃない、文字通りの先祖代々が暮らしてきた土地に、人は死者を葬ってきたんだよ」

私は「へえ」と感嘆の声をあげた。「見てみたいな。どのくらいの広さなの？」

「山の中だし、境界線もはっきりしないから正確にはわかんないけど」と千佳代が言った。「三百坪？　もっとかしら」

「なんだか歴史上の人物のお墓みたいなのね。伊達《だて》家の墓……とか」

千佳代は何も反応しなかった。ちらとそんな千佳代に目を走らせたあと、代弁するかのようにして飯沼が言った。「もっと素朴なものなんだと思うよ。言ってみれば、墓っていうよりも、朽ち果てた野仏みたいな、そういう感じかな。時の流れを見せてくれる野の墓、ってのはいいもんだよ。おれは昔から好きだね。人家のない里山を歩いてる時なんかに、岩なのか墓石なのか、わかんないものが転がってたりするんだけど、よく見ると墓だったりしてね。思わず手を合わせる」

「気味悪くない？」と多恵子が訊いた。

「全然」と飯沼は答えた。「それどころか、なんとも言えない風情がある。人間はそうやって葬られて、時間が流れて、そのうち自然と一体化して朽ちていくのが理想だね。大げさな大理石の墓石だの、これみよがしな墓碑銘なんか、必要ない。埋葬されて、ちょっとした目印をつけてもらえるだけで充分。その目印だって、そのうち雨風にさらされて、骨と一緒に朽ちていくんだ。なんにもなくなる。……そのうち彼女の両親に挨拶《あいさつ》に行くつもりだから、その時に、そこに連れてってもらうのが楽しみでさ」

二人の結婚は、その年の正月明けに、事後報告というかたちで双方の親に伝えたと聞いていた。

そのことは多恵子もむろん知っていたはずだが、酒の酔いも手伝ってか、飯沼にからみたくなったらしい。「飯沼さんたら、まだ挨拶に行ってなかったの？　とっくに行ったんだとばかり思ってた」

「行かなくちゃいけなかったんだけど、この春からずっと、おれの仕事が忙しかったんだよ。なかなかまとまった休みがとれなくて」

「よくないわねえ。できるだけ早く行ってこなきゃ。娘の親ってのはね、表向き、平然としてても、内心、どれだけ娘のことを心配してるかわかんないんだから」

「今夜はやけに旧態依然とした説教ばっかりされるなあ。墓参りしろ、とか、早く挨拶に行け、とかさ」

そう言って飯沼が苦笑した、その時だった。千佳代が「ちょっと失礼」と小声で言うなり、スツールから降りた。

全員が千佳代を見るともなく見た。店の奥にあるトイレに向かう足どりは、ふらついているように感じられた。

トイレのドアが閉じられる音を耳にしながら、多恵子が落ちつかなげに「大丈夫かしら」とつぶやいた。

「……顔が黄色いと思わないか？」

ややあって、誰にともなくそう言ったのは飯沼だった。「おれの気のせいかもしれないけど」

「そうですね」と言い、私は、ほとんど口をつけないまま残されている、千佳代のココアに目を走らせた。「ファンデーション、替えたのかもしれません」

「ああ、そういうこともあるだろうな。おれにはわからない分野だけど」

「きっとそうよ」と多恵子は言い、せかせかと煙草をくわえた。飯沼が気づき、ライターで火をつけてやろうとした。だが、多恵子はそれを断り、自分で「とみなが」のマッチを擦った。

話題が途切れた。千佳代はなかなか戻って来なかった。

雑居ビルの地下にある「とみなが」は、建物自体がもともと堅牢《けんろう》だったのか、あるいは、店の造りだけがそうだったのか、どれほど店内が静かでも、奥のトイレ内の物音はほとんど聞こえなかった。

煙草を半分ほど吸い終わった多恵子が、案じ顔でトイレのほうを窺っているのがわかった。見てきます、と私が言い、カウンターから出ようとした時、トイレのドアがゆっくりと開いた。

あまりにも静かな、のろのろとした開き方だったせいか、蝶番《ちようつがい》の音が異様に長く響いたような気がした。

現れた千佳代は蒼白《そうはく》の顔をしていた。顎《あご》のあたりに薄茶色の汚物がついていて、それが糸をひくように滴り落ちていくのが見えた。

「ごめんなさい。……トイレ、汚しちゃった」

そう言ったとたん、千佳代は口を半開きにし、白目をむいてその場にくずれおちた。糸が切られた時の操り人形のようだった。

飯沼が駆け寄り、千佳代、千佳代、とその名を呼びながら抱き起こした。千佳代の首が、がくりと後方にそり返るのが見えた。

「まずい。救急車だ」

多恵子が何か小さく叫びながら、店内の電話の受話器をとった。救急車を呼んでから、「顔、横向きにして！」とカウンター越しに大声をあげた。「横に向けとかないと、吐いたもので喉、詰まらせちゃう！」

千佳代の意識はなかった。少なくとも、私たちの呼びかけには応えなかった。

「とみなが」が入っている雑居ビルの前に救急車が到着し、救急隊員が地下に向かう階段を駆け下りてきたのと、偶然、飲みにやって来た四人連れのグループが、今まさに店の扉を開けようとしたのは、ほとんど同時だった。

扉の向こうで、怯《ひる》んだようにあとじさりし、ひとかたまりになって中の様子を窺おうとしている若い男女の姿が視界に飛びこんできた。

千佳代はぐったりと目を閉じたまま、動かなかった。駆け寄ってきた隊員たちが私たちから事情を聞き、素早く千佳代の容態を確認した後、彼女を担架に乗せた。無線でやりとりする声が、ものものしく店内に響きわたった。

どなたか一緒に行かれますか、と隊員が問いかけると、すかさず飯沼が前に飛び出し、

「僕が」と答えた。

多恵子が慌てたように「私も」と言った。怒鳴るような言い方だった。「飯沼さん、一人じゃ心細いでしょ。私も行くから。えっちゃん、お店のほう、お願いね。いい？大丈夫？」

こんな時に店など、どうでもいいではないか、と私がかすかな反発を覚えたのは、飯沼と共に千佳代に付き添うべきは、多恵子ではなく自分のほうだろう、と思ったせいである。

千佳代には私以外、友達がいなかった。唯一の友達が私である、という話は幾度となく……時にうっとうしくなるほど聞かされていた。そこに一片の嘘も誇張もないはずだった。

年上の多恵子はざっくばらんな性格で、気のおけない話し相手だったかもしれないが、千佳代の中で「友達」に分類されてはいない。夫婦ともに通い慣れた、小さなバーの経営者に過ぎない。私の知る限り、千佳代には本当に、私以外、友達はいなかった。

意識を回復した時、夫の飯沼と並んで自分を心配そうに見下ろしている多恵子の姿に、千佳代が違和感を覚えないとも限らない。どうしてえっちゃんではなく、多恵子さんなの、どうしてえっちゃんがいてくれないの、とさびしく思うかもしれない。だから救急車に同乗すべきは、多恵子ではないのだ、私なのだ、と思ったのだが、そんなこだわりは素早く消えていった。

どう見ても一刻を争う状況だった。付き添う相手が誰になろうとも、ただちに千佳代を病院に運び、治療を受けさせねばならなかった。

私は多恵子に向かって大きくうなずき、「お店は任せてください」と言った。

飯沼は顔をこわばらせながらも、精一杯、冷静さを保とうとしていた。事情を知らない人間が見たら、ふだんの飯沼が、ちょっと仏頂面をしているだけのように見えただろう。彼は隊員のあとに続き、大股《おおまた》で店の外に出て行った。

Gジャンだったか、カーディガンだったかは覚えていないが、上着をわしづかみにした多恵子が、あたふたとそれに続いた。その手には千佳代のショルダーバッグが提げられていた。

戸口のところで、多恵子はソバージュヘアをいっそうふくらませながら私を振り返り、「あとで電話する」と言った。「だから今夜はここにいてちょうだいね」

救急車がサイレンを鳴らして遠ざかっていった。ややあって、四人連れが互いに顔を見合せながら、おずおずと「いいですか？」と私に訊ねた。

トイレの掃除もしなくてはならないことを思い出した。何よりも、客を迎え入れるだけの気持ちの余裕がなかった。なぜ、こんな時に、客が来るのだろう、と腹が立った。

だが、私は平静を装って彼らを迎えた。

ちょっと病人が出て、と私が言うと、グループの中の若い女が、「ほんとびっくりしちゃった」と甲高い声で言った。「真っ青、っていうより、真っ白い顔してたし」

隣の男が耳元で何か囁《ささや》いた。若い女は腰をくねらせ、笑い、「やだー、何それ」と言った。並んで座っていた他の二人も、さも可笑《おか》しそうに肩を揺すって笑いだした。

何も考えないようにしながら、私は飯沼と千佳代の食べ残し、飲み残しの入っている食器やグラスを片づけた。トイレに入ってみると、千佳代が言っていたほど便器にも床にも目立った汚れは残されていなかった。

病院がわかった時点で連絡ください、私も店を閉めて、すぐ行きますから……。そう言えばよかったと思った。なぜ言えなかったのかと思い、後悔の念にかられた。店に残り、連絡を待っているだけ、というのは残酷だった。

苦しむ千佳代を簡単に見捨ててしまったかのような、ひどくみじめな気持ちにかられた。だが、どうしようもなかった。どのみち、あとの祭りだった。

あの時を境に、千佳代の身に起こったことは、思い出すだけで今もぞっとする。たかだか二十七年ほどしか生きていない、若く瑞々《みずみず》しい、生命力にあふれた人間の肉体に、あんなことが起こるとは未《いま》だに信じることができない。

あれから長い歳月が流れた。いい加減、記憶が風化してもいいだろうと思うのに、今もまだ、病に倒れ、凄《すさ》まじい速さで衰えていく千佳代の姿は、私の中に鮮やかに残されたままになっている。それはまるで、セメントが乾かぬうちに、誤って手を押しつけてしまってできた、忌ま忌ましい手形のようなものだった。どれほど力を入れて、こそげ取ろうとしても、何かで隠してごまかそうとしても、それはくっきりと脳の襞《ひだ》の奥に刻印されたまま、消えたためしがない。

千佳代が搬送されたのは、西荻窪からさほど離れていない、救命救急センターを併設している総合病院だった。規模としては中クラスだったが、評判は悪くなかった。

後に多恵子から聞いた話によると、千佳代は救急車の中でいったん、意識を取り戻した。だが、尋常ではない倦怠《けんたい》感がある、と訴えた。発熱がみとめられ、黄疸《おうだん》も出始めていた、ということだった。

その晩のうちに下された診断名は「急性肝炎」だった。

ここ数週間の間に、海外旅行をしたか。ふだんと違う食べ物、飲料水を摂取したことはなかったか。輸血は受けなかったか。……そうした質問をされて、本人はもちろんのこと、飯沼も首を横に振った。継続したアルコールの多飲、長期にわたる薬剤の乱用についても訊かれたというが、千佳代にあてはまることは何もなかった。

肝炎の原因になったとおぼしきものは不明だったものの、全身倦怠感、発熱、食欲不振、黄疸など、症状としては間違いなく急性肝炎そのものだった。ただちに入院して安静に努め、点滴で体力をつけながらさらに全身の精密検査をする、ということで話が落ちついた。

多恵子が店に戻ってきた時、外はまだ暗かったものの、明け方近くになっていた。入院に必要なものを取りに、飯沼は自宅に帰ったという。

「でも、よかった、肝炎で」と多恵子は言った。さして疲れている様子もなく、たっぷり寝て起きたばかりのような、つるりとした顔をしていた。「肝炎も大変なんでしょうけど、おかしな病気じゃなかったのは何よりよ。急に泡吹いたみたいになって倒れちゃったじゃない。私、脳梗塞《こうそく》とか心臓麻痺《まひ》とか、生命にかかわる病気を想像したのよ。もう、怖くて怖くて心臓がドキドキして、こっちが倒れるかと思った」

「私も同じ。大変だったけど、飯沼さんもこれで少し安心したでしょうね」

多恵子は軽く肩をすくめ、皮肉な笑みを浮かべた。「飯沼夫妻の夫婦愛を見せつけられちゃったわよ。飯沼さん、心配で心配で息も絶え絶えになってるのが顔に書いてあるのに、強がってみせちゃって。何も気にしてない、って感じにふるまうのよ。無理してるのが見え見え。でも、ほんとのところは気が変になりそうだったのよ。千佳代、って呼びかけて、目なんか血走ってたし、手がぶるぶる震えてたもの」

急性肝炎、という病名は、その時、多恵子にとっても私にとっても、それほど深刻なものではなかった。比較的、よく耳にする、どちらかと言えば、ありふれた病気でもあった。

私の美大時代の同級生で、少し親しくしていた時期のある男子学生が、東南アジアをバックパッカーとして旅行中、宿泊先の宿の水道を使って歯を磨いただけで肝炎になったことがある。彼は帰国後、全身の不調にみまわれ、病院で診察を受けて急性肝炎と診断された。比較的長い入院が必要だったが、経過は順調だった。見舞いに行った時も、いったいどこが病気なのか、と思うほど元気そうに、食べたいものの話ばかりしていた。

彼から聞いたのは、海外では歯磨きの水やプールの水にも気をつけないと、肝炎ウィルスに感染する、ということだった。

そのせいなのか、肝炎、というのは私にとって、決してそら恐ろしい病気ではなかった。注意を怠ったためにひいてしまった風邪と大して変わらないものでもあった。海外旅行をしたわけではないが、千佳代はきっと気づかずに、どこかで何か悪いものを食べて、肝炎ウィルスに感染したのだろう、と私は思った。私にとって、その時はまだ、せいぜいがその程度の認識でしかなかったのである。

「なにはともあれ、よかった」と私は言った。「生きた心地、しなかったですよ。店に入ってきた時から、様子がおかしい、と思ってましたから、余計に」

「ほんとのこと言うとね」と多恵子は立ったまま、冷蔵庫から取り出した烏龍茶《ウーロン》をごくごくと飲んでから言った。「私は、彼女が妊娠してるんじゃないか、って思ったのよ」

「そうだと思ってました」

「何が？　私がそう思ったことが？」

「多恵子さんの心の中、私には全部透け透けですもん」

多恵子は笑い出した。「何よ、それ。えっちゃんは千里眼？　えっちゃんだって、そう思ったんじゃない？　そうなんでしょ？」

私は即座に認めた。「ふつう、ああいう場合、そう思いますよね」

「そわそわしてたのよ、私」と多恵子は言い、寛《くつろ》いだ表情で煙草をくわえた。「飯沼さんとの間にできた子を妊娠中か、って思うとね。なんか、嫉妬《しっと》する、っていうよりも、そわそわしちゃって。変ね。飯沼さんの子を妊娠してるんだったら、ジェラシー感じてもおかしくないのに、そういうのはなかったのよ」

「なんとなくわかるような気がします」

「妊娠って、色っぽいできごとじゃない。セックスそのものよりも、色っぽいわよ。ものすごく官能的よ。いやらしい、っていう意味で言ったら、セックスそのものよりもいやらしいかもね」

「言われてみればそうですね」

「そこまでいやらしいと、嫉妬なんかなくなるのよ。そんなことより、むしろ、わあ、なんていやらしいの、って思って、なんか変な言い方だけど、こっちがどぎまぎしてくるの。女が女の肉体をほんとに、心の底からセクシーだと思った時って、嫉妬とか、そういう感情はわかないもんじゃない？」

「確かにヌードグラビアなんかを見る時なんか、けっこう、そういう目で見てること、多いです。男の目になってるのかもしれませんけど」

「そうそう。それに近い感覚よ。それにさ、生殖って、ものすごく官能的じゃない？セックスして赤ん坊ができるのよ。これ以上、官能的なことってないじゃないの」

　多恵子は嬉しそうに微笑し、軽く息を吸ってから訊ねた。「……えっちゃん、妊娠したこと、ある？」

私は笑みを浮かべながら、黙って首を横に振った。本当だった。

妊娠したかもしれない、と思ったことは何度かある。そのたびに困惑したり、不安になったり、あれこれ想像して怖くなったこともあったが、次の生理は数日遅れでやってきた。

そのつど、心底、ほっとしたが、反面、わずかではあるが無念にも思った。多恵子の言う通り、自身の中の官能のドラマが、呆気《あっけ》なく終わってしまったような感覚にとらわれたからなのだろう。

「今日はご苦労さま。こんな時間になっちゃって。疲れたでしょ。私んとこに泊まってってよ」そう言って、多恵子は吸っていた煙草を灰皿ではなく、流水で消した。「私のベッド、使って。狭いけど、一緒に寝ましょ」

多恵子の住まいは、「とみなが」が入っている雑居ビルの三階にあった。それまでにも何度か中に入ったことがある。六畳相当の洋間と和室、それにダイニングキッチンがついた2DKで、多恵子らしく、室内は雑多な小物、ドライフラワー、華やかなレースの敷物やタペストリー、本や雑誌、レコードやカセットにあふれていた。整頓《せいとん》能力に悉《ことごと》く欠けていた多恵子だが、その住まいは不思議と居心地がよかった。

ベッドはセミダブルだった。そこだけ何やら恭しいまでに清潔に設《しつら》えられている感じがしたのは、多恵子が気にいった男を招く時に使っているせいかもしれなかった。飯沼ともそこで情を交わしたのか、と想像し、頬が熱くなったこともある。

その朝、私は始発のバスで大泉学園に戻るつもりでいた。多恵子と枕を並べて寝ることにまったく抵抗はなかったし、むしろ魅力的だったが、家に戻ってゆっくり眠りたいと思った。

私はカウンター席の他に一つだけあるボックス席を指さし、ここでバスの始発まで待ちます、と言った。

「何遠慮してんの。上に行けばちゃんとお風呂《ふろ》も入れるし、ベッドでゆったり寝られるのよ」

「とみなが」にやって来る客は全員、カウンター席を選んだ。そのため、いつのまにか、一つしかないボックス席は客の脱いだコートやバッグ、手荷物、多恵子の私物でいっぱいになってしまい、利用する人間はいなくなった。

埃《ほこり》っぽいような感じのするボックス席に深く腰をおろし、私は近くに転がっていた古いゴブラン織りのクッションを手にとって胸に抱きしめた。「大丈夫です。ここで充分。ちょっと休んで、始発のバスでいったんうちに帰って少し寝て、午後になったら千佳代ちゃんの様子を見に病院に行ってきます」

五月の早朝は少し肌寒かった。多恵子はうなずき、いいわ、わかった、わかった、と言った。「だったら毛布を貸してあげる。寒いじゃない、ここ。電気ストーブも持ってこようか。上まで取りに来てくれる？」

私は首を横に振り、そばに畳まれていた膝《ひざ》掛けを指さした。「これがあるから平気です」

チロリアンテープのような、色とりどりの愛らしい模様が織り込まれた、薄いニットの膝掛けだった。私はふと、かつて千佳代がその膝掛けをショールとして肩に掛けながら、「ねえ、えっちゃん。これ、ショールに使ってもいいんじゃない？　可愛いね！」と言っていたことを思い出した。

ねえ、えっちゃん。えっちゃんてば。えっちゃん、えっちゃん、話を聞いて。えっちゃんは私のたった一人の友達なのよ。本当よ。世界中でえっちゃんだけ。他に誰もいないのよ……。頭の中に千佳代の甘えたような声が響きわたった。

なぜ、そんなことを思い出すのかわからなかった。多恵子が「じゃ、私、帰るね」と言って店から出て行くのを見送ってから、私は膝掛けを胸に掛け、クッションに頭をのせて横になった。

一瞬、ぐらりと頭が揺れたような感じがした。

その日の午後三時少し前だったが、私は千佳代の入院している病院の近くにあった花屋で、小さなブーケを作ってもらった。何か日持ちのする果物でも、と思ったが、様子がわからないので、口に入れるものを用意するのはやめた。

病室は二人部屋だった。千佳代は手前の廊下側のベッドに点滴をしたまま寝ていて、その向こう、窓際のベッドには、とうもろこしのひげのような、ぱさぱさのオレンジ色の髪の毛を枕の上に拡げて横たわる、痩せた中年の女がいた。長患いしているのか、染めた髪の毛が色変わりしてしまった様子で、女はずっと目を閉じたままだった。

千佳代は薄目を開けて私を見た。腕には点滴の針が刺さっていた。枕の上には水枕が重ねられていた。熱が下がらない様子だった。前の晩よりもさらに、顔が黄色くなっているように感じた。黄色いのに、目のまわりだけが青黒かった。

いかにも無理をしているのがわかるような、痛々しい微笑を浮かべ、千佳代が「えっちゃん」と言った。聞き取れないほど掠《かす》れた声だった。「ゆうべはごめんね」

「謝らなくたっていいってば。ものすごく心配したのよ。何が起きたのかと思って。……具合はどう？」

「あんまりよくない」

「安静にして、しっかり治療を受けなくちゃね。急性肝炎なんですってね」

「そうみたい」

「必ず治る病気でよかったね」

「そうね」

「今日、飯沼さんは？　まだ来てないの？」

「さっきまでいたけど。すぐ戻ってくるんじゃないかな。……それ、きれいなお花ね」

「食べ物は今のところ、やめといたほうがいいから、お花だけにした。ええっと、花瓶にするようなもの、あるかしら」

見渡したのだが、入院したばかり、ということもあったのか、花を活《い》けられそうなものは何も見当たらなかった。私は千佳代に「すぐ戻る」と言いおき、いったん病室を出た。

一階まで下り、売店に入ってみたが、花瓶になりそうなものは見つからなかった。仕方なくコーヒー牛乳を買い、立ったまま飲みほした。トイレの洗面台で空きビンを洗い、それを手に再びエレベーターホールに向かった。

病室のあるフロアでエレベーターを降りた時だった。こちらに向かって歩いてくる飯沼の姿を見つけた。

憔悴《しょうすい》した表情だったが、飯沼は私を見つけて歩みを止め、少しほっとしたように笑顔を作った。

「来てくれたんだね」

私はうなずいた。場違いなほど胸がどきどきしてくるのを覚えた。考えてみれば、飯沼と二人きりになったのは、それが初めてだった。

コーヒー牛乳の空きビンを掲げ、「花を活けるものがなかったから」と私は言った。「さっき、これを買って、急いで中身を飲んできたところです。洗えば花瓶になるでしょう?」

そうか、と彼は言った。剃《そ》っていない髭《ひげ》が口まわりを煤黒《すすぐろ》く被《おお》っていた。「ゆうべは迷惑かけちゃったね。あれからずっと店にいたの?」

「ええ。多恵子さんからの電話を待って」

彼はジーンズに白いTシャツ、オリーブ色の、丈の短いブルゾンを着ていた。前の晩、着ていたものと同じだった。

シャツに包まれている胸板は厚かった。多恵子がいつも「たまらなくセクシー」と言っていた胸板だった。

なぜ、こんな時に、そんなことを思い出すのかわからなかった。「今からどこかに行くところだったんですか」

「えっちゃんを探しに行こうとしてたんだよ。さっき千佳代から、きみが売店に行ったって聞いたから」

私はうなずいた。何を言えばいいのかわからなかったので、ゆっくり歩き始めながら「それにしても」と言った。「病名がはっきりしてよかったですね」

「まあね」

「治療にはしばらくかかりそうですか？」

「うん」

「千佳代ったら、何か悪いものでも食べたんじゃないのかしら。ウィルス感染するんでしょ？　肝炎って」

「そうみたいだな」

歯切れの悪い言い方だった。千佳代の病室はすぐ目の前だった。

先に立って私が中に入ろうとすると、飯沼が「待って」と小声で制した。「……その前に二人でちょっと話したいんだ。いい？」

廊下の先は行き止まりになっていたが、その手前の左側に、長椅子が一脚、置かれているのが目に入った。彼がそちらのほうに早足で歩きだすのを見て、私は後を追った。

「実はさ」と彼は椅子に腰掛けるなり、前かがみになった。股の間で両手をきつく握りしめた。「……あんまり芳しくないみたいでさ」

「え？」

「午前中、検査があって、その結果が出たんだけど。肝機能がひどく悪い。ひどいなんてもんじゃない」

「急性肝炎だからでしょう？」

「そうなんだろうけど、黄疸の出方も異様に強いみたいでね。医者は、少しずつ和らいでくるはず、って言うんだけど、本人の症状は全然、よくならない。昨日よりずっと悪い」

「倒れて運ばれてきたのがゆうべで、まだ時間がたってないからですよ。数日かけて、少しずつよくなっていくんじゃ……」

「そもそも、どうしてこうなったのか、まったく心当たりがない」

「原因がはっきりしない肝炎だってあるんじゃないですか？」

それには応えず、飯沼は独り言を言うかのように続けた。「医者の言い方が気にくわなくてね」

「言い方って？」

「何か隠してる気がする」

「病名、はっきりしてるじゃないですか」

「怪しいもんだ」

「……どうして？　なんで、そう思うの？」

「態度とか言い方とか」

「気のまわしすぎですよ」

「その医者、嘘のつけないやつなんだよ。おれよりちょっと年上、って感じの、いかにも権威主義的な、傲慢《ごうまん》そうな野郎でさ。ふんぞり返って、いばりくさって、薄笑い浮かべながら、目は笑ってない。眉間《みけん》の皺《しわ》も消えない。患者が治るよりも、悪くなっていくことを望んでるみたいなさ、そんな顔だよ」

笑いたい気分ではなかったが、私は噴き出したふりをして少し笑った。「もともと、そういう顔した先生なんですよ」

彼はちらと、横にいる私に目を走らせ、わずかに首を横に振った。きれいな天然ウェーブのついた、しかし、洗髪する余裕もなかったのだろう、脂っぽい感じのする長髪が揺れた。

「悪いな、えっちゃん。こんな話。おれにもよくわかんないんだよ。ただの風邪だとばかり思ってて、突然、こんなふうになっちゃうなんてさ」

「ほんとに」と私は言った。「でも大丈夫です。肝炎は、入院して治療を続けてたら絶対に治る病気ですもの。あんまり突然だったから、飯沼さんも動転して、悪いほうに考えちゃってるだけで、全然そんなの……」

「いや、いいんだ」と飯沼は私をそっと遮った。力のない微笑が口元に浮かんだ。「ごめん。きみにこんなことをぼやいてても仕方ないよな。きみの言う通り、おれの考えすぎなんだろう。でも、それをいちいちきみにぶつけるなんてさ、ひでぇ話だよな」

院内放送で、患者の家族を呼び出している女の声が廊下に響いた。遠くで子どもが泣いていた。私と飯沼の近くに、人はいなかった。

「島根のご両親には？」

「今朝、知らせた。驚いてたよ」

「島根から東京まで来るのは大変だから、千佳代ちゃんも早くよくならなくちゃね」

手にしたままでいたコーヒー牛乳の空きビンから、小さな水のしずくが滴り、床に黒いしみを作った。

若い女の看護師に付き添われた、車椅子の白髪の女性が、千佳代の隣の病室に入っていくのが見えた。

「そろそろ、千佳代ちゃんのところに戻りましょうか。どこ行っちゃったんだろう、って心配してますよ」

「千佳代は」と飯沼は椅子から立ちあがりざま、大きく息を吸い、早口で言った。「ゆうべは、えっちゃんに来てほしかったみたいだ。なんか、そんなことをつぶやいてたよ。多恵子ママには言えないけど」

私の反応を待たずに、飯沼は作ったような微笑を残したまま、千佳代の病室に向かってまっすぐに歩き出した。


比較的ありふれた急性肝炎だとばかり思われていた千佳代の容態は、回復するどころか、日毎に急速に悪くなっていった。肝機能のほとんどが瞬く間に失われ、症状は悪化の一途を辿《たど》った。それに加えて意識障害も出現し、まともな会話が交わせなくなった。

千佳代の肝炎は、肝炎の中でももっとも恐ろしい「劇症肝炎」と診断された。しかも原因不明の急性型で、致死率は一般的に八十パーセントに至る、という話だった。

それを知った飯沼がどんな反応を返し、何を思い、耐えがたい苦しみをどのようにしてなだめて、千佳代と接したのか、その場にいなかった私にはわからない。

すぐに島根から、千佳代の両親が相次いで駆けつけて来た。見舞いに行った際、私は母親のほうと、一度だけ挨拶を交わしたことがある。千佳代と似た面差しの、色白の女性だったが、娘を案ずるあまりか口数も少なく、会話らしい会話は交わせなかった。今となっては、声も思い出せない。

「とみなが」はふだん通り、店を開けていたが、私も多恵子も千佳代の話はほとんどしなかった。

店の電話が鳴ると、多恵子はぎくりと身体をこわばらせた。私も同じだった。自宅にいる時など、電話が鳴り出すたびに、禍々《まがまが》しい知らせがきたとしか思えなくなって凍りついた。

まだ若く、病気に関してはほとんど何の知識もなかった私にとって、「ゲキショウカンエン」という病名は初めて聞くものだった。何よりも、「劇」という文字が使われているのが、不吉でならなかった。

「劇」は演劇の「劇」でもある。千佳代が夢みていたことと符合する。よりによってそんな文字のついている、致死率のきわめて高い病気にかかるなど、最大級の皮肉としか思えなかった。

少し状態がいいようだから、と飯沼から電話があり、不安を胸に秘めながら千佳代を見舞ったのが、五月末だったと思う。ベッドに仰向《あおむ》けに寝ている千佳代は、姿かたちがまるで別人のように薄くなっていた。意識はあったが、会話を交わせるだけの力は失われていた。閉じかけた目を少し開き、濁った瞳《ひとみ》で私を見上げるのが精一杯だった。

剝《む》いたばかりの茹《ゆ》で卵のようにつるつるしていたはずの顔は、見る影もなく衰え、ざらついたサンドペーパーのような感触になっていた。私はそのことに気づかないふりをしながら、その頰やまぶた、額に指をはわせ、「千佳代ちゃん、大好きよ」と話しかけた。手を握った。反応はほとんどなかった。

それからわずか三日後の、朝九時過ぎだった。自宅にかかってきた電話で、私は千佳代が息を引き取ったことを知った。

知らせてきたのは、飯沼だった。飯沼は泣いておらず、取り乱してもいなかった。彼はただ絶望していた。

「いつ？」と私は喉《のど》が塞《ふさ》がりそうになるのを必死でこらえ、小声で訊ねた。

明け方四時くらい、と飯沼は答えた。「急変したんだ」

「飯沼さんはそばに？」

「いや」と飯沼は言った。重苦しい沈黙が流れた。「……間抜けなことに、おれは家にいて寝てた。彼女の両親もいったん、島根に帰ってた。だから死ぬ時、彼女は独りぼっちだった……」

言い終えるなり、飯沼は嗚咽《おえつ》した。

「とみなが」で千佳代が嘔吐《おうと》して倒れ、救急車で搬送されてから、ひと月もたっていない、一九八〇年六月の朝だった。

梅雨入りしていたのかどうか、覚えていない。窓の外の、鬱蒼《うっそう》と生い茂る木々に囲まれた庭には、前の晩から強い雨が降り続いていた。木の葉を叩《たた》く雨音が異様に大きく聞こえた。

早すぎた。あまりにも早すぎたし、千佳代の病の全貌《ぜんぼう》が理解できず、思考も感情も追いつかなくなっていた。現実に起こったこととは思えなかった。彼女の年齢で、そんな死に方があるものなのか、と信じられなかった。

私は受話器を握りしめたまま、何をどうすればいいのか、わからなくなって立ちすくんだ。

庭のどこか、窓にほど近いところで猫の鳴き声が聞こえたように思った。咄嗟《とっさ》に外を見渡したのだが、どこにも猫のクマの姿は見えなかった。

飯沼のほうから先に電話を切ったらしい。気がつけば、受話器の奥からはツーツーと鳴る音しか聞こえなくなっていた。

5

この文章を記し始めた時、私はこう書いた。

「私はもともと霊的な現象には懐疑的だった」と。

そこに嘘はない。年齢を重ね、これほど恐ろしい体験を繰り返してきた今になっても、そのスタンスは基本的には変わっていない。

現実に起こったとされる霊現象……幽霊、亡霊その他、説明のつかない不思議な出来事の数々は、そのほとんどが錯覚か、様々な理由を引き金に、個々人の脳内で勝手に変換されたに過ぎない或《あ》る種の風景、偶然が見せてくれただけの、いかにもありそうなまぼろし、さらに言えば、病的に肥大化した自意識や、語り継がれてきた怪異に対する度を越した興味関心……そうしたものが引き起こしたものに過ぎないと思っている。ほとんどの出来事は、「説明がつく」のである。

たとえ、科学的に証明しづらいことであったとしても、現世を生きている私たち自身が、何らかのかたちで納得できる理由がそこにあるはずで、そうなれば結果的に「説明がついた」も同然になる。

大半の怪異現象は、その程度のものだと今も思っている。本物の怪異、霊的な現象などめったにない。そのほとんどが、人の意識が生み出したものにすぎない、という考え方は、別に間違ってはいないだろう。

私は何も、理性的で立派な人間と思われたくて、こんなことを書いているのではない。理性的であることはむろん、すばらしいことだが、理性だけが人間の価値を決めるとはまったく思っていない。かといって、分別ある大人のふりをし、冷笑など浮かべながら、「幽霊なんかいるわけがない」と言いたいわけでもないのだ。

言葉通り受け取ってほしいのだが、正真正銘、私は亡霊の存在など信じていなかった。「お話」として面白く感じ、興味関心をもつことと、現実にその存在を信じている、というのではまったく意味が異なる。私にとって、亡霊も幽霊も幾多の説明のつかない怪異も、すべて「お話」の中の物語だったのだ。

そんな私が、説明がつかないことに遭遇し、それが一度ならず二度三度と繰り返され、あげくの果てに自身の人生を変えざるを得なくなったのは、なぜだったのか。

なぜ、この私が……かつては「女の軍人を連想する」とまで言われたほどの、この私が。ものごとを合理的に、現実的に処理していくことに長《た》け、冷静さを失うことなどめったになかったはずの私が。なぜ、「それ」を経験しなくてはならなくなったのか。

すべては千佳代との出会いから始まった。それは確かだ。

だが、そうだったとしても、いったいなぜ、あれだけはっきりとした怪異現象がこの身にふりかからねばならなかったのか。

私は千佳代のことが好きだった。たとえ、見下していると思うような相手でも、好きになることはある。本当に好きだったのだ。

当時、千佳代の身内にあたる人間は、都内近郊に誰もいなかった。ただ一人、夫である飯沼を除いては。

そして、常日頃、彼女が口にしていた通り、「友達」と呼べるような相手もいなかった。友達は本当に私だけだった。

亡骸《なきがら》は、千佳代が飯沼と暮らしていた小さなマンションの小さな部屋に安置された。いったん島根に戻ったという千佳代の両親が、娘の死の知らせを受けて再び上京してきた。

その間中、私の知る限り、訃報《ふほう》を受けて訪ねて来た人間は誰もいなかった。飯沼の気持ちを受け、多恵子が彼の代わりに、劇団「魔王」の事務局にも連絡したが、劇団の名前で弔電が一通、弔意を表わす小さな花が一つ送られてきただけで、誰も姿を見せなかった。

　葬儀の準備を進めるために飯沼が動きだそうとすると、千佳代の父親が「本格的な弔いは郷里のほうで執り行いたい」と申し出てきた。東京でささやかな、葬儀とも呼べない儀式を終えたら、ただちに荼毘《だび》にふし、遺骨ともども島根に連れて帰って、盛大な本葬はあちらで、というわけである。

　葬儀を二度行う、というのは今も昔も珍しいことではない。地方出身者の場合、勤務先などのある都市部で、ビジネス上のかかわりのあった人々を中心にした葬儀を執り行ったあと、郷里に戻ってもう一度、今度は地元の親類縁者だけを集めた盛大な野辺送りの儀式をする。

　先祖代々の墓に埋葬することになっている場合はなおさらのこと、そうしたほうが手間が省けて楽だし、高齢で体力のない親類たちが遠方から葬儀に駆けつける必要もなくなる。地元では思う存分、都会のやり方ではない、その土地に根付いた慣習にしたがって故人を見送ることができる。合理的と言えば合理的なやり方である。

　心の準備も何もなく、いきなり新妻に先立たれた年若い夫には、葬儀の内容や墓のことなど、考える余裕すらなかっただろう。入籍していたのだから、長崎にあるという飯沼家の墓に千佳代を埋葬する選択肢もあった。だが、飯沼がそんなことをするわけもなかった。

私や千佳代、多恵子も同じだが、世間の常識的なことから逸脱してみせること自体が、反体制思想そのものであったような時代に思春期を過ごした。ライターとしてジャーナリズムの世界に生きていた飯沼はその最たるもので、そんな彼が、昔からの伝統的慣習に、素直に従うわけもなかった。

結婚後も、飯沼は千佳代を自分の両親に正式に紹介してはいなかった。千佳代が倒れるまで、彼は千佳代の親にも会っていなかったのだ。

入籍していたとはいえ、事実上、彼らが結婚生活を送ったのはきわめて短い期間に過ぎなかった。千佳代の親は、娘が飯沼に首ったけだったということもふくめ、何ひとつ、飯沼に関して詳しいことは知らずにいたと思う。

代々、地方の山村で風習に則《のっと》った生活を営み続けてきた人々にとって、東京で暮らすフリーライターの男など、定職についていないも同様にしか思われていなかった可能性がある。

戸籍上、千佳代は飯沼姓になってはいたが、千佳代の親の目には、結婚ごっこ、というままごとにしか見えていなかったに違いない。先祖代々の土地に根付いた決まり事には命をかけるようなところがあったのに、一般常識は、自分たちの都合で簡単に無視してしまうことができる。千佳代の両親には、初めからそうした一種の傲慢《ごうまん》さも窺《うかが》われた。

入籍していようがいまいが、娘は自分たちの娘であり、亡骸は自分たちの先祖が生き死にを繰り返してきた土地に返すのだ、そうしなければならない、という、彼らの意気込みは私の目にも少し異様に映った。

控えめながら、しかし確固たる口調で父親から葬儀の段取りについて指示されてしまった飯沼に、反論の余地がなかったのは言うまでもない。地元の村の、小さな農協に勤めていた千佳代の父親は、とりあえずこちらでの葬儀は区の斎場のようなところで充分ではないか、と飯沼に提案した。拒否する理由は飯沼にはなかった。

結局、都内での通夜と告別式は、当時、二人が住んでいた世田谷《せたがや》区の小さな斎場で執り行われることになった。

式はきわめて簡素なものだった。参列したのは飯沼のほかに千佳代の両親、多恵子、私、そして、飯沼の仕事仲間数人だけ。千佳代には、結婚して子供もいる三十代の兄が二人いたが、地元で行う葬儀の準備で多忙なため、兄も嫂《あによめ》も上京できない、という話だった。

妹が二十代の若さで急死したというのに、いくらなんでもそれはないだろう、と私は思った。葬儀の準備など理由にならない。本葬がどこで行われようが、どれほど遠方だろうが、まずは駆けつけてくるのが筋ではないか、と。

飯沼も同様のことを感じていたようだが、口にはしなかった。千佳代が生まれ育った郷里でそのような慣習があるのなら、仕方のないことだった。私たちが口出しすべきことではなかった。

区民斎場の通夜会場では、急ごしらえでかたちばかりの祭壇に、白い菊の花だけが仰々しく飾られていた。女優をめざしていた千佳代なのだから、もう少し華やいだ色彩の花があるといいのに、と思い、思わず祭壇の前でつぶやいてしまったが、それもまた、余計なことだった。千佳代の両親は頑として、死んだ人間は白菊で囲んでやらねばならない、色のついた花は不浄である、という考えを譲らなかった。

僧侶《そうりょ》が低く経を唱えている中、私たちは順番に焼香台の前に立った。すすり泣きの声はなかった。飯沼ですら、何かわけのわからない異様な速さでものごとが進んでいくことに、現実感をなくしていたと思う。

参列者が極端に少ないため、焼香はすぐに終わってしまった。読経の声だけが長々と続いた。

外は吹き降りの雨だった。会場の軒を叩《たた》く雨の音が読経の声をかき消して、飯沼が選んだという遺影の中の千佳代の、ポーズをとった生真面目な笑顔がひどく痛々しく見えた。

通夜振る舞いの席も設けられないまま、翌日の朝、慌ただしく告別式が行われた。すべてが何かに急《せ》かされているかのようだった。気づけば千佳代は荼毘にふされ、生温かな遺骨は両親の手にわたっていた。

分骨、とまではいかないまでも、遺骨の一部を少量、取り分けてもらうことを失念していた飯沼は、後々、そのことを深く悔やんでいたものだ。頭がぼんやりしてたんだ、わけもわからないままに、あっちの両親の言いなりになってしまった、腹立たしい、と彼は何度か口にした。

とはいえ、それもふくめて、今にして思うと致し方のないことだったようにも思える。飯沼はまだ若かった。経験不足だった。長年連れそったわけでもない千佳代の郷里の人間たちと、どのようにしてかかわるべきなのか、わからずにいて当然だったろう。

彼は明らかに知識人だった。間違いなく教養豊かな男だった。旧弊な価値観を否定し、新しいもの、進化したものを追い求めて生きていた。

だが、長い人生の途上では、知識として蓄えたことだけでは、到底、追いつかないことと度々、遭遇する。新しい価値観など、何の役にも立たなくなる時がある。どんな局面においても、客観的に冷静にものごとを判断していたはずの飯沼は、たちまち、千佳代の親たちのペースに巻き込まれていった。蛇にのみこまれていく小さなネズミのように。

地元での本葬には飯沼だけが参列した。初めから飯沼以外、お断り、という顔をされていたので、私は出向くことをあきらめた。

あとで飯沼から聞いた話では、式は盛大だったようだ。村の古寺の脇にある、村民ホールのようなところを使った葬儀だった。

会場は村人から届けられたとおぼしき花輪で埋め尽くされ、入りきらない花輪は外に並べられた。ずっと雨天続きだったせいで花輪は雨に打たれ、中には濡れそぼったあげく、流れ落ちてしまったものもあったという。

飯沼の知っている人間は千佳代の両親以外、誰もおらず、千佳代の二人の兄やその家族をふくめて、見知らぬ人々に挟まれたまま、彼はただ俯《うつむ》いているほかはなかった。すべてにおいて、なじみがなく、ただでさえ暗鬱《あんうつ》な気持ちが、古びた瓶《かめ》の底にたまった冷たい水のようになっていった、千佳代には申し訳ないが、早くすませて東京に戻りたい、この連中から一刻も早く離れたい、それればかり考えていた……彼は後にそう打ち明けた。古びた瓶の底にたまった冷たい水、という表現が強く印象に残った。その形容だけで、飯沼がどれほど居心地の悪い想いをしたか、想像できた。

千佳代は、最後に「とみなが」にやって来た時、私たちに語ってくれた郷里の墓所に葬られた。そのことを思い返すたびに、なんとも不快な粘ついたものがこみあげてくるが、あの晩、墓の話になったのは、正真正銘、偶然の流れに過ぎなかった。

千佳代の故郷の墓について質問したのは私である。特に不吉な話題、不吉な質問だったとも思えない。仲間うちで賑《にぎ》やかに、互いの先祖の墓について語り合っていただけのことである。

しかし、そんな話を交わしてまもなく、千佳代はまさに、自分で口にしたその墓所に埋葬されることになった。訊《き》かれるままに自分たちの墓所について語っていた千佳代自身、まさか自分が、もうじきその墓の下の住人になろうとは夢にも思っていなかっただろう。

納骨の儀が行われたのは、七月に入ってからである。まだ梅雨の明けない時期で、全国的に連日の雨模様だった。

　葬儀の時と同様、千佳代の両親は飯沼以外の人間には来てほしくない様子だった。実際、飯沼にははっきりと、簡単にすませたいから、ご友人の方々の参列はご遠慮願いたい、と告げたそうである。

　言われなくても、私も出席するつもりはなかった。千佳代との別れは自分なりにすませたと思っていたし、飯沼から聞いていた葬儀の光景を想像し、是が非でも行きたいとは思えなくなっていた。

　飯沼だけが再び島根に赴き、千佳代の一族と連れ立って、くだんの墓所に出向いた。地元の僧侶と共に何人もの親族が集ったが、儀式そのものは短時間で終わり、飲食の場が設けられていたわけでもなく、三々五々、帰途についたということだった。

　墓所は、村はずれの小高い山の中腹にあり、周囲を鬱蒼《うっそう》とした木々に囲まれていた。千佳代の苗字《みょうじ》である「杉」は、このあたりの土地にちなんだものらしく、杉木立ばかりが目立ち、それは空を被《おお》わんばかりにみっしりと群生していた。

　途中まで傾斜のきつい坂道をのぼらねばならず、未舗装の道は、雨でぬかるみ、足をとられそうになった。鳥の鳴き声ひとつ聞こえないほど静かなところだった。

　墓所には卒塔婆《そとば》や墓石が朽ちかけているようなものも数多くあった。傾いたまま、地面にめりこんでしまっている墓石にいたっては、すべてが黒ずみ、風化していて、何という文字が彫られているのか、判読不明だった。

想像していたほど広くはなかったが、「杉家」の一族が何百年にもわたって、その土地のそこかしこに埋められてきたことが感じられた。あまり長居したくない場所だった。

千佳代の遺骨を埋葬した墓だけは、比較的新しいものだった。近い過去に葬られた者がいたらしく、納骨の際、ちらと覗《のぞ》き見た墓の下には、他にも二つ三つの骨壺《こつつぼ》があるようだった。

濃い灰色の墓石は雨に濡《ぬ》れて黒ずんでいた。新しく建てられた卒塔婆だけが妙に生々しく白かった……。

……ある晩、「とみなが」にやって来た彼は、私と多恵子に向かって一息にそう語り続け、語り終えたとたん、立て続けにウィスキーをストレートで二杯飲みほした。


最初の兆候が現れたのは、その年の九月のことである。

暦の上での初秋とはとても思えない、夏の盛りと言ってもおかしくないほど残暑の厳しい日だった。なぜ、そのことをはっきり覚えているかというと、待ち合わせの場所にやって来た多恵子が、暑い暑いと言いながら、ノーブラのまま、くるぶしまである丈の長い、鶯《うぐいす》色のマキシスカートにタンクトップ姿だったからである。

黒いタンクトップは、胸と背中が広く開いており、服というよりも水着のように見えた。揺れる乳房のふくらみや、尖《とが》って勢いよく突き出ている二つの乳首に、同性ながら目のやり場に困らずにすんだのは、例によってじゃらじゃらと、首から何重にも垂らした安物のアクセサリーのおかげだった。

その日はどんよりと曇った土曜日で、「とみなが」は休みだった。昼過ぎだったか、多恵子から電話があり、よかったらこれから吉祥寺に出てこない？　と誘われた。ケーキでも食べよう、という軽い誘いだった。

多恵子には多恵子の休日の過ごし方があり、わざわざ休みの日に誘いをかけてくることは、めったになかった。だが、相手の都合も考えず、退屈になると昼夜を問わず、電話をかけてくるところがあったから、さほど珍しいこととも思わなかった。

ちょうど吉祥寺の書店をのぞいて、評判の画集を見てこようと思っていた矢先だった。私は喜んで誘いを受けた。

待ち合わせたのは、サンロードを出たところにあるガラス張りの明るい、広々としたコーヒーショップだった。チーズケーキがおいしいことで知られ、近隣の女子大生を中心に人気があった。天井が高く、テーブルとテーブルとの間がゆったり空けられていたので、多少、混雑しても落ち着いて過ごすことができた。

「ここ、冷房が利いてて気持ちいいわぁ」

そう言いながら、多恵子は顎《あご》を上げ、胸を突き出し、ソバージュヘアを派手に揺するなり、指先でかきあげた。多恵子のよくやるポーズだった。

私たちはアイスコーヒーとチーズケーキを注文し、運ばれてくるまで雑談を交わした。

何を話したかは覚えていない。女同士の他愛のない話だったと思う。その間、多恵子は煙草を二本吸った。初めの一本は半分も吸わずに灰皿でもみ消し、すぐに二本目に火をつけた。少し落ち着かない様子だったかもしれないが、それは今だから言えることだ。あの時の私は何も気づいていなかった。

多恵子はいつもの多恵子だった。よくしゃべり、華やいだ笑い声をあげ、少し皮肉をまじえた物言いもふだんと変わらず、足を組んだり、戻したり、マキシ丈のスカートの中で大股《おおまた》を広げてみせたりするのも、いつものことだった。

アイスコーヒーとチーズケーキが目の前に並べられると、多恵子はすかさずケーキにフォークをいれ、大きな塊を口に運び、威勢よくもぐもぐと嚙《か》みながら言った。

「あのね、ゆうべ、私、変なもの見ちゃった」

チーズケーキが口の中いっぱいに入っていたせいか、何を言ったのか、よく聞き取れなかった。

私は「え？」と聞き返した。

「ちょっと待って」と多恵子は言い、ストローをくわえて、コーヒーを、ごくごくと二口ばかり飲んだ。軽く咳《せき》払いをし、小さな紙ナフキンで口を拭《ぬぐ》い、改まったように「見ちゃったのよ」と繰り返した。

「見た……って何を？」

「ゆうべは金曜日だっていうのに、お店、閑古鳥だったじゃない。えっちゃんがいつもより少し早く帰ったから、私、店を閉めた後、そこらへんにあるものを片づけてたの。別にしなくちゃいけないわけじゃなかったんだけどね。なんかね、きれいにしたくなって。そうしてる間に電話がかかってきたの」

　私はうなずいた。多恵子の口調は明るかった。

「実は最近、ちょっと親しくなった男がいるんだけどさ、その人からの電話。そうねえ、三十分くらい話してたかな。その人、夏に小笠原《おがさわら》に滞在したんだって。それで、小笠原の海がどれほどきれいか、ってこと、ずっとしゃべってるの。ちょっと酔っぱらってたみたいでね。私が、いいわねえ、そういう海を見ながらぼんやりしていられたら、人生、最高ね、って言ったら、今度一緒に行こうよ、って、まじめに誘われて。同じ部屋に泊まらないんだったらいいわよ、なんてね。私っていつもそうやって、みすみすチャンスを逃すことしか言えないんだけど……まあ、そんなことはどうでもいいわ。ともかく、電話でその人と楽しくしゃべってたのよ」

　新しい関係が成立しそうな男との、のろけ話を聞かされているだけのような気もしたが、多恵子はふいに口を閉ざし、陰気な表情で目をふせた。

「どうしたの?」と私は小声で訊《たず》ねた。「その人が何か?」

「ううん、その人は何の関係もないの。順を追って話してるだけ。……うちの店、電話機はカウンターの端っこに置いてあるじゃない?　しゃべってる間中、私、受話器を手にしてカウンターの中の丸椅子に腰掛けてたのよ。店内には背を向けてた、ってことね。

でも、ボトルを並べてる棚は壁が鏡になってるでしょ？　そうやって座ってても、店の中は鏡に映ってるから、万一、鍵《かぎ》を閉め忘れた入り口から人が入ってきたとしたら、すぐわかるじゃない。と言っても、店は看板にしてたし、ドアには施錠してたんだから、外から人が入ってこられるわけもないんだけど」

話がいやな方向にいくような気がした。私は黙って多恵子の次の言葉を待った。

多恵子は「それでね」と続けた。「その彼との電話を終えて、受話器を戻して、椅子から立ち上がって、ふっ、と後ろをふり向いたら……」

そこまで言うと、多恵子は無表情に私を正面から見つめた。「……千佳代ちゃんが座ってたの。ボックス席に」

私はゆっくりと息を吸い、瞬《まばた》きを繰り返した。吸った空気が吐き出せないような気がした。「何言ってるの、多恵子さん」

「変でしょ？　わかるわよ。自分がすごくおかしいこと言ってるって。わかってて言ってるんだから。でも見たのよ。千佳代ちゃんが、ボックス席に座って……クッションにもたれるみたいな姿勢で、ちょっとだけ上半身を斜めにしながら俯いてたの。髪の毛が両側から垂れてるみたいになってて……あの一角って、うす暗いじゃない。スポットライトの電球、切れたまんまにしてるし。だから顔はよく見えなかったけど、でも、千佳代ちゃんだった」

千佳代が倒れて病院に搬送された日。明け方多恵子が戻ってきて、泊まってってよ、と言われたが、私はそれを断り、店の、一つしかないボックス席に横になった。ゴブラン織りの古びた、少し黴《かび》くさいクッションを枕にして。

　私は言葉をなくしたまま、じっとしていた。そうしているつもりもないのに、小鼻がふくらんだり閉じたりし続けた。

　死んだ人間が「とみなが」に現れるわけがない。千佳代は焼かれて骨になり、島根の山の中の、杉の木々に囲まれた、鳥の声すら聞こえない陰鬱な墓所で眠っているのだ。

「あの……」と私はやっとの想いで言った。「電話でその男の人と小笠原の海の話をしてた時、多恵子さん、飲んでました？」

　多恵子は首を横に振った。「飲んでない。全然よ」

「どのくらい、そこに？」

「何の話？」

「だから……千佳代ちゃんがボックス席にいたのは、どのくらいの間だったんですか？」

　口にするのもおぞましい、気味の悪い質問だったが、仕方がなかった。

「どうかな。私が電話してる間中、いたのかもしれない。見えなかっただけで、ずっといたのかも」

「でも、鏡には何も映ってなかったんでしょう？」

「いるとわかってたわけじゃないから、そんなにじっくり鏡なんか見てたわけじゃないわよ。千佳代ちゃんがいる、と思って凍りついたみたいになってね。身体が動かなくなったの。金縛りみたいなものだったのかもね。どのくらいの間、そうなってたかはよく覚えてない。その後、ほんの一瞬、目をそむけたの。そしたらいなくなってた」

「多恵子さん、それって……」私は口を開いたが、何をどう言えばいいのか、わからなくなった。次の言葉が続かなかった。

「すごくさびしそうだった。全身が青白く見えたわ。……ねえ、教えて、えっちゃん。私、その時、いらっしゃい、よく来てくれたわね、何か飲む？　って言うべきだった？」

「変な冗談、やめてくださいよ」

多恵子は眉《まゆ》をひそめて大きく息を吸い、ストローに口をつけた。呼吸が少し荒くなっているようだった。

「見間違い？　そうとも言えるかもしれないわよね。連日、酒びたりになってるせいで、脳が溶けてきちゃって、ありもしないものが見えるようになったのかもしれないし。でも、現実にこの目で見たの。錯覚でもなんでもなくて。ほんとなのよ」

ざわざわとしたものが背筋を這《は》い上がってくるのを覚えた。私が黙っていると、多恵子は続けた。

「ゆうべも、私、お酒を飲んだわよ。少なくとも素面《しらふ》じゃなかった。でもさ、酔って幻覚をみるくらいだったら、小笠原に行った彼と三十分も楽しく電話で話してなんか、いられなかったでしょ？　私、まともだったはずよ」

「ゆうべの多恵子さんは」と私はやっとの想いで言った。「そんなに飲んでませんでした」

「でしょ？」

「今日はいつもよりずっと、飲む量が少ないな、って思ったのを覚えてます」

「お客が少なかったからね。それに、ゆうべはそんなに飲みたい、っていう気分じゃなかったの。だから、えっちゃんが帰った後も飲まずにいて、彼とおしゃべりできたんだし。ともかく、気味の悪い見間違いをするほど酔ってなんかなかったのは確かよ」

多恵子はくちびるを前歯で強く噛んでから、天井を仰ぎ、そそくさと煙草をくわえた。マッチで火をつけて、深々と吸い込み、まだ灰も出ていないというのに、ラベンダー色に塗った長い爪を使い、灰皿でぽんとはたいた。

「おかげで、ゆうべは眠れなかった。お酒が飲みたい気分にもならなくて、朝までうつらうつらしてただけ。それに、今日は朝からどんより曇ってて、なんだか何もやる気がなくなって、それでえっちゃんを呼び出したの。悪かったわね。せっかくの休みなのに」

私は首を横に振った。「ね、多恵子さん、よかったら、今夜はうちに泊まりませんか？」

多恵子はいたずらっぽく私を睨みつけて微笑した。「子どもじゃあるまいし。これくらいのことで」

「遠慮はいらないです」

「いいの、いいの。大丈夫。そういうことを頼むためにここに来たわけじゃないんだか

「きっと」と私は言った。とってつけたような、馬鹿げた言い方になるのはわかっていたが、たが、間断なく何かをしゃべり続けていたかった。沈黙するのが恐ろしかった。「千佳代ちゃんは『とみなが』が懐かしくなったんですね。それで、様子を見に戻ってきたのかもしれない」

「……幽霊になって？」

ちょっとした冗談で言ったつもりだった。即座に笑い飛ばしてほしかったのだが、多恵子はそう訊き返すと、さも恐ろしげに身を縮めて私を見つめた。

得体のしれない冷たいものがひとすじ、背中をすべり落ちていくような感覚を覚え、私も身をすくめた。

「千佳代ちゃん、私のこと、恨んでるんじゃないか、と思って」

「馬鹿なこと言わないでください」と私は渋面を作ってみせた。「どうしてそんなことを」

だって、と多恵子は上目づかいに私を見た。「私、飯沼さんと寝たじゃないの」

「それは、千佳代ちゃんが現れる前のことじゃないですか」

「彼女、私と飯沼さんが過去にそういう関係だった、ってこと、知ってたと思うのよ。前にも言ったけど、絶対、気づいてたわ」

「知ってたからって、それが何？　全部、千佳代ちゃんが飯沼さんと出会う前のことなら」

んですよ」

「それでも許せないっていうこと、あるんじゃない？」

「だからしつこく恨んで出てくるの？　『四谷怪談』のお岩《いわ》さんみたいに？　まさか！」

憤りのような気持ちが私の中に生まれた。多恵子の言っていることは、あまりに現実離れしていて、愚かだと感じた。

多恵子らしい妄想に歯止めがかからなくなっているだけなのだ、とわかっていたが、私の中には絶えざる震えがあった。このままいけば、自分自身がそれに負けてしまうかもしれない、と思い、怖くなった。理由は定かではないものの、前の晩、「とみなが」のボックス席に死んだ千佳代が現れたことを私はすでにその時、事実として受け止めていたのだ。

天井まであるガラス張りの窓の外を、家族連れやカップルが、残暑の厳しい休日の午後を楽しみながら、行き交っているのが見えた。

店内は賑わっていた。あちこちで笑い声が弾《はじ》け、店中に楽しげな声が響きわたっていた。若い娘たちが、何が可笑《おか》しいのか、互いに肩を叩き合って笑いこけていた。私と多恵子のいるところだけが、薄青い闇の中に沈んでいるような気がした。

煙草を灰皿でもみ消すと、多恵子は背筋をのばして力のない笑みを浮かべ、「どっちにしてもこういうことは」と言った。「忘れてしまうに限るわ。そうじゃない？」

私は不器用に笑顔を作り、大きくうなずいた。「その通りですね」

「えっちゃんに話したら、少し気がすんだわ。誰にも言わないでおこうと思ったんだけどね。でも、話してよかった。胸の中にためこんでおかなくちゃいけないようなことでもないし」

「そうだと思います。言ってくれてよかった」

「飯沼さんにはこのこと、教えちゃだめよ。気にするだろうから」

「もちろん黙ってます」

多恵子はにっこりと微笑み、束の間、少し放心したような表情を浮かべたが、そのあとでいきなりテーブルに前のめりになったかと思うと、「ところでさ」といたずらっぽい口調で言った。「その小笠原の海の話をしてきた人って、ちょっと悪くない男なのよ」

「ほんとに？」

「聞きたくない？」

「聞きたいに決まってるでしょう！」

話題が急展開し、友人の亡霊の話から、多恵子の新しく始まりそうな恋の話に変わった。私はほっとした。現実のぬくもりが戻ってきたような気がした。

前の晩、多恵子に電話をかけてきたという男は、多恵子と同年齢のフラメンコダンサーだった。シゲタ、という名前だったが、どんな字を書くのかは知らない。

多恵子は知人に招待され、都内にある劇場でのフラメンコ公演を観に行った際、楽屋でシゲタを紹介された。「とみなが」にも来たことがあるそうだが、私が働き始める前のことだったから、私は彼に会ったことはない。

その後、ダンサーの仕事から遠のいたシゲタは、長年の夢だったペンション経営を目指し始めた。一時期、シゲタが多忙になったとかで連絡が途絶えたが、最近になってまた、ぽつぽつと電話がかかってくるようになった。そのうち、急速に距離が縮まって、たまに外で食事を共にするような関係になったという。

小笠原でペンションを始めた友人がいたため、その年の夏、見学かたがた出向き、しばらく滞在した。シゲタは自分のペンションを伊豆で開業するために奔走していた。多恵子はそれを応援している様子だった。

「そういう関係だったら、お店に来ていただいたらいいのに。紹介してくださいよ」

「もちろん、えっちゃんには真っ先に紹介するわよ。でも、なんだかね、私、店に出入りするお客と深い関係になるのが、このごろ、いやになっちゃって」

私は先程の千佳代の話をとっくに忘れたかのようにふるまって、笑い声をあげた。

「なんですか、それ。あんなに飯沼さんにお熱だったのに」

「そうなんだけどね。私の人生におけるラブアフェアの相手は、お客ばっかり。私なりのジンクスみたいなもんかしら。店のお客とよんどころない関係になっても、全然、その先、進展しない、ってことが、やっと最近になってわかってきたのよ」

「だから、そのシゲタさんはお店に来てもらいたくない。……ってことは、彼とよんどころない関係になって、進展することを望んでる、ってわけですね」

まあね、と多恵子はいたずらっぽく言い、くすりと笑った。「いい人よ。優しくて。結婚歴なしの独身。女性関係はいろいろあったろうけど、まあ、それを言ったらこっちも同じだしね。ダンサーだったから、たくましいこと、たくましいこと。私のことも軽々と抱き上げてくれそうよ。海の中だったら、私を背負って、五キロや十キロ、平気で泳いでくれるかもよ」

「それなのに、今度一緒に小笠原に行こう、って誘われて、別々の部屋ならね、なんて軽く返したりしちゃうんですね、多恵子さんたら」

「どうしようもないわね、この素直になれない性格。なんとかならないもんかしら」多恵子は、顔を上気させながら微笑した。

私たちは互いに千佳代のことを忘れようと努力していた。そして、その努力を相手に見破られまいとしていた。

黒雲のようにわき上がり、支配されそうになる恐怖心を隠そうとして、私はさらに突っ込んだ質問をした。

「キスくらい、しましたか？　絶対しましたよね？」

ふふふ、と多恵子は思わせぶりに笑い、うなずいた。

「いつ？」

「つい最近。でも、キスだけよ。それ以上はなし」

「どんなシチュエーションで？」

「知りたい？」

「もちろん！」

多恵子が本当にその話を私にしたかったのかどうかわからない。心の底から興奮して、私に語ろうとしていたわけではないと思う。私もまた、お愛想に知りたがってみせただけだ。

多恵子は芝居がかったようにも見える大げさなジェスチャーをまじえながら、深夜の渋谷《しぶや》の雑居ビルの、たまたま誰も乗っていなかったエレベーターの中で強く抱き寄せられ、とたんに全身がとろけそうになって、気がつくと求め合うようなキスをしていた、と語った。

エレベーターが一階に着き、扉が開いて、付近に人がいないことを確かめ、植え込みのある暗がりの中に入った。そこで再び抱擁し合い、熱い口づけを交わし始めたら、と多恵子は言った。「通りかかった中年のおじさんたちのグループが、私たちを見つけて下品に口笛吹いたりしてきたのよ。酔っぱらいの集団。だから、私たち、その場から退散するしかなくなったの」

「無粋な人たちですねえ」

「ううん、いいんだ。そのほうがロマンチックだったもの」

言いながら多恵子は両腕を組み、遠い宙の一点を見つめるような目をした。私はそんな多恵子をからかって笑い、多恵子もそれを受けて噴き出した。

いた。

その日、私たちはそれ以上、千佳代の話をしなかった。飯沼のことも話題に出さずに代わりにシゲタという男の話を続け、キスから先の進展がどのようになるか、女子高生のようにはしゃぎながら推測し合った。

どのくらいしゃべり続けただろう。どちらからともなく腕時計を見た時、すでに外には夕暮れが迫っていた。多恵子は、いけない、そろそろ行かなくちゃ、と言って席を立った。

私は一人で家に戻るのが、なんとなくいやだった。大泉学園の自宅は広すぎた。多恵子から前の晩の一件を聞かされた後であれば、なおさらだった。

多恵子を誘って夕食を共にしたいと思った。軽く飲んで、軽く食べて、その後で帰れば、気分も少しは明るくなっているかもしれなかった。

だが、多恵子はコーヒーショップを出るなり、何やら急にそわそわした様子になった。そして、作ったような笑顔を向けると、「ほんとはね」と言った。「今夜はシゲタさんと会うことになってるんだ」

なぁんだ、と私は呆《あき》れた口ぶりを作って言った。「ちっとも知らなかった。早く言ってくださいよ」

「照れちゃって、なんか言いそびれてたの。ごめん」

「シゲタさんと、どんどん進展してるじゃないですか」

「お店が休みの日の夜にしか会えないからね。今夜は貴重なデートよ。少し進展させちゃおうかな」

「はいはい、わかりました。お邪魔はしません。楽しいデートにしてくださいね」

「オッケー。今日は会えてよかった」

「私も」

　ひらひらと手を振り、私に背を向けて歩きだした多恵子の、弾むような足どりの後ろ姿は、なぜか、今も目に焼きついている。鶯色のマキシ丈スカートの裾《すそ》を左右に揺らし、バッグを肩にかけた彼女は、ぶるっとソバージュヘアの頭を揺すって天を仰ぎ、官能的な雌鹿《めじか》のような歩き方で遠ざかって行った。

6

　あれから膨大な歳月が流れたというのに、今になっても私は、千佳代が埋葬された島根の山の中の墓所の風景を思い描くことができる。

　もちろん行ったことは一度もない。映像や写真で見たわけでもない。飯沼から話を聞いただけだ。しかも、鬱蒼《うっそう》とした樹木に囲まれた、その風変わりな、うらさびしい墓所について彼が詳しく話してくれたのは一度きりだった。私もあえて質問しなかった。

　それなのに、いつだって私の脳内には、まるで見てきたばかりの風景のように、杉家代々の墓所が、ありありと浮かんでくる。

蔦《つた》や苔《こけ》がみっしりと生え、角という角が欠け、傾き、刻まれた文字も判読できなくなっている旧《ふる》い墓石や卒塔婆《そとば》の数々。手向けた花の残骸《ざんがい》が、黒い炭のようになってこびりついている色あせた花筒。半分以上、地面にめりこんでしまった直方体の墓石の脇には、動物が掘り返したのか、降り続いた雨のせいなのか、黒々とした底知れぬ丸い穴があいている。目をこらしてみても、穴の奥には何も見えない。

湿った土。濡《ぬ》れた羊歯《しだ》の葉のようなにおい。あたりの梢《こずえ》を揺らして吹き過ぎていく風の音。それは深山幽谷の彼方《かなた》にまで不気味に連鎖し、もの悲しい谺《こだま》のようにはねかえってくる。あたりに人の姿はない。飛び交う蜂や蝶《ちょう》も見えない。地を這《は》う虫の気配すらもない……。

千佳代が眠っているのは、そんな場所。死者にとっては、そうした比類なき静寂こそが至福なのかもしれないが、想像するだけで、沈鬱な気分になる。

なぜ、彼女は死後、この世でもっとも愛した男のそばにいられなかったのか。強引に両親によって連れ去られ、さびしい山の中の墓所に埋められねばならなかったのか。いくら、先祖代々のしきたりとはいえ、それではあまりに千佳代が哀れではないか。

そんなことを考えたところで、詮《せん》ないこととわかっていながら、私は何度も苛立《いらだ》ちを覚えた。

そのたびに、努めて冷静になるよう心がけたのは言うまでもない。私にはわからないだけで、彼女は、自分が生まれ育った土地の慣習に従うことを心地よいと感じていたかもしれないのだ。それを哀れむなど、大きなお世話かもしれないのだ。

東京に出て憧《あこが》れのアングラ劇団に入り、演技の勉強をし、女優として大成することを夢みていた千佳代。無念にも、思わぬ早さで人生に幕をおろすことになったとはいえ、彼女は幼いころから、杉家の墓所には何度か足を運び、先祖代々の御霊《みたま》が眠っていることについて教えられていたはずなのである。

結婚したら嫁ぎ先の墓に入るとか、出戻れば元のままとか、そうした問題は理解できなくても、死んだら還《かえ》る場所はここ、として幼いなりに受け入れていたに違いない。よほどの理由がない限り、子どもは周囲の決め事には従うものだ。

それならば、今さら私などが不憫《ふびん》がる必要などあるものか、と思うのだが、その一方で、飯沼が唯々《いい》諾々《だくだく》と千佳代の両親の意向に従ったことを思うと、どうしても許せなくなった。

あれほど千佳代から、もったいないほど穢《けが》れのない無垢《むく》な愛情を注がれていたくせに。彼女の遺骨を手元に置いておきたいと願わなかったはずはないのに。あんなにさびしい場所に葬るなど、断固として拒否すればよかったではないか。夫だったのだから、その権限はあったのだ。

彼は口先ばかりの理屈で生きている男で、その実、気が弱いだけの、青白いインテリに過ぎなかったのか。彼が千佳代に抱いていた愛情は所詮、その程度だった、ということとなのか。……そんなふうにも思えてきて、私は時々、腹をたてた。

彼さえ、千佳代の両親と堂々と渡り合ってくれさえしたら、千佳代は彼のもとにいられたのだ。たとえ本やら雑誌やら資料やらが散らかっている狭苦しい、日当たりの悪い、都内の古いマンションの小さな一室であろうが、今も彼女は愛する男と共に憩っていることができたのだ……。

……恥をしのんで告白すれば、その怒りにも似た気持ちの裏には、飯沼に向けた、私自身の変わらぬ想いがあった。

飯沼は、私の大切な友達の死をぞんざいに扱った、どうしてくれよう、と思って頭に血をのぼらせていれば、彼に向けた恋しい気持ちに蓋《ふた》をすることができるような気がしていた。あのころ、私は私なりに、彼を恋い慕う気持ちを必死になって封印しようとしていたのだ。

千佳代が死んだからといって、まるで邪魔者が消えてくれたとでも言わんばかりに、飯沼に対してすぐさま愛の遊戯を仕掛けてみようなどと、思ったこともない。私にはそんな品のないまねはできなかった。

飯沼は千佳代が、まじりけのない愛を捧《ささ》げ、人生のすべてを託そうとしていた相手だった。私はそんな彼女の、のろけ話に耳を傾けているのが嫌いではなかった。ありふれた嫉妬《しっと》や羨望《せんぼう》とも無縁でいられた。

第一、彼女は、私を心底、信頼してくれていたのだ。慕って懐いて、この世でただ一人の友人、とまで思っていてくれたのだ。私はそのことをよく知っている。

そうと知りつつ、どうして、妻を失ったばかりの飯沼の心の隙間を利用し、彼に近づきたいと願うはずがあったろうか。


深夜、誰もいない「とみなが」のボックス席に、死んだ千佳代が座っていたという多恵子の話を聞いた直後の、うそ寒いような恐怖心は時がたつにつれて、少しずつうすれていった。

もちろん、忘れたわけではない。店にいる時、ふと思い出し、おそるおそるボックス席のほうに視線を向けてしまうことも度々だった。だが、そこにはいつも、客の鞄《かばん》だのコートだの上着だの、大きな紙袋だのが山のように積まれているだけだった。

ボックス席の真上の、天井にあるスポットライトの電球は切れたままだった。そのせいで、荷物置き場と化したボックス席周辺は以前同様、薄暗かった。

電球、取り替えなくちゃね、と口では言いつつ、多恵子は何もしようとしなかった。電球を替えるためには、ボックス席の重たいテーブルを動かし、空間を作った上でそこに脚立を運んでこなくてはならなかった。たいした手間ではないようなものだが、店に入るなり、その晩の惣菜《そうざい》を何種類も作り始めるのが日課だった多恵子にとっては、面倒なことこの上なかっただろう。そんな時間があったら、せっせと葱《ねぎ》を刻んだり、大根を煮たり、様々な料理の下ごしらえをしていたほうが、よほど効率がよかったのだ。

それに、ライトの電球が切れてボックス席のあたりが薄暗いままでも、客には何の支障もなかった。自分の家に帰った時のように、店に入るなり、コートや上着、鞄や紙袋を気楽に投げ置いておくことができる。そんな場所が用意されているだけでいいのだった。

「とみなが」の最大の魅力は、多恵子の人柄と共に、自宅にいる時のような解放感に満ちた、家庭的な雰囲気にこそあった。電球が一つ切れていようがいまいが、誰も気にするはずもなかった。

アルバイトとして雇われている私が、多恵子よりも早く店に行くことはなく、また、多恵子よりも遅く、店を出ることもなかった。そのため、私が独りで店内にいなければならなくなる時間はなかった。

客のいない時でも、常に私は多恵子と一緒だった。買い置きの煙草が切れれば、多恵子ではなく、私が使い走りに出た。もしも独りで店にいなくてはならない時があったとしたら、千佳代が現れたことを思い出し、妙な緊張感に包まれて、そわそわしていたかもしれない。

閑古鳥が鳴く晩もなかったわけではないが、そんな時でも、多恵子と二人でいれば、落ち着かない気分にかられずにすんだ。

店内はたいてい常連客で賑《にぎ》わっていた。潮の満ち引きのように、寄せては返す笑い声。

ぼそぼそと間断なく続く人々の会話。時には議論沸騰するあまり、声高に怒鳴り合う男たちの威勢のいい声が響きわたったり、客の冗談に笑いが止まらなくなった多恵子の歓声が轟《とどろ》いたりした。店が静まり返ってしまうことはなかった。

その年の秋、多恵子はフラメンコダンサーのシゲタという男とねんごろな関係になった。しかもシゲタが多恵子をことのほか大切に扱ってくれる、というので、彼女は幸福の絶頂にあった。

忘れかけていた輝かしい人生が始まった、と言わんばかりに、多恵子はいつ見ても幸せそうだった。目が輝き、身体も引き締まり、いっそう魅力的になった。

死んだ女の霊が店に現れたことは、もはや多恵子の中では大きな問題ではなくなっていた。新しく始まった恋が、死者の記憶を容易に忘れさせてくれたのだ。

私と二人きりの時も、多恵子は千佳代の話はしようとしなかった。避けていたというより、非科学的な現象に怯《おび》える必要がなくなったからだと思う。

飯沼はと言えば、以前同様、ふらりと、仕事帰りなどに「とみなが」にやって来た。たいていは仕事関係者や仲間と一緒だったが、たまには一人で来ることもあり、そんな時は多恵子や私を相手に雑談に興じた。

多恵子との約束を守り、私は店に千佳代の亡霊らしきものが現れたことについては黙っていた。飯沼のほうでも、千佳代の思い出話をふくめ、千佳代に関する話題は口にしなかった。

「最近、どう？」と多恵子が型通りに訊《き》けば、彼はさも面倒くさそうに「うん、まあ、なんとか」とだけ答えた。

「ちゃんとやってる？」

「やってるよ」

「仕事、忙しい？」

「相変わらずだよ」……といった具合だった。

何か話したいことを避けているようなふしもあったが、それは私の思い過ごしだったかもしれない。飯沼から口に出さない限り、千佳代を話題にするのはいやだったので、私も黙っていた。

いつだったか、飯沼が多恵子を改まったようにしげしげと眺め、「なんか、最近、少し変わった？」と訊《たず》ねたことがある。

妖艶《ようえん》さが増したと言えばいいのか、新しい恋に身をゆだねている女の婀娜《あだ》っぽさが全身から放たれている多恵子を見て、さすがの飯沼も変化に気づいたのかもしれない。二人がどんなやりとりをするのか、と興味を抱き、私は他のことに気をとられているふりをしつつ、耳をすました。

多恵子は片手を腰にあてがい、胸を張り、つんと顎《あご》を上げて「そう思うんだったら、きれいになったね、くらいのお世辞を言ってほしいもんだけど」と言った。

飯沼が、わざとらしく「ちっ」と舌を鳴らし、「相変わらずだなあ」と言って苦笑した。「そんなお世辞が通用するような女でもないだろうに」

何か言い返すかと思っていたが、多恵子は喉《のど》の奥でさも面白そうに笑い、意味ありげな視線を投げただけだった。

伴侶《はんりょ》を失って再び独身に戻った飯沼相手にかなわぬ想いを抱き続け、実らないことがわかっている恋に煩悶《はんもん》せずにすんだ多恵子は、その点に関しては幸運だったと言うべきか。

もしもフラメンコダンサーの男の出現がなかったら、間違いなく多恵子は、遠慮も何もなく、飯沼の心の隙間に入り込もうとしていただろうと思う。そして、思わしい反応を得られないまま、私相手に愚痴をこぼし、荒《すさ》んだ気分を紛らわそうと、連日、客相手に深酒を続けていたことだろう。

追いかければ追いかけるほど、飯沼のような男は逃げていくのだ。そのことに気づこうとせず、多恵子は世界を呪いながら生きることになっていたかもしれない。

多恵子の飯沼に向けた恋ごころが、なぜ、あれほど長く持続したのか、その理由が私にはよくわかっている。情を交わすまでに至ったというのに、彼のほうではその後、何事もなかったかのような態度をとり続けていた。一夜の気の迷いだったにせよ、あまりにそうした態度が続けば、侮辱されている、と思うこともあっただろう。そのため、なんとかして再び振り向かせたくなる。情事のひとときを思い出させるような甘い言葉を求めようとする。

しかし、相手は応《こた》えない。応えないとなれば、いっそう詰め寄りたくなる。そんな日々が続き、焦《じ》らされることによって自尊心が肥大化し、こうなったらどこまでも、毒食らわば皿まで、という執着心がわいてくるのはよくあることで、その気持ちに歯止めをかけない限り、恋の錯覚は消えることがない。

もしフラメンコダンサーの男が現れなかったら、多恵子は変わらず飯沼を追いかけていたはずだ。千佳代がいなくなったのだから、その誘惑の仕方も大胆になっていった可能性がある。

そして、そうなっていたとしたら、私は自分の飯沼に向けた気持ちを封印し、永遠に開けずにすむよう、しっかりと鍵《かぎ》をかけていただろう。

つまり、こういうことだ。私が鎧《よろい》を脱ぎ捨て、飯沼と近しい関係になっていくことを望むようになったのは、何がどうなろうと、そのことで多恵子の嫉妬をかわずにすむことがわかったからである。多恵子に気兼ねする必要がなくなったからである。

ずいぶん打算的な話に聞こえるかもしれない。だが、私は親しい人と気まずくなるのがわかっていながら、欲望のままに生きることのできない人間だった。

わかっていて突っ走ると、たいていの場合、厄介ごとを抱え込む羽目になる。いっときの欲望と引換えに、人生の歯車を狂わされるのは御免だった。

そんな私の生き方を「賢い」と見るむきもあるだろう。しかし、私に言わせれば「賢い」というのは、「狡猾《こうかつ》」ということと同義なのだ。

狡賢《ずるがしこ》い、という言葉があるが、文字通りそれは、「狡い」と「賢い」が一緒になった言い方である。賢いことは、それだけで自慢できるものではない。狡さを内包した賢さが発揮された時こそ、無駄な災難にあわずにすむ、ということもある。

千佳代が死に、多恵子に別の恋愛が始まり、誰とも気まずくならずにすむことが、はっきりわかってから、私は徐々に飯沼に向けた自分の想いを解き放っていった。

丹念に果物の薄皮を剝《む》いていくかのように、無理せず少しずつ。用心深く、最大の注意を払いつつ、飯沼に向かっていくようになったのである。

だが、そのことと、千佳代の霊の出現とが関連していたとは、どうしても思えない。当時はもちろん、今になってさえも。

考えてみてもわかることだ。死者が、生者の気持ちの変化に本人よりも早く気づいてしまうことなど、あり得ないだろう。

人は死後、優秀なコンピューターになるわけではない。死んだからといって、人の心が読める無敵の神にもならない。死んだ人間が、生きている人間の心の推移を賢《さか》しげに裏読みできるようになるなど、あまりにも馬鹿げた妄想である。笑い話にもならない。

したがって、その年の十二月半ば過ぎ。大泉学園の自宅で私が目にしたことも、初めのうちは否定することができた。いわば笑止千万の勘違い、考えすぎ、ちょっとした脳の疲れからくる目の錯覚……といったふうに。

理由のわからない現象をすべて霊的なものと結びつけたら最後、すべての五感が異様に研ぎ澄まされて、わけのわからない世界に取り込まれてしまう。精神が崩壊していく。それこそ恐怖だ。

何度も繰り返すが、私は亡霊などひとつも信じていなかった。背筋に感じるぞっとした感覚があったとしても、そこには科学的根拠がある、と思うことにしていた。

いや、言い直そう。

思うことにしていた、のではなく、そうした生き方にしがみついていたかっただけなのかもしれない。

雪に変わるのではないかと思えるほど、冷たい雨が降り続く、師走《しわす》のことだった。翌日の朝食用のパンがなくなっていたので、私はセーターを重ね着し、コートの上にロングマフラーをショールのようにして巻きつけて、商店街に買い物に出た。

いつも行くスーパーでロールパンと食パン、ついでに牛乳と林檎《りんご》を買った。他に袋入りのスナック菓子一つとアーモンドの入ったチョコレート一箱。

スーパーを出てから、帰り道の途中にある小さな文具店にも立ち寄った。ちょっとした画材も調達できる便利な店だった。

イラストや絵の仕事からはずっと遠ざかっていた。多恵子の店で働くこととは別に、昼間、絵の仕事もしたかったのだが、なかなか思うにまかせなかった。

イラストの仕事だけで生活していくという夢は、それこそ絵に描いた餅《もち》でしかなかった。

簡単に絵の仕事が手に入るわけがなかった。潔く「とみなが」を辞めたとしても、収入がなくなれば、たちまち生活に困窮する。何かあったら、できる限り送金する、と両親から言われてはいたが、親に頼らねばならなくなるような事態に陥ることだけは絶対に避けたかった。

そのためにも、多恵子の店での仕事を辞めるわけにはいかなかった。毎日、「とみなが」に行き、多恵子を手伝って店の仕事に明け暮れ、最終のバスで帰る。休みの日は洗濯や掃除以外、特に何もせず、本を読んだり、映画を観たり、ぼんやりと庭を眺めているだけで、日が暮れる。

そうした生活リズムが身についていくにつれて、絵やイラストの仕事で身をたてようと夢みたころのことは、霧にまかれた遠い風景のようになっていった。このままではいけない、とわかっていたが、どうしようもなかった。

億劫《おっくう》な気持ちのほうが先にたつようになってしまったせいだろう。新しいことに踏み出すよりも、繰り返される日常にどっぷりとつかって、亀のように首だけ出しながら、あたりの様子を窺《うかが》っているほうがよほど気楽だ、と思うようにもなった。

当時、私はまだ二十代だったが、独り暮らしの老婆に近いような暮らしをしていたと思う。これといった夢も抱かず、起こったことを受け入れ、厄介ごとは避けて遠巻きにし、未来という概念を徹底して朧《おぼろ》なものにして、淡々と日めくりをめくっていくだけの毎日。周囲の出来事に対しては、たいてい斜に構えていた。熱狂の渦の中には決して飛びこもうとしなかった。自分の年齢すらわからなくなり、ひょっとして一足飛びに老いて八十歳になってしまったのではないか、と思うことすらあった。唯一、はずんだ気分になるのは、飯沼を想う時だけだった。

だが、どうしたことか、その寒い日の朝、私は突然、黒猫のデッサンを描こう、と思いたったのである。それほどわくわくした気持ちで絵を描きたくなったのは久しぶりだった。

餌をねだって、黒猫のクマはほぼ毎日、応接間に面した庭に姿を現していた。クマをモデルにするのは簡単だった。

猫の、自在でしなやかな身体の動きをデッサンし続ける、というのは悪くないアイデアだった。かつて習い覚えたことの復習にもなる。デッサン力を失わずにおくためにも、モデルにするには最適の相手と言えた。

今から思うと、黒猫のデッサンなど、別にその日から始めなくてもよかったのだ。年明けからでもよかったし、思いついただけで、じきに忘れてしまうのだから、と考えることもできた。

だが、私は自分のその思いつきに久しぶりに興奮した。何よりも、絵を描きたいという強い衝動にかられたことが嬉《うれ》しかったのだと思う。

文具店では、デッサン用にするためのスケッチブックを一冊買った。どこでも手に入る、ありふれたもので、探せば自宅に使い古しのものがあったと思うが、やはり新しいものは気持ちがいい。

満足し、傘をさしつつ、家に戻った。外気は冷えていて、吐く息が白かった。

買ってきたものを台所に運び、牛乳を冷蔵庫に入れ、居間にあるアラジンの灯油ストーブに火をつけた。父はアラジンのストーブのデザインを好んでいて、当時、アトリエはもちろん、家にあったストーブはすべてアラジン製だった。

居間のストーブの上には水を張ったやかんをのせていたが、早く温かな飲み物が飲みたくて、台所のガスの火で湯をわかした。マグカップにインスタントコーヒーをいれ、わきたての湯を注ぎ、それを手にしながら、私は応接間に向かった。

すでにクマが来ているかもしれない、と思ったのだ。クマは昼間、私が家の玄関を出入りする音を遠くで聞きつけると、庭に姿を現すことが多くなっていた。動物的な直感が働いて、外出から帰った私が、何かおいしいものをくれるに違いない、と思っていたふしがある。

応接間にアラジンのストーブは置いておらず、足元を温めるための電気ストーブが一台あるだけだった。父のアトリエからストーブを運んで来てもよかったのだが、重たいし、億劫だったし、冬場の応接間で長時間過ごすことはなかったから、そのままにしていた。

小暗い室内は、冷え冷えとした冬の底に沈んでいた。私は電気ストーブのスイッチを入れ、天井の古びたシャンデリアの明かりを灯《とも》した。

明かりはうすぐらく、光そのものが埃《ほこり》をかぶっているように見えたが、それでも室内にかすかに温かな雰囲気が拡がっていくのがわかった。

コーヒーの入っている湯気のたつマグカップを飾り棚の上に置き、庭に面した窓の鍵を開け、ガラス戸を引いた。冷たく湿った空気がなだれこんできた。

「クマ、クマ、おいで」と声に出して呼んだ。

呼びかけながら、クマ用の餌入れを手にとった。せんべいの空き缶に、煮干しやかつおぶしなど、猫の好物を保存し、クマが現れたらすぐに与えられるようにしてあった。

庭の木立は葉をおとし、草は枯れ、色あせた紅葉の葉が、庭の至るところで冷たい雨に打たれていた。年が明ければ、赤い寒椿の花が見られるようになるはずだったが、それはまだ少し先のことだった。どこかから種が飛んできて、秋になると庭にささやかな彩りを添えてくれていたシュウメイギクやコスモスも、色を失っていた。

驚いたことに、クマはもう、私の目の前に来ていた。いつ来たのかわからなかった。ずっと近くにいて、軒下で雨をしのぎながら、窓が開くのを待っていたのかもしれなかった。

クマの黒い毛は雨滴を弾《はじ》いてはいたが、耳の後ろあたりが少し濡れて見えた。私は「クマ、寒いね。今、おいしいものあげるね」と話しかけ、せんべいの缶から、いつもの煮干しの袋を取り出そうとした。

その時、ふと奇妙なことに気づいた。クマの目は美しいエメラルド色だったが、その視線は私に向けられてはいなかった。彼は私ではなく、私の横を見つめていた。

「クマ」と私は再び小声で呼びかけた。「ほら、こっち」

クマは束の間、私のほうを見たが、すぐにまた、私の横に視線を移した。それとはわからない、かすかな疑いのようなものが、その、深い湖の色に似た瞳《ひとみ》に浮かんだが、それも一瞬のことに過ぎなかった。

彼は猫らしい無邪気な表情を浮かべつつ、尻尾《しっぽ》をぴんとたて、その場をぐるりと一周した。人間に甘えたい時に猫がよくみせる媚《こ》びた仕種《しぐさ》だった。

ごくたまに、餌を前にして、私にも似たような態度をとることがあった。だが、その時のクマの意識が、私に対してではない、何か別のもの……言い方が不適切なら、私ではない対象……に向かっていたのは明らかだった。

私は煮干しの入った袋を手にしたまま、じっと様子を窺った。我知らず、心臓の鼓動が大きくなり始めた。

クマは首を傾け、斜め上を見るような姿勢をとって、動きを止めた。そして驚いたことに顎を突き出し、半ば目を閉じ、気持ちよさそうに喉を鳴らし始めた。

時折、目を開け、またしても私ではない、私の横のほうを見上げた。そして再び、顎を差し出すような格好をして、喉を鳴らした。

私は息をとめたまま、おそるおそる自分の隣を窺った。当たり前だが、何も見えなかった。天井からぶら下がって、猫の気を惹《ひ》いているかもしれない小さな蜘蛛《くも》一匹すら。冷たい雨がまっすぐ降りしきっていた。遠くの道を車が走り去って行く音が、かすかに聞こえるだけで、あたりは森閑としていた。

その時、私が直感的に思ったことをここに記すのは今も薄気味悪い。感じただけであって、まったくの勘違いだったに相違ないのに、私は大まじめに、今、この部屋には自分の他に誰かがいて、手を伸ばしながらクマを愛撫《あいぶ》してやっているのかもしれない、クマはそれを受け、喜んで喉を鳴らしているのかもしれない、と思ったのだ。

だが、私はその直感をただちに打ち消した。「誰か」というのは誰なのだ。今ここで、クマを撫《な》でてやっているのは千佳代だ、とでも言おうとしているのか。本気でそんなことを思っているのか。

馬鹿馬鹿しかった。私は自分の愚かな勘繰りを一笑に付そうとした。

相手はノラ猫だ。寒い中、雨に濡れながら餌をもらうのを待っていたせいで、たまま、そんなことを連想させる態度をとったに過ぎないのだろう。視線が私の隣に向けられたのも、何かの偶然だろう。

深く息を吸い、気を取り直し、私はクマに向かって微笑みかけた。「クマ、ほら、ゴハンをあげる。たくさんお食べ。その代わり、今日からデッサンさせてね。一冊分、まるごと猫を描くんだから、いろんなポーズ、とってちょうだいよ」

クマは先程までの、喉を差し出すような姿勢をやめ、ふと気づいて改まったように座り直し、背中と腹の毛を交互に舐《な》めてから、ちらと私のほうを見上げた。やっと私の存在に気づき、私が手にしている煮干しの袋にも興味をもった、という様子だった。

私は腰をかがめ、軒下に置きっ放しにしていたクマ用の小皿の上に、煮干しを数本、入れてやった。クマはにおいを嗅《か》ぎ、悠々と食べ始めた。食べかたから見ると、特に空腹ではなさそうだった。

長く窓を開けたままにしていると、冷気がどんどん室内に入ってきてしまう。私は煮干しを食べているクマに向かって、「ちょっとここで待っててね。スケッチブック、用意してくるから」と言い、いったん窓を閉めた。小走りに居間まで行き、買ったばかりのスケッチブックとデッサン用の鉛筆を入れた大きなペンケースを手に、再び大急ぎで応接間に戻った。

餌でつることができるとはいえ、予告なく現れるクマは、来てくれたとしても次回がいつになるのか、はっきりしない。チャンスは逃さずに利用しなくてはならなかった。

扉を開け放しておいた応接間に入ろうとした時だった。私は思わず立ち止まった。足がすくんで動けなくなった。

正面に、庭に出られるようになっているガラス窓が見えていた。アルミサッシではなく、窓枠は木製で、歳月と共に劣化していた。はめられているガラスも古いものだった。古いガラスを通すと、景色が少し波形に歪《ゆが》んで見える。その時の庭も、私の目にそんなふうに見えていたと思う。

だが私は、ガラスの向こうに広がる庭を見ていたのではなかった。私の目に飛びこんできたのは、そのガラスに映っている、人のかたちをした影だった。

影は外……つまり庭のほうにあったのではなく、内側にあった。明らかに室内に存在するものが、ガラスに映し出されているのだった。

人の立ち姿だった。部屋の中から外を眺めているような姿勢だった。

着ているものや髪形ははっきりしなかった。外に向かって立っているのなら、ガラスに顔の表情が映し出されていてもいいはずだが、その部分は曖昧《あいまい》にぼやけ、輪郭すらはっきりしていなかった。

だが私は、それは間違いなく女だ、と感じた。若い女だった。

足をすくませたまま動けなくなっていたのは、ほんの数秒だったと思う。私は瞬《まばた》きをし、冷静になるように努め、それが単なる見間違いであることを自分に言いきかせた。

外は雨で、空はどんよりと曇っていたから、庭の木々の影が映り込んでいるはずはなかった。そのため、光線の加減か、もしくは古いガラスの歪みがそのような錯覚を抱かせただけだろう、と思った。

勇気をふるってもう一度、直視してみた。さっき目にした、若い女とおぼしき影は消えていた。

錯覚だ、と思った。部屋に誰かがいるわけもなかった。そう思うしかなかった。

何事もなかったかのように、私は窓に向かい、大きく開け放った。雨足が強くなっていた。雨音が室内になだれこんできた。

クマの姿はなかった。猫用の小皿には、食べ残した煮干しが一本、転がっていた。私は庭に向かい、「クマ！」と大声で呼びかけた。舌を鳴らして呼んだ。近くにいるなら、再び姿を現すかもしれなかった。現れてほしかった。デッサンのためではない。生き物のぬくもりがほしかった。

だが、濡れた枯れ草の間を歩いて、こちらに向かってくる猫の気配はなかった。通りを走っていく車の音も、雀のさえずりも聞こえなかった。

諦《あきら》めて窓を閉めた。鍵をかけた。

そのまま応接間で過ごす気はしなかった。電気ストーブの電源を切った。念のため、コンセントのプラグも抜いておいた。

クマ用に買ったスケッチブックとペンケースを小わきに抱え、室内を見渡した。隅々まで何も変わった様子はなかった。

しかし、そうだったろうか。変わった様子がなかった、と言いきれるだろうか。

応接間を出ようとして、戸口の壁に据えてあったシャンデリア用のスイッチを切った時だった。私の鼻は覚えのある香りを嗅ぎとった。

それはまるでその瞬間、風のようにふわりと私のすぐそばを通り過ぎていったかのように感じられた。

苺《いちご》の香りだった。熟しきっていない苺をつぶして、コンデンスミルクをかけたような、甘酸っぱい香り……。

私はいたたまれなくなって部屋から出た。いったんドアを閉め、深呼吸を繰り返した。気持ちを落ち着かせてから、馬鹿みたい、と思った。

時代がかった古めかしい応接間だった。室内の様々な匂いが集まって、たまたまそのように感じられただけではないか、と言い聞かせた。

自分が勇気ある冷静な人間であることを証明したくて、私はもう一度、ドアを開けた。明かりのない室内を見渡し、庭に面した窓ガラスを確認した。

何も見えず、何も感じなかった。だが、私の心臓は目にしているものとはうらはらに、早鐘のように打ち続けていた。

7

大泉学園の自宅で経験した奇妙な現象について、私は誰にも話すまいとした。いったん打ち明けてしまったら、それが現実に起こったことだと認めざるを得なくなる。どれほど否定したい気持ちがあっても、聞き手の反応に接しているうちに、忘れていたはずの恐怖心が甦《よみがえ》ってくるのは目に見えていた。

加えて言えば、あの当時は、まだましだったのだ。つまらない錯覚、ちょっとした気の迷い、という結論を出すことも可能だったのだ。

私の意識の底に、「とみなが」に現れたという千佳代の亡霊の話が消えずに残っていたことは事実である。決して忘れていたわけではない。だからこそ、あの冷たい雨の降りしきる冬の日の午後、あるはずもないものを感じてしまっただけ……そう考えてすませることもできたのである。

多恵子との間では、千佳代の話題が出ることもなくなっていた。気心が知れているという理由だけで彼女に打ち明ければ、共に恐怖を増幅させるようなことになるのは想像できたから、話題が出ないというのは、私にとって幸いなことだった。

それでもしばらくの間、応接間に出入りするたびに、私はどこかびくついていた。だが、クマには応接間の窓の外で餌を与えるのが習慣になっていたので、それをやめるわけにはいかなかった。

窓を開け、名前を呼び、嬉《うれ》しそうにクマが茂みの間を縫ってやって来ても、彼の目がどこに向けられているのか、確認するのが怖かった。そそくさと小皿に餌を入れ、水を張った椀《わん》を置くなり視線をはずした。

したがって、クマのデッサンもおざなりになった。餌を食べている時の姿ばかり描いても練習になどならないのはわかっていたが、どことはなしに背中のあたりがうすら寒く感じられるものだから、さっさと切り上げてしまうことが多くなった。

だが、時がたつにつれて、次第にそうした馬鹿げた怯《おび》えや緊張感も和らいでいった。

千佳代らしき気配を感じることがなくなったからだと思う。

やはりちょっとした錯覚だったのだろう、と私は考えた。猫は、目の前に漂う小さな綿ぼこりにも鋭い視線を投げることがあるが、あの時もその程度のことだったに違いないと思うと、納得できた。

まもなく「とみなが」は年末年始の休みに入り、多恵子はシゲタとスキー旅行に出かけて行った。たしか、蔵王《ざおう》だかどこだかの温泉宿に泊まり、スキーを楽しむ、という旅行だったと思う。

シゲタがふだんはフラメンコを踊り、夏は離島の海で泳ぎ、冬はスキーを楽しむ男、と知って、私は多恵子をからかった。

「多恵子さんって、前からそんなに身体を動かすことが好きだったっけ？」

多恵子は「好きなわけないでしょ」と、両方の眉《まゆ》を上げ、しきりと瞬《まばた》きを繰り返しながら答えた。「私はうすぐらい穴蔵みたいなとこで煙草吸って、ジャズ聴いて、お酒飲んでるほうが好き。でもさ、仕方ないじゃない。彼が私を連れて行きたい、って言うんだもの」

始まって間もない恋のさなかにあった多恵子は、楽しそうだった。浮かれていた。微笑ましかった。

それでも多恵子は、多恵子らしい気配りを忘れなかった。独りで新年を迎えることになる私のことを気遣ってくれたのだ。

「えっちゃん、一緒に来てもいいのよ。部屋さえ別にとってくれれば、私は全然、問題ないから。あ、もちろん、彼だって。三人でお正月、過ごすのも楽しいじゃない」

決して本気ではなかったと思うが、それは友情のこもった優しい提案だった。私は感謝しつつ、丁重に断った。「いえいえ、熱々のお二人のお邪魔なんかする気はないですよ。私のことなら、適当に遊んで過ごすから大丈夫。お正月を独りで過ごすのは、いつものことで慣れてますから」

「そうだろうけど。ねえ、誰かいい人、いないの？」

「いませんねえ、残念ながら」

「ほら、いつだったか、店に迎えに来てくれた人、いたじゃない」

「誰？」

酒を飲みに行った帰りに関係をもち、会えばずるずると肌を合わせていたことのある、美大時代の一年先輩の男のことを言っているのだとすぐにわかったが、私はとぼけた。

「学生時代の先輩、って言ってた人よ」

「ああ」と私は急に思い出したふりをして、首を横に振った。「今はもう、疎遠になっちゃいました」

「えっちゃんのこと、好きだったみたいじゃない」

「どうかな。セックスの相手と割り切ればお互いによかったのかもしれないけど」

「セックスだけの相手、ってのも、別にそんなに悪くないいんじゃないの？」

「場合によりけりですよ」

多恵子は苦笑しながら、深くうなずき「確かにね」と言った。

多恵子には言えるはずもなかったが、年末年始を適当に遊んで過ごす、という言葉の中には、飯沼と連絡を取り、会えるのなら会いたい、とする、私の密《ひそ》かな企みがあった。

千佳代を亡くして、初めて迎える正月に、飯沼がさびしい想いをしていないはずはなかった。私と彼とは、千佳代を偲《しの》び、さびしい正月のいっときを共に過ごしてもおかしくない間柄だった。気軽に誘えば受けてくれるかもしれない、という淡い期待もあった。だが、私はどこかで、自分から飯沼を誘うことはないだろう、と思っていた。誘って断られるかもしれない、という自尊心が働いたせいではない。卑屈になっていたつもりもない。

彼を追いかけてやまなかった多恵子には新しい恋人ができたのだし、独り身になった彼と、亡き千佳代を間に挟むようにして会ったところで、何の問題もなかった。たぶん、声をかけることに臆病《おくびょう》になっていたのだろう。

飯沼は私にとって初めから、常に周囲の女たちの憧《あこが》れであり続けた男……言ってみれば、恋敵の姿が見えなくなることのない男だった。その意味では、おいそれとは近づくことが許されない、初めから遠い男だった。私自身、すでにそうした状態に慣れっこになっていたのだと思う。

多恵子のように、本気とも冗談ともつかぬ言い回しで、気を惹《ひ》こうとすることが私にはできなかった。その種の媚《こ》びに対しては別に嫌悪感も抱かなかったし、むしろ、そうしたふるまいが自然にできることが羨《うらや》ましくさえあったが、どう考えても私にできるはずがなかった。

それに私はもともと、多恵子ほど酒に強くなかった。酔った勢いを利用して彼に近づくことは到底不可能だったし、考えてみたこともない。

飯沼が私のことをどのように思っているのか、彼の中に、私はどんなかたちで存在しているのか、うっすらと想像することはできても、確証など何も得られていなかった。憎からず思われているだろうことはわかっていても、彼にはすでに意中の女が出現している可能性もあった。そんな時に、私からおずおずと誘いの声をかける、というのは野暮というものだった。

だが、仰天する出来事、想像もしていなかったことが起こる、というのはいつの世も同じである。その年の大晦日《おおみそか》の晩、思いがけず飯沼から、大泉学園の自宅に電話がかかってきたのだ。

「ハロー、えっちゃん」と彼は陽気に言った。ひどく酔っていた。呂律《ろれつ》は完全に怪しかった。受話器の向こうでは、大勢の人の笑い声が轟《とどろ》き、アップテンポのスイングジャズが流れているのが聞きとれた。「大晦日だね。何してるの?」

「飯沼さん、すごく酔っぱらってますね」

「うん、そう。酔っぱらってる。えっちゃん、今、どこにいる?」

「どこって……」と私は内心、どぎまぎしながらも、笑ってみせた。「飯沼さんは今、私の家に電話かけてきたんですよ」

「あ、そうだったね。そうか。うちに独りでいるの？」

「独りです。テレビ観てたとこ」

「まさか紅白なんか観てるんじゃないだろうね」

「そのまさかですよ。紅白観ないと年が明けないじゃないですか」

「いいよな、えっちゃんのそういうところ」

「そう？　どうして？」

「過剰に理屈っぽくないのがいい」

私はまた笑った。「……飯沼さんは今、どこに？」

「新宿」と彼は言った。煙草を深々と吸い込む気配が伝わった。「たぶん、朝まで飲んでるんだろうな。……来る？」

「……いいんですか」

耳のあたりが急激に火照ってくるのを感じながら私がそう訊《たず》ねると、彼はくすくす笑いながら「よくない」と答えた。「大晦日に、紅白観て寛《くつろ》いでる若い女の子をこんな場末の飲み屋に誘い出すのは、おれの趣味じゃないよ。あのさ、ほんとのこと言うと、年明け、デートに誘おうと思って電話したんだ」

私はひと呼吸おいてから、「え？」と訊《き》き返した。

「たまにはデートしようよ」

「……私と？」

「えっちゃんに向かって言ってるんだよ」

私はいよいよ紅潮し始めた顔に片手をあてがい、うなずいた。「そうですよね」

「いい？」

「もちろんです」

「なんかさ、クリスマス前ころから、ややこしい仕事抱えこんじゃっててさ、何があっても正月明けまでに終わらせなきゃなんないんだよ。週刊誌の特集記事。新年早々、追加取材にも行ってこなきゃなんなくて。まあ、どうせ、喪中だから正月も何もないし、気が紛れて、かえっていいんだけどね。だから、それを書き終えたら、また電話するってことでどう？」

「はい。お待ちしてます」

「『とみなが』はいつから開くんだっけ」

「四日から」

「じゃあ、ちょうどいいや。どんなに遅れても、五日には仕上げなくちゃならない原稿なんだよ。だから、そうだな、五日か六日には電話する」

はい、と言ったとたん、声が掠《かす》れたので、私は慌てて咳《せき》払いをした。「あの……お店のほうに、ですか？」

「いや。電話するのはえっちゃんの家。店にかけたら、多恵子ママにいらぬ詮索《せんさく》をされる」

「多恵子さんは今、彼氏と熱愛中だから、そういうことはないんじゃないかな」

「そうみたいだね。幸せそうで何より……」

受話器の向こうで、男女の弾《はじ》けるような笑い声が轟いた。そのため、飯沼が続けて発した言葉はうまく聞き取れなかった。

「飯沼さん」と私は大きな声で呼びかけた。「すごく愉《たの》しみにしてます！」

再び嬌声《きょうせい》と馬鹿笑いが響きわたり、たぶん、私の言葉も飯沼の耳には届かなかったのだろうと思う。電話はそこで切れた。


千佳代に申し訳ないと思う気持ちがないわけではなかったが、私はこの上なく幸福な気持ちで新年を迎えた。

私から声をかけたのではない、飯沼のほうから誘ってくれたのだ、と思うと、夢見心地になった。たとえ彼が、亡き妻の友人、という私の立場を最大限に利用し、いっときの暇つぶし、さびしさをごまかすための相手にしようとしていたのだとしても、それはそれでよかった。

「とみなが」の店内で、カウンター越しに会うのではない、どこか別の場所で彼と会い、千佳代の思い出話でもなんでもいい、彼が私を前にして、心の中の重たい扉を少しでも開けてくれるなら、それ以上、望むものは何もなかった。

反面、小さな迷いもあった。年が明けて五日か六日に私の家に電話する、と彼は言っていたが、そのころ「とみなが」は年末年始の休みを終えていた。多恵子に黙っているほうがいいのか、それとも正直に伝えるべきなのか、私にはわからなかった。

かつてあれほどのめり込んでいた、いわば永遠の片思いの男が、自分の店のアルバイトの女を蔭《かげ》でデートに誘ったと知ったら、多恵子がどんな気持ちになるか、想像できた。嫉妬《しっと》など覚える立場にはない、とわかっていても、内心、面白くないと思うかもしれなかった。多恵子なら正直に、不快な顔つきをしてみせる可能性もあったし、私はできるなら、そんな彼女は見たくなかった。

ひたすら無邪気に「飯沼さんからデートに誘われた」とはしゃいでみせるという手もあったが、自分にそのような演技ができるかどうか、自信がなかった。

迷いながらも結論が出ないまま、四日を迎えた。

新年初日で、店は早い時間から混み始めた。芸術家くずれと言えばいいのか、「とみなが」の常連は正業についていない者が多かった。年末年始もふだん通りに過ごしていた連中ばかりで、仲間と会うために店が開くのをじりじりしながら待っていた様子だった。

蔵王から帰ったばかりの多恵子は、少し雪焼けしていて、健康そうだった。ハワイにでも行ったの？　などと客から訊かれ、スキーに行ったという話が始まり、温泉の話題も持ち上がった。あげく「多恵子ママは男と行ったらしい」と誰かが言い出し、「嘘よ、嘘。そんなことないってば」などと多恵子が妙に必死になって否定し、店内には多恵子をからかう賑《にぎ》やかな笑い声が漣《さざなみ》のように広がった。

新年ということで、多恵子は自家製の黒豆や栗きんとん、紅白なますなどを全員にふるまった。その晩、多恵子が選んだ音楽は、カーメン・マクレエだった。低く艶《つや》めいた、ロマンティックな歌声が店内に流れていたのを覚えている。

一組帰り、二組目が帰り、最後まで居残って映画論を戦わせていた三人組の男性客が帰って行ったのが、午後十一時を過ぎたころだったか。

新年早々、遅くまでねばる客はいなかった。

私は多恵子を手伝って後片付けを始めた。最終のバスに乗るためには、十五分ほどで終わらせる必要があったから、心もち急いでいたかもしれない。

洗いものをしていたのは私で、多恵子は私の横ですすぎ終えた食器を拭《ふ》きながら、ほろ酔いの目を細め、スキーで滑るよりも宿で雪見酒をしていたほうが楽しかった、という話を続けていた。

客のいないところで、シゲタとののろけ話を私に聞かせたかったのだろう。彼の胸板は厚くて、抱きしめられると気持ちがいいだの、ささやく時の声がセクシーだの、といった他愛もない、しかし性的なエピソードを口にし、私は微笑しながら相槌《あいづち》を打っていた。私は私で、明日か明後日《あさって》には、飯沼から電話がかかってくる、と思い、密かに胸の奥を熱くさせていた。それは幸福なひとときでもあった。

一通りの洗い物を終え、流し台の蛇口を閉めた時だった。

ふと多恵子の話し声が聞こえなくなっていることに気づいた。いや、正確に言えば、彼女の声が聞こえなくなったというよりも、私の耳には、カーメン・マクレエの歌声しか届かなくなっていた。彼女が黙りこんだということが、わからなかったのだ。

何が起こったのか、初めのうちはよく理解できなかった。何かの加減で、カセットデッキのボリュームレバーが自然に回り、音が急に大きくなったのか、と思った。

多恵子はさっきまでと同様、私の隣で布巾《ふきん》片手に立っていた。右手に布巾、左手に小鉢だか小皿だかを持っていたと思う。彼女は同じ姿勢のままだった。まるで瞬間凍結してしまったかのようだった。

「多恵子さん？」と私は小声で呼びかけた。「どうかした？」

多恵子の呼吸が止まっているように感じられた。視線ひとつ動いていなかった。

彼女は低く呻《うめ》くような声をしぼり出した。「……いる」

「え？」

「いるじゃないの。あそこに」

多恵子は、手にしていた布巾と、小鉢だったか小皿だったかを調理台の上に置こうとした。指先だけではなく、腕全体が病的に震えていた。調理台の上で、食器がかたかたと音をたてて鳴った。

何が起こったのか、見る前にわかったような気がした。私は息を詰め、おそるおそる多恵子の視線を辿《たど》った。

私たちが立っていたほうから見て、カウンター席の左端、つまりトイレに一番近い席に、背を丸め、俯《うつむ》いて座っている人影があった。両手をだらりと床に向かって垂らしていた。顎《あご》のあたりまで伸びた両サイドの髪の毛が、頰に黒々とした影を作っていた。

千佳代だった。

上半身しか見えていなかったが、見覚えのある服を着ていた。当時、流行《はや》っていた肩パッドつきの、細かいゼブラ柄のワンピース。身体の線を目立たせるデザイン。千佳代がもっていた衣裳の中では、もっとも高価で、もっとも彼女が気にいっていた一着だった。飯沼と店にやって来た時に、何度か着ていたことがある。

ワンピースには実体があるようでいて、なかった。触れたらすぐに、煙のように消えてしまいそうだった。襟ぐりが少し深めにV字形に開いていて、陶器よりも青白く、うすい胸元からは、その向こうに広がる店内が透けて見えた。

表情は読みとれなかった。そこに漂っている、憂い、さびしさ、虚《むな》しさのようなものだけが強く伝わってきた。

血の気が引いていくような感覚に襲われた。私は震えながら、多恵子の腕をわしづかみにした。叫ぼうとしたが、声が出てこなかった。

多恵子は我に返ったかのように、私にしがみついてきた。私たちは互いに目を閉じ、抱き合う姿勢をとった。多恵子の烈しい震えが伝わってきた。「なんなの。なんなの、あれ」

自分よりも多恵子のほうが震えている、ということに意識を集中させるよう努力した。私は彼女のソバージュヘアが口もとにあたるのを、唯一、現実のものとして感じながら、ぎゅっと目を閉じ、その耳元で囁《ささや》いた。

「しーっ、多恵子さん。しーっ」

彼女を落ち着かせようとしているつもりだったのだが、実は私のほうが、目の前で起こっていることに対する恐怖に耐えられなくなっていた。目を開ければ、再びあれが見えると思うと、いったいどうすればいいのか、わからなくなった。ずっとここで、こうやって多恵子と抱き合っているほかはなく、そのうち二人とも気が変になってしまうかもしれない、と感じた。

「いやよ、いや！　どうして？　なんでここに来るの？　私が何をしたっていうの？」

度を越した恐怖のせいだろう。多恵子は私の首すじのあたりに顔を埋《うず》めたまま、くぐもった声でそう叫んだ。パニックでうまく息を吸い込めなくなったのか、喉《のど》がぜえぜえと鳴っていた。

誰か客が入って来てくれればいい、と願った。今、この瞬間、店のドアが開き、「こんばんは！　あれ？　どうしたの？　何やってんの、二人で」とからかってくる男性客の元気な声が響いてくれたら、どんなにありがたいか。

だが、そんなことはあり得なかった。後片付けを始める直前、私は私の手で外のドアレバーに「CLOSED」と印字された小さな看板を掛けた。いつものように内側から施錠もした。

私は何度も深く息を吸い、自分を落ち着かせようと努力した。心臓が喉から飛び出しそうになっていたが、いつまでもカウンターの内側で、そうやって多恵子と抱き合って震えているわけにはいかなかった。そうやっていること自体が恐怖だった。

多恵子と手に手をとって、店を飛び出すしか方法はなかった。そうするためには、まずはカウンターの外に出る必要があった。

だが、不幸なことに、カウンターの外に出るための跳ね上げ扉が設置されているのは、俯いている千佳代のすぐそばだった。ここから逃げ出そうとするなら、おぞましい姿の彼女の正面に立ち、跳ね上げ扉を上げ、カウンターを出て、さらに亡霊の脇を通って行かねばならないのだった。

多恵子が喉を小刻みに震わせながら、泣きじゃくり始めた。合間に細い悲鳴のような声も交ざった。

私は膝《ひざ》ががくがくしているのを必死で立て直そうと試み、死ぬほどの決意をした。顔を上げ、目を開けるのだ、と自分に言いきかせた。そして、あそこにまだ、千佳代の亡霊が座っているかどうか、確かめるのだ。

きっといない、と私は思った。どうしてなのかわからない。根拠も何もなかった。だが、私はそう思った。死んだものは、そう長い間、現世に姿を現していることができないだろう、という、直感めいた確信だけがあった。

私は多恵子を抱きしめたまま、奥歯がかちかちと鳴り続けているのもかまわず、くちびるを噛み、首を少し上げた。知らぬ間に泣いていたようだった。涙で視界が曇っていた。

それまで耳の奥に蓋《ふた》をしていたものが、いきなり外されたような感覚があった。外界が舞い戻ったような気がした。リピート機能で流されていたカーメン・マクレエの美しい歌声の中に、現実の気配が溶けこんでいくのが感じられた。

千佳代は消えていた。おそるおそるあたりを見回した。店内はいつものままだった。変わったところは何ひとつなかった。異形のものがいた、という空気すら残っていなかった。多恵子も私にならって顔を上げた。涙と汗で、多恵子のアイメイクは気の毒なほど流れ落ちていた。充血した目が大きく見開かれた。

多恵子は吸い込む息の中で私を促した。「行こう」

「どこに？」

「上の私の部屋。もう、何もしないでいいから」

多恵子の言う通りだった。一分一秒も、この場にいたくなかった。いられなかった。

私と多恵子は協力し合ってカセットデッキの電源を落とし、ガスの元栓を閉め、煙草の吸殻に水をさし、暖房を消した。手荷物とコートをつかみ、私たちは店を飛び出した。

店の扉に外から鍵《かぎ》をかけたのは私だ。だが、鍵を鍵穴にさしているつもりなのに、指先が震えているものだから、なかなかうまくいかなかった。しまいには鍵を床に落としてしまい、慌てて拾い上げる始末だった。

「とみなが」の入っている雑居ビルは四階建てで、エレベーターがついていなかった。多恵子の住まいは三階だった。私たちは息を切らしながら階段を駆け上がった。

今度は多恵子が鍵を開けられなくなり、私同様、部屋の鍵がついているキイホルダーを落とした。拾い上げ、鍵穴にさしこみ、まわしている間中、多恵子の怯えた息づかいが、窓のない廊下に響きわたった。

中に入った多恵子は明かりという明かりをすべてつけてまわった。私は玄関に施錠し、そうしながら、異界から訪れてくるものにとっては、鍵など無関係なのだろう、とふと思った。背中が粟立《あわだ》ったような気がした。

玄関を入ってすぐのところがリビング兼ダイニング。その奥に和室と洋室が一つずつ。多恵子は間仕切りをすべて取り払って、大きなワンルームとして使っていた。各コーナーを仕切っているのは、大小の衝立《ついたて》で、それが多恵子の趣味に近い東南アジアふうの雰囲気を生み出すのに成功していた。

玄関とリビング兼ダイニングを仕切る籐《とう》製の衝立の隙間から、室内の明かりがもれた。多恵子がつけたテレビから賑やかなCMが流れ出した。

私は玄関先にあったボアつきスリッパをはき、衝立の脇をすり抜けて中に入った。室内はまだ暖房が利き出しておらず、冷えきっていたが、エアコンのフル回転する音が頼もしかった。

「強いお酒、飲もう」と多恵子が言った。「コニャックがあるけど。ウィスキーのほうがいい？」

電灯の光の下、多恵子の顔は死人のそれのように見えた。流れ落ちたマスカラやアイシャドウのせいで、目の下は青黒くなっていた。

「コニャックで」と私は言った。

衝立のこちら側には、ガラスのはまった籐製の丸テーブルと椅子が置かれていた。がらくた市で買い集めたような小物が並ぶ年代物のチェスト、テレビ、オーディオ、夥《おびただ》しい数のレコード、カセット。壁には所狭しとタペストリーだの額縁入りの写真だの、抽象画だのが掛けられていた。

奥に二つ並ぶ部屋のうち、右側が洋間で、仕切りに使っている衝立は畳まれていた。中央にセミダブルサイズのベッドが一つ。ベッドにはレース柄の淡いラベンダー色のカバーがかけられ、枕のあたりには犬やクマ、猫などの大小のぬいぐるみが並んでいて愛らしかった。サイドテーブルには、多恵子の持ち物にしては高価そうなシェードつきライトがあり、その明かりも灯《とも》されていた。

洋間と、その隣の和室を仕切る部分にだけは壁があったが、それぞれ小さな部屋なので、リビングコーナーからは両方が見渡せた。

和室にはいちめん、ペイズリー柄の深紅色の絨毯《じゅうたん》が敷かれ、壁には隙間なく、ハンガーにかけた多恵子の衣類。床にはプラスチックの物入れケースがいくつか。単行本や文庫本が並べられた文机《ふづくえ》が一つ。その前には刺し子の紺色の座布団。文机の上の和風のライトも、その時、灯されていて、柔らかな飴《あめ》色の明かりが、あたりを丸く照らし出していた。

あの晩の多恵子の部屋ほど、安心を与えてくれた場所はない。説明のつかないこと、恐ろしいもの、怯えなければならないもの、不安にかられなくてはならないものが何ひとつない、暖かな、やさしい、ぬくもりに満ちた空間だった。私は部屋に護《まも》られているような気分になった。おそらく多恵子も同じだったろう。

グラスに注がれたコニャックは、ひと舐《な》めしただけで、震えを和らげてくれた。エアコンのおかげで、部屋も次第に暖まってきた。テレビでは和服姿の男性お笑い芸人が、正月気分のぬけない深夜番組で漫才をやっていた。観客の笑い声が室内の雰囲気をさらに明るいものにしてくれた。

多恵子は細いジーンズに包まれた足を組み、身を縮ませるようにしながら、マッチで煙草に火をつけた。どう？　と訊かれ、私はふだんはほとんど吸わないのだが、とてつもなく煙草が吸いたくなっていたので手を伸ばした。

多恵子がいつも好んで吸っていたメンソール味の煙草だった。

「火は自分でつけて。私、まだ手が震えてるから」

私はうなずいた。自分でデザインしたロゴの入っている「とみなが」のマッチを擦る時、指先が震えていることに気づいた。大きく揺れる焰《ほのお》に煙草を近づけ、火をつけるのに何分もかかりそうな気がした。

深々と煙を吸い込み、吐き出した。少しずつ全身の緊張がほぐれていくのを感じた。身体がいくらか温まってきて、動きもなめらかになっていった。

私の何倍ものピッチで、多恵子はコニャックを飲み、ほとんど空になったグラスを手に、「どうしてなの」と言った。首を横に振った。髪の毛を何度もかき上げた。声は掠れていた。「どうして店に出てくるんだろう。信じられない」

「二度目、ですよね」と私は訊ねた。「あれ以来、なかったんですよね」

「もちろんよ。何かあったら、えっちゃんに黙ってるわけないじゃない」

「それにしても、意味がわからない」

「私だってよ。なんで、私の店に幽霊が出なくちゃならないの。ねえ、あれは絶対に千佳代ちゃんよね」

私はうなずいた。千佳代、という名を口にするのはいやだった。「すぐわかりました。一瞬で」

「あんなの見たの、初めてよ。前回見た時は、ボックス席のとこだったたし、少し距離があったじゃない。それにあの時は、彼から電話がかかってきた直後だったから、今日とは少し条件が違った気がする。よく覚えてないけど、あ、千佳代ちゃんがいる、と思ったのは一瞬で、そのあと、すぐ消えたような気もするのよ。だから何かの錯覚だったかも、って思えたし、忘れることだってできたのよね。でも……」と言い、多恵子はたて続けに煙草を吸った。「今回は違う。えっちゃんも見たんだもの。錯覚なんかじゃなかった。それどころか、目の前にいて……」

「見えていた時間も長かったような気がします。どれくらいだったのかはわからないけど」

「どういうことなの。死んで焼かれて骨になってるのに、あんなふうに、昔の好きだった服なんか着て、どうやればこの世に戻ってこられるの？　そんなこと、あるわけないでしょ」

あのゼブラ柄のワンピースのことを多恵子も覚えていたのだ、と思った。私は多恵子を見た。テレビでは漫才が続いていた。観客のどよめくような笑い声が広がり、室内はどんどん暖まってきたが、私の身体の芯《しん》には冷たい氷のようなものがあった。

コニャックを口にした。喉が熱くなり、少しむせた。

「多恵子さん」と私は言った。「こんなこと、話すつもりはなかったんですけど」

多恵子が私を見た。目がひどく血走っていた。

「話したら、かえって怖くなるような気がしたものだから」

「何よ」

「うちにも」と私は言った。ごくりと飲みこんだ唾《つば》が、思いがけず大きな音をたてるのがわかった。

「……来たんです」

「え？」

名前を口にしたくなかったので、小さく目配せし、視線をはずした。「姿をはっきり見たわけじゃないんだけど。でも気配は感じました」

「いつ？」

「去年の暮れ。クリスマスの少し前ころ。最初に気づいたのは私じゃなくて、猫だったの」

「猫？」

「うちに出入りしてるノラ猫」

私はかいつまんで、猫のクマのこと、その時の様子、続いて起こったこと、感じたことを打ち明けた。多恵子はコニャックのせいで、少し赤みを帯びた顔を私に向け、瞬きもせずに聞いていたが、あらかた聞き終えると、止めていた息をいっぺんに吐き出すかのような勢いで深いため息をつき、眉をひそめた。

くちびるを片手で強くおさえながら、彼女が声をしぼり出すようにして言った。「えっちゃんのとこまで？　何なの、これ？」

「わかりません」

恐怖と戦い続けていた多恵子の表情に、その時、よるべない少女のような心細さが加わった。多恵子は大きく顔を歪《ゆが》めながら、浅い呼吸を繰り返した。

「えっちゃん。……私、怖い」

多恵子からそう言われた瞬間、私の中に新たな戦慄《せんりつ》が生まれた。腕や胸のあたりが一斉に粟立ってくるのを感じた。

「また、きっと出てくる。何度も何度も。うちの店やえっちゃんの家に。彼女、いったい何がほしいの？　何が言いたいの？　さびしいから私たちと一緒にいたい、ってこと？　違うわよね。でも、なんで飯沼さんの前には出てこないの？　どうして私たちだけなのよ」

言葉が出てこなかった。私は黙っていた。

つけっ放しにしているテレビでは、相変わらず漫才が続けられていた。少し長すぎるような気がした。観客のどよめくような笑い声が単調に響きわたった。ついさっきまでは、それは恐怖をかき消すぬくもりを醸し出していたはずなのに、急に気味の悪い雑音と化してしまったように感じられた。

画面に映っている、見たこともない中年の男二人の漫才師は、とうの昔に死んだ人間なのかもしれない、と思った。誰も知らない、見たことも聞いたこともない漫才師を前に、無人の客席が果てしなく並び、暗い洞窟《どうくつ》のようになったホールに、録音された笑い声が鳴り響いているだけなのではないか……。

そんな埒《らち》もないことが頭をよぎり、ふいに腰のあたりを冷たいものでわしづかみされたような気がした。私は身体を硬くした。

「千佳代ちゃんは、私のことをずっと憎んでたんじゃないかと思う」と多恵子は早口で話し始めた。「私のことが大嫌いだったのよ。私は飯沼さんを誘惑した女なんだもの。一生、許せないと思ってたのかもしれない。でもね、こうなったから言うわけじゃないけど、飯沼さんが彼女と所帯をもった後だって、私はいつでも飯沼さんと寝る準備ができてた。私、飯沼さんだったら、誰と結婚してようが、他に愛人が何人いようが、全然関係なかった。彼さえよければ、いつでも彼と寝たいと思ってた」

そうまくしたてながら、多恵子は自虐的な目つきで私をじっと見つめ、吐き捨てるようにつけ加えた。「彼女はね、そのことに気づいてたのよ。気づいてて、暗い嫉妬の炎をもやしながら、ずっと知らんぷりしてたのよ」

「今も？」と私はさりげなく、単に思いついただけのことを口にしているかのように装って訊き返した。「今も多恵子さんは飯沼さんに対して、同じ気持ちでいるの？」

多恵子は疲れきったように短く笑った。「今はさすがに、そんな気持ちはなくなったわ。ほんとよ。なんにもない」

ほっとした気持ちを隠して、私は言った。「彼女は別に、飯沼さんを多恵子さんにとられたわけでもないし、それどころか、飯沼さんは彼女にぞっこんで、結婚に踏み切ったわけでしょう？　それなのに、結婚前のちっちゃなアヴァンチュールくらいのことで多恵子さんのことを憎み続けるなんて、いくら霊魂の世界のことだとは言っても、辻褄《つじつま》が合わないですよ。だから余計にわからなくなるんです。だって、もしそうだったとしたら、多恵子さんのところだけならまだしも、私の前にまで出てくるなんて、変……」

そこまで言いかけて、突然、私は細かなパズルのピースがぴたりとすべてはまった感覚を覚え、身震いした。

千佳代は死んで初めて、私が密かに飯沼に恋ごころを抱いていたことに気づいたのかもしれない。この世で唯一《ただ》人の友達だったはずの私が、あろうことか、虎視眈々《こしたんたん》と飯沼を狙っていたのだと勘違いし、それが許せなくなったのかもしれない。だから、大泉学園の家の、彼女が気にいっていた、あの、時代がかった装飾の応接間に現れて、私が今後、飯沼に向かって突進していくことがないよう、牽制《けんせい》し始めたのかもしれない……。

「そうよね」と多恵子は洟《はな》をすすりながら言った。「私のところだけじゃなくて、えっちゃんのところにも現れてるっていうことは、私に対する憎しみのせいだけじゃないのかもしれないわよね。その通りよ。彼女はまだ若かったし、死ぬなんて思ってなかっただろうから、自分が死んだことをまだ受け入れられない、ってことも考えられる。だとしたら、それはそれで気味が悪いことだけど……」

私は、コニャックを瓶ごと多恵子から渡してもらい、自分でグラスに少し注ぎ足した。多恵子が空になったグラスを差し出してきた。

「飯沼さんのところにも」と多恵子は、私に注がれるコニャックをじっと見据えたまま言った。「……来てるのかしら」

さあ、と私は間延びした言い方で言った。来てる、という言い方が恐ろしかった。

「そんな話、聞いたことないですけど」

「来てたとしても、彼だったら、そういうことを私たちに打ち明けてきたりはしないでしょうね。心霊系の話は基本的に小馬鹿にしてるから」

「そうなんですか？」

多恵子は「そのほうが彼らしいじゃない。だからってわけじゃないけど、私、ずっと飯沼さんにはこのこと、黙ってるつもりだったの。伴侶《はんりょ》を亡くしたばっかりの人相手に話すようなことじゃないものね。あなたの亡くなった奥さんが、最近、幽霊になって出てくるんです、だなんて、お笑い番組のコントじゃあるまいし。でも、もう、そうはいかなくなったわね。今度店に来たら、私、彼に話してみる。えっちゃんも一緒に話してね」

頭の中が烈しく混乱した。話題が千佳代の亡霊から、飯沼に移りかけていた。

私はふと、今しかない、と思った。飯沼からデートに誘われた件を多恵子に打ち明けるなら、この亡霊騒ぎを利用するしかない、と。

「多恵子さん、あのね、実は私……」

そこまで言いかけただけで、多恵子の勘はおそろしいほど鋭く働いた。多恵子の顔から未知のものに対する怯えがたちまち消えていき、いたずらっぽい微笑に取って替わるのが見てとれた。「何よ、何よ、えっちゃん。水くさいわね。もしかして、彼と寝たの?」

私は首を横に振り、強く否定した。「まさか。全然、そういう話じゃありませんから。ただ……大晦日の晩に飯沼さんから電話がかかってきて……デートに誘われたんです。詳しいことは明日あたり、また連絡がくることになってます。それだけの話です」

多恵子は大きな目をぱちぱちと瞬かせて、恐怖から解放されたような華やいだ声をあげた。「それ、すごい話よ。彼のほうから誘ってくるなんて、めったにないことよ。いいなあ、羨ましい。私なんか、誘われたこと、一度だってないのよ。いつも私のほうから誘ってたんだから。それにしても、えっちゃんたら。なんでそんなに大事なことを私に黙ってたのよ」

「すみません。黙ってるつもりはなかったんですが。ただ、こういうことになっちゃって、つい……」

「お店でいくらでも話せる時があったでしょうに」

「ごめんなさい。でも、正直に言うと、言いづらかったのは事実です」

「いいのよ、えっちゃん、その通りよね」と多恵子はしみじみとした口調で言った。「言いづらいわよね。私は飯沼さんオンリーの時期が長かったしね。でも、もう、遠慮は無用よ。私、もう、とっくの昔に、永遠の片思いのゲームから降りたんだから。私に気兼ねなんかしないで、どんどん楽しんでちょうだい」

多恵子は千佳代の亡霊の話など忘れたかのようにふるまい始めた。コニャックのグラスを手にしたまま、火をつけた煙草をくわえ、どかりと音をたてて床に座りこんであぐらをかいた。私に向かって友情のこもった微笑を投げ、面白そうにうなずき続けた。

「飯沼さん、本当はえっちゃんみたいな女の子が好きだったのね。こうなってみるとよくわかるわ。あなたは本当に、ちっともでしゃばらなくて、冷静で、理知的で、しっかり者で、包容力があって、男にとっても女にとっても頼りになる人よ。私とは大違いだもの」

「そんなことありません。ほめすぎです。多恵子さん、それ、かいかぶり、って言うんですよ」

ふふ、と多恵子は笑った。「違うわよ。えっちゃんのその、なんて言うんだろう、心の逞《たくま》しさ、って言えばいいのかしら。そういうものをきっと飯沼さんは今、ものすごく欲してるんだと思う。彼、ほんとはすごくさみしいのよ。そりゃあそうよね。いきなり若い妻に死なれたんだもの。まさかの信じられない出来事だったんだもの。さすがの彼も、気持ちが滅入《めい》ってて、なかなか立ち直れずにいるんじゃないのかしら。……ねえ、デートはどこで？」

「まだ聞いてません」

「電話がかかってくるの？」

「そう」

「どっちに？　店？　自宅？」

「私の家に」

「何よ、飯沼さんたら。店にかけたら、私に気をつかわなくちゃいけなくなるからいやなんだわ」

「いえ、違いますよ。私用電話をお店にかけちゃいけない、って思ってるだけで……」

多恵子は物静かに微笑しながら、私を遮った。「いいのよ。わざと言っただけ。それにしたって、羨ましいな。そんなにさびしかったのなら、私のことも誘ってくれればよかったのに」

「多恵子さんは新しい恋に夢中で、飯沼さんのことなんて眼中にないじゃないですか」

「その通り」と言い、多恵子は深く息を吸ってうなずいた。「ほんとにその通りよ。だからさ、めでたしめでたし、じゃない？　千佳代ちゃんが亡くなって、私はシゲタさんと恋におちて、飯沼さんを諦《あきら》めることができて、飯沼さんはえっちゃんとデートして……」

「多恵子さん、いくらなんでも、それ、言い過ぎです」と私は小声でたしなめた。「めでたしめでたし、だなんて、今は言っちゃいけません」

そのような言い方は、死者への冒瀆《ぼうとく》だと私は思った。千佳代がどこかでそれを聞いていれば、今すぐ、この部屋にも現れそうな気がした。

「あ、そうね。ごめん。めでたいだなんて、言うべきじゃないわね。申し訳ない」

多恵子も私と同じことを感じたのか、慌てたように自分の言った言葉を撤回した。しばし、私たちは押し黙った。

テレビではまだ、漫才が続いていた。関西弁を使っているのか、標準語なのか、うまく聞き取れなかった。風に舞う、ざらざらとした砂のような笑い声が絶え間なく響いていた。

「それにしたって」と多恵子は気を取り直したのか、わざとぞんざいな、冗談めかした口調で言った。「飯沼さんの死んだ女房のことまで、面倒みなきゃいけなくなっちゃったなんてね。やれやれだわ。私があんなに彼に惚《ほ》れこんでたからよ、きっと。そんなに彼が好きだったのなら、彼の妻になった女の幽霊を相手にすることくらいできるでしょう、って千佳代ちゃんから言われてるみたいな気がする」

私は目をふせた。多恵子のその言い方は、千佳代の亡霊の存在を、不承不承ではあっても、是認してしまっているように感じられた。

だが、それ以外、あの時の私たちに何ができただろう。亡霊に危害を加えられたとか、あるいは今後、その恐れが濃厚になっているとか、現実にそのような事象が起きているわけではなかった。霊と化した千佳代はただそっと現れて、そこに漂い、消えていくだけだった。

その晩、私は多恵子の部屋に泊まっていくことになった。財布の中身は乏しかったとはいえ、タクシーを使って、大泉学園の自宅まで帰れないこともなかったのだが、とてもそんな気にはなれなかった。深夜、自宅に戻り、暗がりの中で鍵を開け、冷え冷えとした室内に入ることを想像するだけで身の毛がよだつような気がした。

二人とも別々の部屋で眠ることなどできそうになかったので、私たちはひとつベッドに横になった。パジャマは多恵子のものを借りた。ベッドはシーツを替えたばかりのようで、清潔な洗剤の香りがしていた。

なかなか眠れそうになかった。眠れないに決まってるから、と言い、間際までコニャックを舐めていた多恵子のほうが先に寝息をたて始めた。

ベッドは温かく、布団はふかふかで、ベッドサイドには小さな、チューリップのかたちをしたライトが灯されていた。室内に床置きされた大きなカセットデッキのラジオのチューニングは、米軍極東放送のFENに合わせてあった。

FEN（Far East Network）は戦後まもなく、米軍居留地関係者のために開局され、基地局が全国に広がった。二十四時間、休みなく音楽が放送され続けるため、若者の間で爆発的な人気を得ていた。あの晩も多恵子の寝室には、軽快なアメリカンポップスが流れていた。

気分のいい音楽が流れている安全な部屋の、安全な寝床の中、多恵子の規則正しい寝息を聞いていると、温まった身体に自然な睡魔が訪れてくるのがわかった。

気がつくと私も眠りにおちていた。生温かい砂の中にめりこんでいくような眠りで、決して快適なものではなかったが、少なくとも眠りは眠りだった。ありがたいことに夢も見なかった。

　だが、一時間ほどたったころだったろうか。大きな呻き声に驚いて目が覚めた。多恵子が隣で苦しそうに喉のあたりをかきむしっているのが見えた。両目が半分白目になっていた。

　私は慌てて飛び起き、多恵子を強く揺さぶった。「多恵子さん、多恵子さん、どうしたの。目をさまして！」

　はっ、とした表情をするなり、多恵子はいきなり目を大きく見開いた。荒々しく繰り返されていた呼吸がふいに静まった。多恵子は虚空を見つめていたが、やがてその小刻みに揺らいだ視線の焦点を私に定めたかと思うと、大きな悲鳴をあげて上半身を起こした。

「私です、多恵子さん！　大丈夫。私です、悦子です」

　多恵子は喉の奥で湿った呼吸を繰り返した。乱れきったソバージュヘアの隙間から爛々《らんらん》とした目で私を凝視していたかと思うと、やがて全身の緊張が解かれたようになり、ぐったりと上半身を私に預けてきた。ずしりと重たい石が膝に載せられたような感じがした。

「夢をみてた」ややあって彼女は言った。「すごくいやな夢」

　訊くのは恐ろしかったが、訊かずにすませていたら、想像だけがふくらみ続け、もっと恐ろしいような気がした。

　私は意を決して訊ねた。「……どんな夢？」

多恵子は汗ばんだ両手で私の腕をつかんだまま、「ずっと」と低い声で言った。呼吸が荒くなった。「……ずっと私のこと、見下ろしてた。……ベッドの、このベッドの脇に立って、ずっと。俯いて、だらっ、と両手を垂らして、さっき店で見たのと同じ服を着て……」

私は目を強く閉じた。くちびるを噛み、恐怖と戦った。たとえ夢だったのだとしても、とてつもなくいやな光景だった。それ以上、不気味な光景はないような気がした。ラジオからはボブ・ディランの歌声が流れていた。曲が終わると、男のＤＪが陽気な声で何かしゃべり始めた。早口の英語の合間に、時折、無邪気な笑い声がまざった。

寝室に変わった様子は見られなかった。サイドテーブルの上の、チューリップのかたちをした明かりは、黄色く丸い光を落としていた。小さいが、暖かな春の日だまりのような光だった。

私は多恵子の腕や肩に手を置き、そっと撫《な》で続けた。大丈夫、と囁いた。夢をみたんです、ただの夢です。記憶の中にこびりついていたものが、夢に出てきただけ……。

「水が飲みたい」と多恵子は掠れた声で言った。「喉がかわいて、口の中がパサパサしてる」

「持ってきます」と私は言い、ベッドから出てキッチンに走った。キッチンの流しの蛍光灯もつけっ放しにしてあった。

グラスに水道の水を注ぎ、冷蔵庫を開けて冷凍コーナーの製氷皿を取り出した。流しの中で氷を取り出し、水に浮かせ、また寝室に戻った。

　多恵子は放心したような顔つきをしていたが、私が手渡した水をほとんど一息に飲み干すと、はあっ、と深い息を吐いた。「ありがと。おいしかった」

「眠れないんだったら、また、何かおしゃべりしてましょうか」

「ううん、大丈夫」

「ずっと朝までつきあいますよ」

「えっちゃんは眠れたの？」

「多恵子さんより、ずっと遅かったけど。いったん寝て、多恵子さんの呻き声で目が覚めました」

「夢、みなかった？」

「ええ、みてたのかもしれないけど、覚えてません」

「あんまりえっちゃんが熟睡してるんで、私のほうの夢に出てきたのかしら」

「きっとそうです」

　多恵子は「よかった」と言った。「今夜、えっちゃんが泊まってくれて。一人だったら、どうしてただろう」

「明日から、できるだけシゲタさんに泊まりに来てもらえばいいんじゃないですか？」

　多恵子は「ああ、そうね」と言った。「頼んでみる」

　シゲタの話になったせいか、多恵子の表情が少し和らいだ。私たちは示し合わせたように、再び枕に頭をのせた。

私はベッドの左側に寝ていたのだが、多恵子は寝返りをうって横向きになり、私のほうに顔を向けた。彼女の手が布団の中で私の手をまさぐった。「手、つないでてくれない？　いい？」

「もちろん」

「こうやってると、夢をみなくてすみそうよ」

「大丈夫です」と私は言った。「もう、あとは朝までぐっすりです」

右手に多恵子の手のぬくもりを感じながら、私は目を開けたまま天井を仰いだ。そして思った。

多恵子が見たものは、果たして本当に夢だったのだろうか、と。

8

飯沼から自宅に電話がかかってきたのは、六日の午後一時過ぎだった。

冷えてはいたが、よく晴れた冬の日で、私は前々日の衝撃から、徐々に回復しつつあった。いや、回復、というのは嘘かもしれない。正直に書こう。私が怯《おび》えに屈することなくいられたのは、飯沼との初めてのデートが控えていて、それを待ちわびる気持ちのほうが、ほんのわずかではあるが恐怖の凄《すさ》まじさを上回っていたからである。

「結局、ゆうべは徹夜しちゃったよ」

開口一番、飯沼はうんざりしたようにそう言ったが、特に疲れている様子はなかった。私は「お疲れさまでした」と言い、労をねぎらった。「ほんとに大変だったんですね」

「引き受けた自分が悪いんだよ。正月なのかどうかもわからないような毎日を自ら望んだわけだからさ。でもまあ、おれにとっては、こういうのがちょうどよかった。仕事ざんまいの正月、ってのはありがたかったよ」

千佳代亡き後、喪中で迎えた新年ということを意識した言い方だったが、彼も私もそれ以上のことは口にしなかった。

「えっちゃんは？　どんな正月を過ごした？」

「いつもと同じ。大晦日《おおみそか》は、飯沼さんも知っての通り、紅白を観て、その後、『ゆく年くる年』を観て、途中でやめて音楽聴きながら寝て……」

飯沼は笑い出した。「健全な市民生活をしてるんだなぁ。それで？　三が日は？」

「そうですね、何をしたかな。そうそう、窓拭《まどふ》きをしました」

「窓拭き？　正月なのに？」

「何年も拭いてなかったから、ひどいもんだったんです。ガラスが曇って、外が見えづらくなるくらい。三が日って、お天気、よかったでしょ？　だから、急に拭く気になって。といっても、家中の窓を拭いたわけじゃないですよ。そんな、シンデレラみたいなこと、やりませんから。拭いたのは居間の窓だけ。あとは、本を読んで、ちょっと絵を描いて、うたた寝して、食べたいもの作って食べて、そのへんを散歩して……って感じで」

「目に浮かぶな、えっちゃんがそんなふうに過ごしてる姿って」

「そうですか？」

「なかなかいいもんだよ。独り暮らししてる若い女の子が、正月に本読んだり、編み物したり、料理作ったりして、のんびり過ごしてる、っていう光景は」

「私、編み物はしませんけど」

「そうか。おれの妄想か」

私たちは笑った。ひとしきり笑ったあとで、彼は「ところで」と言った。「デートのこと。次の日曜日にしないか？　銀座《ぎんざ》でメシを食おうよ」

「はい」と即座に答え、私は頬が紅潮してくるのを覚えた。「ぜひ！」

「銀座の裏通りに、うまいスキヤキを食わせる店があるんだ。どう？」

「スキヤキなんて、ずいぶん長い間、食べてません。嬉《うれ》しいです」

「オッケー。決まり。予約しとくよ。じゃあ、日曜の夕方五時半に、銀座の三越のライオンの前で待ち合わせよう。それでいい？」

「三越のライオン？」

「知らない？　デパートの入り口のとこに、大きなライオンの像が……」

「もちろん知ってます。ライオンの前で待ち合わせする人がたくさんいる、っていうことも知ってます。でも、私は初めてで……」

「そうか。初めてか。おれ、もしかして、おのぼりさんみたいなこと言ってるのかな」

「いえ、そうじゃなくて。三越のライオン前で待ち合わせをするのは初めてだから、すごく新鮮、っていうことを言いたかっただけ……」

「わかりにくい場所で待ち合わせるより、三越のライオン、って言ったほうが確実だろ？　たいていの人は迷わずに行ける」

「ほんとにそうですね」

「愉しみにしてるよ」

私もです、と応《こた》えて、どれだけ愉しみにしていたか、伝えようとしたのだが、うまく言えそうになかったので黙っていた。

電話を切ってから、どぎまぎしている自分を冷静に観察してみた。やっていることと、感じていることが完全に分裂していた。

私は千佳代の亡霊に怯え、いつなんどき、再び現れるか、とびくびくし、全身の神経を針のように研ぎ澄ましていながら、その傍ら、長い間、蔭《かげ》で憧《あこが》れ続けてきた男との初めてのデートに、女子高生のごとく心をときめかせていたのである。

その週の日曜日、遅れないように早めに家を出て銀座に向かった。

朝から曇り空が拡がって、今にも雪が舞い始めるのではないかと思われるほど寒い日だった。その、底冷えがするような寒さはよく覚えている。

厚手のツイードのハーフコートに淡い海老茶《えびちゃ》色のマフラーを巻いていたが、それでも駅のプラットホームで冷たい風にあたっていると、身体の芯《しん》まで冷えていくようだった。手袋をしていないからだ、と気づき、無意識にバッグに手を差し入れた。いつもバッグのファスナーポケットの中に入れてあるはずの手袋が、見当たらなかった。コートの左右についているポケットを調べた。切符以外、何も入っておらず、もう一度、バッグの底の底まで手を差し入れてみたが無駄だった。

家に置いてきたのか。どこかで落としたのか。そもそも、最後に手袋をはめたのがいつだったのか、思い出せなかった。

「とみなが」で働き始めた年の冬、ためた給料で、柔らかな高級山羊《やぎ》革の赤い手袋を買った。使えば使うほど手になじんだ。持っている衣類や小物の中で、もっとも気にいっている、贅沢《ぜいたく》なものの一つだった。

多恵子の部屋に落としてきた可能性も少なからずあった。だが、泊まった日の晩、寝室にはバッグやコートを持ちこまなかった。落としたのだとしたら、リビングかキッチン周辺。もしくは玄関まわり。どのみち、そうであるのなら、多恵子が見つけて翌日、店に持ってきてくれたはずだった。多恵子からは何も聞いていない。

どこか外で、知らぬまにバッグのファスナーポケットからすべり落ちてしまい、そのことに気づかずにいたのかもしれなかった。たかが手袋だったが、何よりも愉しみにしていた飯沼とのデートに水をさされたような心地になり、私は落ち着かなくなった。

約束の時刻の五分前に、三越のライオンの脇に立った。すでに日は落ちていて、ネオンが輝き、あたりは夜のようだった。

私のまわりには、同じように待ち合わせをしている人が何人かいた。交差点を行き交う車の音が賑《にぎ》やかだった。

立ったまま、もう一度、バッグを隅から隅までまさぐってみた。ポケットをあらためた。手袋はなかった。

「何捜してるの？」

聞き覚えのある声に驚いて振り返ると、飯沼が私の横に立っていた。煙草をくわえ、たなびく煙に目を細めていた。口まわりの髭《ひげ》は剃《そ》られておらず、長髪はいつもながら少し脂ぎっており、あちこちで自然なカールを作っていた。

厚手の黒革のブルゾンに、細めのジーンズ。以前にも何度か見たことのある組み合わせだった。

「家を出てきた時から、手袋が見当たらなくなっちゃって」と私は言った。緊張を隠すには、手袋の話題はちょうどいいような気がした。「どこかに落としたみたい」

「それはもったいないことをしたな。何色の手袋？」

「赤。山羊革の。高かったんです。無理して買って、すごく気にいってたのに」

会うなり、挨拶《あいさつ》もせずになくした手袋の話を続けている自分が恨めしかった。私は自《じ》嘲《ちょう》気味に笑った。

「わかった。それじゃ、今日はまず、そのなくした赤い手袋の代わりになるものを買いに行こう。おれがプレゼントするよ」

「え？　どうして？」

「手袋なしじゃ寒いだろう？　それに、スキヤキ屋の予約時間までは、まだ少しある。店に行く前に、えっちゃんの手袋問題を片づけとこう」

言うなり彼は、くわえていた煙草を地面に落として靴先で素早く消し、歩き出した。待ち合わせたのが百貨店の入り口だったので、一階の手袋売り場は目と鼻の先にあった。私は慌ててあとを追った。

たくさんの手袋が並べられているコーナーまで行き、女性客で混み合う中、彼は臆《おく》することもなく、女たちの間に分け入って、あちこち目を走らせていたが、ほどなく一対の手袋を手にすると、私に向かって掲げてみせた。

「これなんか、どう？」

革製の手袋だったが、赤というよりも、くすんだワインレッド色をしていた。もう少し真紅に近い色のほうが好みだったが、図々しくそんなことは口にできなかった。

だが、私の表情を一瞬にして理解した彼は、「いいと思うものを選んでごらん」と言った。「値段は気にしないでいいから」

私が恐縮しながらも、目についた革手袋を順番に試していると、飯沼は「白いのもカッコいいぞ」と言った。「汚れが目立つかもしれないけど、革なら汚れも風格になる。

これなんかいいな。はめてごらんよ」

彼が手渡してきたのは純白の革製のもので、見るからに細身だった。言われるままにそれをはめてみると、見た目よりも革がしっとりと柔らかくて伸縮性があり、すばらしいはめ心地だった。私がかつて自分で買った赤い革手袋よりも、さらに高価だったし、何より美しかった。

「すごく素敵。うっとりします」

「じゃ、これにしよう」

「飯沼さん、だめですよ。値段、知ってますか？　高すぎます」

飯沼は楽しそうに笑い、いくつか冗談を飛ばした。押し問答にもならないまま、結局、その高価な白い革手袋の代金は彼が支払い、日暮れた冬の銀座の街を歩く私の両手にはめられていた。

会うなり高級手袋を飯沼から贈られるとは、夢にも思っていなかった。しかも、その流れは決して不自然なものではなかった。私が手袋をなくさなければ起こらないことだった。

この流れなら千佳代も納得するだろう、と思い、そう思った瞬間、生きた人間を意識するようにして千佳代に遠慮している自分自身を知り、思わずぞっとした。

冷静にならなければ、と私は自分を戒めた。千佳代のことは忘れていたかった。たとえ、目の前にいる男が、千佳代の夫だった人物であっても。私にとってその晩は、神の祝福を受けたも同然の一夜であって然《しか》るべきだったのだ。

飯沼が予約したスキヤキ店は、銀座の裏通りにあった。古くからある店のようで、木造三階建ての和風建築の建物には年季が入り、周囲を現代的な雑居ビルに囲まれて、そこだけひっそりと時間の流れに取り残されているように見えた。

一階と二階が店舗になっていて、私たちは二階の個室に案内された。個室といっても、自由に開閉できる襖《ふすま》で囲まれているに過ぎず、しかも座敷は小さかった。それぞれ六畳間程度だったのではないかと思う。宴会の時には間仕切りの襖を開けて使用するらしかった。

混雑時には、隣室の話し声も聞こえてきそうな按配《あんばい》だったが、その晩、二階の客は私たちだけだった。日曜の夜だったせいもあるだろう。平日は、近隣の会社員の気軽な接待で立て込んでいることも多いようだった。飯沼は以前、二度ほど、取材相手から話を聞くためにその店を使ったことがあり、平日だったため、二階の個室はすべて満室だった、と言った。

座敷には中央に、ガスコンロの載ったうすっぺらい座卓が一つと、濃紺の座布団が二枚。他には何も装飾品がなく、殺風景だったが、味を優先して、気取らない店を選んだところがいかにも飯沼らしかった。

今夜はお二階席はお客様だけですので、どうぞごゆっくり、と女将《おかみ》らしき中年の女は愛想よく言い、スキヤキ鍋《なべ》を温め始めた。求められない限りは、あとのことは客任せにしていたらしく、飯沼が注文したビールをグラスに注ぎ入れてしまうと、女将は姿を消した。飯沼は慣れた手つきで鍋に具材を並べていった。ぐつぐつと煮える音が、静かな室内に響き始めた。

電灯は天井へのはめこみ式になっていて、そこだけ真新しかったが、あまり明るいものとは言えなかった。座敷はどことなくぼんやりと薄暗い感じがした。

私たちはビールグラスを軽く掲げ合った。飯沼が「えっちゃんとの初デートに乾杯」と言ったので、私は仕方なく「千佳代ちゃんに献杯」と小声で続けた。

千佳代の名を口にしたのは久しぶりだった。首筋のあたりにうそ寒い風が吹いたように感じたが、それは明らかに気のせいだったと思う。

「あっと言う間に年が明けたよ」と飯沼が言った。「無我夢中、って感じだったな、去年は」

座卓の鍋からは、早くも甘辛い香りが立ちのぼっていた。食欲をそそる香りだったが、緊張していたせいで、私はなかなか箸《はし》をつける気になれずにいた。

二階席のその部屋に入った時は、暖房をつけたばかりだったようで、室内はひんやりとうすら寒く感じられた。だが、狭い室内に暖房が利き始めるのは早く、鍋からたちのぼる湯気も手伝って、部屋はたちまちぬくもりに包まれた。

飯沼と初めて差し向かいで食事をする、ということ、それが飯沼の口から「デート」という言葉で表現されていたことが、何日も前から、私を喜ばせ、同時に緊張させていた。そのうえ、待ち合わせてすぐに高価な手袋をプレゼントされる、という思いがけないできごとがあったものだから、高揚感はこれ以上ないほどふくれ上がっていた。

　それだけのことなら、幸福の絶頂にあったはずだが、事態は複雑だった。私の幸福感の中には、絶え間なく亡き千佳代の姿がちらついていた。喜びと期待は、度を越した不安や強い恐怖とワンセットになっていた。数日間というもの、私はそうした相反する感情の只中《ただなか》に投げこまれていたわけである。あの晩にいたって、私の神経は相当、疲弊していたはずだ。

　グラス一杯のビールと、そのあとに運ばれてきたぬる燗《かん》の日本酒を小さな猪口《ちょこ》にほんの二杯程度飲んだだけで、私は早くも酔いがまわってくるのを感じた。頬が火照り、まぶたがふくらんで、視界がとろりとしたものになった。

　飯沼や多恵子ほど酒に強くなかったとはいえ、いくらなんでも、その程度の酒量で酔ってしまうとは考えられない。室内の暖かさのせいもあったろうが、そこに精神的な疲労が拍車をかけていたのだろう。首やこめかみにうっすら汗がにじみ、口に運ぶものが熱いものばかりだったため、息苦しさすら覚え始めた。

　だが、座卓をはさんで正面に座っている飯沼は、涼しい顔をしていた。私がハンカチで顔の汗をおさえ、「なんだかすごく暑い」と言うと、彼は部屋の暖房を消してくれた。

「えっちゃん、今日は顔が赤くなるのが早いねえ」飯沼がからかうように言った。「そういう時、どうすればいいか、知ってる？」

私は首を横に振った。

飯沼は「さらに飲む」と言い、煙草をくわえ、ライターで火をつけた。「飲んで飲んで飲みまくる。そんなことしたら、もっと酔いがまわると思うだろ。でも、そうじゃないんだよな。不思議なことに、途中からちょうどいい塩梅《あんばい》になってくる」

煙草の煙に目を細め、あぐらをかいて寛《くつろ》いだ姿勢で、面白そうに私を見つめる彼は魅力的だった。

私はくすくす笑った。「なんですか、それ。ちょうどいい塩梅、って」

「酔いがさめてくるんだ。いや、さめる、っていう言い方は間違ってるな。本来、あるべき酔い方になる、と言ったほうが正しい。今日は酔いがまわるのがやけに早いな、って感じた時は、そうするのが一番いいんだよ。酔いがまわったから、って、そこで飲むのをやめると、かえって変に眠くなったり、だるくなったりする。健康によくない」

「そんなやり方、初めて聞きました」

「飲んべえはみんな、知ってることだよ」飯沼はくわえ煙草をしたまま、箸で鍋の中をつつき、牛肉の一片を私の椀《わん》に入れてくれた。「デッドポイントの越え方を知ってるのが、正しい酒飲みだからね」

「デッドポイント？」

「長時間飲んでると、これ以上、飲めない、っていう限界点に近づくことがある。長年の習慣で、それがはっきりわかるようになるんだ。そういう時もね、そこでやめるんじゃなくて、それを越えるのが肝心なんだよ。越えると、延々と飲める。夜通しどころか、次の日もずっと」

「嘘」

飯沼は口を開け、白い歯を見せて笑った。歯の標本にしてもいいほど、歯並びが美しかった。

飯沼があぐらをかいたまま後ろ手に指を伸ばし、背後の襖戸を開けてくれた。廊下には暖房がついておらず、室内の暖気と入れ替わりに、気持ちのいい冷気がなだれこんできた。

ほっとする涼しさに、全身が生き返ったようになった。肺のすみずみに空気が行き届くような感じがし、私はいっぺんに元気を取り戻した。

階下の気配がかすかに伝わってきた。一階にも客が入った様子だった。年配の男の話し声に、若い女の笑い声が重なった。食器の音や厨房《ちゅうぼう》で水を流す音も聞こえた。

私はお銚子《ちょうし》を手にし、背筋をのばして軽く目配せした。飯沼から差し出された猪口に酒を注いでいると、彼は「いいなぁ、こういうのって」と言った。しみじみとした口調だった。「鍋をはさんで、差しつ差されつ、ってね。……えっちゃんにも注がせてくれよ」

促されたので、私はお銚子を彼に渡し、自分の猪口に手を添えて差し出した。ぐつぐつと煮える鍋の音に、酒を充《み》たす音が重なった。

「私、今夜は早くもデッドポイント、越えたみたいです」と私は言った。「いくらでも飲めそうになってきました」

「いいねえ」と飯沼は目を細めて微笑んだ。「そうこなくっちゃ」

それからの私たちは、文字通り、差しつ差されつ、暖かな室内に絶え間なく流れこんでくる快適な冷気の中、鍋の中のものを平らげていき、酒を飲んだ。

私があの晩、あんなに早く酔いがまわり、危うく気分が悪くなりかけたりしなかったら、と今も時折、思い返す。もし、ふだん通りでいられたとしたら、飯沼は、その必要もないのに、入り口の襖戸を開け放しはしなかっただろう。廊下に続く襖は閉じられたままだっただろう。出入りする際にも、いったん開けた襖は必ず閉じていただろう。

あの晩、私を恐ろしい目にあわせたのは、その襖だった。

飯沼が言う「デッドポイント」を越えたのかどうかはともかくとして、廊下から流れてくる冷たい空気を思う存分吸い、気分もすっかりよくなった私は、他愛のない、しかし、心弾む会話を飯沼と交わし続けた。

千佳代の話題は出なかった。酔いがまわりながらも互いが細心の注意をはらって、出さないようにしていたからだと思うが、だからといって会話が不自然なものになることもなかった。

どれほど近しい人間を失った後だったとしても、具体的な悲しみを口にさえしなければ、話題はふだん通り、快活にまわっていくものだ。私たちはよく笑い、よく食べ、よく飲んだ。

酒がなくなると、飯沼は廊下に向かって手を叩《たた》き、「お願いしまぁす」と大きな声を張り上げた。階下から、はぁい、ただいま、と応える女将の声が聞こえ、まもなく女将が階段をあがってきて、注文を聞いた後、お愛想に鍋の中を覗《のぞ》いて野菜を足したりしてくれた。

鍋の中のものがあらかた空になると、小さな碗《わん》に盛ったごはんと味噌《みそ》汁、香の物、そして、デザートの、塩水につけた薄切り林檎《りんご》が運ばれてきた。

座卓の横で女将がてきぱきと煎茶《せんちゃ》を淹れ、笑顔を作りながら、「どうぞ、ごゆっくり」と言った。「寒くございませんか？　ここ、お閉めしときましょうか？」

「いや、開けといてください」と飯沼が言った。「これだけ飲んでるんで、血のめぐりがいいんですよ。涼しくてちょうどいい」

「お若いからですねえ。お羨《うらや》ましい。私の歳になると、いくら飲んでも顔だけ火照って、足は冷たいまんまですから」

おほほ、と女将は口に手をあてがって笑った。少し媚《こ》びたような笑い方だった。

女将が部屋を出て階段を下りて行った後、飯沼が「どれ」と言いながら、ゆるりと立ち上がった。「メシにする前に、トイレだ。えっちゃん、先に食べてていいよ」

二階のトイレは、部屋を出て左。廊下の突き当たりにあった。階段は右で、さっきまで賑わっていた一階は、客が帰ったらしく、ひっそりしていた。女将たちの話し声も聞こえなかった。コンロの火はもう消えていたので、室内にも物音がしなくなっていた。店のスリッパをはいた飯沼の足音が廊下の左側に遠ざかっていき、やがてトイレのドアが閉じられる音が聞こえた。

私は、座っていた座布団の右脇に置いたショルダーバッグに視線を落とした。買ってもらったばかりの、真新しい革手袋を眺め、右手の指先でそっと撫《な》でた。それから、女将が淹れてくれた煎茶の湯飲みを手にとった。

私が座っていたのは、座卓をはさんだ奥側である。入り口の襖に近いほうが飯沼の席で、彼が座を外している間、私の位置からは開け放されたままの襖と、その向こうの廊下がよく見わたせた。

廊下の中空に、黒とも灰色ともつかない靄《もや》のようなものがたちこめていることに気づいたのはその時だった。馬鹿げたことだが、私はそれを目にした瞬間、煙だ、と勘違いした。階下で何かが燃えだし、そのせいで煙が階段を伝って二階にあがってきたのではないか、と。

火事かもしれない、すぐに飯沼を呼び戻さねば、と思い、立ち上がろうとして、ふいに凍りついたように動けなくなった。私は自分が潜在意識の中で、常に恐れていたものを目の前にしていることを知った。

煙のように見えていたそれは、たちまちヒトのかたちを作った。

頭髪が逆立つ、というのはあのようなことを言うのかもしれない。私は自分の頭皮いちめんが一瞬にして、固まってしまったような感覚に襲われた。そのせいなのか、叫ぶとか、悲鳴をあげるとか、そういった反応は一切、することができなくなった。

冷たげな廊下に正座していたのは千佳代だった。深く俯《うつむ》いて、頰の両側の髪の毛らしきものが、その表情を隠していた。亡霊に「佇《たたず》まい」も何もないと思うが、あえて言えば、その佇まいは多恵子の店で見た時と同じものだった。

ワット数の低い電球に照らされているだけの、うすぐらい廊下だった。部屋の前には、私が階下からはいてきたスリッパが一足、きちんと並べられていた。

千佳代は、これから入室する部屋の前でいったん正座し、ひと呼吸おいている店の女将や従業員のようにも見えた。両手は力なく、だらりと床に落ちていた。

着物を着ていたような気もするが、定かではない。衣類で隠れている部分は、全体がもやもやとしていた。はっきり確認できるのは首から上の部分だけだった。そのせいで、それはまるで、闇の中に浮かぶ生首のようにも見えた。

手にしていた湯飲みを落とさずにいられたのは奇跡と言うべきか。私はその異形のものから目を離せなくなりながらも、湯飲みを座卓の上に戻すことに成功した。

落ち着いていたからではない。それどころか、私は自分が何をやっているのか、何を目にしているのか、この先、どんな目にあうことになるのか、何もかもがわからなくなっていた。

酒が入っていたにもかかわらず、氷のように冷たい意識ばかりが立ち上ってきた。そのため余計に、自分が目にしていることが現実であることを思い知らされる羽目になった。総毛立つような恐怖に襲われた。

トイレのドアが開け閉めされる音が聞こえた。廊下を踏みしめ、こちらに向かって歩いてくる飯沼の、軽快なスリッパの音がそれに続いた。

身じろぎひとつせずに息をつめていると、千佳代の亡霊は瞬く間に消え去った。ひとすじの煙も残らなかった。

「ちょっと冷えてきたんじゃないか？」と飯沼は戻ってくるなり、そう言って、部屋の天井近くに備えられていたエアコンを見上げた。「暖房、少しつけようか」

飯沼が、エアコンの操作をし始めてくれたおかげで、私は恐怖に青ざめていたであろう顔を見られずにすんだ。ありがたかった。

「ここも、そろそろ閉めとこう。いいだろ？」

どうぞ、と言いたかったのだが、声にならなかった。飯沼は襖を閉じた。

その閉じ方は、乱暴とまではいかずとも、桟のすべりがよすぎたせいか、勢いあまったようになった。ついさっきまで、亡き妻が俯いて正座していた廊下とこちら側とが、彼の手によって、たちまち分断された。

エアコンが作動するモーター音が低く聞こえてきた。飯沼が私の変化に気づいた様子はなかった。彼はどかりと座布団に腰を落とし、あぐらをかくと、音をたてて豪快に味噌汁をすすった。

食べずにいたら、異変に気づかれてしまう。飯沼から「どうしたの」と怪訝《けげん》な顔をして訊《き》かれようものなら、その場で何もかも、打ち明けてしまいそうで怖くなった。

それだけは避けたかった。避けなくてはならない、という理性は、まだ私の中に残っていた。

そんな話をして、彼がまともに受け取ってくれるはずもなかった。そんな甘ったれた考えは捨てなくてはならなかった。

死んだ千佳代が、私や多恵子の前に何度も現れる、そればかりではない、たった今も、そこに、その廊下で、こっちを向きながら正座していた、飯沼さんがトイレから戻ってくる気配があったとたん、消えてしまった、という話をいとも深刻そうに打ち明けた時、飯沼がどう反応し、どんなことを思うのか、私にはあらかじめわかっていた。

彼は眉《まゆ》をひそめ、同情し、うなずき、ひどく困惑したような表情を作りながらも、内心、思うのだ。馬鹿馬鹿しいにもほどがある、と。女たちの集団ヒステリーがこんなかたちで表れるとは思ってもみなかった、と。そして、私はもちろんだが、それ以上に多恵子が、飯沼の中で軽蔑《けいべつ》の対象になるのだ。

飯沼は、自分が多恵子から求められ続けてきたことを知っている。途中から鞍替《くらが》えし、今でこそ、新しい恋人を得たからいいようなものの、長い間、多恵子は、千佳代の出現によってシャッターをおろされてしまった気持ちの持っていきどころ、納めどころを探していた。そのうちに、千佳代の死を利用してまぼろしを作り出し、そこに自分の不全感を転嫁させていく方法を見つけた。

すべては無意識のうちに行われ、多恵子本人ですら、そのメカニズムに気づかなかったのだが、結果、多恵子は、私をまきこんで亡霊騒ぎを起こし、溜飲《りゅういん》を下げることに成功した。ないはずのものが見えた、と思いこむのは、親しい女同士によくある「妄想・幻覚の共有」に過ぎない……。

……時代の先端を担うジャーナリズムの世界で優れた原稿を書き続け、各方面から高い評価を得ていた飯沼なら、そんなふうに分析し、この場合の多恵子の反応は一種の嫉《しっ》妬《と》妄想、かたちを変えた独占欲の表れである、と結論づける可能性が高かった。

ひとたびそうなったら、飯沼はもう、これまでのような目で私を見てくれなくなるだろう。千佳代の亡霊の話を打ち明けた瞬間から、私は彼の中で、「その他大勢」の女の一人になってしまうのだ。死んだ人間が生前の姿のまま、出来の悪い怪談噺《ばなし》さながら現れた、などという話は、彼の失笑と密《ひそ》かな軽蔑をかい、悪くすれば憐《あわ》れに思われて終わるだけなのだ……。

まくわうりの漬け物を澄んだ音をたてて嚙《か》み砕き、飯沼はがつがつとごはんを食べ、味噌汁をすすり、その間中、うまが合わないという、大手出版社が刊行している月刊オピニオン誌編集長の悪口を言い続けた。悪口といっても、飯沼にかかると、皮肉なユーモアたっぷりに語られ、比喩《ひゆ》表現も豊かだったので、私は次第に凍りついていた気持ちがほぐされていくのを感じた。

「メシ、食わないんだったら、おれがもらうよ」

味噌汁をすすり、デザートの林檎を齧《かじ》ることはできても、ごはんは喉《のど》を通らなかった。ほとんど残してしまった私のごはん茶碗に手を伸ばすと、飯沼はそのまま箸をつけ、あっと言う間に平らげてしまった。

「飯沼さんって、大食漢なんですねえ」

私が感心すると、彼は「健啖《けんたん》家と言ってほしいね」と言い、私の小皿に残った漬け物も食べてしまった。

「ああ、よく食ったな。えっちゃんは？　満足してもらえた？」

「もちろん」と私は言った。「おいしかったです、とっても」

飯沼は煙草に火をつけ、時間をかけて深々と吸った。後頭部をひと掻《か》きし、首の凝りをほぐそうとするかのように、頭をぐるりとまわしてから、彼はふと私を見つめた。二つの黒い瞳《ひとみ》がまっすぐに私に向けられた。

私は「なんでしょう」と小声で訊《たず》ねた。

「いや、別に」と彼は言った。

座布団の上で煙草をくわえたまま、彼はゆっくりと座卓に向かい、片膝《かたひざ》を立てた。少し照れたような笑みがくちびるに浮かんだ。「……えっちゃんとは不思議な縁だ、と思ってさ」

私は飯沼を見つめ、どぎまぎしながらうなずいた。目の前の彼に茄子《なす》紺《こん》色の着流しを着せ、花札でも持たせたら、任侠《にんきよう》映画の中に出てくるハンサムな俳優そのものになる、などと、場違いなことを想像しながら。

「ずっと昔から知ってたような気がすることが多いんだ。ガキのころからね。でも、えっちゃんと親しくなったのって、わりと最近なんだよな」

飯沼が私に関心を示してくれるようになったのは、千佳代がいたからである。千佳代を間にはさんでいたからこそ、遠く近く、私は飯沼のそばにいることができた。すべて千佳代のおかげ、千佳代の存在あってこそだった。

千佳代……千佳代……。話がそちらの方向に流れていかないよう全身で警戒しつつ、私は「そうですね」と、できるだけのどかな口調で応じた。「飯沼さんと知り合ったのは、ついこの間、って言ってもいいくらいなんですよね」

「うん。それなのに、ずっと昔、同じ生活圏の中で、一緒に子ども時代を過ごしたみたいなさ、そんな感じがすることがある。角のたばこ屋のえっちゃん、とかさ。駅前の佃《つくだ》煮《に》屋のえっちゃん、とかね。ガキのころ、そういう呼ばれ方をして愛されてた子がいたよな。たとえて言えば、そんな感じだよ」

私は微笑した。彼はしみじみした表情でうなずいた。

「年はおれのほうが四つ上だけど、たとえばさ、小学校の教室で、おれが後ろのほうから、えっちゃんの背中に消しゴムぶつけたりしてたんじゃないか、なんてね、そういうことが想像できちゃうんだ」

「どうして私に消しゴムをぶつけるの?」

「えっちゃんは、そこらの女の子みたいに、すぐに泣いたり怒ったりしないように見えるから。悪ガキはたいてい、そういう子にちょっかいを出したがるだろ?」

「それって、ほめ言葉? 違いますよねえ。ふてぶてしい子、っていう意味じゃないですか?」

飯沼は目を丸くした後、快活に笑った。「えっちゃんのどこがふてぶてしいんだよ。しっかりして見える、っていう意味で言ってるだけだよ」

私はふざけてふくれっ面をしてみせた。「私だって、泣いたり怒ったりします。ふつうです」

「わかってるって。しかしさ、まあ、よくぞあの爆発頭のママは、えっちゃんみたいな優秀な子をつかまえてきたもんだ。彼女には人を見る目があったんだな」

お世辞や皮肉には聞こえなかった。真正面からほめてくれていることは確かだったが、そういうことに私は慣れていなかった。私は即座に話題を変えた。「爆発頭って、それ、すごい言い方ですね」

「ちょっと前のヒッピーにはよく、あの手のヘアスタイルのやつがいたからな。見慣れてたはずなのに、初めて彼女を見た時はあっぱれだと思ったよ。多恵子ママのは、おれが知ってる中でも、とりわけ爆発度が高い」

私が噴き出すと、飯沼も可笑しそうに肩を揺すった。

目と目が合った。飯沼のほうが先に視線をそらし、軽くくちびるを結んだ。

そして、改まったように深々と息を吸うと、彼はおもむろに腕時計を覗いた。「さてと。この後、どうする？　新宿まで行けば、日曜でも開いてる店がたくさんあるけど。どこかで一杯飲んでいこうか」

「あの」と私は言った。自分でも思いがけず、正面きった言い方になった。「……よかったら、うちにいらっしゃいませんか」

何というはしたないことを口にしたのだろう。そう思ったとたん、かっと顔が熱くなった。

千佳代が、どんな反応をするか、わかったものではなかった。嫉妬、猜疑《さいぎ》心、不安、怒り、苛立《いらだ》ち……千佳代の気持ちが、今まさに、冷たい刃物になって私を突き刺そうとしているように感じた。

私は飯沼に気づかれぬよう、身をすくませながら、そっとあたりを窺《うかが》った。

室内には何の変化もなかった。淡い煙が漂っているような気がしたが、よく見るとそれは、飯沼が吸っている煙草の煙だった。

私は恋しく思っている男を自宅に誘いこもうとしたのではない。大泉学園の広い家に独りで帰るのがいやだっただけだ。帰らずにすむのなら、朝まで飯沼とどこかで飲み明かしていてもよかった。場所はどこでもよかった。

だが、飯沼は私がうっかり口をすべらせたことに、無邪気な反応を返してきた。

「それもいいね」と彼は言った。「一度、えっちゃんのうちに行ってみたいと思ってたんだ。大泉学園だったよね？」

「あ、はい。そうです」

「ようし。じゃあ、そうするか。タクシーを呼んでもらうから、途中、深夜スーパーにでも寄って酒を買って行こう。四谷《よつや》に二十四時間開いてるスーパーがある」

私は瞬《まばた》きを繰り返しながら、「いえ」と言った。「お酒なら、うちにいろいろありますから大丈夫です」

聞いていたのかいなかったのか、それには応えず、飯沼は善は急げとばかりに煙草を灰皿でもみ消すと、襖を開け、階下に向かって「女将さん。ここ、御勘定ね！」と大きな声を張り上げた。「それと車を一台、頼みます！」

はぁい、と応じる女将の元気な声が返ってきた。それに続くようにして、ふいにどこからか、水を使う音が聞こえてきた。

厨房で洗い物をしているのだろうと思ったが、それにしては音はあまりにも近くから聞こえた。すぐ目の前の、襖の向こう、廊下のあたりに流し台があって、そこで誰かが水を使ってでもいるかのようだった。

闇に閉ざされた洞窟《どうくつ》の中を流れる水のごとく、その音はあたりに低く長く反響し続けた。深山幽谷にあるせせらぎの、さびしい谺《こだま》を思わせる音だった。

その音が私にしか聞こえていないのは、飯沼を見れば明らかだった。彼は立ち上がり、ハンガーにかけていた黒革のブルゾンの内ポケットから一万円札を何枚か、取り出そうとしていた。ふだんから、財布をもつ習慣のない男だった。彼はいつも、着ている服やジーンズのポケットに札や小銭を押しこんでいた。多い時も少ない時もあった。

　今ここで、おどおどしてはならない、と私は厳しく自分に言い聞かせた。食事の時間は過ぎたにせよ、夜はまだ終わっていなかった。これから飯沼を連れて大泉学園の家に帰り、アラジンのストーブをつけて部屋を暖め、カセットデッキで好きな音楽を流すのだ。二人でグラス片手に寛ぎながら、思う存分、語り合うのだ。

　そんな幸福の予感に浸っていられる時に、幻聴なのか、錯覚なのか、些細《ささい》な現象の何もかもを千佳代と関連づけ、恐怖心に負けてしまいそうになるなど、愚かなことだった。だが、そう思いながら、その時、すでに私の腕と背中は一斉に粟立《あわだ》っていた。

　飯沼はコークハイが好きだった。

　帰路のタクシーの中、自宅にコーラを切らしていることを思い出し、途中、四谷三丁目の近くにある二十四時間営業のスーパーに立ち寄った。ついでだから、何か必要なものがあったら買っておけばいい、と言われたが、別に思いあたらなかった。

　私がコーラの他に、袋入りの蜜柑《みかん》とつまみ用のポテトチップスをカートに入れると、飯沼はサキイカだのナッツだのの袋をそれに加えてきた。二人で日常の買い物をしているような気がして、胸がはずんだ。

　店内を行き交う女たちが、時折、飯沼に視線を投げかけてくるのがわかった。長身でがっしりとした体型、自然なウェーブがかかった長髪の持ち主である飯沼は、その整った面立ちも相まって人目を惹《ひ》いた。

千佳代はさぞかし、飯沼のことを誇りに思っていたのだろう、とふと思った。この、性的な香りに満ちた、都会的で逞《たくま》しい、頭脳明晰《めいせき》な男に守られ、まっすぐに愛されたという事実は、しがない劇団員だった彼女の空虚感を充たしてあまりあることだったのだろう、と。

『アナベル・リイ』のアナベル役を演じて大失敗し、世間の失笑をかったが、そのことをきっかけに彼女は思いもよらなかった幸福を得た。それが飯沼だったのだ。

日曜日だったので道は空《す》いていた。大泉学園の自宅に着いた時、まだ時刻は十時前だった。

当時、もはや私の気持ちの中では「開かずの間」になっていた応接間を横目で見ながら、私は飯沼を居間に招じ入れた。室内が冷えていたので、ただちにストーブに火をつけた。やかんに水を充たしてストーブにかけ、カセットデッキの電源を入れた。

音楽は何にすればいいか、と考えたが、結局、選んだのは、レコードショップで見つけたヒットメドレーものだった。ジョン・レノンやシーナ・イーストン、ビー・ジーズ、エルトン・ジョン、ルパート・ホルムズなど、当時の人気歌手やグループによるヒット曲が集められていたカセットである。

流行《はや》りのポップス、というのは、いたずらに記憶を刺激してこないところがいい。過ぎ去った時間はまだそこにはなくて、現在だけがある。だから私はそのカセットを選んだのかもしれなかった。

飯沼は「年代を感じさせる」と言って私の家をほめちぎった。だが、私が独りで、これだけ広い家の管理をしつつ生活していることの裏には、あまり人には知られたくない、深い事情があるのではないか、と思っている様子も窺えた。

多恵子の店「とみなが」で、彼に両親のことを大雑把に説明したことはあっても、詳しく教えたことはなかった。私は彼に、ベルギーに住んでいる両親のこと、その完全に浮世離れした性格、交流というものがほとんどないまま離れて暮らしている、成績優秀な兄の話をした。

飯沼は得心したように深くうなずき、「なるほどな」と言った。「えっちゃんの家庭環境こそが、今、おれの目の前にいるえっちゃんを生み出したのかもしれないな」

私は軽くため息をついた。「変人の両親と変人の兄。私も一種の変人ですよ」

「たとえばどんなところが？」

「そうですね、こんな古くて広い家に独りで住んでて、お正月休みに窓拭きなんかをするところとか」

飯沼はきれいに並んだ歯を見せながら笑った。「そう言われりゃ、確かにそうだ。とっかえひっかえ、男を替えて同棲《どうせい》を繰り返してる、っていうほうが、よっぽど正常かもしれないいな。……えっちゃん、恋人いるの？」

いきなり訊かれて戸惑ったのは、彼にとっての私が、その種の、世間で掃いて捨てるほどある、ありきたりな質問を投げかけるような女だったのか、と知って深く失望したからだった。そばで見ていればわかるはずだった。私には飯沼以外、恋しい想いを抱くことのできる男は一人もいなかった。恋人の出現を求めてもいなかった。

ただ淡々と、時の流れに任せて生きている、風変わりな女であることを一番、知っているはずだった相手に、無邪気にそんな質問を発せられて、馬鹿にされたような気分にもなった。深い関係の男がいるのかもしれない女を「デート」と称して誘い出したのは、いったい何のためだったのか、と思った。

「飯沼さん」と私は硬い口調で言った。「私に恋人がいるように見えますか」

「いるかもしれない。いないかもしれない。わからないから訊いただけだ」

私たちは、コークハイのグラスを手にしていた。部屋は少しずつ暖まり、アラジンのストーブの上ではやかんがやわらかな湯気をあげ始めていた。

私はその湯気を見るともなく見ながら、言ってはならない名前を口にした。「千佳代ちゃんから聞いてなかったですか？」

破れかぶれの気持ちだった。千佳代の話題を出さないまま、会話を続けることは困難だった。何よりも、今こそ千佳代の名を出さないで、この話を続けることはできない、と思った。

「千佳代ちゃんは」と私は続けた。「飯沼さんに対する深い愛情と情熱を包み隠さずに私に打ち明けてきました。本当にいつも素直で正直でした。そんな彼女に、私が自分の恋愛とか情事とか、全部隠したままでいられると思います？　なんにもなかったから、彼女にも話すことがなかっただけです」

　わずかの間があいた。飯沼は「オッケー、わかった」と言った。「ごめんな。気を悪くさせたみたいだね」

　私は顔をあげ、彼を見つめた。「千佳代ちゃん、本当に私に関して何も言ってませんでした？」

「彼女は変に口がかたいところがあったから」言いながら、飯沼は何度か瞬きを繰り返した。「えっちゃんと親しくしていても、えっちゃんから聞いたえっちゃん自身のことは、ほとんどおれには話さなかった」

　千佳代の口がかたい、ということは、言われれば深く納得できた。千佳代はいつも自分のことは包み隠さず打ち明けてきたが、私が彼女に話したことを、たとえば多恵子のような、共通の友人知人に明かしたりしなかった。たとえその内容がどうでもいいようなことだったとしても。

　口がかたい、というよりも、私との間に育《はぐく》んだ友情に傷をつけるようなことは一切やるまい、と決めていたせいかもしれなかった。千佳代の、私に向けた信頼の情、そして、私に託した友情がいかに強いものだったか、思い知らされた。

　千佳代には本当に私しかいなかったのだ。

そう思ったとたん、ほんの短い間のことだったが、なぜか私の右手がいきなり大きく震えた。痛くもなんともなかった。しびれているわけでもない。ただ、右手が急に、意思と無関係に勝手に動いただけだった。手にしていたグラスが傾き、中のものが少し、膝や床にこぼれ落ちた。

「あ」と声が出てしまったが、うまくごまかした。震えはすぐに収まった。

私はティッシュペーパーを使い、急いで水滴を拭《ぬぐ》ってから、キッチンに向かった。スーパーで買ってきた蜜柑を丸籠《かご》に入れ、ポテトチップスとサキイカを盛った角皿を盆にのせて居間に運んだ。

飯沼が優しい目で私を見た。

いい女だったよ、と彼は低く、つぶやくように言った。「千佳代はおれにとって、本当にいい女だった」

言うなり彼は、グラスに口をつけてひと息に飲みほした。グラスの中の氷が、からん、と小さな音をたてた。

何と応えればいいのか、わからなかった。

そうですよね、ほんとにいい女でしたよね、と愛想よく相槌《あいづち》をうち、しみじみと千佳代の思い出話を始めたりするのはいやだった。

大泉学園の家の居間には、長年かけて父の趣味に合わせて買い揃えてきた家具が、さしたる統一感もなく、ばらばらに置かれていた。椅子好きだった父が、あちこちの骨董《こっとう》品店で目に留めては届けさせたという椅子にいたっては、大中小七、八脚はあったと思う。奇抜なデザインのものから、古風な童話の中に出てきそうなロッキングチェアに至るまで。

ソファーは三人掛けの、肘《ひじ》掛けのついた古びたデザインのものが一つあるだけで、かつてはそこが父の定位置だった。父はその布張りの、醬油《しょうゆ》やソースの染みがこびりついた旧《ふる》いソファーをこよなく愛していた。

ソファーの前には、栗の木で作られた大きな丸いセンターテーブル。背の低いテーブルなので、巨大なちゃぶ台のようにも見える。

生活に必要な爪楊枝《つまようじ》やハサミ、爪きり、信用金庫の名が印刷されたメモ帳やボールペン、糊《のり》、灰皿など、雑多な小物が置かれたテーブルのまわりに、銘々、好きな椅子や座布団を持ち寄って座る、というのが、私の家族の流儀だった。

あの晩、飯沼が座ったのも、父のお気に入りのソファーだった。私はセンターテーブルの前に敷いた青い刺し子の座布団に腰をおろしていた。

私は、千佳代の話題をいったん止めるべく、空になった飯沼のグラスに気をとられているふりをした。お代わりを作ります、と言いながら、そっとグラスに手を伸ばした。

だが、飯沼は黙ったままグラスをテーブルの上に戻した。大きく両足を開いて座っていた彼は、やおら左手で左の太ももをわしづかみにし、目を伏せた。歯を食いしばった。

やがて、ふくみ笑いなのか、嗚咽《おえつ》なのか、わからない音が、そのくちびるから洩《も》れてくるのが聞こえた。

そして彼は、烈しい仕種《しぐさ》で顔をあげた。こらえているものが彼の顔を赤黒く火照らせていた。涙は窺えなかったが、くちびるが彼らしくもなく細かく震えていた。

「千佳代は」と彼は声をしぼり出すようにして言った。「いい女であると同時に、おれにとっては可愛い女でもあった。純粋でさ。おれは生まれてこのかた、あんなに純粋な女にお目にかかったことがない。おかしな言い方をすれば、頭が悪いんじゃないか、と思うくらいに純粋だった。それが彼女の最大の魅力だった。だからおれは……」

そこまで言うと、彼は深く息を吸い、右手で細かいウェーブのついた髪の毛をぐしゃぐしゃにかきまわした。「……彼女を守ってやりたかったんだよ。どんなものからも守ってやろうと思っていた。それなのに、守りきれなかった……」

あとが続かなくなった。燃え盛るストーブの青い炎を見つめながら、私は静かにうなずいた。千佳代がこの言葉を聞いたら、どれほど喜ぶことか、と思った。

だが、今から思えば、千佳代はその時も私の家の居間にいたのである。姿は見えなくても、私と飯沼のそばにいて、私たちの会話に耳を傾けていたのである。

「何の役にも立ちませんけど」と私は飯沼にまっすぐな視線を投げながら言った。

それ以上、愚かなことは言ってはいけない、と自分を強く戒めながらも、そのひと言が言いたかった。それが言いたいからこそ、千佳代の亡霊をものともせずに、彼を自宅に招いたのだ、と思った。たとえすぐ近くに千佳代がいたのだとしても。

「……私が飯沼さんのそばにいますから」

飯沼はゆっくりと顔をあげた。彫りの深い、少し濡《ぬ》れたようになった二つの目が私を見つめた。

「ほんとに」と私は消え入りそうな声で続けた。「飯沼さんが千佳代ちゃんを守ろうとしたみたいに、私が飯沼さんを守ります」

飯沼は黙っていた。何も応えなかった。顔色も変えなかった。彼は無表情だった。

カセットデッキからは、ビー・ジーズの甘い歌声が流れていた。何だったろう。大ヒットした「愛はきらめきの中に」だったか。それより少し後の「失われた愛の世界」だったか。

飯沼の沈黙は続いた。不安にかられて、私は俯いた。「……ごめんなさい」

少女漫画の中の告白でもあるまいし、と思われたのかもしれなかった。なくした手袋の代わりに高価な手袋を贈ったとしても、スキヤキを奢《おご》り、個室ですっかり打ち解け合ったとしても、そのうえ、家にあがりこみ、深夜、暖まった部屋でコークハイのグラスを重ね合わせたのだとしても、それとこれとは別だ、と彼は言いたいのだろう、と思った。

私にとって、それ以上の拒絶はなかった。恥ずかしさのあまり、気が変になりそうになった。

「なんで謝ったりする」

私は即座に顔を上げ、彼を見つめた。

「馬鹿だな。謝る必要なんかない」

低く掠れた声で言いながら、飯沼は汚れた布張りソファーの座面を掌《てのひら》で軽く叩いた。

「えっちゃん、ここ」

「え?」

「ここにおいで」

私は夢遊病者のような気分に陥った。理性はおろか、あらゆる感情が瞬間凍結されてしまったように感じた。

催眠術でもかけられているかのように、私はそろりそろりと座布団から腰を浮かした。そして、父がいつも座っていた染みだらけの、もともとは黄緑色だったのに、モスグリーンに変色してしまっているソファーに近づき、マリオネットのようにぎこちなく、飯沼の隣に腰をおろした。

その直後、カセットデッキから流れてくる音楽が耳に届かなくなった。アラジンのストーブの炎すら視界から消え失せた。

気がつくと、私は飯沼に抱き寄せられ、彼の胸の中に顔を埋《うず》めていた。たまらなくセクシー、と多恵子が口癖のように言っていた胸に。煙草のにおいに混ざって、かすかに甘い整髪料と汗のにおいが嗅《か》ぎとれる、あの胸に。

飯沼の大きな手が私の髪の毛を撫で、やがて顎に添えられたかと思うと、私は彼のくちづけを受けていた。

優しいくちづけだった。むさぼるようなものでは決してない、これから起こる性的なことは何も想像させない、ただ、その瞬間の、深い愛情と信頼を感じさせる、ある意味では礼儀正しいくちづけだった。

彼のくちびるは想像以上に柔らかかった。幾度か私のくちびるの端や頰、額にキスをすると、彼はそっと身体を離し、私を見つめた。顔中に笑みが拡がっていた。

「おれはさ、これまで女の子から、そんなふうに言われたことはなかったよ」

「そんなふう、って？」

「私が守る、って」

私は大きく息を吸った。「四つの女の子が大好きなパパに向かって言う科白《せりふ》みたいですね」

「でも、えっちゃんは四つじゃない」

「ええ」と言い、私はうなずいた。「そして飯沼さんは私のパパではない」

わずかな間をあけたあと、彼は微笑し、目を瞬かせた。そして右手の指で私の頰を軽くつまみ、あやすように揺すった。「えっちゃん、よろしく頼むよ」

私たちはそれから、ソファーで隣同士に座りながら、コークハイを飲んだ。音楽や映画や小説の話をした。合間に、彼は多くの冗談を言って私を笑わせてくれた。

一瞬にして近づいた距離は、もうそれ以上、縮まらなかった。それでよかった。私は充分すぎるほど満足していたし、同時に半ば冷めてもいた。この光景を千佳代が見ていたとしたら、どんな気持ちになっただろう、と気をもんでいた。

おかしな話だ。私はあのころからすでに、薄気味の悪い千佳代の亡霊を、現実に存在するものとして、疑いようもなく認識していたことになる。

深夜二時をまわったころ……いや、二時どころか、三時近くになっていたはずだ。ふと気づいたように、飯沼が「おっといけない」と言った。「明日……じゃないな、今日、だな。昼の十二時に新宿で通信社の記者と会う約束があるんだ。少し寝ておかなくちゃいけない。だから、そろそろ失礼するよ」

泊まっていきたい、と言われたら、一も二もなく承知し、このソファーに布団と枕代わりのクッションを運んでこよう、と思っていた。そうすることに、特別な抵抗や逡巡《しゅん》《じゅん》を抱かずにいられたのは、私もかなり酔いがまわっていたからなのだと思う。

「帰り、大丈夫ですか。夜が明けるまで、ここにいてもいいのに」

「大丈夫。大通りまで出れば、タクシー、拾えるだろう」

寒さを理由に、強く引き止めてもいい、とまで思ったが、何ということもなく、その時、室内の温度が急に下がったような気がして、私は口をとざした。

アラジンのストーブは消えておらず、それどころか盛んに青々とした炎をあげていた。上に載せたやかんからは、温かな湯気があがっていた。どこかの窓を開けたわけでもなく、室内は同じ状態だった。それなのに、どこからともなく冷気が吹きこみ、冷たい風の道を作っているかのように感じた。

外気温が下がったのか、と思った。そうだとすれば、なおさらのこと、寒さの中、こんな時間に飯沼を帰宅させるのは申し訳ないような気もした。

だが、彼はくわえ煙草をしたまま、ブルゾンの袖《そで》に手を通し始めた。テーブルの上の煙草のパッケージは空になっていた。それを軽く握りつぶすと、「じゃあ、行くよ」と言った。

歩き出そうとして、彼はつと立ち止まり、私を振り返った。少し照れたような表情で私のほうに歩み寄り、右手を伸ばして私の頰をそっと撫でた。「今夜は楽しかった。えっちゃんのおかげだよ。ありがとう」

私は首を横に振った。「私のほうこそ」

言ったとたん、足元を冷たいものが走り抜けていったような気がした。体温のない、目に見えない生き物が、私の足にまとわりつくようにしながら去っていったような感じだった。

廊下に続くガラス扉が、何かの拍子に開いてしまって、廊下の冷気がなだれこんできたのかと思った。だが、格子のはまったガラス扉は閉まったままだった。室内に変わったところは何もなかった。

その冷気に何も気づいていないのか。感じているのは私だけだったのか。飯沼は何事もなかったように私を見つめ、人さし指で私のくちびるに軽く触れてから、廊下に向かった。私は、ふだん寒い時に羽織っていた毛糸の黄色いショールをつかむと、慌てて後を追った。

寒いから見送らないでもいい、と言う彼の言葉を無視し、私はサンダルをつっかけて、玄関の外に出た。吐く息が白かった。夜明けはまだ気配もなく、あたりは夜の闇に閉ざされたままで、冬の空には瞬く星が見えた。

私の家は、玄関の外が小さな庭のようになっており、踏み石のアプローチが数個、連なった先に門があった。

かつてはそこに木製のどっしりとした門扉がついていた。蝶番《ちょうつがい》がぎしぎしと軋《きし》んで開けづらい、雨風にさらされて黒ずんでしまった門扉だった。

こまめにものを磨いたり、蝶番に油をさしたり、暮らしそのものを大切にする習慣のなかった母は、うちの門扉は陰気くさくていやだ、と言い出し、父も同意したので、やがて汚れた門扉は撤去された。以後、ブロック塀も取り壊して洋風のフェンスに替えるはずだったのが、そのうち父が渡欧することになり、そのままになった。

門扉のついていない門を出て左に行き、二百メートルほど歩くと、住宅の塀に囲まれたT字路に突き当たる。その角を右折した先が、タクシーも拾える大きな通りだった。私の家から、大通りまではほんの三、四分。確かに、通りまで出れば、深夜明け方にかかわらず、空車タクシーをつかまえることができた。

門を出て立ち止まった彼は、私に向かって「おやすみ」と言った。「また連絡する」私は色あせた黄色いショールをまとい、身を縮ませ、白い息を吐きながら「気をつけて」と返した。

しこたま酒を飲んだ後のようには見えない、確かな足どりで、飯沼はゆるりと私に背を向けた。ブルゾンの両ポケットに手を入れたままだったのが、途中、振り返り、片手をポケットから出して軽く手を振ってきたので、私も大きく手を振り返した。

あたりは静まり返っていた。旧い住宅街特有の静けさだった。遠くで、犬がしきりと吠《ほ》えていた。遠吠えのように聞こえた。

飯沼が向かっているT字路の手前には、背の高い街灯が立っていた。おかげで、あたりの見通しは利いたが、青白い冷たい明かりはどこか不吉な感じがした。

その時、私が見たものは、あれから何十年という長い歳月が過ぎた今も、思い返すたびに身の毛がよだつ。忘れることなどできそうにない。記憶に深く突き刺さり、消えることなく私の生涯を左右し続けている。

私の家の二本の門柱の上には、それぞれ門灯が点灯されていた。球形のすりガラスで被《おお》われた門灯で、電球こそ切れていなかったが、それ自体が相当旧いものだったため、光は勢いを失っていた。

そのうすぼんやりとした頼りない明かりの中、どこからともなく、ヒトのかたちをしたものがふわりと現れるのが視界に入った。家の中から出てきた、というよりも、目の前に拡がっている明けない冬の夜の街の、沈んだ闇の中から煙のように現れた、と言ったほうが正確かもしれない。

それがたちまち女の姿と化し、すべるように飯沼のあとを追って行くのを私ははっきりと目撃した。本当に「すべるように」であった。

すうっ、と音もなく、冷たい夜気に滲《にじ》むかのようにして飯沼のあとを追い、やがてぴたりと彼の背後……だったか、少し脇だったか、はっきりとは言えないが……に寄り添い、まるで腕を絡ませてでもいるかのように、彼の足どりに合わせながら、それは遠ざかっていった。

まとっていた服はよくわからない。お気に入りだったゼブラ柄のワンピースではなかった。全体が白く、煙のようにぼんやりしていた。淡い色彩の着物か、とも思ったが、しかし、それは現世で女たちが着るものではなく、むしろ私の目には、白い経帷子《きょうかたびら》のように映った。

寒さのせいではなく、奥歯がカチカチと烈しく鳴り出した。恐怖に全身がすくむあまり、喉が詰まるような感じがした。

ただちに飯沼を追いかけ、何としてでも帰るのをやめさせて、家に泊まってもらわなければ、と私は思った。

千佳代が彼について行くのが見えたとしても、それが亡霊である、ということを除けば、驚くには値しない。二人は夫婦だった。機嫌よく飲み続け、帰途についた飯沼に寄り添って、共に慣れ親しんだマンションの一室に帰ろうとするのは、ある意味では自然な姿であるとも言えた。

ただしそれは、千佳代が生きているのであれば、の話だ。

私は上半身だけ前のめりになるのを感じた。上半身は飯沼を追いかけようとしているのに、足はまるで、接着剤で地面に貼りつけられたかのように、少しも動かせずにいるのが不気味だった。

声も出てこなかった。飯沼さん、と声をかければ、あの距離であれば彼は間違いなく私を振り返ってくれただろう。怪訝な顔をする彼に向かって、私は「帰らないで」「戻って来て」と言うこともできただろう。

だが、どれほど空気を吸いこんでも、わずかな唾液《だえき》で喉をしめらせてみても、声帯はいっこうに動いてくれなかった。悪夢をみて目がさめない時のように、喉元を空気が行き来する音が聞こえてくるだけだった。

白い亡霊を従えた飯沼はみるみるうちにT字路に近づき、角を右折して見えなくなった。魔法がとけたように、私の身体が自由に動くようになったのはその直後である。

すぐさま走って後を追いかけ、空車タクシーをつかまえようとして舗道に立っているであろう彼を呼び止めようか、とも思った。だが、よもやそれが成功し、彼を家に引き戻すことができたのだとしても、理由を話さねばならなくなるのは目に見えていた。

恋ごころのせいだと言い訳するには、あまりに過剰な、私にしてみれば常軌を逸した行動だった。訝《いぶか》しく思われるに決まっていた。

そもそも、なぜ、それほどまで必死になって、飯沼を帰したくないと感じるのか、自分でも説明がつかなかった。千佳代の亡霊のせいであることは明らかだとしても、なぜそれほど、得体の知れない不安が押し寄せてくるのか。なぜ、彼にまとわりつく千佳代を引き離さなければ、と思ってしまうのか。そんな自分は異様だった。

携帯電話のなかった時代である。彼が自宅に帰り着いたころを見計らって、彼の家に電話をかける以外、連絡をとる方法がなかった。

私は自宅に戻り、玄関を内側から施錠した。居間に行き、すぐさまカセットデッキの音量を上げた。カーペンターズの「トップ・オブ・ザ・ワールド」が流れてきた。身体の芯からわき起こってやまない恐怖心が、その陽気なメロディのおかげで、ほんのわずかではあるが、癒《いや》されていくような気がした。

煙草の残り香とぬくもりの中、センターテーブルの上のものを片づけにかかった。使った食器やグラスをキッチンに運び、次から次へと洗って、布巾《ふきん》で水滴を拭きとると、片っ端から食器棚に戻した。そうやって絶えず身体を動かしていないと、恐怖に負けてしまいそうだった。

妄想、と言うべきなのか。私の頭の中では、彼が無事に家に帰り着くことは、もうないのかもしれない、という、根拠のない不安だけが渦を巻いていた。二分に一度は掛け時計を見上げた。

電話するのが早すぎて、まだ到着していないのであれば、不安は増すばかりになる。じりじりしながらも時間が充分に過ぎるのを待つのは、地獄の苦しみだった。

大通りに出て、すぐに車を拾えたのなら、その時間帯、道路渋滞も考えられないので、三十分もあれば彼のマンションに到着する。だが、どこかで工事をしていて、スムーズに通れない場所があったとしたら、それ以上になる可能性は少なからずあった。

私はきっかり四十五分待ってから、カセットデッキの音量を下げ、電話の受話器を取った。

コール音が続いた。三回、四回……六回鳴って、心臓がこれ以上ないほど早鐘のように打ち出した時、受話器がはずされ、飯沼の声が聞こえてきた。眠たげな声だった。

「あれ、えっちゃん。どうした」

「あ、あの……」と私は口ごもった。「無事に着いたかどうかを知りたかったものだから」

「とっくに着いてるよ。車はすぐ拾えたし、道も空いてたしね。帰ってすぐベッドに寝転がったら、そのまま、うとうとしちゃったみたいだ。えっちゃん、何だか慌ててるみたいだね。どうかした？」

「ううん、なんにも。空車が拾えなくて、寒い想いをしたんじゃないか、って心配だったから、念のためにかけてみただけです。よかった。無事に帰れて。起こしちゃって、ごめんなさい」

「いや、全然かまわないよ。着いた時、おれから連絡すればよかったな。ごめんごめん。本当に今日は楽しかった。またな、えっちゃん。ゆっくりおやすみ」

相当、眠かったのだろう。彼は受話器を握ったまま、眠りに落ちていきそうな様子だった。おかげで私は、そんな時刻、言い訳がましく電話してしまったことを飯沼から訝《いぶか》しく思われずにすんだ。

彼のあとを追って行った千佳代の亡霊は、彼には何も悪さはせず、ただ彼のそばにいたい、という想いだけに突き動かされていただけなのだろう。そう結論づけて、ほっとした。

冷静に考えれば、亡霊の意向を慮《おもんぱか》って、ほっとするも何もないはずだが、あの時の私は心底、安堵《あんど》していた。飯沼が無事でいることを確認できただけで、問題のすべてが解決したかのようでもあった。

とたんに猛烈な睡魔に襲われた。歯を磨き、洗顔している間も、意識は半ば朦朧《もうろう》としていた。気がつくと私は自室のベッドにもぐりこんでいた。

眠りはすぐに訪れたが、無意識の底のほうでは、「なぜ」という疑問ばかりが鎌首をもたげていた。

なぜ自分は、千佳代が飯沼に悪さをする、などという想像をしたのだろう。悪さ、という表現はあまりに的確だった。的確すぎて、薄気味悪かった。

翌朝、目覚めた時、すでに十時をまわっていた。決して心地よい眠りではなかった。

それどころか不快さの残る眠りだった。意識の底のほうで、飯沼に抱き寄せられ、くちづけを受けたことの幸福感が絶えず漂っていた気はするが、目覚めてみれば、それらは遠い過去の時間の残滓《ざんし》のようにしか感じられなくなっていた。悪さ、という言葉がたちまち甦《よみがえ》った。とてつもなく重たい鉛の球と化したそれが、私の内部に音もなく沈殿していくのがわかった。

恐ろしい予感は、その時から生まれていたような気がする。

9

開店の準備中、「とみなが」で多恵子から、「私、妊娠したみたい」と照れくさそうに告白された時、私は、目を丸くした。「ほんとですか？」と訊《き》き返した。

二月も半ばを過ぎていた。寒い冬だったが、寒さの底からは抜け出して、春がそれほど遠くないところまで近づいていることが感じられる季節になっていた。

多恵子はその時、鍋《なべ》で里芋の煮ころがしを作っていた。甘辛い、温かな香りが店内に漂っていた。

私は思わず、菜箸《さいばし》を手にしていた多恵子の右腕に触れ、軽く揺すった。「まずは、おめでとうございます！　そうですよね？」

「当たり前じゃない。私も彼も独身。何の障害もない関係なんだから。なんかね、自分でも、今からわくわくしちゃってるの。不思議な気分」

「彼、どんなふうに喜んでくれたんですか？　知りたい知りたい。ここで再現してみてください」

当時、「シゲタ」という名前はあまり、私たちの会話の中に出てこなかった。シゲタの話をする時、多恵子はいつも「彼」という言い方をしてきたし、私もそれにならっていた。

多恵子の言う「彼」というのは、常にシゲタのことだった。多恵子が私に教えてくれる二人の関係は、常に順調そのものだった。結婚を前提にしている、という話も聞いていた。

「まだ教えてないの」と多恵子は言った。「はっきりしないうちは、黙っておきたくて」

「でも、確実なんでしょう？」

「そうじゃなかったら、えっちゃんにもこんなこと言えないわよ。私、もともと生理は不順なたちなんだけど、今回はもう、一か月以上遅れてるの。だから確か。たぶん、年末にスキーに行った時の……なのよ。だって」と多恵子は恥じらいながら言った。「きちんと避妊しないまま、ってことがあって……。ああ、やだ。こんな話までしちゃうなんて」

「いいじゃないですか」と私は笑った。「お腹いっぱいになるくらい、ごちそうさま、っていう話ですけどね」

「診断確定したら、すぐに知らせて二人で祝杯をあげるわ。彼、どんな顔するかな。すごく楽しみ」

「すぐに結婚式やハネムーンのことも計画しなくちゃ」

多恵子はガスの火を消し、私を見て微笑んだ。「ほんとほんと。急に忙しくなりそう」

「つわりとか、大丈夫ですか？」

「それがね」と多恵子はため息まじりに言った。「もう始まってるみたいで、毎日、なんとなく具合がよくないのよ。だるいし、食欲も落ちたし。別にむかむかする、ってことはないんだけど、すごく疲れやすいの。ちょっと微熱が出てる時みたいなね、そんな感じ。実はね、えっちゃん。衝撃の告白。私、こう見えても妊娠経験ないのよ。信じられないでしょ」

性的な関係をもつことにおいては、自由主義を貫いていた多恵子に、妊娠経験がないとは俄《にわ》かに信じがたかった。だが、そんなことで私に嘘をつく必要はない。

「多恵子さんなら、実は子どもがいるって聞かされても全然驚かないけど。妊娠の経験がない、って言われたほうがびっくりします」

「そりゃそうよね。でもさ、ほんとにないの。これが初めてなの。だから、新鮮っていうのか、不安っていうのか」

「よくわかります」

「それにしても、よくぞこれまで、一度も妊娠しなかったな、って自分でも思うわ。きっと、子どもができにくい体質なのよね。危ないことも結構、あったっていうのに。それが、今回は簡単にできちゃったんだから、不思議で仕方がない。相手が彼だったからかもしれないけどね」

「またまた、ごちそうさま」

多恵子は嬉《うれ》しそうに私に身体をぶつけてきた。私たちは陽気に笑い合った。

言われてみれば、多恵子の顔色はあまりよくなかった。その数日前から、店にいても、動きが緩慢だったことが思い出された。酒の量も明らかに減っており、煙草もあまり吸わなくなっていた。

「多恵子さん、煙草はだめですよ。お酒も飲まないほうが」

「そうよね。わかってる」

「お客さんに勧められたら、『私、妊娠してるから』って言って、びしっと断ってください。多恵子さんなら、そういうこと言えるし、言ってもすごく似合います」

「だめだめ。今、そんなこと言ったら、店中、大騒ぎになっちゃう。大丈夫よ。飲んだふりして、流しに捨てるから」

多恵子はそう言い、大儀そうではあるが、幸福な表情でカウンター内の丸椅子に、ゆっくりと腰をおろした。カウンターの上に置かれていた、セブンスターのパッケージに無意識に手を伸ばそうとするのを見とがめ、私が注意すると、多恵子は笑いながら首をすくめた。「オッケー、わかった。絶対吸わない」

その後、少し沈黙が流れた。多恵子は急に、もじもじし始めた。「あのね、えっちゃん」

「はい」

「折入ってお願いがあるんだけど」

「何でしょう」

多恵子が私を上目づかいに見上げた。「……一緒に産婦人科に行ってくれない？」

思わず噴き出しそうになったのは、多恵子が醸し出していた心細さが、私のよく知る多恵子ではない、別人のそれのように見えたからだった。ざっくばらんで正直な、エネルギーの塊のように見える人間のどこに、これほどのよるべなさがあったのか、と思われるほど、その時の多恵子はすがるような目をして私を見ていた。

「もちろん、いいですよ。でも」と私は言った。「産婦人科に行くのなら、彼と一緒に行ったほうがいいんじゃないですか。人生のドラマチックな瞬間を分かち合う相手は、私じゃなくて彼だと思うけど」

「ふつうはそうよね。でもさ、私、こっそり診察を受けて、妊娠三か月とかなんとか、はっきり診断された上で彼と会って、いつも通りにふるまってから、ジャジャーン、っていう感じで、ビッグニュースを発表したいのよ」

「そのもったいのつけ方、すごいですね」

「ドラマチックなことは、とことんドラマチックにしたいじゃない」

「舞台の上の演劇みたいに？」

舞台、とか演劇、といった言い方は、何の気なしに口をついて出てきたに過ぎない。だが、言葉にしたとたん、私の中でたちまち千佳代のイメージが、乾いた路面に滲《にじ》んでいく黒い雨水のように拡がっていくのがわかった。それは、『アナベル・リイ』のアナベル役を演じた千佳代であった。

なぜ、些細《ささい》な言い方一つで、そんな情景に苛《さいな》まれねばならないのか、と腹立たしくもあった。「演劇」という言葉を口にして、自分で勝手に反応してしまったのは明らかだが、そうだとしても、それはおぞましいことだった。

多恵子は愛する男との間に赤ん坊ができて、しかも、そのことを堂々と喜べる状態にあった。そんな慶事を前にして、千佳代の亡霊を思い出してしまうのは、不吉な感じがした。

多恵子も同じ受け止め方をしたらしい。彼女はふと口を閉ざし、少しぼんやりした視線を私に向けてから、「演劇、っていうのとはちょっと違うわね」と言った。少し堅苦しい口調だった。「とにかく、長い人生の中であまり経験できない瞬間、っていう意味で言っただけ」

わかります、と私は力なく同調した。

多恵子は何事も包み隠さず話してくれたし、自分の感情をごまかすことはしない人間だったが、礼儀もわきまえず、他者の心の中に土足で入りこむようなまねは決してしなかった。その意味では、見かけとは異なる古風な節度の持ち主だった。

呆《あき》れるほどざっくばらんな会話を交わしている時でも、彼女はあくまでも自分のことを語っているに過ぎなかった。必要もないのに、根掘り葉掘り、相手の私生活を知りたがったり、下世話な好奇心から説明を求めたりすることは一切、なかった。

飯沼との関係についても同様で、あけすけな質問をされたことは一度もない。正月明けに銀座で彼と会った後は、「ねえねえ、どうだった？」と面白そうに訊いてきたが、スキヤキ屋の個室を出てからのことは訊かれなかったし、私もいちいち細かいところまでは報告しなかった。

まして、あの晩、大泉学園の家で飯沼に抱き寄せられ、多恵子が憧《あこが》れてやまなかったセクシーな胸に顔を埋《うず》めて、初めてのくちづけをした、などという話を自慢げに打ち明けるわけもない。

いくら多恵子がシゲタとの恋愛にうつつを抜かしていたのだとしても、飯沼はかつて彼女が熱をあげていた男だった。そういう男と交際に発展し、性的にどんなかかわり方をしたのか、ということについて語って聞かせようとするほど、私は鈍感な人間ではなかった。

一方で、飯沼が私の家から帰る時、冷たい煙のごとく千佳代の亡霊が現れた、という話は、多恵子に聞かせたくてたまらなくなった。

ひしと、しがみつくようにして彼に寄り添っていた千佳代。またしてもそれを見てしまった私の中に、恐怖の感情とは別の、説明のつかない不穏なものが生まれたこと、そして、この先、飯沼に何か起こるのではないか、という強い不安にかられたことを多恵子に聞いてもらいたかった。

多恵子は小さな叫び声をあげ、両手で口を被《おお》って震えながら、しかし、真剣に聞いてくれただろう。二人で恐怖を分かち合い、言葉にし合い、共に怯《おび》えることができれば、私の気持ちもいくらかは休まっただろう。

だが、その話をすれば、あの晩、私の家で起こったささやかな、甘い出来事を多恵子に打ち明けてしまうことになりかねない。

あの時点で、すでに私と飯沼はぎこちないながらも、くちづけを交わす間柄になっていた。それまでの、何とはなしに近しく意識し合う間柄だったころとは違い、さらに一歩、具体的な関係に進んでいた。まだ男と女にはなっていなかったものの、性につながる扉を互いにそっとノックし合って、確かな手応《てごた》えを感じていたのは事実だった。

だからこそ私は、帰って行く飯沼に寄り添った亡霊が、彼に何か悪さをするのではないか、という恐ろしい不安に取りつかれたのだ。あの晩の私と飯沼が、千佳代の嫉妬《しっと》をかったに違いない、と思いこんだのだ。

あれは私の中で飯沼が、「私の男」として位置づけられた最初の晩だった。経帷子《きょうかたびら》をまとったような千佳代の亡霊の一件を話せば、それまでの経緯を説明しなくてはならなくなる。そして、厄介なことに、実はそのことをこそ多恵子に、聞いてもらいたい、と願う私自身がいたのだった。

あの甘やかなひとときがもたらした束の間の幸福を多恵子に向かって明かし、のろけてみたかった。そうできれば、どんなに楽しく心が躍るだろう、と思った。

自分の中にあった、そうした衝動を抑え込むためにも、私は多恵子に、余計なことは何も話すまいと決めたのである。


「とみなが」にはその晩、常連が何組かやって来て、店内は終始、賑《にぎ》わっていた。

開店前に私と約束したことを守り、多恵子は接客しながらも、煙草を一本も吸わなかった。客からビールやウィスキーを勧められても、口をつけたふりをするだけで、あとは気づかれないよう注意しながら流しに捨て、私に向かって目配せしてみせた。

愛する男との間に子どもができた、という幸福な、はずんだ気持ちでいたせいか、よく笑い、いつにも増して饒舌《じょうぜつ》だったが、どう見ても多恵子の顔色は悪かった。青白い、というよりも、全体がうすく黄ばんでいるように見えた。いつもつややかで、色香の滴りを感じさせるように見えていた頰にも光沢がなかった。

とりわけ妊娠の初期には、様々な身体の変化が起こるものだ。私には妊娠の経験がなかったが、そういったことは知識として知っていた。日常生活に支障をきたすほどのつわりが起こっていないとはいえ、やはり肉体がふだんとは異なる状態になっているのだから、様々な症状が出ても不思議ではなかった。

時折、立っているのがつらそうに見えたため、私は多恵子にカウンター内の丸椅子に座るよう勧めた。だが、多恵子は応じようとしなかった。そんなことをしたら、客に変に思われる、というのがその理由だった。

「今日のママは、なんか、けだるい感じがしていいね」

そう言ったのは、週に一度は顔をみせる、自称映画評論家の中年男性だった。当時四十四、五といった年回りだったろうか。その晩は一人で来ており、連れはいなかった。

「あら、そうですか？ けだるい？ アンニュイ？ 悪くないですねえ。でも、色っぽい、って言われたほうが嬉しいかもよ」

多恵子が冗談めかしてそう返すと、口のまわりに黒々と髭をたくわえた男は「そうそう」と同調した。「そうなんだよ。けだるい、って言うよりも、妙に色っぽいんだよな。うん、色っぽい。どうしたの。なんかいいこと、あった？」

ふふ、と多恵子は思わせぶりに喉《のど》の奥で笑った。「私にだって、たまにはいいことくらい、ありますよ」

「妬《や》けるなあ。まいったなあ。ねえ、えっちゃん、ママにはどんないいことがあったの？ この様子じゃ、相当いいことがあったみたいだよな。教えてよ」

いきなり質問を投げかけられて戸惑ったが、私はうまくごまかした。「多恵子ママはいつだってモテモテですから。毎日がいいことばっかりなんです、きっと」

「いやだなあ。突然、結婚発表なんてしないでほしいな。ここんとこ、仕事がうまくいかなくて、くさっててさ。これ以上、ショックなことがあったら、おれ、この先、生きていけないから」

「話が飛び過ぎてません？」多恵子はそう言い、さも可笑《おか》しそうに肩を揺すって笑ったが、私は多恵子の額とこめかみのあたりに、粘ついた汗が浮いていることに気づいた。

　梅が咲き、桃の開花を待つような季節だったが、まだ冬だった。店内の暖房も暖かすぎるというほどではなく、まして、アルコールを口にしていたわけでもない。いくらカウンター内で火を使うからといって、汗をかくはずはなかった。

「多恵子さん、大丈夫？」髭の男がトイレに立った隙に、私は客席に背を向けながら小声で訊《たず》ねた。「なんか具合が悪そう」

「ちょっとね」と多恵子は言った。「どうしたんだろう。今夜はなんか、いつも以上に調子が悪くて。でも、平気。お客が帰るまでは頑張れるから」

「無理しないでください。あとのことは私がやります。多恵子さん、うまいこと理由を作ってお部屋に戻ったほうが……」

「えっちゃんたら」と多恵子は甘く叱りつけるような声を出し、私を軽く睨みつけた。「これは病気じゃないのよ。自然なことなのよ。過保護にしないで」

　固い意志、というよりも、妊娠の悦《よろこ》びがそうさせたのだと思う。その晩、多恵子は自分で言った通り、何事もなかったように店に立ち続け、最後の客が帰った後は私と一緒に後片付けを始めようとした。

そのころになると、顔色はさらに悪くなっていて、さすがに自分でも耐えがたい疲労感があったのだろう、多恵子は私に後を任せ、「悪いわね」と言って帰り支度を始めた。

「ところで、えっちゃん。いつにしようか」

「何がですか？」

多恵子はにんまり笑いながら、「決定的瞬間を聞きに行く日のことよ」と言った。

私は笑顔を返した。「私はいつでも大丈夫です。こうなったら、早いほうがいいですね」

「そうよね。この期に及んでもったいぶる必要もないもんね。わかった。じゃあ、ええっと、来週の月曜日は？　どう？」

「オッケーです。午前中にしますか？　それとも午後一番？」

その日は金曜日だった。翌日の土曜日、産婦人科病院は午前中で診察が終わるため、行くのなら早起きしなくてはならない。日曜日をはさんで月曜日、というのが最善の選択だった。

「行くと決まれば早くしたい。午前中にする」と多恵子は言った。「十時ころ、うちに迎えに来てくれる？　なんか、わくわくするわね」

「私なんか、今からドキドキしてます」

「クラッカーでも持って行こうか。診察受けて、帰りにえっちゃんと外で派手にクラッカーを打ち鳴らしたい気分」

「そんなことしたら、何事か、って大騒ぎになっちゃいますよ。爆発物かも、って警察が来ちゃう」

「冗談よ」多恵子は柔らかく幸福そうに笑った後で、大きく目を見開いた。「ね、今、思い出したんだけど、何年か前に、腹腹時計《はらはらとけい》、ってあったでしょ」

私はうなずいた。「知ってます。三菱重工爆破事件の時の犯人グループが地下出版した本ですよね」

一九七四年八月、日本の極左グループが丸《まる》の内《うち》にある三菱重工本社に時限爆弾を仕掛けた。爆弾は計画通りに爆発。その威力は凄《すさ》まじく、建物のガラスが粉々に砕け散り、通行人もふくめた大勢の死傷者が出た。その年の春、密《ひそ》かに印刷され、出回っていた爆弾ゲリラのための本のタイトルが「腹腹時計」だった。

「今、そのこと思い出しちゃった」

「どうして？」

「あれって、みんながハラハラするのが時限爆弾だから、って、つけられたタイトルらしいけど、今の私はね、そうじゃないの。ほんとの腹腹時計なのよ」

「お腹の中に時計がある、っていう意味？」

「うん。妊娠してみて初めてわかった。赤ちゃんって時計みたい。すごく正確に時を刻んでて、時には母親である私のことも無視しながら、順調に育っていくんだもの」

「多恵子さん、いいこと言いますね」私は感心しながら腕を組んでうなずいた。「それがほんとの腹腹時計ですね」

「そういうこと。でも、ゲリラたちには内緒にしなくちゃ」

私たちは声をあげて笑い合った。

多恵子に付き添って産婦人科に行く月曜日は、間の悪いことにひどく寒い日になってしまった。

西から低気圧が近づき、空には朝から厚い雲が垂れ込めていた。前夜の天気予報によると、東京は曇り時々雨、という予報だったが、私が多恵子の住まいに向かっているころから、早くも霙《みぞれ》が降り出す始末だった。

多恵子が妊娠の確定診断を受けるために選んだ病院は、「とみなが」の入っている雑居ビルから徒歩で十五分ほどの距離にあった。

ほんの十五分とはいえ、冷たい霙にさらされながら歩くのは多恵子の身体にさわるだろうと案じたが、病院の近くを通るバス路線はなく、歩いて行くしかなかった。

約束の時刻の五分前に多恵子の住まいを訪ねると、多恵子はすでに支度を終え、どこか放心したような表情で厚手のコートをまとったまま、玄関先に座りこんでいた。相変わらず顔色がよくなかった。

「おはようございます。寒くなっちゃいましたね。大丈夫ですか」

「食欲がないのよ」と多恵子はげんなりした口調で言った。「無理にでも食べなきゃ、って思うんだけどね。今朝は特にだめ。コーヒーくらいは飲もう、と思ったのに、いざ淹れてにおいを嗅《か》いだら、うっ、となっちゃって」

「つわりが始まったんですね。でも、今日は特に何かお腹にいれとかないと。外、すごく寒いですよ。霙になっちゃってるし。そうだ、私、今すぐホットミルク作ります。牛乳、ありますよね？　クラッカーとかビスケットとかを浸して食べて……」

多恵子はわずかに顔をしかめながら私を見上げ、「ううん、いらない」と言った。「今、ミルクはちょっと難しいかも。胃が受け付けないわね、きっと」

「じゃあ、このまま病院に行って、帰ってから、ってことにしましょうか。スープとか卵雑炊とか、あったかいものを作りますから。帰りがけ、どこかで何か食べられそうなものを買ってきてもいいし」

「そうね。ともかく行きましょ」

大儀そうに立ち上がった多恵子は、一瞬だが、わずかによろけそうになった。私は咄《とっ》嗟《さ》に手を伸ばし、腕を支えた。コートの袖《そで》を通して、心なし力のない、ひとまわり細くなったような腕の感触が伝わってきた。

目ざす産婦人科病院は、西荻窪というよりも、どちらかというと吉祥寺寄りの住宅地の中で古くから開業している病院だった。小児科も併設しており、あの当時は、二代目の院長とその弟が産婦人科、院長の娘が小児科を担当していた。

建物の一部が、灰色の煉瓦《れんが》を張りめぐらせた洋館仕立てになっていて、思わせぶりの古びた、決して現代的とは言えない外装だったが、医療機器は充実していたし、医師の評判もよかった。出産も入院も同じ病院で賄えて、その後は生まれた子どもを小児科で診てもらうことができる。近隣地域にはお産はここで、と決めている女たちが多数いて、中には親子二代で世話になった人も少なくない、という話だった。

何も食べていないという多恵子は次第に口数が少なくなっていった。呼吸も少し荒いように感じられ、熱でもあるのではないか、と私は不安にかられた。

歩いていれば、寒さもさほど感じないはずだったが、多恵子はくちびるの色をなくすほど寒がっていた。

途中、交通量の多い道を横断しようとした時、こちらに向かって空車タクシーが走って来るのが見えた。よほど手をあげて停め、わずかだが病院の前まで乗っていこうかと思ったが、逡巡《しゅんじゅん》しているうちに車はスピードを上げて去って行ってしまった。

そんな状態だったので、蔦《つた》の絡まっている教会のような病院が見えてきた時は、心底ほっとした。傘をさし、少し前のめりになりながら歩いている多恵子にひと言、言いおいて、私はすぐさま駆け出し、いち早く病院に飛びこんだ。多恵子の代わりに、少しでも早く受付をすませ、長時間待たされなくてもいいようにしたいと思ったからである。

小規模とはいえ入院施設のある、いかめしい造りの病院にしては、中はさほど広くはなく、小ぢんまりとしていた。入り口正面に木製の棚でできた受付カウンター、カウンターをはさんで右手が産婦人科診察室、左手が小児科診察室だった。

天井の高い待合ホールの壁には、いちめん、小さな四角いタイルが貼られ、ツバメの親子や巣穴から顔を覗《のぞ》かせたリス、じゃれあっているキツネの親子などの模様がタイル絵として描かれていた。

診察待ちをしている患者は、案じていたほどは多くなかった。妊婦たちは皆、臨月が近いのか、大きな腹を突き出しながら、寛《くつろ》いだ表情で病院備えつけの女性誌をめくっていた。幼い男の子を連れた母親は、膝《ひざ》の上でぐずる子どもをあやしながら絵本を読み聞かせていた。産婦人科と小児科の受診待ちの患者は、待合ホールで一緒になっている様子だった。

私が受付で初診の申し出をしていると、まもなく多恵子が病院玄関の、すりガラスのはまった木製の扉を開けて入って来た。自慢のソバージュヘアは、霙の中を歩いてきたせいか、威勢のいい広がりを失って頭に張りつき、ひどく貧相に見えた。

疲れきったような足どりで受付に近づき、健康保険証を提出しながら、多恵子は受診の意図を手短に伝えた。受付の若い女といくつかのやりとりが交わされた。順番がきましたらお呼びしますので、座ってお待ちください、と言われた。

その直後だった。多恵子は私の腕をつっかえ棒にするかのように、いきなり私に寄り掛かってくるなり、俯《うつむ》き加減で「なんだか」と言った。「貧血、起こしかけてるみたい」

「座りましょう」と私は言い、すぐさま多恵子を抱きかかえるようにしながら、一番近くの長椅子に向かった。脱いだコートと共に長椅子に陣取っていたのは、膝の上の子どもに絵本を読み聞かせていた母親だった。彼女は慌てて子どもを膝からおろし、多恵子のために席を譲ってくれた。

多恵子の呼吸は相変わらず荒く、顔色はいっそう悪くなっていた。目の下には青黒いような隈《くま》が浮き、目の縁だけが異様に充血していて、状態がかなり悪いことが見てとれた。

「苦しそう、多恵子さん。事情を説明して先に診てもらいましょうか」

「そんなことしなくても大丈夫よ」

「だったら、いったんここに横になったら？　ね？　そうしたほうがいいです」

「ううん、いいの。座ってれば楽になるんだから」

居合わせた妊婦たちがちらちらと、気の毒そうな視線を送ってきた。たまたま傍を通りかかった中年の女性看護師が、多恵子の様子を見るなり、眉《まゆ》をひそめながら近づいて来た。

「どうされました？」

私が口を開こうとすると、多恵子がそれを制した。「なんでもありません。自宅から歩いて来たんですけど、ちょっとね、外が思ってたよりも寒かったせいなんです。ふらふらしちゃって」

「今日はあいにくのお天気ですからね。すぐに毛布をお持ちしましょう」

「いえ、いいんです。ここはとても暖かいですし」

「あちらに休憩室がありますから、少し横になられたら」

「ほんとに」と多恵子は愛想笑いを浮かべながら、首を横に振った。「お腹に子どもがいると、いろんなことに神経質になっちゃって。それでかえって具合が悪くなるんですよね。ありがとうございます。もう、大丈夫ですから」

白髪まじりのおかっぱ頭に、昔ながらの白いナースキャップを載せた看護師は、多恵子に向かって上半身を傾けたまま、柔和な笑顔を作った。「じゃあ、今日は定期検診なんですね」

「いえ……初診です」

看護師は少しの間、多恵子をじっと見つめた。やがて両方の眉を少し上げ、薄い笑みを浮かべたまま小さくうなずいた。

曖昧《あいまい》な、いやな感じのする微笑み方だった。彼女は姿勢をゆっくりと正した。そして、その場から立ち去る際、低い声で何か言った。お大事に、と言ったのかもしれない。あるいは、それに類した言葉を。

だが、私には彼女が、「神のご加護を」と言ったように思えた。

なぜ、そんなふうに聞こえてしまったのかわからない。その病院はキリスト教系のものではなかった。第一、一介の看護師が初診で来たばかりの患者に、そんな意味ありげな科白《せりふ》を吐くことなど、あり得ない。たとえ、熱心なキリスト教徒だったのだとしても。

それなのに、私には中年の、頭に白髪が目立つ痩《や》せぎすの看護師が、気の毒そうな顔をしながら「神のご加護を」とつぶやくのが聞こえたのだ。聞こえた、というよりも、心のどこかに、その言葉が刺《とげ》のように刺さったのだ。

多恵子は黙ったまま前を向き、背中を丸めて長椅子に座っていた。少し荒かった呼吸はおさまっていたが、そこにいるのはいつもの多恵子ではなく、明らかに一人の病人だった。

待合ホールの、タイル絵の壁の脇には、いくつかの細長い、はね上げ式の、風情のある窓がついていた。ガラス越しに、霙が大粒の雪に変わり始めているのが見えた。

妊婦たちが次々に呼ばれ、診察室の中に消えていった。小児科の診察室からは、子連れの母親が出て来てはまた次の親子が入って行った。合間に幼児や赤ん坊の泣き声が響きわたり、それをあやす大人たちの甲高い声がホールにまで響いてきた。

受付をすませてから、二、三十分過ぎたころだったと思う。やっと多恵子の順番がきて、名前が呼ばれた。一緒に診察室に入るべく、私は思わず立ち上がりかけたが、考えてみればいくら親しいとはいえ、産科の診察を受ける際にそばについているのは遠慮すべきだと思い直した。

多恵子も私が診察室に入るとは思っていなかったらしく、「じゃ、行ってくるわね」と言った。「コートとか、邪魔だから持っててくれる？」

私は大きくうなずいた。脱いだコートやマフラーを私に手渡すと、多恵子は悠然と微笑み、長椅子から立ち上がった。勝つことがわかっている聖戦に出向こうとしている女兵士、といった雰囲気だった。

その日、多恵子は白いモヘアの、ゆったりとしたセーターに、パンタロンという、いでたちだった。パンタロンはベージュ色で、全体を白っぽくまとめていたのは、祝福の日の清楚《せいそ》さを強調したかったのか。

いつもの癖で、少し腰を左右に振りながら、診察室に向かう多恵子の後ろ姿は、均整がとれていて美しかった。

それが、かろうじてまだ元気な、正式に妊娠の診断を受けることを待ちかねて、心躍らせている多恵子を見た最後になった。

多恵子はなかなか戻ってこなかった。医師による内診をはじめとした、妊娠確定のための検査が行われているのだから、多少の時間はかかるだろう、と思った。

三十分が過ぎ、四十五分近く経過した。やっと診察室から姿を現した多恵子には、看護師が付き添っていた。

私は思わず目を疑った。ついさっきまでの、体調の悪さをものともせず、受胎の悦びに浸っていた面影はどこにも残っていなかった。多恵子は真っ青だった。

私は長椅子から立ち上がり、慌てて多恵子に近づいた。

「待たせてごめんね。少し別室で横にならせてもらってたの」と多恵子は言った。掠《かす》れた、力のない声だった。「途中で具合が悪くなっちゃったもんだから」

付き添ってきた看護師は、さっきの「神のご加護を」と言ってきた女ではなかった。

まだ若く、色白のふくよかな身体つきをしたその女は、「少しお熱もあるようで、しばらく休んでいかれたら、とお勧めしたんですが」と心配そうな口調で言った。「大丈夫とおっしゃって。……何かあったら、遠慮なく声をかけてくださいね」

私はかたちばかり頭を下げ、礼を言った。熱があるなど、初めて聞く話だった。ここに来る途中、寒さのあまり風邪をひいてしまったのか。だとしたら、やはり、初めからタクシーの手配をしておくべきだった、と私は深い後悔の念にかられた。冷たい霙が降りしきるような日に、妊婦を歩かせるべきではなかった。

将来を約束し合ったも同然の恋人に、妊娠の報告をする、という、一生に何度もあることではない記念すべき日だった。朝食も口にできなかった妊婦が、病院に行くのにタクシーを使うくらいの贅沢《ぜいたく》など、贅沢のうちに入らない。私さえ強く勧めていたら、多恵子も喜んで応じていただろう。

長椅子に力なく腰をおろした多恵子は、色白の若い看護師が診察室の奥に戻って行くのを見届けるようにしてから、「信じられない」とつぶやいた。やっとしぼり出したような声だった。「私……妊娠なんか、してないんだって」

私は息をのみ、多恵子を見た。多恵子はまっすぐ前を向いたまま、小さくうなずいた。笑おうとしたのかもしれない。口角が引きつったようになるのが目に入った。

その直後だった。多恵子はいきなり、音をたてて腰をずらせたかと思うと、長椅子の背にのけぞるような姿勢をとった。四肢が大きく投げ出された。天井を仰いで白目をむいた。

どこかで、か細い悲鳴が響きわたったように思ったが、それは、待合ホールに居合わせた妊婦の誰かが発したものではなく、私自身の悲鳴だったかもしれない。


あとのことは、整然と進められた。あれほどの混乱のさなかにあって、おかしな言い方かもしれない。だが、本当にすべてが整然としていたように感じる。

多恵子の状態は、産婦人科と小児科の専門病院では対応できない種類のものと判断され、ただちに救急車が呼ばれた。意識はあったが、朦朧《もうろう》としており、多恵子は私の呼びかけや医師の質問にもうまく応《こた》えられずにいた。

何が起こったのか、私にもわけがわからなかった。多恵子はシゲタの子を妊娠し、妊娠初期の体調の悪さと闘っている、と思いこんでいた。

仮に最悪の事態に遭遇するのだとしても、流産しかかっているとか、多恵子本人に思いがけない持病があって、妊娠継続が不可能であることがわかったとか、想像できるのは、せいぜいがその程度だった。妊娠そのものが否定されるとは、夢にも思っていなかった。いきなり梯子《はしご》を外されて、地面に叩《たた》きつけられたも同然の衝撃を多恵子が受けたのは当然である。だが、そうだったとしても、多恵子の様子は異常だった。

産婦人科病院の前に横付けされた救急車には、私も同乗した。車内は暖められていた。

てきぱきと対応する救急隊員に少し安心したのか、多恵子は青ざめた顔で私を見上げながら、「悪いわね」と言った。「こんな寒い日に、こんなことになっちゃって」言葉が見つからなかった。私は首を横に振り、多恵子の手を握った。冷たい手だった。熱のせいで余計に寒さを感じるのか、多恵子はかすかに奥歯をカチカチと鳴らしていた。何かとてつもなく不吉なことが始まろうとしているような気がした。理由のわからない、虚空に放り出された時のような心もとなさが私の中に拡がった。

それをはっきり意識したのは、搬送された先の病院がどこなのか、知った瞬間である。多恵子と私を乗せた救急車が到着したのは、かつて千佳代が、「とみなが」で倒れて運ばれ、最期を迎えた病院だった。

得体の知れない恐怖がわき上がった。腰から下がくずれていくような感覚があった。同じ区域で倒れたのだから、たまたま同じ病院に搬送されても不思議ではない。ただの偶然。そう考えることもできたかもしれない。

だが、あまりにも気味が悪かった。意識の外に追い出そうと努めてきた千佳代が、再び私の目の前に現れたような気がした。

救急患者用の入り口から院内に運ばれた多恵子は、ストレッチャーに乗せられて処置室に入って行った。付き添いである私は事務的なことを聞かれ、様々な書類にサインをさせられ、待たされた。

これ以上、容態が悪化したら、シゲタに連絡をしなくては、と思った。どう説明すればいいのか、わからなかった。妊娠の事実がなかったのだから、それについては黙っていたほうがいいのかもしれなかったが、それならばなぜ、産婦人科病院で倒れたのか、言い訳を考えねばならない。

飯沼にも知らせたかった。飯沼はその時すでに、多恵子とは何の関係もない立場にあったが、私の不安と心細さを共有してくれるのは彼しかいなかった。

だが、私はどちらにも連絡しなかった。こらえた。先走って、私の独断で、あちこちに連絡すべきではなかった。

多恵子の状態がよくなれば、どうしたいのか、どうやってほしいのか、本人が私に指示してくるはずだった。私はおとなしく、その時がくるのを待っているべきだった。飯沼は別にしても、私はシゲタの連絡先を知らなかったのだから、どちらにしても、多恵子次第だったのである。

処置室の外の廊下に置かれた椅子に座り、多恵子から預かっていたコートやマフラー、多恵子のショルダーバッグを脇に置いたまま、長い時間が過ぎた。

処置室の自動扉がするすると開いた。ごく日常的な表情を湛《たた》えた中年の男性医師が、女性看護師に案内されるようにして外に出て来た。

私は立ち上がった。自動で閉じられようとしていた扉の奥に、ちらと女の姿が見えた。白っぽいセーターを着ているように見えたので、多恵子だと思ったのだが、違ったのかもしれない。多恵子はその時、輸液を受けている最中だった。

「富永多恵子さんのご家族の方ですね」

そう問いかけられて、私は「いえ、友人です」と答えた。

医師はうなずき、いくぶん早口になりながら説明を始めた。「輸液をしました。あと十分くらいで終わります。効果があって、ご本人はずいぶん元気になられました。いらした時は、多少の発熱がありましたが、今は下がっています。原因は今日の時点でははっきりしません。極度の緊張と疲労からくる、一種の過換気症候群、あるいはパニック発作を起こされたような印象もありましたが、どうでしょうか、何とも言えないですね。今日のところはいったんお帰りいただいて、改めて全身の検査をしたいところです」

「じゃあ、もう、自宅に戻ってもいいんですね」

医師はうなずいた。「問題ないです。ただし、検査は早めに受けるようにしてください。治ったからといって後回しにしないよう、ご本人にもお伝えしました」

軽く会釈をして立ち去ろうとした医師を引き止め、私は訊ねた。「妊娠の兆候があった話、していましたか」

「ああ、はい。伺いました」

「彼女は妊娠したと思って、すごく喜んでたんですが、今日、診察を受けて、そうではないことがわかって。そのストレスというか、ショックというか、そういう精神的なものも影響して、こんなふうになったんでしょうか」

「それは考えられます。いずれにしても、いい機会なのでね、いろいろ調べてみましょう。それでは私はこれで」

白衣の裾《すそ》を翻して忙しそうに去っていく医師の背を見送った。処置室の扉は閉まったままだった。

救急車のサイレンが近づいてくる音が聞こえた。誰もいない廊下には、ぼんやりとした黄色い明かりが落ちていた。

その、ざらざらとした、さびしい砂嵐のような光を見つめているうちに、身体の芯《しん》に不吉な震えが押し寄せてくるのを感じた。

私は思わず両腕で自分の身体をくるみこんだ。

10

「とみなが」を臨時休業にしなくては、と言ったのは私だった。

病院を出て客待ちしていたタクシーに乗り、多恵子の住んでいる部屋まで送り届けた直後のことだった。部屋が冷えきっていたので、ただちに暖房をつけ、ガスコンロで湯をわかして熱いお茶を淹れた。横になるように勧めたのだが、多恵子は首を横に振り、リビングの椅子に座ったままでいた。

妊娠を確信しながら産婦人科を受診し、あろうことか、はっきりと否定されたあげく、倒れて救急車で運ばれた多恵子は、どう考えても店に出られるような状態ではなかった。

だが、搬送先の病院で輸液を受け、落ち着きを取り戻して、少し気分がよくなったらしい。多恵子は臨時休業にしようという私の提案をはねつけた。

「休む必要なんかないわよ。勝手に決めたりしないでよ」

そう言って多恵子はいとも不愉快そうに、お茶をすすった。

「ごめんなさい。でも、いくらなんでも今日は無理じゃないかと思って……」

じろりと私を睨《にら》みつけた多恵子の目は血走っていた。「自分の身体のことは自分が一番よくわかるのよ。『とみなが』は私の店なんだから。休むかどうかを決めるのは私。余計な口出ししないで」

いくらなんでも、その言い方はないだろうと思ったが、こらえた。

多恵子の混乱と苛立《いらだ》ち、不安、そして、おそらくは私同様に感じ取っていたであろう、得体のしれない恐怖は手に取るように伝わってきた。その恐怖を共有し合える相手は、私だけだったし、それは私にとっても同じだった。

私は感情を抑えるべく、深呼吸してから穏やかな口調で「せめて今日だけは」と諭した。「ものすごく疲れてるはずですから。お店に立ったりしたら、また、具合が悪くなるかもしれないですし、こういう時は無理しないほうが……」

「平気」と多恵子は言った。「熱も下がったし、だいたい妊娠もしてないんだしね。身体を大事にする必要なんか、これっぽっちもなくなったのよ。お酒がんがん飲んで、煙草もバンバン吸うわよ。それに、こんな日に一人で寝てたりしたら、死にたくなっちゃうじゃないの」

「どうして死にたくなったりするんです」

「わからない？　妊娠したと思いこんで、いそいそ産婦人科に行って。妊娠はしていません、って言われて。はぁ、そうなんですか、って。こんなにバカみたいな、マヌケな話ってないでしょう。今日はわざわざ赤っ恥かきに行って、倒れて、点滴受けさせられただけで終わったのよ。店を休む必要がどこにあるのよ」

「でも」と私は辛抱強く言った。「あんなに具合が悪かったんですよ。救急車で運ばれなくちゃならなかったくらいに。病院で先生が言ってたこと、多恵子さんも聞いたでしょう？　なるべく早く検査を受けてください、って言われたじゃないですか」

「聞いたわよ。でも、それがどうしたの」

「お店よりも何よりも、先にきちんと検査を受けてください。どこか悪いところがないかどうか、早く診てもらってほしいです」

多恵子は聞いていなかった。前歯でくちびるをきつく嚙《か》んだあと、遠くを見るような目で「一つだけ救われてることがあるとしたら」と言った。「彼がまだ、なんにも知らずにいる、ってことだわね。言わなくてよかった。バカな女が一人で舞い上がってただけなんだもの。ひとり合点。ひとり相撲。想像妊娠なんかしちゃって。絶望的にバカ丸出し。死んだほうがマシかも」

吐き捨てるようにそう言ったとたん、多恵子の両目は、みるみるうちに潤み始めた。

小鼻がふくらんだり、閉じたりを繰り返し、くちびるが大きく震え出した。嗚咽《おえつ》を続けるせいで、喉《のど》が詰まったのか、しゃくり上げながら、多恵子は時折、烈しく咳《せ》き込んだ。

私は思わず多恵子に近づき、正面からそっと肩を抱きしめた。背中を静かに撫《な》でさすった。抵抗されるかと思ったが、多恵子は私に身体を預け、私の胸にしがみつきながら、赤ん坊のように泣き出した。熱く湿った呼気が伝わってきた。

「考え方次第じゃないでしょうか」私は多恵子の背や肩を撫で続けながら、注意深く言葉を選んで言った。「なんにも起こらなかったんです。そうじゃないですか？ よく考えたら、全然、なんにも変わってなんかいないんですよね。多恵子さんが失ったものは何もないんです。少し休んで、元気を取り戻せばいいだけの話なんです」

たぶん、事態はそんな単純なことではない、とわかっていたが、そう言うしかなかった。

しばらくの間、沈黙し、身動きひとつせずにいた多恵子は、やがて洟《はな》をすすり上げると、私からゆっくり身体を離した。

「そうね」と多恵子は言った。「その通りだわ。えっちゃん、私、ひどいこと言っちゃったわね。ごめんなさい。どうかしてるわね」

私は微笑した。「もっとひどいこと、言ってもいいですよ。多恵子さんが元気になったっていう証拠だもの」

多恵子はうすく笑った。まだ顔色がよくなかったが、それまでと比べたら、ずいぶん回復したのは明らかだった。

「どうしましょうか。都合により本日休業、って書いた札を作って下げておきますか？　それとも、いつものCLOSEDの札をそのまま使っとけばいいかな」

「あのさ、えっちゃん」と多恵子は右手の指先で忙しそうに涙を拭《ぬぐ》い取り、背筋を伸ばしてから上目づかいに私を見た。「……今夜は私、言われた通りに休んでるから、代わりにえっちゃんが店に出てくれないかしら」

「私が？」

「一人はいや？」

「いえ、全然、いやではないですけど……でも、皆さん、多恵子さん目当てに来てくれるんだから、私じゃ務まらないような……」

「酒飲み相手に酒を出してりゃいいんだから、誰にだってできるわよ。ママはどうした、って聞かれたら、ひどい風邪ひいて熱出して、鬼の霍乱《かくらん》だとかなんとか、適当に言っとけばいいわ。……私ね、店、休みたくないの。これまでも、どんな時だって休んだことがないのよ。二日酔いがひどくて、途中でトイレでげえげえやってようが、風邪ひいて熱出してようが、男にふられて泣きわめいて、前の晩、一睡もしてない時だって、店に立ってきたの。意地みたいなものね。店は私の存在証明なのよ。休んだりしたら終わりなの。私という人間が消えちゃうみたいな気がするのよ」

少し考えてから、私はおずおずとうなずいた。「わかるような気がします」

「店、開けてよね。いい？　私は言われた通り、ここでおとなしくしてるから。そうね、出前で鍋《なべ》焼きうどんでもとって、あったかくして寝っころがって、くだらないテレビでも観ながら、うつらうつらしてるわよ」

「いいですね、それがいいと思います」

「帰り、店を閉めた後でちょっと寄ってくれる？　どんな様子だったか知りたいから」

私はうなずいた。「そうします」

「悪いわね。何から何まで、えっちゃんにおんぶに抱っこで」

「そんなこと、全然、気にしないでください」

それからね、と多恵子は声色に、わずかな翳《かげ》りを滲《にじ》ませながら言った。「当たり前のことだけど、今日のことっていうか、今回のことは誰にも言わないでおいてほしいの」

「もちろんです。言いません」

「飯沼さんにもよ」

わずかの間があいたのは、飯沼にも言わずにいてほしい、ということの理由がはっきりしなかったせいである。何をそんなに意識しているのだろう、とちらと思ったが、今更、多恵子が飯沼の存在を意識する必要など何もないことはわかりきっていたので、自分の考えすぎだろうと思い直した。

多恵子は単に、シゲタの子を孕《はら》んだと思いこんだことを恥じているのだろう、と考えれば、彼女の性格を併せて想像してみても、それなりに合点がいった。

私は深くうなずき、「言いません」と繰り返した。

少し食欲が出てきたという多恵子のために、私は冷蔵庫を開けた。卵と少量の牛乳をといて、柔らかなオムレツを二人分作り、ハムとスライスチーズを添え、トーストした食パン、マーガリン、コーヒーと共にテーブルに運んだ。

食欲旺盛《おうせい》とは言えないまでも、ほとんど残さず食べ終えると、多恵子はベッドに横になった。そして、その晩の、「とみなが」で提供する惣菜《そうざい》についての指示を出し、それを一通り聞いてメモしてから、私は多恵子の部屋を辞して地下の店に直行した。

いったん、自宅に帰って着替え、出直したかったのだが、その余裕はなくなっていた。早い時間から料理の下ごしらえを始めないと、不慣れな私が店を開けるのは、夜遅くなってしまいそうだった。

時間に追われる想いで、冷蔵庫を開けたり閉めたり、里芋の皮を剝《む》いたり、鍋で茹《ゆ》でたり、冷凍庫から取り出したシシャモの解凍を始めたりしているうちに、ふと、自分でも理由のはっきりしない、底冷えにも似た恐怖が足元から這《は》い上がってくるのを感じた。

私は必死になって考えないようにしていただけだった。黒い影のようになって襲いかかってくるものから目をそらし、気づかぬふりをしていただけだった。可能なら、死ぬまでそうやって、人生をやり過ごしていきたかった。ふつうの人生をふつうに楽しく生きているふりをしながら。

「とみなが」の店内に一人でいることが、耐えがたくなった。

ガスコンロの上では小鍋が煮え立ち、食欲をそそる甘辛い香りのする、温かい湯気が立ちのぼっていた。仕込みをする時にいつも多恵子がつけるトランジスタラジオからは、FEN放送の陽気なアメリカンポップスが流れていた。

だが、たとえようのない孤独、不安、心細さが迫ってきた。それはあまりに深すぎて、言葉にすることもできないほどの、虚無の底を覗《のぞ》きこんだ時の気持ちに似ていた。静まり返った深夜、人のいない、凍りついた雪の中に放り出された時のような、あのおぞましい感覚……。

エアコンは充分利いていたはずなのに、全身が粟立《あわだ》ってくるのをどうすることもできなくなった。

私はトランジスタラジオのボリュームを上げた。勢いよく水を流し、盛大に水滴を飛ばしながら包丁を洗った。

飯沼に電話をし、話してしまえればどんなにいいか、と思った。その日あったことを全部。これまで彼に言えずにいたことも全部。

だが、そういうことはしてはならない、と思った。誰にも言わない、という多恵子との約束を破りたくなかった。

飯沼は、前の週の金曜日から、大手通信社の記者と共に札幌《さっぽろ》に取材に出かけていた。帰京するのは火曜日の予定だったので、私が店を任された日の翌日の夜遅くには、彼と心おきなく話せることはわかっていた。

飛行機で羽田《はねだ》に着いたあとは、とりあえず自分のマンションに戻る、と言っていた。私が大泉学園の家に帰宅する時間が何時になるかにもよるが、あと一昼夜もすれば飯沼と電話で話せるし、場合によっては会ってもらうこともできるかもしれなかった。それまでは余計なことは考えずにいなければ、と思いつつも、私はすぐにでも飯沼に電話をかけて、事の次第を話したいという衝動にかられていた。

何が起こっているのか、私にもわからなかった。ついさっき、自分が多恵子に言い聞かせた通り、何も起こっていないのかもしれなかった。

だが、そうだろうか、と私は思い、カウンターの内側の、狭い調理スペースに立ったまま、手にしていた菜箸《さいばし》の動きを止めた。何も起こっていないどころか、私も多恵子も、恐ろしい恐怖劇が繰り広げられている舞台の真っ只中《ただなか》に立ち、暗闇の中で呆然《ぼうぜん》としているだけなのかもしれない、と思った。

店のドアが開き、その日の一番目の客が入って来た時も、私は相当、怯《おび》えたような顔つきをしていたらしい。

「あれ？　えっちゃん、どうしたの。怖い顔しちゃって」とからかわれた。

なじみの客だった。三十代半ばくらいだったか。フリーで音楽関係の仕事をしているとかで、誰もが知っているアイドルやグループの名前をあげ、愚にもつかない噂話を話して聞かせるのが好きな男だった。

男に続いて、たまに「とみなが」に彼と連れ立ってやって来る年配の女が一人、「こんばんはぁ」と陽気な声をあげながら入店してきた。彼の仕事仲間、という話だった。ほとんど白くなった髪をボブカットにし、ぞろりとしたコートともジャンパードレスともつかない服に身を包んだ彼女は、斬新《ざんしん》な、黒縁のロイド眼鏡をかけていた。

「冷えるわねえ。あら、今日はお一人？」

「そうなんです」と私は箸置きの準備をしながら、陽気に返した。「ママが風邪でダウンしちゃいまして。熱もたいしたことないからお店に出る、って言ってきかなかったんですけど、やっぱりね。今日のところはおとなしくしててもらうほうがいいと思って、無理やり休んでもらいました」

「そうよ、断然、そうしたほうがいいわ。風邪は寝てればすぐ治るのに、たいていの人はたいしたことないから、ってふつうに働いて、遊びまわって、それでこじらせちゃうの」

「鬼の霍乱、ってやつね」と男のほうがまじめくさった言い方で言ったので、あらかじめ用意しておいた私の科白《せりふ》は口にする必要がなくなった。

私はくすくす笑い、口に手をあてがいながら「ここだけの話、まったくその通りです」と小声で言った。

二人の客は大きくうなずき、私たちはそろって笑い声をあげた。多恵子の不在に関する話題はそこで終わった。

寒い晩だったせいか、ただの偶然か、その日の客足はふだんよりもいくらか少なく感じられた。常連には、多恵子が風邪をひいて休んでいる、と教えた。大げさに心配したり、疑わしそうな目つきで詳しいことを聞きたがってくる者は一人もいなかった。

私だけでは手にあまるようなこともあるのではないか、という不安もあったが、すべて杞憂《きゆう》に終わった。手のこんだものは作らなかったものの、いかにも「とみなが」らしい酒の肴《さかな》は、ふだん通りに提供することができた。一人客がおらず、全員、連れがいたので、気遣って話し相手を務める必要もなかった。

十一時をまわるころになると、客たちは三々五々、引き揚げていった。ぼやぼやしているうちに、新たな客が来ないとも限らない。その時刻に入店してくる客は、たいてい午前さまになる。そのため、いつもよりも早い時刻だったのは間違いないが、私は迷わず店を閉めた。

後片付けをし、火の元を確かめ、多恵子に食べてもらうために、店にあった林檎《りんご》とみかんを袋に入れた。

店の鍵《かぎ》を閉め、階段を上がって多恵子の部屋の前に立った。ドアチャイムを押したが、反応がなかった。

寝入ってしまったのか、と思った。あるいは入浴中なのか。トイレに入っていて気づかないのか。誰かと電話中で出られないのか。

立て続けにチャイムを鳴らした。急激に不安が押し寄せてきた。心臓の鼓動が速くなった。大きな屋敷でもあるまいし、チャイムの音がすれば、どこにいてもすぐに気づくはずだった。

ドアに耳を押し当て、中の気配を窺《うかが》った。何も聞こえなかった。少なくとも電話中ではなさそうだった。

私は何度かドアを叩《たた》き、チャイムを繰り返し鳴らした。合い鍵を持っていないことが悔やまれた。シゲタなら持っているのか。だが、私はシゲタの連絡先を知らない。

いったん店に戻って、店の電話機を使い、多恵子の部屋に電話をかけてみよう、と思った。それでも出なければ、中で倒れている可能性がある。そう思ったとたん、いてもたってもいられなくなった。

その時だった。

中のドアチェーンが外される音がした。ドアがゆっくりと開錠される気配があった。細く開いたドアの向こうに、多恵子が立っていた。薄暗がりの中、幽鬼のように青白く見えた。

「どうしたの、多恵子さん」と私は訊《たず》ねた。早くも声が震え出していた。

「別に」と多恵子は言った。細く掠《かす》れた声だった。

アイボリーホワイトの、タオルかガーゼでできているのであろう、ワンピース型のパジャマ姿だった。彼女を象徴するソバージュヘアは、ぺたりと頭部に海苔《のり》のごとく張りついてしまっていて、目のまわりが異様に青黒かった。その日の夕方の多恵子は、もうそこにはいなかった。多恵子は別人になっていた。

「寝てましたか？　出てらっしゃらないので、心配しました」

私は多恵子の横をすり抜け、そっと中に入った。テレビもラジオもつけられていなかった。エアコンは作動していたが、室内のいたるところに、ひんやりとした風がうすく渦を巻いているように感じられた。

多恵子は立っているのがやっと、という状態で、半ばよろけながら、黙ったまま寝室に向かった。起きて立って歩いて、玄関まで出て、私のために鍵を開けることができたのは奇跡のように思えた。

ベッドに臥《ふ》した多恵子の額に、おそるおそる掌《てのひら》をあてがってみた。顔は青白いのに、火鉢か何かに手をかざしたかと思われるほど熱かった。

「すごい熱」と私は言った。「いつからこんなに……」

多恵子は眉間《みけん》に皺《しわ》を寄せ、荒い呼吸を繰り返すだけで、答えなかった。

ただちにキッチンに行き、冷蔵庫の製氷室から氷を取り出すと、目についたビニール袋に放り込んだ。流し脇に置かれたプラスチックの籠《かご》には、夕方、私が地下の「とみなが」に行く前に洗っておいた食器やグラスが、すっかり乾いた状態でそのまま置かれていた。出前で鍋焼きうどんをとる、と言っていたが、店屋物の器や箸は見当たらなかった。何かを食べたという形跡もなかった。

寝室に引き返し、多恵子を仰向《あおむ》けに寝かせて、額に薄手のタオルを載せ、その上から氷をあてがった。汗をかいている様子も震えている様子もなかったが、多恵子は死人のような顔をして、天井を見上げているだけだった。

自分が店に出ている間に、いったい何が起こったのか。わけがわからなくなった。これほど急激に発熱した原因が、私には何ひとつ想像できなかった。

掛け布団を顎《あご》まで引き上げてやった。ともかく解熱剤と水を持ってこなければ、と思い、寝室から出ようとした私を多恵子の声が引き止めた。

「来てるのよ」と多恵子は言った。掠れてはいるが、気味が悪いほど野太い声だった。

私は立ち止まり、急いで振り返って「え？」と訊《き》き返した。

「来てるの。ずっといるのよ。離れてくれないのよ」

何が、と訊き返そうとして、私は押し黙った。訊かなくてもわかっていた。それどころか、多恵子が産婦人科の診察を受けに行った時から、強い不安にかられていた。認めたくなかっただけなのだ。

「……いつから？」と私は訊ねた。馬鹿げた質問だった。背筋に冷たいものが走った。恐怖に喉が詰まりそうになった。

「さあ」と多恵子は言い、目を閉じた。観念したかのような表情だった。「よくわからない。気がついたら、いたのよ」

「でも」と私は立ちすくんだまま言った。「どうして」

ふっ、と多恵子は短く息を吐いた。事態を小馬鹿にして笑ったようにも聞こえた。

「そんなこと、わかるわけないでしょ」

私には何も見えなかった。千佳代が何かやらかしたのはわかっていても、千佳代がそこにいる、ということはわからなかった。少なくともその時は。

多恵子は頭だけ動かして私のほうを見た。額に載せた氷の袋が胸元に、ずるりと音をたてすべり落ちた。

「ほら」と彼女は半ば面白そうに言った。色のうすいくちびるが、般若《はんにゃ》のように横に長く伸びた。「いるじゃないの。そこに。ぴったり寄り添って」

多恵子の視線は、まっすぐ私に向けられていた。冷水を浴びたようになって、私は凍りついた。


その晩、私は多恵子に付き添った。多恵子を一人にして家に帰るなど、考えられなかった。

洗面所の鏡の奥の棚には常備薬が並んでいて、中にアスピリンの箱があることは知っていた。ベッドまで持っていったものの、一錠、飲ませるのに苦労した。多恵子はぐにゃぐにゃの重たいゴム人形のようになっていて、自分が何をされているのか、理解していないようにも感じられた。

額に載せた氷が溶けるたびに取り替えた。少し楽になったのか、うつらうつらし始めた多恵子のそばで、私は恐怖心を少しでも和らげようと、寝室の明かりを消さず、ラジオのFM放送をつけっ放しにしていた。

深夜の恋人たちのために流れてくる、静かな映画音楽や優しいピアノ曲と、合間に差し挟まれる、落ち着いたDJの語りに助けられながら、私は多恵子の眠るベッドの脇の床で、毛布にくるまっていた。

少し眠ったかもしれないが、本格的に眠れるわけもなかった。断続的に、何かとてつもなくいやな夢をみて目を覚ましては、鳥肌をたて、毛布をわしづかみにしながら、あたりの様子を窺った。

何かがいる、という気配は感じられたが、目には映らなかった。映らなかったものの、それが千佳代であることははっきりしていた。

千佳代がそこにいるのは、不思議なことではないような気がした。千佳代は私や多恵子、飯沼のそばから離れようとしないのだ。いつだって近くにいるのだ。

眠れぬまま、毛布にくるまって目を閉じ、私は考え続けた。冷静になれ、と自分自身を鼓舞し続けた。

どうして、という問いに対する答えは、私が一番よく知っていた。勘づいていた。たぶん、ずいぶん前から。

飯沼……キイパーソンは彼だった。彼以外、考えられなかった。

この世の誰よりも千佳代が愛し、心を許し、惜しむことなく、まじりけのない愛を注いだ男。注いだ分だけ、愛されているという実感を得ることのできた稀有《けう》な相手。

千佳代は飯沼によって人生の絶望から救い出され、飯沼はそんな素顔の彼女を愛した。生来、女には事欠かなかった男で、自分が口説かずとも、女のほうから寄ってくるような恵まれた容姿と才能の持ち主だった彼は、順番《はぐく》を争うかのように列を成してくる女たちを尻目《しりめ》に、千佳代と生真面目なほどの愛を育み、彼女を妻に迎えた。

そこには何のしがらみもなかった。二人の結婚を阻止してくる者はなく、気遣わねばならない相手もいなかった。常識的に考えれば、そのはずだった。

しがらみ……と私は考えた。くるまった毛布の中に顔を埋《うず》めた。毛布からは、かすかに埃《ほこり》のにおい、樟脳《しょうのう》のようなにおいが嗅《か》ぎとれた。

千佳代は突然、短い生涯を終えた。誰もが想像できないほどの早さだった。そしてまた、想像を絶する早さで、彼女は現世に舞い戻ってきた。

おそらくは、かつて、飯沼としがらみのあった相手を永遠に彼から引き離すために。飯沼を永遠に自分のものにするために。

そこまで考えて、私は毛布にくるまったまま、思わず半身を起こした。毛布で口をおさえた。そうしていないと、恐ろしさに叫び声をあげてしまいそうだった。

飯沼との関係を深めているのは、その時、多恵子ではなく私だった。

多恵子はかつて飯沼と関係をもったに過ぎない。彼に執着していた時期は確かに長いが、男と女としての「しがらみ」はすでに終わっている。

多恵子の現在進行形の恋の相手は、あくまでもシゲタだった。シゲタとの間に赤ん坊がつきたと思って歓喜に震え、彼と近々、結婚して家族三人の生活を始めようと、浮き足立っていたのだ。

それでも千佳代は多恵子を許せないのだろう、と私は思った。たとえ遠い過去のことだったとしても、心身ともに飯沼を烈しく求めてやまなかったソバージュヘアの、威勢のいい、元気な、色気に満ちた多恵子を断じて許せずにいるのだろう、と。

だとしたら、次は私だ、と思った。間違いなかった。

まず多恵子を苦しめる。存分に、心ゆくまで苦しめ、気がすんだら、次は私。

決して飯沼を渡さない、渡してなるものか、と千佳代は思っている。いや、もっと正確に言うなら、「千佳代の亡霊」はそこにこそ、こだわり続け、成仏などする気もないまま、この世を浮遊し続けている。

姿かたちを整えながら、この世に現れる時、そこにいるのは常に私か、もしくは多恵子だった。彼女は何か私たちに向かって、とてつもなく重要な、何が何でも言わずにはいられないことがあるのだ。私や多恵子に命じたいことがあるのだ。だから現れるのだ。現れてはそばにぴたりと寄り添って、離れなくなるのだ。

私は飯沼を想った。翌日、札幌から帰ってくる彼をそれまでにないほど強く恋しく想った。会いたかった。すべてを打ち明けて、どうすればいいのか、聞きたかった。彼に頼りたかった。

千佳代は私の気持ちにとうの昔から気づいていたはずだから、そのうち必ず、私に向かってくる。まずは多恵子。次は私。そして、深まっていく恋の予感が確かなものになりつつある飯沼と私の関係を阻止してくるだろう。そうに決まっていた。

私は原因不明の病気に罹《かか》るのか。多恵子のように。いや、そうとも限らない。見通しのいい交差点で、アクセル全開にして疾走してくる大型トラックにはね飛ばされるのか。そうでなければ、自宅で眠っている間に静かに呼吸が止まるのか。

いてもたってもいられなくなり、私は毛布を投げ捨て、キッチンに走った。何か強い酒が必要だった。多恵子が大事に飲んでいたブランデーを見つけ、グラスに注いで、ごくごくと飲んだ。強烈な刺激で咳《せき》が出た。私は烈しく咳き込んだ。

その咳き込みで、目を覚ましたのか、寝室から多恵子の声が聞こえた。

「えっちゃん？　いるの？」

不安と恐怖のあまり、目尻に涙が浮いていた。大急ぎで涙を拭うと、私はグラスを洗って元に戻した。

寝室では、多恵子が片方の肘《ひじ》をつきながら、ごそごそとベッドの上に起き上がろうとしているところだった。「よかった。いてくれたのね。ねえ、ずいぶんよくなったわ。アスピリンが効いたのね」

ベッドのそばまで行き、多恵子の額に手をあててみた。熱はすっかり下がっているようだった。

私は微笑した。「ほんと。熱、ないです。よかった」

「今、何時？」

「ええっと、四時半になるところ」

「朝の？」

「もちろん」

「えっちゃん、お店は？」

私は瞬《まばた》きを繰り返した。この人は何も覚えていないのだ、と思った。発熱したとたん意識が飛び、朦朧《もうろう》とした中で、時間が経過してしまったのだ、と。

「ちゃんと営業しました。お店を閉めてからここに来て、チャイム鳴らしたら、なかなか多恵子さん、出てきてくれなくて。しかも、すごい熱で。それで慌てて氷をおでこに載せて、アスピリンを……」

「アスピリンを飲んだことは覚えてる。でもそれだけ。飲んだのがいつだったのかも、よく思い出せない。熱のせいね。いやあね。こんなこと、初めてよ」

千佳代が来て離れない、と訴えたことも忘れているようだった。私が店から上がってここに来た時からの記憶が、多恵子の中では消えてしまっていた。

私は内心の動揺を気取られないよう気をつけながら、「でもよかった」と言った。「熱が下がって」

「やれやれだわ。いったい何だったんだろう。ほんとに風邪ひいてたのかもね。たぶんそう」

私が曖昧《あいまい》にうなずくと、多恵子は「少し汗かいちゃった」と言った。「着替えて、喉かわいたから何か飲んで、もうひと眠りするわ」

「ゆうべ、何も召し上がらなかったみたいですね」

「そうね。そうだったわね」

「出前で鍋焼きうどんをとる、って言ってたこと、覚えてますか」

「それは覚えてるわよ。でも食欲がなくて、店に電話するのもだるくて、結局、そのまんまだったの」

「ごはんだけでも、炊いておきましょうか。すぐ食べられるように」

「ああ、それ、いいわね。お願いするわ」

「お米といで、炊飯器のスイッチ入れて、それで私、ひとまず帰ることにします。もう大丈夫ですね？」

多恵子は化粧っ気のない顔に笑みを浮かべ、うなずいた。「ごめんね、えっちゃん。迷惑かけて。ひと眠りして、炊いてもらったごはん食べて、今夜からまた、お店、がんばるからね。ゆうべはどうだった？　お店のほう。うまくいった？」

「とっても」と私は言った。

キッチンで米をとぎ、炊飯器のスイッチを入れてから、私は帰り支度をした。

どうしても帰りのタクシー代を出す、と言ってきかないので、私は多恵子から五千円札を受け取った。

お釣りは今夜、と言うと、「いいのよ、そんなの。とっといて」と多恵子はいつもの多恵子に戻り、姐御《あねご》のような流し目を作って私に微笑みかけた。

11

その日の夕刻、いつもの時間に私が「とみなが」に行くと、多恵子はガス台に鍋《なべ》をかけ、昆布でだしをとっていた。根菜の煮物を作るのだと言い、人参の皮を剥《む》いたり、ごぼうのあく抜きをしたり、筍の水煮をスライスしたり、忙しそうだった。

顔色は今ひとつだったが、朝方までの騒ぎが嘘だったとしか思えないほど、多恵子は順調な回復ぶりをみせていた。たっぷり眠って起きた後は、ミルクを注いだ熱いコーヒーを飲み、卵かけごはんを一膳《ぜん》、海苔《のり》の佃煮《つくだに》を添えて平らげ、のんびり風呂《ふろ》に入ったのだという。

「えっちゃんがごはんを炊いておいてくれたおかげで、ほんとに助かった」と多恵子は言った。「何から何まで、昨日はえっちゃんに本当にお世話になったわ。ありがとう。この通りよ」

そう言って深々と頭を下げてくる多恵子の、いつにない神妙さがどことなくいやだった。私はそれには応《こた》えず、軽く首を横に振って微笑を返すにとどめた。

本人は風邪だと思っているようだったが、それにしては、いきなり昏倒《こんとう》するほどの体調不良や、高熱が一挙に下がり、下がったとたん、何の症状もなくなってしまう、というのが解せなかった。

解せない、と思う気持ちの中には、前の晩、熱に喘《あえ》ぎながら多恵子が口にしたこと……千佳代が何かやらかしたらしいことが、鮮烈な記憶として残されていた。

多恵子は昨夜、「来てるのよ」「ずっといるのよ。離れてくれないのよ」と言った。私を見つめたまま、「いるじゃないの。そこに」と言った。

高熱で、意識が朦朧《もうろう》としていれば、その種のうわ言が口をついて出てくるものかもしれない。だが、私にはとてもそうは思えなかった。どれほど熱が上がろうと、多恵子は確かに「そこにいる」ものを見ていたのだ。見たからこそ、そう言ったのだ。

一方、幸いなことに、その日の私には希望の光が与えられていた。飯沼が、札幌の取材旅行から東京に戻ってくる日だったからである。今夜は飯沼と電話で話すことができる、と思うと胸に温かなものが押し寄せ、力がわいてくるのを覚えた。

飯沼の不在中、多恵子が熱を出して臥《ふ》せってしまったため、一人で店を開け、客を迎えなくてはならなくなった、という話を面白おかしく彼に語って聞かせている自分を想像した。飯沼は笑いながら、冗談を飛ばしながら、愉快に私の話を聞いてくれるだろう。取材旅行のみやげ話もしてくれるだろう。私たちは次はいつ会うか、というデートの約束も交わすだろう。

その晩、「とみなが」はふだん通りに賑《にぎ》わっていた。多恵子が前日、熱を出して店を休んだことを知っている客は姿を見せなかったため、多恵子が客から体調について訊《き》かれることはなかった。

多恵子はビールやウィスキーを勧められると、断らずに受け、煙草も吸った。酒の量は以前に比べて格段に減っていたが、煙草に火をつける回数は同じだった。

片手を腰にあてがい、顎《あご》を上げて蓮《はす》っ葉な表情で煙草を吸う、という、いつものポーズも変わらなかった。客から「ママ、ここ、ビールね」と声をかけられれば、「はぁい」と機嫌よさそうに応じ、腰をかがめ、ソバージュヘアの頭を傾けて、煙草片手にいそいそと冷蔵庫を開けた。

誰の目にも、それはふだん通りの多恵子だったと思う。多恵子自身も、元気を取り戻したつもりになっていたはずである。実際、多恵子は元気そうだった。妊娠を否定され、倒れて高熱を出したという、前日の出来事の片鱗《へんりん》すら窺《うかが》えなかった。

ふだん通りに店の仕事を終え、その晩、自宅に帰ってから、私は居間のストーブに火をつけ、着替えもせずに電話機に飛びついた。一刻も早く、飯沼の声が聞きたかった。彼を恋しく思っていた以上に、彼が無事に東京に戻ったことを確かめたかった。

彼は私からの電話を待っていたかのように、たった二回のコール音が終わるか終わらないかで「もしもし？」と応じてくれた。

ほっとするあまり、私は思わず、ストーブのそばに正座したまま、全身の力を抜いた。彼の声は活《い》き活《い》きとしていた。羽田に到着したのは夜七時過ぎで、同行した通信社の記者と共に空港内で簡単な食事をすませ、まっすぐマンションに戻ったのだという。札幌が寒かったので、熱い風呂につかり、そろそろえっちゃんから電話がくるだろう、と思ってビールを飲んでたところだよ、と彼は言った。

勘の鋭いところのある飯沼は、私の声色、私の様子に小さな異変を嗅《か》ぎ取ったらしい。二言三言、言葉を交わしたあとで、何かあった？　と訊かれた。

「どうして？」

「いや、なんとなく」と彼は答えた。「いつもと少し雰囲気が違う感じがするから」

すこぶる感度のいい飯沼のアンテナが、電話を通して、一心に私だけに向けられているような気がして嬉《うれ》しかった。

「そう？　別になんにもないけど」と言い、私はひと呼吸おいた。言葉が洪水のようになってあふれ出てきそうになるのをこらえるのが大変だった。

前日起こったこと……シゲタの子を妊娠し、つわりが始まったと言う多恵子に付き添って、産婦人科病院に行ったこと、診察後、多恵子が倒れ、救急搬送されたこと、前夜の「とみなが」を任されたこと、店を閉めた後、多恵子の部屋に寄ってみると、高熱を出していたこと……そのすべてを飯沼に話してしまえれば、どんなにいいだろう、と思った。

多恵子からは、妊娠と思いこんでいたことや救急搬送されたことは誰にも言わないでほしい、と頼まれていた。交わした約束は何があっても守るつもりだったが、飯沼と電話で繫《つな》がっているという喜びが、私の中の衝動をかきたてた。

　私は懸命になって自分を抑え、多恵子が昨日、珍しく風邪でダウンしたので、代わりに一人で店に立った、という話をするにとどめた。

「多恵子ママがダウン？」飯沼はさも可笑《おか》しそうに訊き返した。「珍しいね。鬼の霍乱《かくらん》だね」

「同じことを言ってたお客さんがいました」

「熱出したの？」

「そうなんです」

「彼女なしで、一人で全部をやるのは、大変だったろう。店は臨時休業にすればよかったのに」

「多恵子さんが、お店は休みたくない、って言うもんだから」

「自分がダウンしたんだったら、仕方がないだろう」

「私一人でなんとかできたから大丈夫。今日はもう、多恵子さん、熱もすっかり下がって、ふつうに出て来て、お店でお酒飲んで、煙草もバンバン吸ってました」

「さすが鬼だね。治るのも早い」

　そう言って飯沼が笑ったので、私も笑った。そうやっていると、日常が戻り、すべてが元通りになったような幸福を覚えた。前の晩のことは、寝苦しい夜に見た悪夢だったかのようにも思えてきて、束の間、私は充《み》たされた気持ちになった。

飯沼は札幌での取材のエピソードを披露してくれた。彼は手がけている仕事の話を隠すことなく、私に教えてくれるようになっていた。

私は心はずませながら、熱心に耳を傾けた。えっちゃんへのおみやげに、札幌銘菓の洋菓子を買ってきたよ、と彼は言った。次の日曜日には大泉学園に行く、いいよね、と訊かれた。私は「もちろん」と答えた。日曜じゃなくても、土曜でも、金曜でも、と言いたかったが、彼の多忙さを考慮して控えた。

日曜は一日中、完全にオフにできる、という飯沼は、「会うのを楽しみにしてるよ」と付け加えてくれた。

「私も」と私は言い、私たちはそれから間もなく、電話を終えた。

受話器を戻すと、それまで耳元で温かく反響していた飯沼の声が消え、私自身の声もしなくなり、冷たい静寂が氷の粒のようになって室内にぱらぱらと落ちてくるのを感じた。

なぜ、そんなことをしたのかわからない。私は電話機から離れ、両目を見開き、おそるおそる室内を見回した。

変わったことは何もなかった。ストーブの火は勢いよく青白い焰《ほのお》をあげて燃え盛っていた。雨は降っておらず、風が窓を叩《たた》いているわけでもなかった。

飯沼との会話は、私の中にぬくもりを残してくれていた。何を怯《おび》えているのか、と私は自分を戒めた。この世ならざるものに引きずられて、生きて在ることの喜びを台無しにしたくなかった。

今度の日曜日に、彼とここで会う時のことを思い描いてみた。飲み物や酒のつまみを用意し、家中の掃除もすませておかねば。おそらく午後早いうちから来るだろうから、足りなくなっているコーヒーの粉も買っておこう……。

やがて来る楽しみのひとときを想像しながら、風呂に入るためにバスルームに向かおうとした時だった。

部屋の外、廊下の先の玄関前付近で、かすかな物音がした。私にはそれが、応接間の扉が開く時の、長く続く蝶番《ちょうつがい》の軋《きし》み音に聞こえた。

聞き違いとも思えなかった。住みなれた自宅の物音を聞き間違えることは、めったにないのではなかろうか。

髪の毛が逆立つような想いにかられた。脈が一つ飛び、次いで、心臓が烈しく搏《う》ち始めた。

だが、私は時間をおかずに理性を取り戻すことに成功した。飯沼と電話で話した直後だったことが幸いだった。飯沼のおかげで、勇気を奮い起こすことができたのだ。

確かめに行けばいい、と思った。自分の目で確かめてみれば、そうであるかどうかがはっきりする。誰もいない家の中、「誰か」が応接間の扉を開けたのではないことがわかる。空耳だったことがはっきりする。

私はただちにカセットデッキの電源を入れ、ラジオのFM放送にチャンネルを合わせた。パーシー・フェイス・オーケストラによる、ロマンティックなメロディが流れてきたのをいいことに、ボリュームを上げた。

美しい音楽に背中を押されながら、居間を出た。廊下の電球は替えたばかりで、あたりはほっとさせられるほど明るかった。耳元ではまだ、先程の飯沼の声が聞こえていた。さらに勇気を得て、私は何事もなかったような足どりを意識しながら、まっすぐ応接間の前まで行った。

ドアは完全に閉じられていた。ドアノブに手を伸ばした。真鍮《しんちゅう》のノブは冷たくて、氷に触れたような感じがした。

そっとノブをまわした。細く開けた隙間から手を差し入れて、右側の壁についているスイッチをまさぐった。

暗闇の中で何かがいきなり私の手をつかみ、中に引きずりこもうとするのではないか、という、たちの悪い想像をめぐらせ、喉《のど》が詰まるほどの恐怖を覚えた。だが、何事も起こらなかった。

天井のシャンデリアの明かりが灯《とも》ったのを確認してから、ひと思いに扉を開けた。蝶番が軋んだ。さっき聞こえたのは、確かにこの音だった、と思った。

カーテンは閉じられたままで、何ものかが侵入した形跡はなかった。大理石でできた旧《ふる》い置き時計が時を刻むかすかな音以外、何も聞こえず、むろん、室内には何も見えなかった。冷気に凍えたようになった埃《ほこり》のにおいが、うらさびしく沈んでいるだけだった。

多恵子の様子に変化が現れたのは、その翌日、水曜日の夜になってからである。

前日の火曜日は客足が鈍ることもなく、店は賑わっていたが、水曜日はどちらかと言えば閑古鳥の日だった。ふだんなら、一組帰れば、また次が入ってくることが多いのだが、その日は九時を境に、客足がぱったりと途絶えた。

「とみなが」に限らず、飲食店に客がほとんどやって来ない日は必ずある。決して珍しいことではない。

だが、客がたてこみ過ぎても、来なくなっても不機嫌になっていた多恵子が、その晩に限って、まるでそうなったことがありがたいとばかりに、丸椅子に腰をおろすなり、

「今夜はもう、看板にする」と言い出した。「なんだか、疲れちゃった」

特段、顔色が悪いようにも見えなかった。それまで客を相手に冗談を飛ばしたり、笑ったりしながら、ふだんと変わりない様子だった。急にそんなことを言い出すとは思っていなかったので、私は少なからず驚いた。

「まだ本調子じゃないんですね」と言いながら、そっと手を伸ばし、多恵子の額に掌《てのひら》をかざしてみた。熱はなかった。「昨日、張り切り過ぎたんです、きっと。大事をとって、昨日も休んでたほうがよかったのかもしれない」

「でも、昨日はほんとに元気だったのよ。別に演技してたわけでもなく。疲れが出たのは、ついさっき。急に、どっと疲れた、っていう感じになってきちゃって」

熱が下がったばかりなのに、働き過ぎれば、そうなるのも不思議ではなかった。私は、その晩、早めに店を閉めることに同意し、出入り口のドアに閉店の札を下げに行った。

洗い物や後片付けを始めると、多恵子は私を手伝おうとしてきた。一人でできるので大丈夫、と言うと、「悪いわね」とあっさり受け入れ、のろのろと帰り支度を始めた。

「今夜はお風呂で温まって、ベッドに入ってください。多恵子さんのことだから、ぐっすり眠れば、明日はもうばっちり、元気回復してますから」

「そうだと思う。でも、今日はお風呂に入るのも面倒くさくって。ともかく早く横になりたいの。だるい、っていうのか、眠たくて仕方がない、っていうのか。目を開けていられない感じ。変ね。ゆうべは、やっぱり、ちょっと張り切り過ぎちゃったかな」

「ちょっとどころじゃなくて、お酒飲んで、煙草も吸って。いつも通りになっちゃってませんでした？」

ふふふ、と多恵子は力なく笑い、じゃあ、えっちゃん、あとを頼むわね、また明日、と言い残し、私に背を向けた。

多恵子が店から出て行こうとした時、私は彼女のほうを見ていなかった。ちょうど、洗い物をしていて、グラスの一つの縁の部分が、かすかに欠けているのではないかと思ったからだ。

グラスを天井の明かりに向けて、欠け具合を調べるのに気をとられていた。それが多恵子の姿を見る最後になるとも知らずに。

思った通り、わずかにグラスの縁が欠けていることが確認できた。多恵子はすでにドアの外に出ていた。閉まりかけたドアの向こうに、黒いセーターを着た多恵子の後ろ姿が、ほんの一瞬、虚《うつ》ろな影のようになって見えた。

だが、それだけだった。ドアは再び閉じられた。

店内にはその時、有線放送でリタ・クーリッジの「あなたしか見えない」が流れていた。あの時代の大ヒット曲で、たしか私もレコードを持っていたはずだ。

なぜ、そのことをよく覚えているかというと、歌の中で何度か繰り返される「Don't cry out loud」、というフレーズが、妙に生々しく迫ってきたからである。

私はすでにぎりぎりの精神状態にあったのだと思う。あのころ、何が起こっても、なんとかうまく自分をコントロールできていたのは、私が、私自身の若さに救われていたからなのだ。若くなければ、あれほどの出来事の連続には、たぶん、耐えられなかっただろう。

少なくとも、あのころの私には未来があった。輝かしいものではなかったにせよ、私は自分自身のささやかな未来について、自由に思いをめぐらせることができるほど若かった。人生を味わう喜びを信じることができた。

私が今のように老いていたのだとしたら、あのような出来事に耐えていくのは到底、無理だったかもしれない。声をあげて泣いたりしないで、と歌う女性歌手の美しい音楽を聴いても、怯えるあまり、大声で泣き叫び、醜態をさらし、あたりかまわず助けを求めて手を伸ばしていたかもしれない……。

翌日の木曜日の正午過ぎ、自宅の居間にある電話が鳴り出した。

ちょうど、しばらくぶりに庭にやって来た猫のクマに、餌をやろうとしていた時だった。餌やりのたびに応接間に出入りするのはいやだったので、居間に続く、南向きの日当たりのいい窓を開けて餌を置いてみたところ、猫のほうで場所が変わったことに気づいてくれた。以来、クマは空腹になると、居間に面した庭のほうに姿を現すようになった。

電話に出るために庭から家に上がろうとした時、手にしていた猫用の缶詰が傾き、汁と共に中身が少しこぼれてしまった。手を拭《ふ》くための雑巾《ぞうきん》を探している間に、電話は三度ほどのコール音の後、鳴りやんでしまった。

あのころの固定電話には、着信履歴が残される機能はついていなかった。誰がかけてきたのか、わからないまま、少し待ってみたのだが、再度鳴り出す気配はなかった。

間違い電話だろう、と思った。目的をもってかけてきている電話なら、もっと長くコールするはずだった。

私は再び庭に下りた。クマがぴんと尾を立て、喉を鳴らしながら私を待っていた。割り箸《ばし》を使って缶詰の中身を容器に空け、クマが一心不乱にそれを食べ始めた時、再び電話が鳴り出した。飯沼かもしれない、と思った。私は大急ぎで室内に駆け戻り、受話器に飛びついた。

「ごめんなさい、ちょっと庭に出ていて……」

馬鹿げたことだが、私は相手が飯沼だと思いこんで、そう言いかけ、咄嗟《とっさ》に口を閉ざした。電話をかけてきたのは多恵子だった。

「よかった、いてくれて」と多恵子は言った。「明け方から、また熱が出てきちゃったのよ。ぐったりしちゃってるの。どうかしてるわね。今から病院に行ってこようと思って」

声は特に弱々しいわけではなかった。自嘲《じちょう》気味な話し方は、冗談を言っているようにも聞こえたが、私は大きな異変を感じとった。

「熱？　何度あるんですか」

「三十八度とか三十八度五分とか、そこらへんをうろうろ。別に喉が痛いわけでもなし、鼻水や咳《せき》が出るわけでもなし。わけがわかんないわよ。ともかくね、こういうのはなんとかしないといけないから、いやだけど診てもらうことにした。彼からもそう言われたし」

「すぐそちらに行きます」と私は言った。「待っててください。一緒に病院に……」

「いいのよ、いいの」と多恵子は私を遮った。「今、彼と一緒なの。実を言うとね、ゆうべ遅くなってから、私、なんか心細くなって彼に来てもらったのよ。ずいぶん心配されて、病院へも彼が付き添ってくれるって。それより、お店のことなんだけど、とりあえず臨時休業ってことにしてくれない？　長く休むことにはならないと思うし、そんなの冗談じゃないけど、はっきりしないまんま、えっちゃんに全部任せておくのはしのびないから」

「でも……私のことだったら、気にしないでください」

「いやいや、気にするわよ。私がいつごろ、元気になって店に戻れるか、はっきりするまでは、臨時休業にしといてよ。だってさ……」と多恵子は言い、少し声を落とした。「いろんな検査を受けさせられたら、どんな結果が出てくるか、わかったもんじゃないでしょ。店を開けるどころの騒ぎじゃなくなるかもしれないんだし。彼からもゆうべ、きつく叱られたの。病院で全身を検査するように言われたんだったら、真っ先にそうしなくちゃいけない、って。店なんか、後の話だろう、って。彼の言う通りよね」

想像妊娠の件をシゲタに伝えたのかどうかは、わからなかった。そんな質問を発し、しばしの話題にできるような、のんびりした事態ではなかったので、私は何も訊かなかった。

多恵子は「とにかく」と言った。「診察とか検査とか受けて、どんな状態なのか、わかったら、すぐに連絡する」

出たり治まったりする熱の原因がどこにあるのか、突き止めてもらい、私は私で、その結果が報告されるのを待っている、ということになった。

私は「お大事にね、多恵子さん」と言った。

なんと言えばいいのか、わからなくなり、ありきたりの言葉しかかけられなかったことに自己嫌悪を感じたが、それを受けた多恵子は明るく、「平気平気」と言った。「大丈夫よ。彼が自分のことみたいに心配してくれててね。ここしばらくは、仕事も休んでそばにいてくれるって言うから私も安心。えっちゃんも久しぶりのお休みだと思って、好きなことして過ごしててちょうだい」

多恵子の口調は、弾んでさえいた。私はその、恋人から愛され、心配されている、という、幸福の只中《ただなか》にいる様子の多恵子の声に少し安堵《あんど》し、電話を切った。

その日は、外出中に電話がかかってきたら、と思うと気になって、どこにも出かけずにいた。だが、日が暮れるころになっても多恵子からの連絡はなかった。

入院、という事態になっているとも思えなかった。仮に検査結果が曖昧《あいまい》で、さらなる精密検査を行うために一泊か二泊の入院を勧められたのだとしても、多恵子からそのことを伝える電話がかかってくるはずだった。入院だって、いやんなっちゃう、と言ってくる多恵子の声も想像できた。

飯沼に電話をし、多恵子がまた発熱して診察を受けに行っている、と伝えたかったのだが、仕事の邪魔になるかと思うと、そんなことでいちいち連絡をするのも気が引けた。つわりだと思いこんで診察を受けに行き、妊娠を否定されて倒れ、救急搬送された事実は飯沼には教えていない。たかが発熱したくらいで大げさな、と思われるのはいやだった。

多恵子からの連絡があったら、そのことを報告がてら飯沼に電話をすることにし、私はその日、久しぶりにウィークデーの夜を仕事に出ずに、自宅で過ごした。

父のアトリエに行って、父が渡欧の際に置いていった何冊かの画集を手に取り、居間に戻った。テレビをつけっ放しにしながら、ぱらぱらとページをめくり、あまりよく知らない画家や版画家の作品を眺め、読みかけだった本を読み、紅茶を淹れて飲んだり、冷凍のチンジャオロースを炒《いた》めて夕食のおかずにしたり、落ち着かない気持ちをごまかしながら、時折、黒い電話機に目を走らせた。

電話は鳴らなかった。昼間、雲ひとつなく晴れわたっていたせいか、日が落ちてから急に寒さが増し、しかも風が出てきて、家中の窓が時折、がたがたと鳴った。私はテレビのボリュームをあげ、家の中に漂う静寂をかき乱すかのように吹きつけてくる風の音が耳に入らないようにした。

十時をまわるころになると、さすがに心配が高じてきた。なぜ、何も連絡を寄越《よこ》さずにいるのか。多恵子本人が何かの理由で電話ができない状態にあるのなら、シゲタが私に連絡してきてもよさそうなものだった。いや、そうするのがふつうだろう。

病院の帰りにシゲタと食事に行き、アルコールの酔いも手伝って、すっかりいい気分になったまま、二人で自宅に戻っているのではないか。そのまま寝室に直行したものだから、私への報告など、二の次になっているのではないか。事を終えたあと、疲れて眠ってしまったのではないか。そんなことも考えた。

もしそうだとすると、ずいぶん人を馬鹿にした話だが、それはそれで多恵子らしいことかもしれなかった。

多恵子の自宅に電話をかけてみれば、わかることだった。多恵子が受話器をとり、眠たげな、しかし幸福な満ち足りた声で「もしもし？」と言ってきたら、さしもの私も腹が立つだろう、と思った。

その場合、多恵子に投げつける言葉を頭の中で練りながら、私は受話器を取り、多恵子の自宅の電話番号をダイヤルした。

コール音を数えた。二回、三回、四回……六回鳴らした直後、私はなぜか、外された受話器の向こうで、千佳代が「もしもし？」と言ってくるのではないか、という妄想に囚《とら》われた。

理由はない。だが、本当にそう感じた。闇が流れるような音と共に、千佳代が受話器の向こうで薄笑いをする、その声が聞こえたような気がした。

全身の毛穴が一斉に開いたような感覚に襲われた。私は慌てて乱暴に受話器を戻した。

眠ったような、眠れなかったような、奇妙な晩だった。

断続的に夢をみていた。恐ろしい夢ではなく、色彩のない、黒ずんだ情景だけが繰り返される、さびしい夢だった。

明け方にはかなり冷えこんだが、翌日は雲ひとつない青空が拡がった。前夜の強風の名残で、庭には細い枯れ枝が、あちこちに散らばっていた。

そのころになると、心配しているというよりも、いったいどうなったのか、何もわからずに放り出されたままになっていることに我慢ならなくなった。緊急手術を受けることになったのなら話は別だが、そうでない限り、電話くらいかけられるだろう、と思った。病院には公衆電話がいくつもあるのだ。だいたい、シゲタが付き添っているのなら、多恵子本人に何かあったのだとしても、シゲタから私あてに連絡をしてくるべきだった。病院に行ってみよう、と思い立ったのは、昼近くになり、出かけるにも出かけられず、連絡を待つために家に足止めを食らっていることに耐えられなくなったからである。受付なり、ナースステーションなりで訊《たず》ねれば、何かわかるはずだった。家でじっとしているよりも、そのほうが早い。

身支度をすませ、ストーブの火が消えていることを確認して戸締りをし、鍵《かぎ》を手にショルダーバッグをつかんで玄関に向かおうとした、まさにその時だった。電話が鳴り出した。

私は弾《はじ》かれたように居間に駆け戻り、受話器をとった。聞き慣れない男の声が「久保田悦子さんのお宅ですか」と訊いてきた。

そうです、と答えながら、私はそれがシゲタであることを直感した。何かあったのだ、と思った。心臓がどくどくと搏ち始めた。

シゲタは挨拶《あいさつ》もそこそこに、大きな吐息をついた。吐息、というよりも荒々しい呼吸を抑えようとする時の息づかいに似ていた。

彼は尋常ではないほど混乱していた。話は全く要領を得なかった。彼が伝えようとすることを私が完全に理解するのに、長い時間がかかった。

シゲタがその時、私に言ったことをごく簡潔にまとめると、次のようになる。

多恵子が早朝、病院のベッドで息を引き取ったこと。まさか死ぬなどとは夢にも思っていなかったので、全く信じられずにいること。医師からは急性心不全と言われたが、確実なところは解剖してみなければわからない、ということ。前日、いくつかの検査を受けたが、これといった緊急を要するような結果は何も出なかったということ。それなのに、帰りがけ、多恵子が急に激しい頭痛とめまいを訴え始めたこと。医師から、とりあえず今夜は入院を、と勧められ、四人部屋の空きベッドに寝かせた時から、すでに意識が混濁し始めていたこと。何かに怯えているような様子で、小刻みに震え、時折、大きな声をあげるので、看護師と共に必死になだめていたこと……。

「それにしたって、解剖だなんて」とシゲタはおどおどした言い方で言った。声はあまりにもか細くて、消え入りそうだった。「そんなこと、僕の一存ではできるわけが……」

その直後、電話が切れた。院内の公衆電話からかけてきて、硬貨がなくなったのかもしれなかった。

私は烈しくうろたえた。硬貨切れだったとしても、どこかで両替し、十円玉を調達して、再びかけてくれるものだとばかり思っていた。

その時、私と多恵子とを繋いでくれる人物はシゲタしかいなかった。何があったのか、なぜ、そうなったのか、今後、どうすればいいのか、詳しいことを教え、私が駆けつけるべき場所を指示してくれるのは、彼だけだった。

だが、いくら待っても、それ以後、シゲタからの電話はなかった。

12

今も消えない後悔の念と共に、鋭い楔《くさび》のようになって私の中に突き刺さったままになっている疑問がある。

なぜ、私は多恵子の亡骸《なきがら》に会うことができなかったのだろうか。

シゲタから知らせを受けた直後、すぐさま家を飛び出し、病院に向かっていればよかったのか。そうしていたら、間一髪のところで、霊安室に安置されていたであろう多恵子に、別れの挨拶《あいさつ》ができたのか。

だが、シゲタからの電話が途中で切れてしまったため、私がじりじりしながら電話が再び鳴り出すのを待とうとしたのも、当然だったと思う。

彼ともう一度話せれば、病院もしくは、しかるべき場所で待ち合わせる、という約束を交わすことができた。私には、その時、多恵子の突然の死を共有できる相手はシゲタしかいなかったのだ。

話したいことがたくさんあった。知りたいこと、訊《き》きたいことがあり過ぎて、息が詰まりそうになった。

ほとんどパニック状態になりながら、私は電話を待ち続けた。どのくらい待っていたのだったか。五分？　十分？　それ以上か。

だが、くるのかこないのかわからない、シゲタからの電話を待ち続けていても埒《らち》が明かなかった。いきなり多恵子に死なれ、烈しいショック状態にあった様子のシゲタが、冷静さを取り戻した上で、再び私のところに電話をかけてくる確率は低いのではないか、と思えてきた。

ともかく病院に行ってみよう、と決心した。多恵子の死を確認するために病院に駆けつける、というのは、冷静に考えてみればあまりに馬鹿げていて、信じられないことだったが、それでも病院に行きさえすれば、何かがわかるはずだった。

そのまま自宅にとどまっていることは、何よりも耐えがたかった。私はただちに財布を押し込んだショルダーバッグを手に、コートに袖《そで》を通しながら、外に飛び出した。

恐怖と衝撃のせいで、口の中がからからに乾いていた。気分が悪くなりそうだった。

何が起こったのか、なんとかして順序立てて考えようとするのだが、わけがわからなくなるばかりで、いっこうに考えがまとまらない。電車やバスを乗り継いで病院まで行く、というのが、とてつもなく悠長なことに思われた。

一分一秒でも早く病院に着きたい、と焦りながら駅に向かって早足で歩いていると、信号待ちで一時停止していた空車タクシーが目に飛びこんできた。財布の中の現金が乏しいことはわかっていたが、病院までのタクシー代はなんとか支払うことができそうだった。

私は迷わずタクシーに走り寄り、運転手に目で合図するなり、開けられたドアの奥に身をすべらせた。

信号待ちも少なかったし、さして渋滞していたわけでもないというのに、車は遅々として前に進まないように感じられた。

話好きの運転手は、時折、バックミラーで私のほうをちらちら見ながら、パン屋に嫁いだ娘が妊娠したこと、つわりのせいでパンのにおいに我慢ならなくなったため、今、うちに戻って来ている、だから自宅では、当分の間、パン食禁止になってしまった、という、のどかな話を上機嫌で続けていた。

そうですか、と適当に相槌《あいづち》を打つのは苦行そのものだった。つわりのような症状が出た多恵子が、産婦人科を受診したことが甦《よみがえ》った。一年も二年も前のことだったように感じた。

病院の正面玄関前に到着し、料金を支払って釣り銭を受け取ろうとすると、運転手は愛想よく振り返り、「どなたか、入院中で?」と訊いてきた。

いいえ、と私は首を横に振った。「今朝、亡くなったんです」

運転手は大仰なほど気の毒そうな顔つきを返し、「それはどうも」とだけ言った。通夜の席で交わす挨拶のような言い方だった。

午前の外来が終わっていた院内に、人の姿はまばらになっていた。

総合受付はあったが、午後のその時間帯、すでに閉まっていて誰もいなかった。私は周囲を見渡し、入院病棟の案内板を探した。多恵子が入院していたのは、おそらく内科だろうと見当をつけ、エレベーターに乗って五階まで行った。

千佳代が倒れて入院していた時も、同じエレベーターを使い、五階に上がったことを思い出した。髪の毛が逆立つような想いにかられた。

内科病棟のナースステーションにいた何人かの看護師の一人を呼び止め、富永多恵子の友人と名乗った上で事情を説明した。シゲタ、という男性が付き添っているはずだ、ということも教えた。ご遺体が今、どこに安置されているのか教えてください、と頼んだ。

富永多恵子、という女性患者がその日の早朝、容態を急変させて息を引き取った、ということは事実で、看護師の間でもしっかりと情報共有されていた。私は、一縷《いちる》の望みが絶たれたような気分を味わった。

シゲタからの電話は、たちの悪い誰かのいたずらに過ぎず、多恵子は死んでなどいなくて、今、私がこうしている間にも、内科病棟の病室のベッドで、退屈しのぎに手鏡を覗《のぞ》きこみ、眉《まゆ》のむだ毛を抜いたりしているのかもしれない、事の次第を知ったら呆《あき》れ果て、いったい全体、誰がそんなことを、と吐き捨てるように言い、そうこうするうちに、シゲタが現れて、私とにこやかな挨拶を交わすことになるのかもしれない……そんな愚かしいまでもの夢想は、一瞬のうちに雲散霧消した。

対応してくれた女性看護師が、あちらで少しお待ちください、調べてみますので、と言った。私は言われた通り、ナースステーションのカウンターから離れ、近くにあった長椅子に腰をおろした。

顔色の冴《さ》えない、小じわの目立つ中年の看護師だった。私のいるところから、彼女が内線電話の受話器をとり、何カ所かに立て続けに電話をかけている姿が見えた。受話器を手にしたまま、書類のようなものに目を走らせている。

何本目かの電話の後、看護師が受話器をおろすなり、私を探すようなしぐさをした。私はすぐさま長椅子から立ち上がり、カウンターに駆け寄った。

「もう少し早ければ間に合ったかもしれないんですが」彼女は気の毒そうに言った。「富永多恵子さんのご遺体は、病室から霊安室に移されていましたが、今からちょうど一時間くらい前に、ご遺族が葬儀社の方と一緒にお見えになって、引き取っていかれたそうです」

「引き取った？」

「はい」

「葬儀社の人と一緒、ということは、どこかの葬儀ホールに移された、ということですか」

「さあ、それは……」

「いらしたのは、富永さんのご両親だったんでしょうか」

「ご遺族、ということでした」

「シゲタさん、という男性も一緒だったんですよね？」

看護師が困った顔をしたので、私は謝った。「ごめんなさい、そんなこと、わからないですよね」

「お役にたてなくてすみません」

私は諦《あきら》めずに続けた。「ご遺族と一緒に来た、という葬儀社の名前がわかればいいんですが」

「確認してみましょうか？」

お願いします、と私が頭を下げると、看護師は私の見ている前で、再び内線電話をかけ始めた。

彼女が通話している時間は、そう長くはなかった。受話器をおろしてから、彼女は私に向かってゆっくりと首を横に振った。

「申し訳ありません。ご遺族と一緒に伊豆のほうから来た、という葬儀社だったようですが、社名までは……」

「伊豆、ですか？」

「ご遺族のお住まいが伊豆、ということのようですが」

そうですか、と私は言った。「だったら、やっぱり、引き取りにいらしたのは富永さんの実家のご両親です。間違いないです」

　看護師はさほど興味もなさそうだったが、大きくうなずいた。私は礼を言い、その場から離れた。

　シゲタが私に電話をかけてきたのは、病院内の公衆電話からだったはずだ。少なくとも、固定電話からかけてきたのではないことだけは確かである。私が受話器をとった時、公衆電話特有の、ピーッという音が聞こえたことをはっきり覚えている。

　彼は私に電話をかけ、事のあらましを伝えてから、霊安室にいた多恵子のもとに戻った。ちょうどそのころ、多恵子の両親が地元の葬儀社の人間と共に病院に到着した。多恵子の亡骸を引き取った両親と共に、シゲタもその、葬儀社の車か、もしくは両親の車に同乗した……そういうことだったのかもしれない。

　急の知らせを受けた両親が、まるであらかじめ予測がついてでもいたかのように、ただちに地元の葬儀社に連絡し、遺体搬送用の車を出す手配まで済ませて、東京の病院に駆けつける、というのは、あまりに準備万端、整いすぎている、という不自然な印象を受けざるを得ない。

　だが、身内が死ぬや否や、間をおかずに、ただちに弔いの準備を始める人は少なくない。それは宗教上の理由だったり、個人的な死生観の問題だったり、単なる性格的なことに由来するものに過ぎなかったり、様々だろう。多恵子の両親だけが異様だった、とは言えまい。

シゲタがまだ院内に残っているはずもなかったし、別段、彼を探そうとしていたわけでもなかったが、私は内科入院病棟の廊下を行きつ戻りつしながら、あてどなく歩きまわった。

かつて千佳代の見舞いに来た時、飯沼と座って話した長椅子は、あの時のまま、同じ場所にあった。椅子にはクリーム色のパジャマ姿の痩《や》せた老婦人が、孫とおぼしき男の子と並んで座り、大きな声でしりとりを楽しんでいた。

「ジュース」と男の子が言うと、老婦人は「すのこ」と続けた。男の子は「すのこ、って何？」と訊《たず》ね、老婦人が説明すると、へえ、と大人びた反応を返した。

「わかった。えーと、えーと、すのこ、だったら、こ、だよね。何にしようかな。あ、わかった。えっとね、コウモリ！」

「おやまあ、コウモリ、ときたね」と老婦人が言い、目を丸くした。

「いけない？」

「いけなくなんかないけど、さっきも、おばあちゃん、『り』をやったから、何にしようかと思って……」

「じゃあ、コウモリ、やめようか」

「いいのよ、いいの。リスもりんごもやっちゃったし……ああ、困った。どうしよう」

「だったら、おばあちゃんの負け！」

老婦人は笑いながら、男の子の肩を抱きしめた。

コウモリ、という単語を耳にしたとたん、胃の奥底のほうに、重たく冷え冷えとした震えが走った。私は即座にその場から離れ、再びエレベーターに乗り、一階に下りた。公衆電話が並んでいるコーナーを一瞥《いちべつ》した。院内の売店にも行ってみた。そんなところにシゲタがいるわけもなかった。

だいたい、私はシゲタという男が、どんな顔をしているのか、知らなかった。会ったこともなく、多恵子から写真を見せてもらったこともない。

あれほど深く、性的なことに至るまで、様々なのろけ話を聞かされていたのに、どうして一枚の写真も見せてもらう機会がなかったのか。見せてほしい、と私から頼まなかったのか。当時はそのことを別段、おかしいとは感じていなかったが、今から思うと、いささか腑《ふ》に落ちないでもない。

現代のように手軽にスマートフォンで写真撮影ができる時代ではなかったとはいえ、インスタントカメラもポラロイドカメラも一般に広く普及していた。いくら私たちが千佳代の亡霊に苦しめられていた時期だったとしても、それとは別に、恋人との仲をあれほど自慢していた多恵子から、その恋人が写っている写真を一枚も見せてもらったことがない、というのは、どう考えても不思議なことだった。

それ以上、院内にとどまっていても意味がなかった。多恵子の死が確かな事実であることを知っただけでも、収穫と考えるべきだった。身内ではないのだから、担当医を呼び出して死因を問いただすこともできない。私は諦めて病院をあとにした。

前日、多恵子は私への電話で、検査結果がはっきりするまでは、店は臨時休業にしておいてほしい、と言っていた。多恵子の死をいつ公表すればいいのか、わからなかったが、当面の間は、臨時休業と書いた紙を入り口ドアに貼って、ごまかし続けるしかなかった。

「とみなが」には行きたくなかった。だが、何としてでも、その日のうちに貼り紙だけは出しておきたかったし、それは私の義務でもあった。

前日の晩も、店を開けることができなかった。休業の貼り紙もないのに、二晩続けて店のドアが施錠されていたままになっていたら、やって来た常連客は不審に思うに違いなかった。心配が嵩《こう》じるあまり、近所の交番に相談に行って、「とみなが」が閉められたままでいるのがおかしい、中で人が倒れているのかもしれない、などと訴える可能性もあった。

貼り紙をするだけなら、店内に入る必要はない。外からドアにテープで紙を貼っておくだけですむ。

ガスの元栓は閉めてあるし、エアコンも消してある。ネズミの餌になりそうなものも置いていない。たとえ数日間、店が無人状態のままになることになったとしても、何ら問題はなかった。

私は最寄りの駅まで歩き、駅構内の公衆電話を使って飯沼に電話をかけた。仕事をしていたのか、彼はコール音二回で、すぐに出てきた。その声を耳にしたとたん、私はこらえていた緊張が一気にゆるみ、足元が揺れて泣きだしそうになるのを感じた。

多恵子がその日の早朝、病院で急死したことを告げると、彼は絶句した。次いで、彼らしくもない、うろたえたような声を発した。「え？　なんだよ、それ。何なんだよ」

「私にもわからない。わからないことだらけなの」

「ちょっと待てよ。何が何だか、おれにも……」

「あの……今、忙しいことはわかってるんだけど、会いたい。会ってくれますか。今すぐにでも」

「いいよ、会おう。どうすればいい？」

「飯沼さんにお願いしたいこともあって。来る時に、レポート用紙でも画用紙みたいなものでも、紙ならなんでもいいので、マジックペンと一緒に持ってきてくれませんか。『とみなが』の入り口のドアに臨時休業の紙を貼っておかなくちゃいけないんだけど、私、一人でお店の中に入るのがいやなんです。絶対にいや。紙もペンもお店にあるのはわかってても、中には入りたくなくて。だから……」

「わかった」と飯沼は言った。声が少しうわずっていた。「持っていく」

私たちは「とみなが」の入っている雑居ビルからも近い、旧《ふる》くからある喫茶店で待ち合わせることにした。

私はシゲタの連絡先を知らなかった。多恵子の実家の連絡先も。

若い時分には、自分の家族のことをいちいち周囲に詳しく語ったりしないものだ。どこの出身であるか、ということくらいは話すだろうが、両親や兄弟姉妹など、自分自身の家庭環境を好んで話題にすることなど、めったにないだろう。

したがって、親や兄弟姉妹、親類縁者の連絡先など、その必要もないのに、互いに教え合うことはない。私も当時、ブリュッセルに住んでいた両親の連絡先や、大阪の会社に勤務していた兄の連絡先を人に教えたことなど一度もなかった。たとえ、話題に出すことがあったとしても、連絡先まで教え、相手がそれをメモして保存するなど、あり得なかった。

私の身近で、多恵子の実家の連絡先を知っている可能性のある人物は、飯沼しかいなかった。

正確な地番までは知らずとも、伊豆のどのあたりなのか、西伊豆なのか、東伊豆なのか、何という名前の町なのか、寝物語に耳にしたことがあるかもしれなかった。それがわかれば、その地域の葬儀社に片端から電話をかけ、突き止めて、葬儀の日取りや、多恵子の実家の連絡先を教えてもらう、ということもできそうだった。

三月が近づいていたとはいえ、まだ日暮れるのが早い季節だった。午後の太陽はどんどん傾き、寒さが増した。

私の中では、シゲタから電話で聞いた、多恵子の最期の様子が耳について離れなくなっていた。何かに怯《おび》えているような様子で、小刻みに震え、時々、大きな声をあげていた、とシゲタは言った。看護師と一緒に必死になってなだめていた、と。

多恵子はこの世の終わりに何を見たのか。何を感じたのか。どんな地獄を体験したというのか。見たものはやはり、あれだったのか。

一刻も早く飯沼と会いたかった。私は電車に乗り、隣の西荻窪駅で下車して、待ち合わせの喫茶店に急いだ。店は駅近くの雑居ビルの一階にあった。

気温が急に下がり、爪先《つまさき》から冷えが立ちのぼってきた。歯の根が合わなくなるほどの寒さを感じた。烈しい恐怖のせいでもあったと思う。

気がつくと私は、喫茶店の奥のテーブル席に壁を背にして座り、目を血走らせたまま、今にも奥歯がカチカチと鳴り出しそうになるのを必死の想いでこらえていた。

店内には私の他に、二人連れの若い男女が一組、いるだけだった。ジョン・レノンの歌声が流れていた。

運ばれてきたホットココアの甘さにも、温かさにも、何ひとつ、ほっとさせられることがなかった。自分だけ、世界の外側に取り残されてしまったような気がした。

観葉植物が申し訳程度に置かれた出窓の向こうに、道行く人が見えていた。日の落ちた街に、街灯の明かりが灯《とも》された。

どのくらい待ったのか、わからない。慌ただしく店内に飛びこんで来たかと思うと、私に向かって小走りに近づいて来る飯沼を見て、私は全身の力を解いた。危うく視界が潤みそうになった。

私の正面に腰をおろすなり、「遅くなった。ごめん」と彼は言った。無精髭《ひげ》が濃かっ

ら着ていたブルゾンからは、冬の冷たい夕暮れのにおいが嗅《か》ぎ取れた。喫茶店の店主らしき中年の男が、にこやかに近づいてきて、オーダーをとった。

コーヒーを注文し終えると、飯沼は案じるような視線を私に投げ、手にしていた紙袋を私に差し出した。「持って来たよ。ちょうど古いスケッチブックが残ってたんで、まるごと一冊と、サインペン。それとガムテープも」

「ありがとう」

私はうなずきながら、紙袋を受け取った。微笑もうとしたのだが、できなかった。

「それにしても」と彼は言い、ブルゾンの内ポケットから煙草を取り出して火をつけた。「信じられない。いったい何があったんだ。詳しく話してくれ」

詳しく？ どこからどこまで、どのように話せばいいのか、わからなかった。だが、私は意を決した。

もはや飯沼に隠しておかねばならないことは何もなかった。自分や多恵子が目にしてきたものが、飯沼と深く関係していることだった以上、すべて余さず打ち明けるべき時がきた、と思った。

湯気のたつ熱いコーヒーが運ばれてきたが、飯沼はコーヒーではなく、グラスの水ばかり飲んでいた。

私はできるだけ冷静さを失わないようにしながら、多恵子がシゲタとの間に赤ん坊を宿したと勘違いし、つわりが始まったと言って病院の診察を受けに行ったことや、その前後の体調の烈しい変化、治って店に出てきたと思ったら、翌日の深夜、再び熱が上がったこと、シゲタが心配してくれているから病院で検査を受けてくる、と明るい声で、半ばのろけるように電話してきたことなどを話した。それがつい前日だった、ということも。

「それにしても急すぎる。死因は何だったんだ」

「主治医は、急性心不全だろう、って言ってたみたい。でも確実なところは、解剖しなくちゃわからない、って言われたらしいんだけど、シゲタさんは、解剖なんて自分の一存では決められない、って言って。電話はそこで切れちゃったんです。待ってたんだけど、その後、全然、かかってこなくて……」

「それにしたって、ずっと元気だった人間が、そんなに急に死ぬか？　もともと深刻な病気をもってたならいざ知らず」

「私もそう思います」

「急性心不全とはね。便利な病名だ。何にでも使える」

「私たち素人にとっては突然死でも、医者の側では、何か道筋の通ったものがわかってたのかもしれませんけど。多恵子さん、昨日は一通り、全身の検査も受けたみたいですし。それでも、予測できなかったことが起きた、ってことなのかしら」

「そうだろうけど、何が何だか、わからない話だな。病院にいたんだから、突発的な異変が起きたとしても、すぐになんとかできたはずだろうが。そのシゲタとかいうやつ、何て言ってたんだ」

「電話では何も。あんまり急なできごとで、シゲタさんにも何もわかってなかったんじゃないかと思います。そんな感じでした」

ちっ、と飯沼は軽く舌を鳴らした。「そいつ、ここ一番っていう時に、まるで役に立たないやつだな。えっちゃんは、そいつに会ったことがあるの？」

「いえ、一度も」

「彼女から話を聞いてただけなんだな」

「ええ。幸せそうな話ばっかりだったから、愉《たの》しく聞いて、なんにも質問しなかったんです。もっとシゲタさんに関することを聞いておけばよかった」

「どんなに親しくても、いちいち、つきあってるやつの連絡先まで、誰も確認しないよ」

飯沼の言い方には深い優しさが感じられた。なぜか胸が詰まり、私は俯《うつむ》いた。

「で？　えっちゃんは結局、彼女とは会えなかったんだね？……霊安室にいた彼女と、って意味だけど」

私はうなずき、病院の内科病棟ナースステーションで聞いたことを余さず教えた。

「だったら、遺族のほうでも解剖の必要はない、って結論を出したことになる」

「そうだと思います」

「しかし、遺体を移送するのが素早いね。手際がよすぎるな。親としては、一刻も早く地元に連れ帰りたい、っていう一心だったのかもしれないが」

それには応《こた》えず、私は訊ねた。「飯沼さん、多恵子さんの実家が伊豆のどこにあるか、わかりませんか」

彼は瞬きを繰り返した。「しょっちゅう実家から魚の干物が送られてきて、店の名物にもなってただろう？　出された干物を食いながら、生まれはどこ、って聞いたことはある。南伊豆のほう、って言ってたよ」

「南伊豆？　じゃあ、下田《しもだ》？」

「いや」と彼は首を横に振った。「おれも同じことを訊いた。下田なのか、って。でも彼女は、もっと田舎、聞いたって無駄、地図にも載ってないようなとこ、とか言ってさ。どうせいつもの冗談だろうと思って、それ以上、訊かなかった」

「あの」と私は訊ねた。「……寝物語にも話さなかったの？」

彼はちらと私を上目づかいに見て、ふっ、と皮肉をこめた笑い声をもらした。「何言ってる。こんな時に」

「ごめんなさい。そういうつもりじゃなくて……」

私たちは少しの間、黙りこくった。飯沼はせかせかと煙草を吸い続けた。

私は正面から彼を見つめ、口を開いた。「……多恵子さん、悶死《もんし》、したみたいなんです」

「何だって？」

「悶死。最期は何かにひどく怯えてた、って。シゲタさんがそう言ってました」

「そのシゲタってやつ、いったい何者なんだよ。ろくなことを言わないやつだな。なんで多恵子ママが、いきなり悶死しなくちゃいけないんだよ」

私は飯沼を見つめた。ごくりと音をたてて唾《つば》を飲んだ。ジョン・レノンが「woman」を歌っていた。

「私、飯沼さんにずっと黙ってたことがあるんです」

飯沼が私を見た。苦笑のようなものが、くちびるに浮かんだ。それがたちまち、嫌悪感に変わっていくのを私ははっきりと見てとった。

「何だよ、えっちゃんまで。思わせぶりなことを……」

「飯沼さんには、これまでどうしても言えなかったの。多恵子さんがこんなことにならなかったら、まだ当分の間は言わなかったと思う。……言えなかった」

「言ってごらん。多恵子ママのことか？　それとも、きみ自身のこと？」

私は首を横に振り、「違う」と小声で言ってから、「千佳代ちゃん」と付け加えた。その名を口にするのは、しばらくぶりだった。両腕の毛穴が一斉に開かれていくのを感じた。

飯沼は両方の眉を上げ、ゆっくりと瞬《まばた》きを繰り返し、次いで眉間《みけん》にかすかな皺《しわ》を寄せた。「千佳代がどうした」

「信じられないと思うけど……いるんです、今も」

彼はまったく反応しなかった。表情も変えなかった。

傷つけられたような、奇妙な心理状態に陥ったが、私はかまわずに、千佳代の亡霊が私や多恵子の前に現れるようになった経緯を語り始めた。大泉学園の家の応接間や、「とみなが」の店内、多恵子の住まいに、頻々と千佳代の亡霊が現れたこと。ただの見間違いとか、ありもしないものをそうだと思いこんだのだとか、私と多恵子のヒステリックな反応が共鳴し合っただけのことに過ぎない、とか、そういった巷《ちまた》によくある、根拠のない幽霊話などではなく、現実に多恵子や私がこの目で見てきたことであると強調した。

「先月、飯沼さんと行った銀座のスキヤキ屋さんにも」と私は言い、またしても喉《のど》を鳴らしてごくりと唾を飲んだが、飲み込む前に咳《せ》きこんだ。水を飲み、呼吸を整え、私は改めて飯沼と向き合った。

気が変になったと思われているに違いない、と思った。ふつうは誰しもそう思うだろう。素直に私の言うことを信じる者など、いないに決まっていた。

哀しさがつのった。だが、もしそうだったとしても仕方がない、と思った。かまわずに彼に包み隠さず話してしまわなければならない、と自分を鼓舞した。

私は深呼吸をし、再び話し始めた。「あの店の、私たちがいた部屋を出てすぐの、廊下のところに、座ってました。こちらを向いて正座して。俯き加減に。そして、そして、飯沼さんが私の家に来て、帰る時も……」

飯沼は黙っていた。ぴくりとかすかに片方の眉だけが動いたが、それだけだった。

私は続けた。「家の門の外で見送っていた時、飯沼さんの脇に千佳代ちゃんがぴったり寄り添っていくのが見えました。煙みたいに、どこからともなく湧きだしたみたいに、彼女がいたんです。それで、私、彼女が飯沼さんに何かするんじゃないかと思って、すごく怖くなって……。何の根拠もないんだけど、そういう気がしたんです。それであの晩、飯沼さんがマンションに着く頃合いを見計らって、電話したの。無事を確かめたくて」

飯沼が指にはさんでいた煙草から、長く伸びた灰がこぼれ落ち、テーブルの上に散らばるのが見えた。

「……覚えてますか？　私が電話したこと」

彼は私を見つめたまま、「ああ」と低く掠《かす》れた声で言った。「よく覚えてるよ」

「本当のことは言えなかったから、うまくごまかしたけど、実はあの時の電話には、そういう理由があったんです」

飯沼は、ふーっと深い吐息をつくと、コーヒーカップに手を伸ばした。冷めてしまっていたコーヒーをごくごくとひと思いに飲みほし、右手の甲で乱暴に口を拭《ぬぐ》った。

「わけがわからないな」

「そうだと思います。こんな話、わからなくて当然です」

「千佳代が幽霊になって出てくる？　そんな馬鹿なことが……」

「信じられないのがふつうです。でも、ほんとにそうなんです。多恵子さんも何度も見ていて、あげくに多恵子さんがこんなふうに突然、死んでしまって……ほんとに私……」

過呼吸で息が吸えなくなっていくような気がした。私が胸をおさえて小鼻を拡げ、顎《あご》を上げたまま浅い呼吸を繰り返していると、飯沼は前のめりになり、なだめるように私の肩を軽く揺すった。「何か酒を飲もう。落ち着くから。いいね？」

そう言うなり、彼は店の奥にいた店主に向かって、パチンと指を大きく鳴らした。

「すみません、ウィスキーかブランデー、ありませんか」

運ばれてきたのは、小さなワンショットグラスに注がれた、琥珀《こはく》色のウィスキーだった。ひと息に飲みなさい、と言われ、私はそうした。

そんな乱暴な飲み方をしたのは生まれて初めてだった。だが、飯沼の言うことは正しかった。

たちまち全身に熱いものが駆けめぐった。凝り固まっていた頭の芯《しん》が、緩やかにほぐれていくのを感じた。

剝《む》き出しになっていた恐怖が、柔らかなゼリー状のものでコーティングされていった。私は再び、千佳代のことを飯沼に打ち明けるための力を得たように思った。

飯沼は少し肩をいからせたまま、じっと私を見ていた。

そんな馬鹿げた、非科学的な話は聞きたくない、落ち着いたら帰ろう……そう言われてしまったらどうすべきか、と慌ただしく考えた。

だが私は、何を言われようがすべてを打ち明ける覚悟を決めていた。どれだけ馬鹿にされようが、精神状態の異様さを指摘されようが、もはや隠しておくことはできそうになかった。

ウィスキーのせいで、首から上が火照り始めた。おかげで、ほんのわずかだが現実感がうすれ、恐怖心がいくらか弱まってくれたように感じた。私は途切れ途切れに深く息を吸ってから、話を続けた。

体調不良が続き、一緒に来てほしいと言われて、産婦人科病院の受診に付き添ったこと。妊娠していないことが判明したショックもあったと思われるが、多恵子がいきなり倒れて、搬送されたこと。運ばれた先が、千佳代の亡くなった病院であったこと……。まもなく回復はしたが、その日は店に出るのはやめたほうがいいと勧め、私が多恵子の代わりを務めたこと。店を終え、深夜になって部屋に顔を出してみると、急激に熱が上がった多恵子が苦しんでいたこと。そして、千佳代がそこにいる、ずっと離れずにいる、と言っていたこと……。

「飯沼さんにも誰にも、このことを言わないでほしい、って、多恵子さんから頼まれていて」と私は言った。「だから飯沼さんにもあの日……飯沼さんが札幌取材から帰った日ですけど、電話では何も言えないまま……」

飯沼は私の言葉を遮って訊ねた。「このこと、って?」

「妊娠したと確信していたのに、違ってたことがわかって、しかも倒れて救急搬送された、っていうことです」

「そんなことか」と飯沼は急激に緊張を解いた時のような、力のない吐息をもらした。「彼女らしいな」

私はうなずいた。「シゲタさんとの間に赤ちゃんができた、って、ものすごく喜んでましたから。そういう結末になっちゃったことを誰にも知られたくなかったんですね。……特に飯沼さんには」

彼は私のその言葉を無視した。それにしても、と彼は言った。「倒れて搬送されたのは、千佳代がいた病院だったのか」

「急患を運べるような病院は、他にいくらでもあったはずなのに」

「その後で息を引き取ったのも、あそこだったとはね」

私は無言のまま、うなずいた。

飯沼は大きく息を吸い、吐く息の中で「なんだか」と言った。「いやな話だな」

私はくちびるを舐《な》めようとした。舌先もくちびるも乾ききっていた。喉まで貼りついているように感じられたが、なんとかして声をふりしぼった。

「今さら、こんなこと言うのも変かもしれないけど……千佳代ちゃんは、飯沼さんをものすごく愛してました。愛しすぎてたと言ってもいいくらいに」

「……そうだったとして、そのことと、死んでも出てくる、っていうのと、いったいどういう関係がある」

「たぶん彼女は、過去に飯沼さんとかかわりのあった女の人のことも認めることができないままでいるんじゃないか、って思うんです。あんまり突然、この世と別れを告げなくちゃならなくなって、わけもわからないまま、漂っているというか……そうやっているうちに、生きてたころと同じ感情が増幅されていって……」

飯沼が何も言わずにいたので、それをいいことに、私は先を続けた。「多恵子さんは、飯沼さんのこと、ずっと好きだったんですよね。千佳代ちゃんは最初から気づいてたんじゃないかしら。私には、そういう話は一切、したことがなかったし、訊かれたこともないけど、敏感な彼女が気づかずにいたはず、ないと思うんです。多恵子さんが飯沼さんと、過去に深い関係になったことがある、っていうことも、わりと早くから勘づいてたんじゃないか、って」

飯沼が少しうんざりしたように目をそらしたので、私は慌てて言い添えた。「そのことは、私、多恵子さんから聞いて知ってました。多恵子さんにとっては、飯沼さんとのひとときは自慢だったんだと思います。あんなに大好きだったんだもの。だから……多恵子さんが私にそんな話を打ち明けたからって、不愉快に思わないでくださいね。それに私は、もちろん、そんな話は千佳代ちゃんにひと言もしゃべってませんから」

「別に不愉快になんか思ってないよ」と飯沼は言い、もじゃもじゃとした髪の毛をかき上げた。「混乱してるだけだ。つまり、こういうことか？　千佳代が、過去におれと関係のあった多恵子ママを恨みに思って、出てくるようになった、って？」

「いえ、恨みとかそういうことではなくて……多恵子さんに限らず、飯沼さんと何かしら関係のあった女性に対して、複雑な気持ちを残したまま亡くなったんじゃないか、って……」

「やめてほしいね。多恵子ママが急死したっていうことだけでも、頭の整理がつかないのに、そこに千佳代の幽霊話がくっついてくるとなったら、お手上げだよ」

言うなり彼は店主のいるほうに向かって手を振り上げ、ウィスキーを注ぎ足してほしい、と頼んだ。店主は「よかったら」と言い、ボトルごとテーブルに置いて、去っていった。

「あの……」と私は言った。

飯沼は空になった二つのショットグラスにウィスキーを注ぎ入れながら、じろりと上目づかいに私を見た。

「飯沼さんのところには……その……彼女の、気配というか、何と言うのか……」

彼は首を横に振った。「そんなのはひとつも感じたことなんかないよ。もっともおれは、四六時中、酒が入ってるような堕落した生活を送ってるからな。気づかないだけだと言われりゃ、その通りかもしれないが。しかしだよ、いったい全体……」

私は彼を遮った。「こういう話、飯沼さんは信じない人だし、耳を貸さない、っていうことはよくわかってます。打ち明けるつもりはなかったの。打ち明けてはいけない、と自分に言いきかせてきて。でも、多恵子さんが急にこんなことになって……。もう、私、黙ってることができなくなっちゃった」

「おれは別に、非科学的なことを全部、否定してるわけじゃない。この世界では時々、どうひっくり返っても説明がつかない現象が起こる。そうじゃなかったら、芸術も哲学も生まれないし、宗教だって必要がなくなる。しかしだよ。そうだとしても、だ。死んだ女房が甦って、昔、亭主と関係のあった女に祟《たた》る、ってことになると、いくらなんでも、そう簡単にはついていけないよ。わかるだろう？」

祟る、という言葉を耳にして、それは少しニュアンスが違う、と思ったが、うまく説明できそうになかった。私は黙っていた。

ウィスキーが充《み》たされたショットグラスを受け取ったが、口はつけなかった。少し時間をおいた後、私は大きく肩をいからせながら息を吸った。

「私、考えてたことがあるんです。多恵子さんにも話したことがないんですが……舞台の『アナベル・リイ』の時のこと。公演直前になって、高熱を出して降板しなくちゃならなくなった女優の代役に千佳代ちゃんが抜擢《ばってき》されましたよね。でも、演技がおぼつかなくて、さんざん悪口言われて……それがきっかけで飯沼さんと出会って、結婚することになったわけですが……」

飯沼は煙草に火をつけ、椅子の背にもたれた。猜疑《さいぎ》心を秘めた、虚ろだが、真っ向から非難するような眼差《まなざ》しが私を包んだ。

私はかまわずに続けた。「どうしてその主演女優……劇団『魔王』の看板女優だった加賀見麻衣が……突然、原因不明の高熱を出したんだろう、って不思議に思ったこと、ありませんか。偶然と言ってしまったら、それまでだし、何か体調面で、そうなるような必然の流れがあったのかもしれない。でも、後に起こったことを考えると、あの時も何か大きな力が働いたようにしか、私には思えなくなるんです」

「大きな力、って何だよ。千佳代の力、っていうことか？」

「そう」

「あのな」と彼は注意深く諭すように言った。「おれは、あの公演の時はまだ彼女のことなんか、全然知らなかった。どこの馬の骨が代役になったのか、と思っていた。少なくとも、公演後、数日たつまで、彼女とおれとの間には何のしがらみもなかったんだ。それなのに、なんで、彼女がおれの過去の女関係に嫉妬《しっと》したりしなきゃならないんだ」

私は大きくうなずき、理解を示すふりをした。「確かにそうです。その通り。飯沼さんが彼女と出会った時は、多恵子ママとはもうなんにもなかったんですものね。でも、そういう男女のこととは別に、彼女が何としてでも、アナベル役を演じたい、という強い欲望をもっていたとしたら、どうですか。本人ですら気づかない、無意識の中で、ずっと強くそう念じ続けていたのだとしたら？」

「ほう。千佳代が念を送った？　だから加賀見麻衣が原因不明の急病で倒れた？　うまく主役の座を射止めて、さんざっぱら酷評されて、それを激励してやったおれと出会うように仕組んだのも、彼女自身だった？　全部、あらかじめ彼女が仕組んだことだった？　だから、こうなった？　そう言いたいのか。やめてくれ。馬鹿馬鹿しいにもほどがある」
私は内心の烈しい動揺を隠しながら、鷹揚《おうよう》に受け止めるふりをした。「もちろん、た
だの仮説です。でも、千佳代ちゃん、言ってましたよね。もともとポオの詩が大好きだ
った、って。だから自分が所属する劇団で、『アナベル・リイ』が上演されることを知
って、すごく嬉《うれ》しかった、って。舞台に向けた情熱の力は本人が自覚していた以上のも
のだったんだと思うんです。だからこそ、すんなりとアナベル役の科白《せりふ》を全部、覚える
ことができたのかもしれない。彼女はもしかすると、無意識のところで、そういうこと
ができちゃう体質で……」
「科白を覚えきった上で、主演女優をいきなり病気にさせて、代役を自分が……って
か？　じゃあ、聞くが、どうやって病気にさせたんだ。魔法を使った？　毒を盛った？」
飯沼は吐き捨てるように言ってから姿勢を直し、煙草を灰皿でもみ消した。明らかに
彼は苛立《いらだ》っていた。私のことを軽蔑《けいべつ》していた。
「全部、私の想像です。何の根拠もないことです」
「当たり前だ。そんな薄気味悪い話に根拠なんか、あるわけがない」
彼は強い口調でそう言ったが、言った後で短い吐息をつき、眉間に皺をよせて首を横
に振った。私たちはしばらくの間、無言のまま、探り合うかのようにして互いを盗み見
ていた。

長い時間が過ぎた。先に口を開いたのは彼のほうだった。

「しかし」と言い、彼はショットグラスの中のウィスキーを一舐めした。「……きみと多恵子ママが見てきたことが本当だったとしたら、だよ。『アナベル・リイ』の舞台の一件とつながってくるんじゃないか、って考えたとしてもおかしくはないな。千佳代は、自分が若くして呆気《あっけ》なく死んでしまうなんて、夢にも思ってなかった。あっと言う間だった。その分だけ、この世に残した未練があったはずだ。それが本人もわからないところで、怨念《おんねん》のようなものになって、この世に残されたとしたら……きみが言いたいのはそういうことなんだろう？」

私はため息をついてから、そっと首を横に振った。「怨念、っていうほど強烈なものは、私は感じてません。もっと静かなんです。静かで、なんていうのか、ひっそりしていて、それなのに、ずっと近くにいて、じっと見られてる、観察されている、っていうのか……」

「もしそうなら、死なせる必要がどこにある。なぜ、多恵子ママの命まで奪ったんだよ」

私は顔を上げ、黙ったまま彼を正面から見た。

「恨みなのか嫉妬なのか知らないが、理屈の通らない感情が強すぎて、結果、多恵子ママを死に至らせた。死んでるにもかかわらず、そうすることができた」

「……そうなりますね」

「まいったね」

私が打ち明けたことを彼が信じようとし始めている、と感じられて嬉しかったが、私の気持ちは複雑だった。私が口にする話など、はなから小馬鹿にし、愚かな人間を見下すような目で私を見て、思いきり嘲笑《ちょうしょう》し続けてもらいたい、という気もした。

私たちはしばらくの間、黙りがちのままでいた。窓の外はとっぷりと暮れ、点滅し始めたネオンがガラスに映し出されていた。客は私たちの他に、誰もいなくなっていた。

やがて飯沼が我に返ったように首を起こした。「この話はここまでにしよう。『とみなが』に貼り紙をしてこなくちゃいけない。常連と鉢合わせになったりしたら、説明しなきゃいけなくなるから、早く行ったほうがいい。その後で軽くメシでも食うか。帰りは送って行くよ」

「お仕事は？」

「なんとでもなる。今夜は酔いつぶれるしかなさそうだ」

「だったら」と私は言った。言うなら今だ、と思った。一人で夜を過ごせる自信がなかった。まったく、と言っていいほどに。「うちで酔いつぶれてください」

飯沼はくちびるを真一文字に結んでから、ちらと私を見つめ、ややあってから深々とうなずいた。

飯沼が持ってきてくれた画用紙に、大急ぎで臨時休業の四文字をしたためてから、私たちは店を出た。

「とみなが」は、そこから歩いて数分の距離だった。ふだんは黄昏《たそがれ》と共に、周辺の店の明かりが灯され、界隈《かいわい》が賑《にぎ》やかになるのだが、どうした加減か、その日に限って、雑居ビルのあたりは、どことなく小暗く感じられた。

外の通りから見上げても、多恵子が住んでいた部屋の窓は見えない。道路と反対側に部屋があったからだ。

当然ながら、主《あるじ》を失った直後の「バー　とみなが」の看板ネオンはついていなかった。ビルのそこかしこに非常灯が点灯されていたので、階段を下りる分には支障はなかったが、それでも、仄暗《ほのぐら》い地下に行き、店のドアに貼り紙をする作業は、どことなく気味が悪かった。私は飯沼が付き添ってくれたことに深く感謝した。

せっかく来たのだから、店内に入り、異常がないかどうか確認すべきかもしれない、と思ったが、飯沼が一緒にいてくれたとしても、そんなことはできそうになかった。紙を貼り終えた私たちはすぐに地上に出た。

たまたま近づいて来る空車タクシーが見えた。「まずはこれに乗ろう」と飯沼が言い、手を上げた。私たちは二人並んで、暖房の利いた後部座席に収まった。

ショットグラスで飲んだウィスキーの酔いが続いていた。ふわふわとした気持ちの奥底に陣取っている、とぐろを巻いた蛇のような恐怖の塊のせいで、食欲などあろうはずもなかった。それどころか気分が悪くなりかけてさえいたが、飯沼にすべてを明かし、恐怖と不安を共有できたことで、私はいくらか落ち着きを取り戻していた。

五日《いつか》市《いち》街道沿いにある、しゃれたネオンに彩られたドライブインを見つけ、タクシーを降りた。天井の高い、広々とした明るい店だった。私たちはボックス席で向かい合わせになって座り、ピザをつまみ、ビールを飲んだ。

ほどよく客が入っていて、店内は賑やかだった。流れている陽気なカントリーミュージックも耳に心地よかった。

　食事中、私は、多恵子の死や千佳代の話はしなかった。得体の知れない未知のものや、一切の終わりを意味するはずだった「死」について口にし合っているよりも、こんがりと焼けたピザの、チーズの香りに包まれながら、現世の平和を味わっていたかった。死や亡霊など、ただのまぼろしだ、と思いたかった。

まぼろしなどではなく、現に体験し続けてきたことであるのは百も承知していたが、私は自分が、飯沼という男と何もかもを分かち合っている、という悦《よろこ》びだけにすがろうとしていた。そうでもしていないと、それこそ、少し前の多恵子のように、その場で昏《こん》倒《とう》してしまいそうだった。

　暖かく賑わった店内で、食後のコーヒーを味わいながら、私は言った。「飯沼さんとこうしていると、なんだかすべてが、悪い夢だったみたいに思えてくる」

「実際、そうなのかもしれないぞ。ただの悪い夢だったのかもしれない」

「……私が言ったこと、まだ信じられませんか」

　飯沼はかすかに微笑んだ。「そういう意味で言ったんじゃない。ともかく、今夜は飲み明かそう。ぶっつぶれるまで」

「……千佳代ちゃんが許さないかもしれませんけどね」

　そう言いながら、私は彼を見た。せっかくの温かな夕餉《ゆうげ》のひとときが台無しになるようなひと言を口にしてしまった、とすぐに後悔したが、あとの祭りだった。

「許さない、って何を」

「こうして私が飯沼さんと一緒にいることを」

　飯沼はしばし沈黙したが、やがて意に介したふうもなく、「えっちゃんに限って」とあっさり言った。「それはないよ」

「どうしてそう言いきれるんですか」

　煙草をくわえたまま、彼はいつものように煙の中で目を細めた。「知ってるだろ。彼女はきみのことが大好きだった」

　それとこれとは違う、と思ったが、言われてみれば、彼の言う通りであるような気もしてきた。私は黙っていた。

　ともかく、と彼は言い、テーブルの上にあった伝票に手を伸ばした。何かとてつもなく、急ぎの用事でもあるかのような慌ただしさだった。「きみの家に行こう。何か買っていくものはある？」

　訊かれても、咄嗟《とっさ》には答えられなかった。冷蔵庫に何が入っているか、食べるもの、飲むもの、必要なものがあったかどうか、一切、思い出せなかった。時間がどのように流れていったのか、ということすら。

飯沼は私の気持ちを斟酌《しんしゃく》したらしい。小さくうなずいてから、「きみもおれも混乱している」と言った。「買い物なんか、どうだっていい。正直に言おうか。おれ、えっちゃんと二人になって、早く抱き合いたいんだ。可能なら、今すぐにでも。ここで」

何を言われているのか、わからず、私が呆気にとられたように彼を見つめていると、彼は、ふっ、と息をもらすようにして短く笑った。

「見かけによらず、怖がりなんだよ」

私が瞬きを繰り返している間に、飯沼は席から立ち、大股《おおまた》でレジに向かって行った。

私は慌てて後を追った。

その晩、大泉学園の家で、私と飯沼との間に急激に芽生えたものについて、ここに詳しく書き記すことは憚《はばか》られる。私が記録しておきたいこととそれとは、次元の異なるものだからだ。私は何も、飯沼との恋の成り行きを書き残そうとしているわけではないのだ。

だが、そのことに触れずにすませるわけにはいかない。少なくとも飯沼は私が愛した男だった。たとえ彼に恋人や愛人や妻がいたとしても、私は彼が好きだった。彼に惹《ひ》かれてやまずにいた。

あの晩、私たちは求め合った。あんなに恐ろしいことを共有し合った直後だというのに、私たちの間に、互いの性的欲望が完全に一致した瞬間が訪れたのだ。

多恵子が気味の悪い死に方をした日の晩だった。これまで起こった出来事のすべてを彼に明かし、恐怖心と不安感を分かち合った初めての日だった。千佳代の亡霊をこれまで以上に強く意識せざるを得なくなりながらも、よくぞあれほど、烈しく求め合うことができたものだ。

若かったからか。否。いささか度が過ぎた酒のせいだったのか。否。いずれでもない。それほどまでに私も彼も、持っていきどころのない恐怖に喘《あえ》いでいたのだ。たとえ、いっときのことに過ぎないとわかっていても、その恐怖を忘れさせてくれるのは、性愛以外にない、と知っていたのだ。

固く抱き合い、互いの身体に手を這《は》わせ、くちづけを交わした。肉体の奥底に熱い火が灯されて、それが瞬く間に燃え拡がっていくのに時間はかからなかった。初めは居間のソファーで。次は場所を替え、私の自室のベッドで。飽くことのない性の饗宴《きょうえん》が繰り広げられた。

私ははしたないほどの声をあげた。飯沼もそれにならうように、快楽の呻《うめ》き声をもらした。

欲望に身を任せたまま、半眼になりながら見つめる室内の虚空に、何度か千佳代がぼんやり佇《たたず》んでいる姿、千佳代がじっと自分たちを覗きこんでいる、表情のない虚ろな顔を見たような気がした。

本当に見えていたのかどうかはわからない。私の脳が作り上げた恐怖の残像に過ぎなかったのかもしれない。見えたと感じた直後、それはまもなく官能の嵐の中でもみくちゃにされ、瞬く間に消えていった。

千佳代を裏切っている、とか、千佳代の怒りや憎しみをかうだろう、とか、自分も近いうちに多恵子のような死に方をするに違いない、とか、そういった一連の不安に苛《さいな》まれなかった、と言えば嘘になる。それどころか、飯沼と肌を合わせている間中、いや、行為を終えたあと、砂の底に引きずりこまれていくような眠りについた後も、千佳代が遺した想いの数々は私の中で消えなかった。まるで千佳代が私たちの行為のさなか、すぐそばに立って、じっと見下ろしていたかのように感じられ、眠っている時ですら、その残像がまぶたの裏でゆらゆらと揺れ続けているような気がした。

だが、幸運にも、私は飯沼と交わす性愛の深さに救われていた。飯沼も同じだったと思う。

私たちは疲れ果て、水死体のようになって眠り、目を覚ましては再び互いをまさぐり合った。さしたる言葉も交わさぬまま、私たちは相手の深部を肌で確認し合おうとすることをやめなかった。

たいそう不自然な結ばれ方だったかもしれない。実際、その通りだったと思う。

だが、それ以外、あの晩の私たちに何ができただろう。性愛に溺《おぼ》れることは、恐怖に打ち勝つために私と彼に与えられた、唯一の方法だったのだ。

その後まもなく、伊豆から多恵子の身内がやって来た。「とみなが」を閉店にすべく、店内の整理をし、さらに多恵子の住まいを片づけ、大半のものを処分して帰って行った。

この目で見たわけではない。身内、というのが誰で、何人やって来たのか、ということも知らない。後日、気になって「とみなが」に行ってみたら、清掃業者なのか、ビルの管理会社関係の人間なのかはわからないが、初老の男と若い男が二人、店内を掃除していた。私は彼らからそのことを教えてもらっただけである。

遺族からは何も連絡がなかった。多恵子の持ち物を確かめれば、私の家の電話番号はどこかに必ず書かれていたはずだし、間違いなくシゲタが知っていたのだから、連絡をとろうと思えば簡単にできたはずだ。

だが、単なるアルバイトに過ぎなかった人間にいちいち経過を報告する必要はない、と思っていたのか。あるいは穿《うが》った見方をすれば、二月分の私の給料を支払わずにすませようとしていたとも考えられる。

連日、ニュースで取り上げられていた桜の開花の話題や、混雑する花見客の映像もいつのまにか立ち消えて、初夏のような日の光に充たされるようになったころだった。私の家に箱詰めの魚の干物が送られてきた。

差し出し人は「富永和幸」となっていた。多恵子の父親の名前だったのかもしれないが、定かではない。

干物の入ったプラスチック製の箱の上に、封筒に入れられた四つ折りの便箋《びんせん》が二枚。達筆とはいえないが、丁寧に書かれたペン字で、多恵子の納骨を無事にすませたこと、身内で「バー とみなが」を閉め、住まいの処分もすませたこと、生前のご厚情に感謝し、多恵子の好物だった干物を少々送らせていただきます、ということだけが短く記されていた。

余計なことは一切、書かれていなかった。私と多恵子の個人的な関係を知っていたのかどうか、ということすら、わからなかった。

送り主の住所、電話番号は記載されていなかった。故意なのか、ただ単に書き忘れただけなのか。

箱を包んでいた包装紙は紺色で、全体がうすいビニールでコーティングされていた。包装紙には「伊豆名物」と、斜めに何ヵ所も、模様のような印刷が施されていたが、小売店の名はおろか、生産者の連絡先を記したものは一切、見当たらなかった。

干物は鰺《あじ》とヒラメと、何かもう一種類あったような気がするが、よく覚えていない。ふだん、「とみなが」に多恵子が持ってきて、店で焼いては、気前よく客に出していたものと同じだったと思う。

それにしても、未《いま》だに私の中には、同じ疑問が残されたままになっている。

シゲタ、という男は、果たして実在したのか、ということだ。

一度も会ったことがない。写真すら見たことがない。どんな顔、どんな姿をしているのかもわからない。だが、多恵子の死の直後、確かに私は彼からかかってきた電話に出ている。少なくとも、「シゲタ」と名乗る男の声は耳にしている。どんな声だったのか、おぼろげながら今も覚えている。あのような事態に見舞われてさえいなければ、少し低めの、澄んだ美しい声だと思ったかもしれない。

話し方にこれといって訛《なま》りは感じられなかった。標準語だった。

それに、交わした会話から推測しても、あの時の電話で私に話したことの全容は、シゲタ本人でなければわからないことだった。あれは間違いなく、「シゲタ」という男だったのだと思う。多恵子が恋をし、互いにぞっこんになり、蔵王にスキー旅行に行き、結婚を意識するようになった男。多恵子と深い関係を続けた男。多恵子が信頼しきっていた相手……。

検査を受けに行く、と言って私に電話をかけてきた多恵子は、治ったと思っていたのに、また発熱してしまったため、心細くなってシゲタに連絡した。シゲタは彼女の住まいに駆けつけて来た。心配だから、きちんと検査を受けてくるように、と彼から諭されたので、病院に行って来る……多恵子はそのように言っていた。

体調の悪さを別にすれば、とても嬉しそうだった。愛されていることの確たる証拠を得たせいなのか、彼女は安心しきっている様子だった。

多恵子が、初めから不在の人物の話、空想の中ででっち上げただけの架空の男について、さも現実に存在するかのように私相手に話し続けていたとはとても思えない。第一、そんなことをしなければならない理由がどこにあっただろう。

たとえ、多恵子が飯沼に対する想いを忘れようとするあまり、私相手にそんな馬鹿げた作り話をしようと思いついたのだとしても、遊びならともかく、あれほど長期間にわたって嘘をつき続けることは不可能だったろう。その労力たるや、想像を絶する。

だいたい、妄想の中にしか存在しない男から、いかに愛されているか、のろけ話を続けたあげく、妊娠した、と喜んでみせるなど、異常なことである。充たされない人生に向けた歪《ゆが》んだ欲望は、時にそうしたパラノイア的な妄想の世界を生むことがあるらしいが、私の知る多恵子は断じて、そんな病的な人間ではなかった。多恵子はただ、一人の男から真剣にまじめに愛され、自分も愛し、落ち着いた暮らしをしたいと願っていただけなのだ。

それならば、シゲタなる男が実在したのは確かだとしか言いようがない。多恵子は実在するシゲタという男と交わり、愛を紡いだ。彼との結婚を意識し、体調の異変を妊娠によるつわりだと思い込んだ。シゲタは彼女からのSOSを受けて駆けつけ、彼女の健康状態を案じた。そして多恵子の人生に予期せぬ幕がおりたその瞬間も、シゲタは彼女の傍にいた。つまりシゲタが彼女を看取ったことになる。

しかし、そうだとするならば、なぜ、シゲタという男は私に多恵子の死を知らせてきた後、いきなり連絡を絶ったのだろう。ショックのあまり、口がきけなくなったのか。精神をいろいろなことが考えられる。

乱したあげく、理性が悉《ことごと》く失われ、結局は自死の道を選んだのか。

ありえないことではない。もし、そうだったのだとしたら、全く音沙汰《おとさた》がなくなったことの説明もつく。

しかし、そんなことになるとはとても思えない。仮にシゲタの身にとんでもないことが起こっていたのだとしても、いずれは何らかのかたちで、私の知るところになったのではなかろうか。

多恵子の遺族は、シゲタのその後について、私に知らせる義務も義理も持っていない。遺族と一面識もなく、多恵子に雇われていた従業員に過ぎなかった私が、シゲタや、多恵子の死にまつわる情報を得る可能性はきわめて低いと考えるべきなのかもしれない。多恵子の死後、遺族が送り主の住所も書かずに干物を送ってきただけで、何も言ってこなくなったからといって、それは咎《とが》めねばならないようなことではないだろう。

しかし、と私は思う。

シゲタ、という男は実在したのだろうか、と。シゲタをふくめ、すべてが何かによって仕組まれていたのではなかろうか、と。

13

小康状態、と言うこともできるのか。人生にはしばしば予想外に、驚くほど凪《な》いだ、平和な時間が訪れるものだ。

異形のものに脅かされ、混乱するばかりだった日常も、絶え間なく襲いかかってくる恐怖と不安の日々も、少しずつではあるが、遠ざかっていく。気がつけばいつのまにか、あたりが思ってもみなかったほど穏やかな、優しい光に充たされている。

底冷えのするような気配をまとった亡霊が、現世と薄皮一枚隔てた向こう側に立ち去って、すっかりナリを潜めてくれたようにも感じる。短い間に過ぎなかったとはいえ、その幸福感はたとえようもなかった。

だが、今から思うとそれは、死病にかかった人間が最期の瞬間を迎える直前、急に血色がよくなり、食欲を取り戻し、笑顔までみせ、奇跡が起こったに違いない、と周囲に思わせることがあるのと、どこか似ていたかもしれない。

ごく自然に、大泉学園の家で飯沼と共に暮らし始めたあの時期、私はまさにそうした状態にあった。

正確に言えば、半同棲《どうせい》、通い同棲であった。飯沼は、それまで住んでいた井の頭線の明大前駅からほど近いマンションに通いながら、仕事を続けた。たまに締切や取材がたてこんで帰れなくなることもあったが、それ以外はどんなに遅くなっても日に一度は私の家に戻って来た。

玄関を入る時、彼は「ただいま」と言った。私はいつも「お帰りなさい」と言って出迎えた。

彼がかつて千佳代と新婚生活を送ったマンションの一室には、夥《おびただ》しい数の資料や本が散乱していた。長い間、ろくな整理整頓《せいとん》もせずにいたものだから、仕事場としてしか機能していない様子だった。すべて片づけて部屋を解約し、彼が私の家に引っ越してくる、ということは、私も彼も全く考えていなかった。

もとより大泉学園の家の所有者は私の父だった。まだ、帰国の目処《めど》が立っていない時期だったとはいえ、親の留守中、紹介もすませていない、事情すら話していない男の持ち物を大量に運びこんで、新婚気取りで暮らすつもりはなかった。

仮に飯沼が、本や雑誌を相当量、処分した上で私の家に住み始めたのだとしても、その場合、父のアトリエを仕事部屋として提供するか、もしくは、応接間を使ってもらうしかなくなる。前者はともかくとして、後者のことは考えたくもなかった。

千佳代の霊気が棲《す》みついているとしか思えなくなっていた応接間は、開かずの間と化していた。日当たりが悪いせいで、毎年、梅雨時ともなると、庭から湿気が上がってくる部屋だった。

どこからともなく黴《かび》くささが廊下にまで拡がってくるのは例年のことだった。放っておくわけにはいかなくなり、雲間から太陽が覗《のぞ》く時を見計らって、私はおそるおそる中に入り、窓を開けて風を通した。

だが、応接間を以前のように部屋として使う気にはなれなかった。ましてや、その部屋を飯沼の仕事部屋にするなど、もってのほかだった。

飯沼も、必要な資料がすべてそろっている慣れ親しんだ場所で仕事がしたい、と望んでいた。よほど経済的に切羽詰まれば別だが、そうではない限り、わざわざ部屋を解約する必要はなかった。彼が仕事場に出かけ、仕事をし、また大泉学園の家に戻ってくればいいだけのことだった。

ライターとして脂が乗り切っていた時期でもあった。彼はいつも何かしらの締切を抱え、多忙だった。それでも、ごくたまにまとまった休みがとれた時は、二人で小旅行に出かけた。一緒に庭の草むしりをし、終わると汗を拭《ふ》きながら、庭先でビールを飲んだ。肩を並べてスーパーに食材の買い物に出かけたりもした。

信じがたく幸福な日々が続いた。それは、邪悪な気配が何もなくなった、二人だけの静かな、満ち足りた暮らしだった。

二人とも千佳代の話題を出すことはなかった。どちらかが、少しでも千佳代にまつわる話……その中には多恵子の不審死についての話も含まれたが……を始めようとすると、もう片方が慌てて目をそらしたり、不快感をあらわにしながら生返事をしたりした。

過去の不可解な出来事を封じ込めて、何重にも鍵《かぎ》をかけ、決して覗きこまないよう努めるのは、たいそう難しいことではあった。

だが、私たちはもはや、互いに一人ではなかった。私には飯沼がいた。飯沼には私がいた。恐怖は半減され、さらに四分の一になっていった。そしてさらにもっと小さくなっていき、やがては泡沫《ほうまつ》のように消えていくに違いない、と思われた。

私も飯沼も、過去に引き戻されることを互いに強く牽制《けんせい》し合っていたのは事実だ。亡霊の記憶など、断ち切ってしまうべきだった。前に進んでいくためには、いつまでも死人が残した理不尽な想念に囚《とら》われていてはならなかった。

私と飯沼の、それぞれの意志の強さが幸いしたのだろう。私たちが急速に近づき合い、共に生活をするようになっても、千佳代は現れなかった。気配を感じることもなかった。不思議なほどの静寂があった。私が飯沼と共に暮らし始めたことを彼女が祝福してくれている、と思うことすらあった。

かつて飯沼を誘惑し、肌を合わせ、一方的に想いを寄せ続けていた多恵子のことを死に追いやった千佳代。多恵子の何がそんなに憎かったのかはわかりようもない。だが、亡霊と化した千佳代の意識は、常に多恵子に向けられていたのかもしれなかった。

多恵子を亡きものにし、これでやっと気がすんだのだろう。満足し、現世に思い残すことがなくなったのだろう、そうに違いない、と私は思った。千佳代は今のところ、飯沼の相手が私なら許せるのだ。たぶんそうだ、とも思った。

ただし、次に千佳代の矛先が向けられるのは自分なのだ、ということはどこかで覚悟しておくべきだった。たとえ千佳代が私を唯一無二の友人と思ってくれていたのだとしても、それとこれは別の話である。しかも千佳代は死者だった。この世の理屈や常識は通用しないだろう。

一方で、私は可能な限り冷静でいようと心がけた。亡霊によってもたらされる、自分自身の突発的な死を思い描きながら生きていた。

飯沼と共に新しい人生をスタートさせたという幸福に酔いしれて、哀れな千佳代の遺《のこ》した、無念の想いを忘れることはあってはならない、と思った。犠牲、と言うのとは少し違うが、自分と彼との新生活には、それだけの覚悟が必要なのだ、と自分に言い聞かせた。

千佳代なしでは、私が飯沼と出会うことはなかったのだ。たとえ知り合えたのだとしても、愛し合うようになるなどということは金輪際、起こり得なかったろう。

得体の知れない恐怖を間に挟んでいたからこそ、私と彼は瞬く間に男女の仲になった。さらに、自然な流れで共に暮らし始めるに至った。その原点には、厳然として千佳代が存在していたのである。

だが、日が暮れて、一日が穏やかに終わりを告げ、傍らに眠る飯沼の、煙草のにおいのしみついた肌に鼻をこすりつけながら、共に朝を迎える、という日々が重ねられていくうちに、そうした異様な緊張感も次第に和らげられていった。あげく、ひょっとすると、もう何も起こらないのではないか、という楽観的な気分に包まれていくようにもなった。

私は美大時代の仲間の紹介で、雑誌のイラストの仕事を幾つか、掛け持ちで始めた。とはいっても、ページの片隅に入れるカットなど、どれも小さな、取るに足りない仕事ばかりで、満足できる収入になるはずもない。預金を切り崩していかねばならない生活は相変わらずだったが、家の修繕などの必要があった時以外、親に無心することなくいられたのは、飯沼の援助があったおかげである。

飯沼の世話になりながら生きていくつもりは毛頭なかった。早くまともな仕事を探してこなくては、という焦りは膨らんでいく一方だった。

しかし、いっときの安らぎ……ぬるんだ湖面に浮かぶ小舟に揺られているような平和な、まどろむような気分は、たとえようもなく幸福なものだった。飯沼と共にいる限り、そうした心地よさはこの先、ずっと続いていくに違いない、と私は半ば信じていた。信じようとしていた。

昼間はそれぞれの仕事をし、夜遅くならないうちに飯沼が大泉学園に戻ることができた日は、私が夕食を作った。時には外で待ち合わせて、飲みに行ったり、ライブハウスに立ち寄ったりして楽しんだ。

私たちはよく話し、よく笑い合った。飯沼から学ぶことは多岐にわたった。私は彼が勧める本は必ず読んだ。彼が注目した新聞記事は切り抜いてファイルした。彼からは様々なことを教えられた。刺激を受けた。彼は文字通り、知の宝庫だった。

私が描くイラストは、どれも評価されるに値しない、小さなものに過ぎなかったが、飯沼はひとつひとつに目を通し、遠慮会釈なく正直な感想を口にした。よくない、と思う時は、残酷なほどはっきりと、そう言ってきた。描き直したほうがいい、とひと言で済ませられてしまうこともあった。

そのつど、内心、猛烈に腹を立てながらも私はその通りにした。悔しいことに、彼の感想が間違っていたことはなかった。

さまざまな世間の事象について、たまに意見の相違が生じ、幼稚な論争に発展することもあったが、それはそれで楽しいひとときだった。私たちはよく酒を飲み、飽きず語り合い、愛し合った。

神の思《おぼ》し召しで、もう一度だけ、自分の人生の或《あ》る時期を繰り返して味わえるのだとしたら、いつがいいか、と問われれば、私は迷うことなく、飯沼と暮らし始めたばかりの、あの時期を選ぶ。それだけは生涯、変わらない。

千佳代の影は消え去っていた。私たちは亡霊が存在した事実に目を瞑《つぶ》った。多恵子の不可思議な死も記憶の彼方《かなた》に追い払った。私たちは自分たちの現実の人生を生きていた。

千佳代こそが自分たちを巡り合わせてくれたのだ、という事実すらやがて、霧のように淡い、とりとめもないものに変容していくのが感じられた。

だが、無念なことに、それが大いなる勘違い、哀れでおめでたい錯覚に過ぎなかったことを知るのに、時間はかからなかったのである。

飯沼が仕事で深くかかわっていた週刊誌で、或る個性派男優の半生を取り上げる、という特集企画が持ち上がった。取材から原稿執筆まで、すべてを任せる、という依頼が飯沼に舞い込んできたのは、私たちが共に生活するようになってから、一年半ほどたったころだった。

その週刊誌の中でも特に人気が高かったのが、「人物伝シリーズ」というものだった。さほど知名度が高くなくても、個性が際立つ人物を取り上げ、入念な取材やインタビューをした上で、人物ドキュメンタリーを四、五回に分けて連載する。記事には随時、ライターの署名が大きく入れられる。後日、ほかの人物伝と併せて、同じ版元から単行本として出版される、ということもあらかじめ決まっていた。

くだんの男優については、目玉記事にしたいということで、連載回数にも制限が設けられなかった。思う存分に書いてほしい、というわけである。

大型企画であったことは間違いない。何よりも人物ドキュメンタリーを得意とし、好んで書いていた飯沼にとっては、久々に存分に腕を振るうことのできる仕事だった。

その男優の名は、古関一郎《こせきいちろう》、という。今の若い世代には知る者も少なくなったと思うが、素朴で個性的な演技の光る、名脇役として高い評価を得ていた。

当時、五十代半ば過ぎ。古関は役柄にのめりこむことでも有名で、映画の撮影の仕事が入るたびに、自宅に帰らなくなり、ホテル暮らしを始めるのが習慣だった。役者は撮影が始まる前に現実から離れ、非日常の時間を過ごす必要がある、日常をひきずったままの演技は猿芝居にしかならない、というのが彼の持論だった。

彼が宿泊するホテルの一室に、妻以外の女が日替わりのように出入りしている、と写真週刊誌で叩《たた》かれていたことがある。役者として必要云々《うんぬん》、というのは妻の手前の言い訳に過ぎず、彼はホテル暮らしを絶好の浮気のチャンスと捉《とら》えていたとも言える。

そのため、毎回ゴシップ記事で誌面を賑《にぎ》わせることになったが、主演を張るような男前の俳優ではなかった分だけ、世間からは意外にも好意的に受け入れられていた。少年時代、両親が離婚し、母親の交際相手から度重なる暴力を受け、経済的な苦労の続く中、思いあまって家出したため、一時は野宿生活を余儀なくされた過去をもつ。

俳優になってからも下積み生活が長かった。そんな中、少しずつ頭角を現して、独自の揺るぎない地位を築いた古関の人生は波乱に富み、人物伝で取り上げる価値はあった。

古関が代表を務めていた事務所は小さな個人事務所であり、スタッフは、古関の専属マネージャーを除けば、経理担当の中年男性と、広報担当の女性の計二名しかいなかった。

その広報を担当していたのが、小菅順子《こすげじゅんこ》、という名の女である。

旧《ふる》くから古関のマネージャーを務めていた女だが、古関と深い関係になっていたことが妻に知られ、妻はマスコミに知られないうちに、と彼女に事務所から去るよう、要求した。間に入って取りなしたのが、当の古関である。

古関は、これだけうちの事務所のことを知り尽くし、業界での方法論も熟知していて、信頼できる人間は他にいない、と妻を強く説得。長く近いところにいたものだから、ついい手を出してしまったに過ぎない、ずいぶん前から関係は絶っている、自分にとってはもう、親類も同然の女なのだから、事務所のために働いてもらおう、と言った。

何度かのすったもんだはあったが、順子はマネージャーの座からは降ろされたものの、古関一郎事務所の広報を担当することで話が落ち着いた。以後、決して古関と行動を共にしない、という誓約書を書かされたみたいだけどね、という話は、飯沼が面白おかしく私に教えてくれた。

口説かれて男女の仲になったのか、彼女のほうから誘惑したのかはわからない。だが、後日、親類も同然の女に成り下がった、とまで言われたのに、おとなしく事務所に残った女の心理は私には理解できなかった。何があっても別れたくない、放り出されたくない、と思っていたのか。単にしたたかな女だったのか。いずれにしても誇りというものがなさすぎる。

とはいえ、芸能界の裏話としては、確かに面白いものではあった。

順子は当時、四十を少し過ぎた年齢だったと思う。艶《つや》のない髪の毛を首の後ろで、きつめのシニヨンに結っていた。長年、古関のマネージャーを務めていただけあって、いかにも世馴《よな》れた、職業婦人ふうのクールな印象があった。化粧はあっさりしていたが、子鹿のような大きな目と、それに不釣り合いなほど細くて尖《とが》った鼻梁《びりょう》とのアンバランスが、不思議な色気を放っていた。

美人で知的に見えたことは間違いないが、表情にはどこか、消しゴムで消したくなるような強い翳《かげ》りがあった。神経質、というほどではないものの、内に秘めた烈しさをうまく処理できないまま、外界のすべてに、ぴりぴりと神経を尖らせている、といった雰囲気があった。

なぜ私がそこまで知っているかというと、連載第一回が週刊誌に掲載された直後、飯沼に誘われて、古関やテレビ局のプロデューサーらとの会食につきあったことがあるからだ。順子はその席にいた。

古関は妻を同伴しておらず、都合がつかなかった、という理由で古関の専属マネージャーも欠席しており、当時、古関の愛人と噂されていた女性が古関の隣に堂々と座っていた。順子よりもずっと年若い、当時で二十代半ばくらいだったろうか。女優のタマゴという話だった。端役で出演したというドラマだか映画だかのタイトルを教えられたはずだが、何も思い出せない。

キュートな顔だちをしており、陽気で楽しげで、自然体にふるまい、座を和ませていた。一方、順子は影にのまれたようにひっそりと口数が少なかった。中華料理店の円卓に載せられた料理を細い指先を使って回したり、マネージャーの代わりに紹興酒やビールを店に注文したりしていて、何か気にかかることでもあるのか、終始、上の空といった表情に見えた。

そんな彼女を見るともなく見ながら、私には何か強く感じるものがあった。小菅順子が、飯沼のことを妙に意識しながらふるまっているように見えたのだ。

気のせいだ、とも思ったが、そうとばかりも言いきれなかった。飯沼が女性にもてる男であることは、誰よりもよく知っている。いつでもどこでも、彼は女性から秋波を送られてきた。それが目の前で行われているからといって、驚くには値しなかった。第一、彼はいちいちその種のことに過剰反応しない男だった。

だが、そうわかっていたとしても、いい気分ではなかった。順子という女は、古関を通して知り合った飯沼に、熱くたぎるような感情を抱いているのかもしれない、と思うと、平静ではいられなくなった。

もし、かつて多恵子が飯沼に抱いていたような、呆《あき》れるほどのまっすぐな恋ごころを連想できていれば、愉快ではないにせよ、何ということもなかったかもしれない。だが、私の目に順子は、意味ありげで陰鬱《いんうつ》な、気味の悪い、秘密めいた特殊な感情を彼に対して抱いているように映った。少なくとも、かつての多恵子のようにあっけらかんとした、図々しくも微笑ましい側面は見いだせなかった。

順子は間に一つ置いて隣に座っていた飯沼に話しかけるわけでもなく、ビールや紹興酒の酌をしようとするわけでもなかった。円卓を囲みながら、時折、ちらちらと飯沼を盗み見ていただけだが、その視線の動かし方、椅子の上で姿勢を変えようとする時のわざとらしい腰つきが、私にはきわめて不快だった。

嫉妬《しっと》、という以前に、その粘ついた、女性性を強調するような視線が、身につけている紺色の地味なパンツスーツと不釣り合いで、そのギャップが薄気味悪く感じられた。

古関は食事中、上機嫌で、飯沼の一回目の原稿をほめまくっていた。古関を囲んでいた映像関係の人々も、大きくうなずき、お愛想なのか何なのか、この記事はこれまでどんな優秀なライターでも書けなかったような、奥深い、意味のあるものだ、というようなことを口にして、飯沼をほめそやした。

そんな中でも、小菅順子はぴんと姿勢を正したまま、口もとに薄笑いのようなものを浮かべ、相変わらず、時折、ちらちらと飯沼を盗み見ていた。

ほめちぎられていることに、居心地の悪さを感じたのか、煩わしくなって、話題をそらそうとしたくなっただけなのかはわからない。飯沼が「いやいや」と謙遜《けんそん》しつつ、ふいに順子のほうに視線を投げた。順子が少し驚いたように彼の視線を受け止め、大きな目を瞬かせた。

「今回の記事は、小菅さんがそろえてくださった資料のおかげでもあるんです。この企画が決まったころから、古関さんに関する完璧《かんぺき》な資料を残らず提供してくださったので」

「ほう」と古関が言った。「それはよいことをしてくれたな、小菅くん。僕の経歴は多岐にわたるからね。しかも一筋縄ではいかないほど複雑ときている。そこらの週刊誌の古い記事を軒並み調べたところで、簡単にはわからなかったろう」

「仰《おっしゃ》る通りです。おかげで、スムーズに記事を書くことができました。小菅さんには感謝してます」

順子は頰を染めて首を横に振り、微笑しながら俯《うつむ》いた。

全員がにこにこしながら順子を見つめたが、誰も何も言わなかった。順子の話題はそこで終わった。食事は和やかに続けられた。

古関の記事を書くにあたり、飯沼が事前に何度か事務所に通って、順子から、古関に関する資料を見せてもらっている話は聞いていた。それらは順子が丹念にコピーをとり、ファイルに入れて彼に手渡してくれていて、私も現物を何回となく目にしたことがある。

さすが元愛人だよな、古関のことになると、完璧にやってくれる、こっちは大助かりだよ、と飯沼は感心していたものだ。彼は古関事務所の女が、まさか、自分への異性としての好意で、そのようなことをしてくれているとは、まだそのころは夢にも思っていなかったはずだ。

露骨に秋波を送られていたら、早くから何か感じるものが生まれただろう。多恵子の死以来、その種のことに敏感になっていたはずの飯沼であれば、いち早く勘づいて、うまく距離をとろうとしていたに違いない。

大泉学園の家に、頻繁に無言電話がかかってくるようになったのは、その会食の翌々日からである。

夜間が多かったと思う。私が受話器を取ると、即座に切られた。飯沼が出ると、数秒の間、沈黙が続き、合間にせわしなく荒い呼吸の音だけが聞こえて、その後、切られてしまう。

大泉学園の家のみならず、飯沼が通っていたマンションの仕事部屋にも、そのうち同様の電話が頻回にわたって、かかってくるようになった。

「女だよ、女」と彼は私に言った。「あの呼吸音は男じゃない。女だ」

「そんなこと、わかるの？」

「わかる。人の呼気や吐息は、声帯を通ってくる空気だからな」

「……誰なのかしら」

さあ、と彼は言った。見当はついている、といった表情だった。

間をおかずに私は言った。「もしかして、古関さんのところの事務所の……」

飯沼は、ちらと私を見て、げんなりしたように眉《まゆ》を寄せ、「だろうと思う」と言った。

「よくわかったね。一度しか会ってないのに」

「あの食事の時、あなたのこと、ちらちら見てて、あんまりしゃべらなくて、落ち着かない感じで。なんか様子が変な人だな、って思ってたもんだから」

「だったら、早くそう言えよ」

私は苦笑した。「気のせいかな、とも思ったのよ。あなたはモテモテだから、そう感じるだけなのかも、って」

飯沼は反応せずに、「弱ったな」と言った。「連載はまだ残ってるし、これからだって、彼女の世話にならなきゃなんないことも多いだろうし。おかしな電話はかけないでくれ、なんて、証拠もないのに、口が裂けても言えないしな」

「遠回しに誘われたりしたこと、あったの？」

彼はいくらかむっとした顔つきをした。「ないよ、全然」

少しせかせかと煙草をくわえ、眉間に皺を寄せながら火をつけた。

多恵子が何度も、好きで好きでたまらない、と言っていた、見慣れた飯沼の表情がそこにあった。

「事務所以外では会ったことがないし、雑談以外に個人的な話をしたこともない」

「じゃあ、どうして、無言電話をかけてくるのが彼女かもしれない、って思ったの？」

彼は煙草をくわえたまま、ちらと横目で私を見た。右手の人差し指でこめかみのあたりを指さした。「勘だよ、勘」

「心あたりがあるのは、彼女しかいない、ってことね」

「まあ、そういうことだ」

「あなたに会って、夢中になっちゃったのよ、きっと。一目惚《ぼ》れされたのよ」

私がからかうと、飯沼はにこりともせずに、「冗談じゃないよ、まったく」と吐き捨てるように言った。「大事な仕事がかかわってる、って時に、こういう女が出てくるのは迷惑千万だよ」

私は深くうなずいた。しばらくの間、私たちはそれぞれの想いに浸ったまま、黙っていたが、やがて気を取り直し、どちらからともなく微笑み合った。

今になっても、あの時の自分の気持ちは鮮明に思い出せる。

たとえ、古関一郎事務所の広報担当の女が、飯沼に一目惚れし、一方的に想いをつのらせたあげく、渡された名刺に書かれてあった二つの電話番号に、それぞれ電話をかけ続けることになったとしても、そんなことはあのころの私たちにとって、決定的な不安は呼び覚まさなかったのだ。

飯沼はどこにいても、女の関心を惹《ひ》く男だった。魅力があった。或る種の女にとっては、飯沼ほど性的な印象を与えてくれる男はいなかったかもしれない。

そんな男と知り合って、雷に打たれたようになり、妄想を繰り広げた果てに、馬鹿げた無言電話をかけ続ける女が現れたところで、どうということはなかった。飯沼さえ、うまく立ち回れば、解決に導くための方法はいくらでもありそうだった。

週刊誌の企画記事の仕事が終われば、面と向かって「迷惑である」と宣言することもできる。それでもやめないようなら、そこで初めて古関に打ち明け、なんとかしてもらう、という方法も残されていた。

つまり、飯沼にとっても私にとっても、新しく出現した、風変わりなのか、ただの妄想狂なのかもわからない、小菅順子という女は、私たちの平和な生活の外側を、ぶんぶんと羽を鳴らして飛びまわっているだけの、少し煩《うるさ》い一匹の蠅程度の存在に過ぎなかったのである。

少なくとも、まだその時は。

14

今や、全人類にとって、携帯電話は必需品となった。携帯さえあれば、本人確認もできるため、自宅に固定電話を設置していない人も多い。そのため、固定電話にかかってくる無言電話の煩わしさ、不気味さは、もはや過去のものになったと言っていいだろう。固定電話の場合でも、よほど古い機種のものでない限り、かけてきた相手の電話番号が表示される。あらかじめ設定しておけば、それがどこの何者なのか、ひと目でわかるようになっている。相手が「非通知」でかけてきた場合や、出たくない相手の場合は無視しておけばよく、すべての着信を留守番電話として受けて、気が向いた時のみ、こちらからかけ直しても事足りる。

受話器をとって「もしもし？」と応じたとたん、底知れぬ沈黙が拡がっていく時の不気味さはたとえようのないものだ。いくら耳をすませて先方の周囲の物音や気配を聞き取ろうとしても、そこに拡がっているのは闇ばかり。聞こえてくるものがあるとしたら、わずかな息づかいだけで、それが余計に気味が悪い。

「どなたですか」と訊《たず》ねても、「こういう卑怯《ひきょう》なまねはやめてください！」と怒鳴っても、「知り合いに弁護士と警察官がいるので、このあとすぐ、相談しますからね！」と脅しをかけてみたりしても、埒《らち》が明かない。

叩《たた》き切るようにして受話器をおろしたところで、再び三たびかかってくるからどうしようもない。その場合は、受話器を取り上げた瞬間、指でフックを押して切ってしまう。

しかし電話は、その後も執拗《しつよう》にかかり続ける。

相手が殺人鬼で、いきなり窓をこじ開けられ、襲われる、というわけではない。携帯電話のなかった時代のことなのだから、相手とて、どこかの電話機を使ってかけてきている。つまり、離れた場所にいる、ということなのだから、電話を切ったとたん襲われたりするようなことは起こらない。その意味では、慌てて逃げる必要のないことでもある。

無視し続けていれば、いつかは諦《あきら》める。少なくとも、嫌がらせを目的にしているのか、そうではなくて、何かはっきりした目的があるのか、ということがやがてわかってくるはずだった。

とはいえ、電話が鳴り出すたびに、不快さと不安と恐怖で、心臓がどくんと裏返ることには変わりはない。無言のまま電話をかけ続ける誰かが身近に存在している、というのは、実に不気味なものだ。

その相手が誰なのか、わかっている場合は特に。

飯沼は古関の事務所に行くたびに、何くわぬ顔で順子と対面した。順子のほうでも、特段、変わった様子は見せず、これまで同様、必要な資料や情報を提供してくれた。

以前と異なることと言えば、彼のために彼女が淹《い》れるコーヒーの質が、格段に上がったことだった。当初、コーヒーはインスタントだったが、新しく買ってきたという上等なミルで豆を挽《ひ》き、時間をかけて淹れたものが供されるようになった。

しかも、飯沼が訪れる時、たいてい事務所内に人はいなかった。順子はあらかじめ、飯沼と二人きりになれる時間帯を指定してきたのだ。しかも、飯沼が用件だけ済ませて帰ってしまわぬよう、コーヒーを淹れると称して時間を作り、少しでも長く彼と共に過ごすための小細工を欠かさずにいた。

飯沼は、もとより海千山千の男である。興味のない女から慕われていることがわかっていても、それを受け流すための方法は、誰よりもよく知り抜いていた。しかも彼はどんな場合であっても、決して無礼なことは口にしなかった。相手を不快にさせないためのリップサービスも惜しまなかった。

したがって、順子との雑談を体よく切り上げ、うまく事務所から出ようとした彼が、一つ二つ、世辞を口にしてしまったのも無理からぬことだったと思う。

「まいったよ」帰宅するなり、飯沼はこぼした。「コーヒーの味をちょっとほめたんだよ。それ以外、他にほめるものがないからな。そしたら……」

その日、彼は事務所を訪ね、順子からミルで挽いた上等のコーヒーをふるまわれた。帰りしな、さして意味もなく、社交辞令のつもりで彼は言った。

「小菅さんは、本格的なコーヒーを淹れるのが、実にお上手だ」

順子が照れたように微笑し、謙遜《けんそん》してきたので、これ幸いとばかりに席を立とうとしながら、彼はさらに言い添えた。「ではこれで失礼。あらかた必要な資料はそろったので、もう手を煩わせることもないと思いますが、必要になったらまた、ご連絡するということで」

順子はやおら、耳まで頬を赤く染め上げたかと思うと、「必要になったら、ですか？」と聞き返した。小首を傾げながら、彼を見つめた。「……飯沼さんには毎日、いらしていただきたいのに」

潤んだようになった順子の両の目が、ひたと飯沼を捉えた。「飯沼さんって、気がつかないふりをなさるのがお上手ね」

「……何の話ですか」

「ほら、また。いつもその調子」

「いやだな、何をおっしゃってるのか……」

「私の気持ちのことですよ」

「気持ち、というと？」

「ごまかさないで。ずいぶん前から、わかってらしたくせに。わかってるからこそ、私に意地悪を続けてらっしゃるんでしょ？　そうですよね？」

「意地悪？」

「私だ、ってわかってて、切ってしまうじゃないですか」

「は？」

「電話」と順子は言った。再び大きな目が彼を捉えた。「私、飯沼さんから意地悪されればされるほど、かけたくなるの。変な電話をかけてるのは、私。たぶん、とっくに気づいてたと思うけど」

わずかな沈黙の中、忙しく頭をめぐらせた飯沼は、迷うことなく豪快な笑い声をあげてみせた。「なるほど。今、おっしゃったのは、古関さんが出演する、新しいドラマのシナリオの科白《せりふ》か何かですよね？　さすがだな。真に迫ってましたよ」

順子がやおら目を三角に吊《つ》り上げたのと、外出中だった経理の男性が事務所に戻って来たのは、ほぼ同時だった。おかげで、それ以上、馬鹿げた会話を交わさずにすんだ、と飯沼は言い、深いため息をついた。

飯沼にしてみれば、順子から受ける的外れの好意を古関に打ち明け、うまく取り計ってもらえるよう頼むなど、断じてしたくはなかっただろう。そんな話を耳にすれば、古関が一抹の疑いを飯沼にかけないとも限らなかったからだ。

どうせ先に誘ったのは飯沼のほうなのだろう、飯沼が順子を誘って飲みに行き、酔った勢いで一夜を過ごし、後で冷たくしたため、順子から恨まれることになったに違いない、などと古関から勘繰られる可能性もあった。そうなったら、飯沼の仕事には大きな支障が生じる。

別れたとはいえ、昔の愛人だった女に手を出されたとわかれば、古関とて面白くないに違いない。男としての競争心が芽生えるあまり、もっともらしい理由をつけて、連載を中断されてしまうかもしれない。そうでなければ、単行本化する際に収録を断ってくる、ということも考えられた。

結局、私も飯沼も、ともかく連載が終了するまでは、事を荒立てずにいるべきだ、ということで意見一致した。

つまり、順子からの無言電話に屈することなく、かかってこようが、くるまいが、何食わぬ顔をしてふだん通りにふるまっていれば、いずれ必ずなんとかなる、と考えたのである。

ありがたいことに、飯沼に身の危険を感じるようなことは何も起こらなかった。大泉学園の家や飯沼の仕事場に、順子が直接訪ねて来たり、飯沼の帰りをどこかで待ち伏せていたりする様子もなかった。手紙やその他の物騒なものが送られてくる、ということもなかった。

それ以後、飯沼は、古関の事務所に顔を出さなくなった。すでに資料は充分用意されていたので、原稿を書く上で、それ以上、順子を頼る必要はなくなっていた。どうしても仕事上の用件がある時は、ドキュメンタリーを連載している週刊誌編集部を通じて、やりとりしてもらった。

その週刊誌の編集部には、飯沼が以前から親しくしてきた、信頼のおける編集部員がいた。Bという男性編集者で、飯沼はBにだけは、順子から受ける迷惑行為について、簡単に打ち明けていたのだった。

Bは飯沼を冷やかしてきた。「モテモテだね、飯沼さん。そのこと、実は噂で小耳にはさんでたよ」

古関のかつての愛人、小菅順子が飯沼にぞっこんになっている、という噂は、すでに関係者の間で広まっていたらしい。古関との愛人関係を断ち切った順子が、次のターゲットに選んだのが飯沼で、飯沼に向けた順子の挙動不審が目立つようになったことから、事務所の経理担当の男や古関のマネージャーらが、古関の耳に入らないよう、順子を監視している、という、根も葉もない話まで飛び出す始末だった。

とはいえ、その種の出来事は、あの時代、芸能の世界ではさして珍しくもないことだったろうと思う。いずれ一冊の単行本にまとめることになっている人物伝ができあがるまで、古関を巻き込んだ、つまらないゴシップに発展しなければいいだけのことだった。週刊誌側にとってみれば、飯沼の連載さえ無事に終われば、順子や飯沼がどうなろうが、知ったことではなかったに違いない。

ありがたいことに、飯沼が古関の事務所とのかかわりを絶つと同時に、順子からの無言電話は目に見えて少なくなった。

飯沼と会えなくなったことで、精神の均衡を崩したのだとしたら、さらに無言電話が増えていったのではないかと思う。噂が広まり、周囲からそれとなく注意を受けることがあったのだろうか。さすがに順子も自分の立場を考え、子供じみた接近を慎むようになったのかもしれなかった。

人物ドキュメントの最終回が掲載された週刊誌が発売された日、古関本人から飯沼あてに、深い感謝の意を伝える電話がかかってきた。編集部は古関に声をかけ、打ち上げ会を開きませんか、と誘っており、古関も喜んで受けていたようだが、そのころ、新作映画の出演が決まったばかりの彼は多忙になり始めていた。連載打ち上げの宴の話は、「そのうち是非」という合い言葉が飛び交いながらも、たちまちうやむやになっていった。

もし、順子の飯沼に対する病的な執着が、さらに一歩、進んだものになっていたら、あのまま終わりはしなかっただろう。古関を巻き込んだ騒動に発展し、恰好の芸能ネタになっていたに違いない。飯沼は、不快きわまりない経験をしなくてはならなくなっただろう。それこそ、弁護士や警察の世話になる羽目に陥っていたかもしれない。

だが、幸か不幸か、そうはならなかった。当時、流行《はや》りだったキャリアウーマンという言葉にぴったりの、ひんやりとした石のようなよそよそしさを装って、正確無比に立ち回ることのできる、一見、賢そうな、しかし、何を考えているのかわからない細身の美人だった小菅順子は、飯沼に執着し続けること、飯沼という男に向けた妄想をふくらませることを自ら断念した。

いや、断念した、というのは誤りだ。……正確に言えば、断念せざるを得なくなったのである。

小菅順子は、その翌年、年明けてまもないころだったが、山手線《やまのて》新宿駅のホームから転落し、そこに進入してきた電車に轢《ひ》かれて即死した。

冬晴れの寒い日の午後三時少し前。あたりはまだ充分に明るかった。帰りのラッシュアワーには早い時間帯だったが、現場には複数の乗降客がいた。そのため、事故の目撃者は少なくなかった。

ホームに一人で立っていた彼女は、ふいによろけて、足元をもつれさせるようにしたかと思うと、瞬く間に線路に転落した。その直後、電車が入ってきてしまった……というのが、居合わせた者たちに共通する目撃情報だった。

突発的に激しいめまいに襲われたか、貧血を起こしたのか、身体症状が原因で意識が急速に遠のいた結果、線路に落ちてしまった不幸な事故、という結論が出て簡単に終わりそうだったのが、目撃者の中に一人、異なる証言をする者が現れた。警察捜査はいっとき、振り出しに戻された。

「被害者の真後ろに、白っぽい服を着た若い女が立っているのを見た。被害者が線路に転落したのは、その女に背中を強く押されたからだ」という情報を提供したのは、赤羽《あかばね》のアパートに住む、自称ミュージシャンの河田《かわだ》という男だった。下の名前は思い出せない。

河田は当時の私よりも少し年上で、三十五、六歳だったと思う。初めから捜査に協力的で、自ら警察署に出向き、被害者は何ものかに突き落とされた可能性がある、と訴えたのだった。

女性なら、誰もが手にしているはずのバッグや紙袋などを何も持っておらず、電車を待つのに手ぶらだったのが妙に気になり、河田は早いうちから、ちらちらとその若い女を窺《うかが》っていたのだという。

手ぶらの若い女、というのがなぜ、そんなに気になったのか不明だが、わからないでもない。付き添いを必要とする病人ならいざ知らず、駅で電車を待ちながら、両手に何も持っていない、というのは案外、目につくものかもしれない。

その若い女が、電車が入線してきた直後、順子の背中を強く押したのを見た、と彼は証言したのだった。

警察は早速、「白い服を着た若い女」の目撃者を捜し始めた。現場と至近距離にある売店では、中年女性二人が従業員として働いており、事故の一部始終を目撃していた。二人は、被害者の周辺にそんな若い女はいなかった、と口をそろえた。いたのは初老の男性数名と、買い物帰りらしい中年女性のグループ、そして、ギターケースを肩にかけた男……その程度だった、という。

河田は当日、ギターケースを肩にかけながら電車を待っていたことを警察で話していた。その時刻、彼が新宿駅のホームにいたことはそれで裏付けられた。

一方、河田は十数年前から精神科処方の薬を服用していた。詳しい病名は知らないが、時折、幻覚幻聴を感じることもあったという。その点について指摘されたとたん、彼自身、ひょっとしてあれは幻覚だったのではないか、と思い悩むようになった。

同じ時刻、同じ場所にいた者の誰ひとりとして見ていないものを自分だけが見たというのは、おかしな話だった。彼の中でたちまち、確信が揺らいだ。このままいけば、抱えてきた病気のことが世間に流布され、冒瀆《ぼうとく》されるかもしれない、と怖くなったのだろう。

　彼が証言を翻し、「自分の思い違いだった」と口にしたのを機に、順子の転落死事件の捜査は打ち切られた。「白い服を着た若い女」は、証言者の妄想の産物として処理された。

　そうした一連の経過は、飯沼を通じて逐一、私の耳に入ってきた。

　古関の人物ドキュメンタリーを掲載した週刊誌編集部は、順子の死が事故ではなく殺人だった可能性もある、と知って色めき立っていたが、河田以外に目撃者はおらず、疾患を抱えていた河田には幻覚症状があった、という情報が入るや否や、誰もが興味を失った。

　かつての愛人の突然の死に何の事件性もなかったことで、古関もまた、安堵《あんど》のため息をついていたのだと思う。

　だが、順子の死が私と飯沼にもたらしたものは、あまりにも大きすぎた。奇妙な証言をした目撃者が現れたことで、私たちは過去のものになっていたはずの恐怖の真っ只中《ただなか》に、再び引き戻されたのだ。

「白い服を着た若い女」が順子の背を押したのを見た、という目撃証言さえなければ、私たちとて、順子の死を気の毒な事故として受け止めることができたと思う。「もしや」という疑いがあったとしても、そのことを互いに口にすることは決してなかっただろう。

泥酔していたわけでもない順子が、昼日中、誤ってホームから転落するというのも解せない話ではあったが、まったくあり得ないことでもない。貧血の発作を起こしたか、本人ですら気づかないうちに、何かの病気が進行していて、そのせいで急に足がふらつき、よろけたか。様々な理由が考えられる。

不幸な事故であったことは間違いないが、あの目撃証言さえ耳にせずにすんでいたら、と今も思う。そうだとしたら、私も飯沼も、もっと心穏やかにいられたのである。

古関の人物ドキュメンタリー連載も終了していた。飯沼は二度と古関の事務所に顔を出したり、連絡をとったりする必要はなくなっていたから、そのうち、順子の死は私たちの記憶の中で、少しずつ風化し、やがては塵《ちり》のようになって消えていっただろう。

だが、ひとたび耳にしてしまった河田という男の話は忘れることができなかった。それどころか、日毎夜毎、暗闇の中に追いやられていくような不吉な想いが、私の中で膨張し続けていった。

順子の死から二か月ほどたった、その年の三月。私は意を決し、河田に会いに行くことにした。

河田の連絡先は、飯沼が週刊誌を通して聞き出してくれたので、問題はなかったが、飯沼は私が河田に会いに行くことには初めから否定的だった。はっきりとは言われなかったが、内心、嫌悪感すら抱いていたのではないかと思う。

「きみの目的はよくわかってるよ」と彼は言った。「おれだって、あの河田ってやつから聞き出したいことがたくさんある」

「だったら一緒に行く？　行きましょうよ」

「いや、おれは行かない」

「どうして？」

「当然だろう」と彼はいくらか険のある言い方で言い、私をじろりと見た。「今さら確かめてどうする。……もう、どうでもいいことだ」

「どうでもいい？　そう？」と私は即座に訊《き》き返した。「恐ろしいことが今も続いているのかどうか、確認しに行くことが、そんなにどうでもいいこと？」

「おれに言わせれば、それはただの悪趣味だ」

「知らなければそれですむ、と思う？　本当にそう思えるの？」

「じゃあ聞くけど、知ってどうするんだよ。一方的におれにモーションかけてきて、無言電話を繰り返した女をホームから突き落としたのは、おれの死んだ妻だった、なんてことをわざわざ確かめに行こうとする、きみの気がしれない」

烈しく言い返したくなったが、私は言葉をのみこんだ。深く息を吸い、必死になって気持ちをなだめた。

「言いたいことはよくわかる。本当はね、私もそう思わないでもないの。でも、自分でもどうしようもなく気持ちが急《せ》くような感じになってきて、仕方がないのよ。我慢できないの。確かめずにはいられないのよ」

飯沼は煩わしげなため息をついた。「おれたちはもう、とっくに解放されたはずじゃなかったのか」

「解放されてたのかどうか、わからないじゃない。だから確かめたいのよ。もしかすると、それこそ本当にその男の人が言っていた通り、幻覚だったのかもしれないんだもの。そうでしょ？　だから……」

「まあ、いい」と飯沼はふてくされたような言い方で言った。「知りたくなかったことを知らされることになったって、知らないからな」

「そんなこと」と言い、私は歪《ゆが》んだ微笑を返した。「百も承知よ」

言いながら、覚えのある戦慄《せんりつ》が背中を走り抜けていくのを覚えた。忘れかけていたものが甦《よみがえ》った。

「結果は報告する？　それとも、黙っていたほうがいい？」

飯沼はしばし無表情のまま、私を見ていたが、やがて脱力したかのように姿勢を崩すと、「報告してくれ」とだけ言った。


池袋駅近くにあるホテルの喫茶室で会った河田は、隅から隅まで害のなさそうな、きわめて平凡そうに見える、小柄な男だった。

ミュージシャン、と聞いていたが、吊るしで買ったに違いない、いささか寸詰まりに見える紺色のジャケットに、くたびれた白のポロシャツとデニム姿。近所の床屋に行ってきたばかりのような短髪は、どこにでもいそうな、休日の会社員、といった風情だった。

　聞けば、自身もギターは弾くし、プロで活躍している仲間も何人かいて、たまに小さなライブハウスのステージに参加させてもらうこともないではないが、ふだんはライブ会場などの設営の仕事をしている、ということだった。

　終始、生真面目そうな表情で、言葉を選びながら口にしようとする。それは、彼の人となりをそのまま表しているように思えた。

　緊張のあまり、気分が悪くなりそうだったが、私はなんとか平静を装いながらショルダーバッグを開け、中から古い週刊誌記事のコピーを取り出した。話の概要はすでに河田に伝えてあった。

「これなんです」と言いながら、それを彼に向かって差し出した。差し出す手が震えずにいられたのは奇跡だったと思う。

「ここに写っている、この女性を見ていただきたくて。ホームにいた若い女性、というのは、もしかすると、この人ではなかったですか？」

　その記事は、かつて、劇団「魔王」の公演『アナベル・リイ』の上演直前、急病で倒れた人気女優、加賀見麻衣の代役で、杉千佳代が急遽《きゅうきょ》、主役を務め、酷評にさらされていた時、飯沼が懇意にしていた月刊誌に寄せた演劇評だった。加賀見麻衣の写真の横に、加賀見のそれよりも大きく千佳代の顔写真が掲載されている。

劇団関係のカメラマンが撮ったものらしい。どこかのスタジオで撮影したのだろう、ブロマイドふうの写真だったが、千佳代は私の知っている千佳代そのものの、邪気のなさそうな、愛らしい笑みを浮かべていた。

その時すでに、飯沼が千佳代に惹《ひ》かれていたため、飯沼らしからぬ、歯の浮く世辞が並べられているだけで、記事自体はまともな演劇評にはなっていなかった。だが、言うまでもないが、私が河田に確認してほしかったのは、飯沼の演劇評の内容ではなく、千佳代の顔写真、それだけだった。

河田は記事コピーを受け取り、しげしげと写真を眺め始めた。私の心臓は波うち、喉《のど》から飛び出しそうになった。

とても河田の顔を直視できなくなり、目をそらそうとした時だった。河田は「はい」と言った。深くうなずいた。くちびるには笑みが浮かんでいた。まるで懐かしい人にでも会ったかのように。

平凡な顔、平凡な佇《たたず》まいによく似合う、特に変化のない、興奮も感動も恐怖もない、平板な言い方で、彼は続けた。

「そう。この人でした」

「本当に?」

「警察で、どんな顔だったか、って何度か聞かれたんですけど、うまく言葉にならなかったんです。もともとボキャブラリーが足りなくて、自分でもイライラすることが多いんですが。記憶だけは確かだったのに、なかなかうまく言えなくて。でも……僕が見たのはこの人でした」

そう言ってから、河田はふいに、怪訝《けげん》そうな顔つきで、上目づかいに私を見た。「この人、誰なんですか？」

私は小鼻を拡げたまま、息を深く吸い込んだ。「昔、ちょっと知っていた人です」と言いながら、河田の手元のコピーに向かって手を伸ばした。コピーを返してもらおうとしたからだが、彼は返してくれなかった。「無名なんですけど、一応、プロの役者でした」

「今は？」

「え？」

「……でした、っておっしゃるから……」

ふと口にしてしまった言葉遣いに、私は慌てた。河田には、その写真の女性が、すでにこの世のものではない、などと言えるはずもなかった。

「そうなんです」と私はあたりさわりなく言った。「役者の仕事はやめてしまったみたいで」

これ、読ませてください、と言われたら困ると思ったが、河田は何も言わなかった。烈しい混乱が目の奥に浮かんで見えたが、彼は黙ってコピーをテーブルの上に置いた。写真の中の千佳代が、私のほうを向いて微笑んでいた。

「でも、どういうことなんだろう」と彼は言った。「どうしてこの人があの時、背中を押したりしたのか」

「あの……何度も警察で聞かれたかもしれませんが、その時のことを詳しく教えてもらえますか」

河田はちらと私を窺うようにした後で、にわかに饒舌《じょうぜつ》になった。「あれって、どう考えたって、故意にやったとしか思えないですよ。たまたま身体がぶつかって、背中を押してしまうことになった、とか、そういうことじゃなかったから。僕の目の前で起こったことだったから」

「至近距離？」

「ほんと目の前ですよ。僕と、あの亡くなった女の人との間は、そうですね、一メートルも空いてなかったですから。そのたった一メートルくらいの空間に、気がついたら、白い服を着た若い女がいた……」

「どういうこと？」

「それまでは別の場所に立ってたんですよ」

「じゃあ、電車が走ってきた時に、急に近寄って来た？」

「そういうことになりますね。いつどうやって、っていうことまではわからないんですが、ほんと、気がついたら、僕の目の前にいて、転落した女の人の背中にぴったりくっつくみたいな感じになってました」

「知り合いみたいに見えたとか、そういうのは？」

いいえ、と彼は首を横に振った。「全然、そういう感じじゃなかった。ほんとに気づいたら、もう、その女が僕の目の前にいて、それで……」

「背中を押した……？」

彼は口を固く結んだまま、うなずいた。

「……あの……実は僕は、或《あ》る精神系の薬をわりと長く飲んでいまして、警察では、その病気のせいで幻覚をみたんじゃないのか、って訊かれて」

「知っています」

河田は口元を歪めて苦笑し、「仕方ないです」と言った。「幻覚だろう、って言われてしまえば終わりですから。僕以外にも目撃した人が一人でもいたら、よかったんですけど。薬の影響のことや病気のことなんかを口にされたら、もう何も言えなくなります。世間ではこういうことに対する理解とか、配慮が圧倒的に足りないですからね」

「とてもよくわかります」と私は言った。口の中が乾き、喉が張りついて塞《ふさ》がってしまうような気がした。「河田さんが見たその若い女の人……白い服を着ていたそうですけど、どんな服だったか具体的に覚えてませんか？」

「それが」と河田は言い、困惑したように右手で首の後ろをひと撫《な》でした。「服装に関してはどうしてもはっきりしなくて」

「寒い季節だったから、白いコートを着ていたとか……」

「いえ」と彼は言い、小さな目をぱちぱちと瞬かせた。「厚手のものではなかったです。もっと薄手の、白、っていうのか、白に近い薄い灰色の……ふわっとした……いや、そうじゃないな。身体をくるんでる、って言うのか……」

「ドレス？」

「いえいえ、そんなんじゃないです。さらさらした感じの生地の……足元は見てなかったけど、丈は長かったと思います。……ふわっとして見えるのに、全身を包んでるみたいな……」

冷たい脂汗のようなものが首筋に噴き出してくるのを覚えた。私は深く息を吸い、一瞬、固く目を閉じて、再び開けた。「それは、着物、じゃないですか？」

経帷子《きょうかたびら》、とは口が裂けても言えなかった。何も事情を知らない河田に向かって、そんな言葉は使えなかった。

河田はまた目を瞬かせ、私を見て、「そうか」と言った。「そう言われてみれば、着物だったような気もしてきました」

「無地、の？」

「……だったと思いますが。よくわかりません」

「もし、それが着物だったとしたら、若い女の人が着るには、少し地味な色合いだったんじゃ……」

「何をもって地味と言うのか。……すみません」河田は心底、申し訳なさそうに言った。

ますが」
「着ていたのが洋服なのか、着物なのかも、はっきりしなかったなんて、自分でも呆《あき》れ
　私はそっと首を横に振った。「ごめんなさい。矢継ぎ早にいろんなこと訊いたりして」
「いえ、別に」
　私は黙ったまま、微笑を返した。
　河田はこれ以上ないほど明快な、そして恐ろしい答えを私に返してくれた。
　それで充分、目的を果たせたと言えたが、そのまま話を終わらせるわけにはいかなか
った。
　千佳代の写真を見た河田は、この人だった、と言ったのだ。つまり、あの日、順子を
線路に突き飛ばしたのは、私が持参した記事のコピーに載っていた女……杉千佳代だっ
た、ということになる。
「ス・ギ・チ・カ・ヨ」と河田がテーブルの上の記事コピーに目を落としながら、声に
出した。棒読みのような言い方になっていた。「僕が見たのは、この、スギチカヨとい
う人だった。瓜二《うりふた》つの他人がいれば別だけど、この人だった、っていうのは確かですよ」
　彼はすがるような目つきで私を見つめた。
「そうみたいですね」と私は言った。そう言うほかはなかった。怖いというよりも哀し
くなった。
「何なんです、これは。どういう意味なんです。加害者は実在してるじゃないですか。

名前もはっきりしてるじゃないですか。知り合いなんでしょう？　いったいこれは、どういうことなんですか」

河田は突然、異様に饒舌になった。押し寄せる不安に太刀打《たちう》ちできなくなったのだろう。冷静な話し方ができなくなったかと思うと、支離滅裂になり、話の収拾がつかなくなった。

パニックを起こしたと言うよりも、均衡を崩した精神が細かいジグソーパズルのピースのようになって、あちこちに散らばり、手がつけられなくなって呆然《ぼうぜん》としている、といった様子だった。

その時の河田が言ったことを私なりにまとめると、次のようになる。

……警察に出向いたのは、単純な正義感に突き動かされたからだった。他に意図は何もなかった。目撃したことを正直に教えたが、メンタルの病や処方されている薬について、事故とは何の関係もないことを訊かれ、ひどく不快な想いを味わった。幻聴幻覚は最近ではまったくなくなっているが、かつてはたまに経験していたので、幻覚だったのではないか、と訊かれたら、そうかもしれないとしか答えようがなかった。何よりも、軽い気持ちで目撃したことを知らせに行っただけなのに、いつのまにか、病気や薬の話にすり替えられてしまった。一市民として大切なことを知らせに行って、どうして病人のような扱いを受け、傷つけられなくてはならないのだろう。だから自分はもう、これ以上、このことにかかわりたくないのだ……。

私は熱心に耳を傾けた。ひと言も口を挟まなかった。河田には申し訳ないことをした、と思った。私は私の都合で、彼が目にしたのが千佳代だったのかどうか、一方的に確認したかっただけなのだ。だから彼を呼び出したのだ。彼の気持ちを推し量ることもなく。

「ごめんなさい」と私は言った。本心からだった。「いやな想いをさせてしまいました。許してください。もしかして、と思ったものですから、どうしてもそれを確認したくなってしまって」

「このこと、警察に言うんですか」

「いえ、言いません」

「確認できたんだったら、警察に行くでしょう、ふつうは」

「どうして警察に行かないのか、ということについては、申し訳ないけど何もお答えできないんです。私にも……」と私は言った。口の中が乾ききっていて、発する言葉自体がぱさついているような感じがした。「……事情があるものですから」

「事情？　どんな？」

あなたが見たのは生きた人間ではなかったのだ、と言ってしまえたら、どれほど楽だったことか。だが、言えるはずもなかった。

私はゆっくり首を横に振った。「……警察にこの人を突き出すなんてことは考えてません。今言えるのはそれだけです」

「犯人が誰なのかわかってるのに、なんでそんなことを言うんです。おかしいじゃないですか。知り合いなんでしょう？　どこにいるかもわかってるんでしょ？　わかってなくても、いくらだって捜せるじゃないですか。役者をやってたんだったら、知ってる人間がたくさんいるはずだ」

私は深々と息を吸い、彼の言葉を遮った。「河田さんには一切、ご迷惑はかけません。確認できただけで満足なので、忘れてください。今日はわざわざありがとうございました」

「もしかして」と彼は言った。その特徴のない顔に、みるみるうちに青黒い猜疑心《さいぎ》が浮かぶのが見てとれた。「あなたも、僕が妄想の中に生きてる、って思ってるんじゃないですか。この写真の女が犯人だった、と断定してる僕のことも、幻覚を見てるからだと思ってるんでしょう。そうなんでしょう。きっとそうなんだ！」

その剣幕に怯《ひる》まないようにしながら、いいえ、と私は言った。きっぱりと大きく首を横に振った。「あなたは幻覚なんか何も見ていません。あなたが見たものは、全部本当のことだと信じてます。疑ったりなんか、してません」

小鼻をふくらませ、今にも強く歯ぎしりしようとしていたのをやめた河田は、全身の緊張を解いた。硬くこわばっていた彼の上半身が、ふいにやわらかく、ほぐれていくのが見てとれた。

「信じてくれるのなら」と彼は言った。優しい山羊《やぎ》を思わせる表情が舞い戻った。「僕としても嬉《うれ》しいですけどね」

私は微笑した。注意深くそっと手を伸ばし、記事コピーを手元に引き寄せてから、バッグの中に戻した。

千佳代の顔写真が私のバッグの中に消えていった。河田はじっとそれを見ていた。

奇妙な「会談」はそこで終わった。

河田とは現在に至るまで、一度も連絡をとっていない。

終章

私と飯沼は、一九八四年の秋に婚姻届を提出した。私は三十二歳、飯沼は三十六歳になっていた。

翌一九八五年には、ベルギーに長く滞在していた両親の帰国の話が出始めて、八六年春にはそろって戻ってくることに決まった。

結婚後も、それまでと変わらずに大泉学園の家で暮らしていた私たちは、慌てて出て行かねばならなくなった。帰国した両親と同居するつもりはなかった。

仕事の合間に不動産屋を何軒かまわり、文京区《ぶんきょう》の白山《はくさん》にあるマンションの一室を借りることが決まったのは、両親が帰国する、わずか二か月前のことになる。

飯沼の仕事場だった明大前のマンションを引き払うのは大変な作業だった。予定していた以上の費用もかかったが、膨大な数にのぼる彼の蔵書や資料の数々は、なんとかうまく新居に収めることができた。

私は知人の紹介で、銀座にある中堅のデザイン事務所で働くことになった。イラストレーターとしてのまともな収入を得る見通しもついた。飯沼の仕事も順調で、収入面での心配は何もなかった。そのため小石川《こいしかわ》植物園にほど近い、閑静な住宅地に建つマンションの、自分たちには不釣り合いなほど、いささか高額な賃料を二人で払い続けていくことも、充分可能だったのである。

ほとんど交流のなかった私の兄はそのころ、すでに結婚し、大阪で所帯をもっていた。兄夫妻に男の子が誕生したため、両親は帰国早々、大はしゃぎだった。早速、初孫に会うために大阪に出向いた。兄一家も頻繁に上京し、実家にやって来るようになった。その輪の中に、私や飯沼が加わることはなかった。

両親には手紙や電話で結婚を報告していたが、正式に飯沼を紹介したのは、彼らが帰国してからのことになる。

義理の息子になった飯沼のことを両親が気にいった様子はなかった。それどころか、はなからよそよそしかった。嫌悪感に近いものすら抱いていたように思う。

両親共に若いころから芸術家くずれであることを誇りに思い、ちゃらんぽらんな人生を送ってきたというのに、娘の相手がその上をいく種類の男だと感じたとたん、疎ましくなったらしい。悦子には大企業に勤める、まともな会社員と結婚してほしかった、と父は正面切って私に言ってきたし、母は母で、飯沼が前の妻と死別したということを取り上げては、露骨な拒絶反応を示した。

「まだ若い奥さんに突然、先立たれたなんて、あんまり気持ちのいい話じゃないわね」

「急病だったのよ。いくら若くたって、そういうことはあるでしょう」

事を荒立てないよう、私が穏やかに言うと、母はにこりともせずに私を注視した。

「死因だって、なんだかよくわからないんだし」

「教えたじゃない。劇症肝炎だったって。命取りになるような病気だったんだから」

「そんなに恐ろしい病気に、そう簡単になるものかしら。まだ二十五、六の若い娘が」

「お母さんたら、何が言いたいの?」と私は苦笑した。「彼と再婚した私も、同じ運命を辿《たど》るかもしれない、って心配してるわけ?」

「縁起がよくない感じがする、って言いたいだけよ」

そう言って母はぷいと顔をそむけた。

もともと飯沼は、妻の家族と親密な関係をもとうとして努力する人間ではなかったし、私は私で、相変わらず実の親や兄には、疎外感しか感じていなかった。そのため、両親が飯沼をどう思おうが、そこに心理的負担は一切、生じなかった。かえって気楽でもあった。

飯沼との間に子供はできなかった。何のせいだったのかはわからない。彼も私も健康体だったし、わざわざあからさまなことを言いたいわけではないが、営みの回数も世間並みか、あるいはそれ以上だったと思う。

それなのに、妊娠の兆候が一向に現れないまま、時が流れていった。飯沼は、健全な世間並みの市民生活を送ることのできない種類の人間である。そんな彼と番《つが》いになった私もまた、気づけば似たりよったりの価値観をもち、彼と足並みをそろえた生き方を選ぶようになっていったのだろうと思う。

飯沼は年を追うごとに、いっそう多忙になった。雑誌や新聞で署名記事を書くことが多くなった。著名人のゴーストライターを引き受けたり、大型の連載企画を掛け持ちで請け負うことも多くなった。

仕事に付随する人間関係も増え続けてやまなかった。あのころの彼は本当に輝いていた。

私は私で、仕事を通して知り合った仲間たちとの交流ができ、グループ展を開く機会も増えて、それまでになく多忙になった。夫婦のゆったりとした時間をもつことが難しくなったのは事実だが、そうした慌ただしい日常とは別に、私たちは穏やかで優しい、落ち着いた夫婦関係を保ち続ける努力を惜しまなかった。

互いに時間をやり繰りしては、待ち合わせて映画や食事を楽しんだ。恋人気取りで、洒落《しゃれ》たバーに飲みに行くこともあった。たまの休みには、肩を並べて小石川植物園を散策することも忘れなかった。

様々な会話を交わす習慣は、以前と変わらず続いていた。飯沼は相変わらず博識だった。

彼から学ぶことは無限にあった。彼は常に、私の一歩先を歩いていた。彼の魅力は私にとって、「とみなが」で初めて知り合った時に感じたものと、何ひとつ変わらぬままだった。

夫が忙しすぎる、というのが唯一の不満だったとはいえ、総じてあの当時の私は幸福だった。

かつての悪夢のような出来事を完全に忘れ去っていたわけではない。忘れることなどできなかったし、いつなんどき、思いもよらないかたちで再現されるかわからない、という不安は常に渦巻いていたが、そのことを互いに口にすることは決してなかった。「終わった」こととして扱う、というのが、私たちの無言のルールだった。

だが、私はいつも内心、「終わった？ そうだろうか」と思っていた。そう思うたびに、たとえようもなくいやなものが全身を駆け抜けていくのがわかった。

恐怖につきまとわれていた、というのでもない。神経症的に、わざといやなことを思い出そうとしてしまう、心の問題、というのでもない。

あえて言えばそれは、自分ですら容易には気づかない程度の、小さな目に見えない怯《おび》えであった。

怯えの粒子のようなもの。息を吹きかければ、それだけで飛んでいってしまいそうなほど小さな、しかし、いったん風に舞ったと思ったのに、何かの加減で再びふわりと戻ってきてしまいそうな、塵《ちり》のように細かくてしつこい何か……。

さて、私の長い告白、長大な記録は、あと少しで終わろうとしている。あと少し。本当にあと少しだし、その最後の部分を書き記す義務が私にはある。避けては通れないのだ。それを書くことは途方もなく恐ろしい。哀しさと絶望だけが渦巻く、うす暗い井戸の底を覗《のぞ》きこまなければならなくなるからだ。

だが、どうしても書かなくてはならない。このことを記さない限り、この物語は終わらないし、この記録を書こうと決心したことの意味も失われてしまう。

私が四十八、飯沼が五十二になった年のことだ。ちょうどミレニアムとかで、世間が浮かれていた西暦二〇〇〇年。飯沼に女ができた。

考えてみれば、世間ではよくあること。ありふれた夫婦間のすれ違い。新しい異性。新しい欲望。そんなものは、不思議でも何でもない。しかも飯沼にそれが起こったからと言って、驚くに値しないことでもあった。

年齢を重ねるに従って、彼はさらなる成熟した男の魅力をまとうようになっていった。何人もの女たちが彼に惹《ひ》きつけられていた。大きなこと、小さなことの別なく、私は様々なことに気づいていた。私に隠れて、彼が何度か私が知りたくないことを繰り返していたことも。

だが、それまではたとえ朝帰りをしても、彼は決して私をないがしろにはしなかった。別の言い方をすれば、私に対する礼は存分に尽くしてくれていた。

上手な嘘もついてくれた。彼が私との関係、私との生活を最優先に考え、それに順じて生きている、ということを私は知っていた。彼の心が私から離れていくことは決してない、ということを信じていることができた。

呑気《のんき》だったのではない。ただの楽天家だったわけでも決してない。それどころか、魅力的な夫がいつ、別の女のもとに走っていくか、息をつめるような想いで案じてもいた。

だが、私はそれまでの人生、彼が一人の女に夢中になった瞬間を見たことがなかった。ただの一度も。彼はうまく遊び、うまく楽しもうとするだけで、決して女との関係に溺《おぼ》れはしなかった。

私に対してもそうだった。彼は私に興味を抱き、可愛がり、愛してはくれたが、あえて言えばそれも、気にいっている異性の年下の友人に向けたものとさほど変わらないものだったように思う。

多恵子の死をきっかけに、男女の関係になったが、あれほどの恐怖を共有し合えるのなら、迷うことなく彼は私を、そして私は彼を選んだだろう。私たちは唯一の理解者を得られた、という感覚を分かち合っていたかったし、何よりもその必要があったのだ。

もちろん、真剣に愛されたという深い実感はある。大切にもされた。彼から受けた愛に偽りはなかったと確信している。

だが、彼は私に溺れてはいなかった。性愛をからめた対象に溺れる、というのはもっと別のことを言うのではないか、と私は思っている。

さしたる経験もないのでうまく言えないが、たぶん、溺れる、というのは、易々と破滅に向かって突っ走ることができる、ということなのではないか。世間体や平凡な人生の青写真、決まり事をすべて放棄し、罪の意識に打ち勝てるほどの欲望だけを武器に、ただ、突き進んでしまうほかはなくなる状態を称して、溺れる、というのではないか……。

彼は千佳代には溺れたことがあったのだろうか、と考える。残念ながら、それも否である。

彼は千佳代を愛《め》で、支え、彼なりのやり方で懸命に愛したと思うが、溺れてはいなかった。正真正銘、彼に溺れたのは、千佳代のほうだった。

二〇〇〇年に彼の胸に深く刺さったのであろうキューピッドの矢は、私が知っている限り、それまでにないものだった。彼は短期間のうちに、おそろしく変わってしまった。相手の女と、ただの遊び、短期間の情事だけでかかわっているのではない、ということが私には伝わってきた。

そう。彼は恋におち、溺れていたのだ。

彼らしくもなく、と言いたいが、今さらそんなことをぼやいても、仕方がない。いいも悪いもない。ともかく彼は、その女に心身ともに溺れたのである。

それは彼が取材先で知り合った女だった。横浜の本牧《ほんもく》あたりに住む、三十代半ば過ぎの既婚者。飯沼が当時、執筆していた月刊誌の連載コラムのために取材に行った、とある営利団体の代表を務める男の再婚相手だった。

差し障りがあるので、ここで名を明かすことは控える。L…ということにしておこう。L…は頭の回転がよく、利発でチャーミングな上に大胆な行動力があり、飯沼は初めから興味を抱いていたらしい。どんなきっかけだったのかは知らないが、急速に親しくなり、やがて二人は密会を繰り返すようになった。

朝帰りは日常茶飯となり、あれこれと理由をつけて外泊してくるようになるのに時間はかからなかった。

L…は自分の車を所有していた。どこに行くにも愛車を使っていた。飯沼は逢瀬《おうせ》のたびに、彼女の車の助手席に座っていた。あれほどの男なのに、と今から思うと可笑《おか》しくもあるが、彼は運転免許をもっていなかった。つまり車があっても、自分では運転できなかったのだ。

夏の賑《にぎ》わいも終わりかけた、晩夏の季節だった。飯沼を乗せたL…の運転する車は、深夜、東名《とうめい》高速道路を時速百二十キロで走行していた。

どこに行くつもりだったのか。御殿場《ごてんば》から箱根《はこね》方面にまわろうとしていたのか。それともただ単に、ドライブを楽しんでいただけなのか。

事故のいきさつは何度も警察から説明を受けた。聞くたびに、時速百二十キロで走行中、なぜ、L…がいきなり車線変更しなければならなかったのか、わからなくなる。

他に巻き込まれた車は一台もなく、事故を目撃したのは、L…の車の後方、かなり離れたところを走行していた軽四輪と運送会社のドライバーだけだった。

L…の車は、スピードを落とさぬまま、いきなり車線変更をし、そのまま側壁に向かって激突していったらしい。現場にブレーキ痕《こん》はなかった。二人は即死だった。居眠り運転だった可能性がある、とのことだったが、それは違う、と私は思う。恋しい男を乗せた車を運転している女が、居眠りなどするものだろうか。

千佳代や多恵子や小菅順子、そして私を魅了してやまなかった男、この世の誰よりも、古風な性的魅力に富んでいた男は、車好きの、恋多き人妻と共に、私のもとから永遠に離れて行ってしまった。

哀しみと衝撃にのたうちまわった。十キロ近く体重が減った。いよいよ次は自分の番か、と思った。そうとしか思えなかった。

こうなったら自ら命を絶ったほうがましだ、といったい何度、考えたことだろう。誰にも相談できない、そもそも相談などできるようなことではない問題で、私は苦しんでいたわけだ。同時にそこには、飯沼が私ではない、別の女性を愛し、離れていった、という、二度と思い出したくない、しかし、厳然たる事実が横たわっていたのだった。

かろうじて落ち着きを取り戻すのに、十年以上かかった。途中、何度か心身を壊した。大病には至らなかったものの、起き上がれなくなるほど衰弱したこともあった。なんとか持ちこたえてきたが、今、私はもはや、すっかり年老いた、不健康で孤独な老婆だ。

今は銀座のデザイン事務所からも去り、旧知の間柄の知人たちから、たまにイラストの仕事を受けつつ、独りで生活している。両親は相次いでこの世から去った。大泉学園の家は取り壊し、土地を売却して、兄と二分の一ずつ分け合った。決して少なくない金額になったことだけが、ありがたかった。

飯沼の遺《のこ》した現金と、両親からの相続分を貯蓄にまわした。おかげで生活はまともである。友達や仲間と呼べる相手も少なからずいる。彼女らとはたまに食事を共にし、誘い誘われ、温泉旅行を楽しんだりもする。

他人の前では可能な限り、常識的にふるまい続けた。変わった人間であると思われていたふしもあろうが、少なくとも夫が愛人の運転する車で高速道路の側壁に激突し、愛人ともども即死した、ということは親しい人間には打ち明けていた。そのため、私の言動に風変わりなものを感じる人がいたとしても、あまり問題にされることはなかったと思う。

誰ひとりとして、私が抱えこんだ苦悩を知る者はいない。死んだ人間が今も私から離れずにいることを誰も知らないし、知ったところで、いよいよ私の頭がおかしいとしか思われないだろう。

あれほど愛し、身も心も捧《ささ》げていた飯沼にすら、千佳代は結局のところ、手を出した。飯沼が私を裏切り、別の女に溺れ、私を悲しませたことが断じて許せなかったのだ。

千佳代は私を守ってくれたつもりなのか。私の代わりに飯沼に制裁を加えてくれたつもりだったのか。

多恵子や順子をあの世に送ったのと同じ方法で、千佳代は私が頼みもしなかったことをやってのけた。まさかそこまでやるとは思わなかった。少し冗談めかして言えば、いくらなんでもやり過ぎというものだ。

千佳代の憎しみはふつうの人間の憎しみとは異なる。亡霊になっているのだからそれも当然だとはいえ、生きていた時も死んだあとも、彼女は自分が愛したものが穢《けが》されていくことを断じて許せずにいる人間だったのだ。

今となっては、そうとしか言えない。

初めに記したこととの繰り返しになるが、私は亡霊や幽霊など、はなから信じない子供だった。聞いたそばから忘れていった。

国籍も年齢も不明の、不死身の連続殺人鬼がいて、いつ、襲われるかわからない、という情況に陥ったのであれば、私にはそのほうがよっぽど怖い。

現実にそういうことは起こるだろう。生身の人間がやらかすことのほうが、断然、恐ろしい。

だから、私にとっては亡霊など、笑止千万、ただの作り事、錯覚に過ぎなかった。

これまた冒頭にも書いたことだが、学生時代、私は、きみは女の軍人みたいだ、とまで言われる始末だった。その比喩《ひゆ》の裏に隠された皮肉には傷つけられたが、確かに私は非科学的なことに対しては常に懐疑的だったし、その有り様が「可愛くない」ほど頑《かたく》ななところもあったと思う。

何事も理詰めで考え、不条理なことに直面しても総じて淡々と受け入れていた。感情曲線がさほど大きな波を作らずにいられる人間だった。

だがそんな私が、底知れない怯え、不安、恐怖に包まれながら生きるしかなくなった。生涯、それを引きずっていかねばならなくなった。人に語ったところで、決して信じてもらえない、死の国の闇と共存していく羽目になったのである。

たまたま出会った一人の女友達から、無邪気に、まっすぐに懐かれたせいで。

彼女の唯一の友人は私だったのだ。そのため、彼女は、私が飯沼と夫婦になったことを寿《ことほ》いでくれた。さらに言えば、私たちを守ろうとしてくれた。彼女は私たちに嫉妬《しっと》などひとつもしていなかったのだ。

飯沼が私を悲しませなかったら、こんなことにはならなかった。私も飯沼も、きっと千佳代の庇護《ひご》のもと、(幽霊に守られるというのもおかしな話だが)、生涯、末永く、隠しておくべきことは隠し、そうでないことは存分に語り合い、共に老いていくまでいたわり合いながら暮らしていたに違いない。

千佳代は今も私のそばにいる。浮遊している。声をかければ、すぐさま尾を振って走り寄ってくる、痩《や》せた青白い小犬のように。

思っていたよりも長くなってしまった。以上が私が残したいと考えた記録である。

つけ加えることは何もない。すべてを正直に記した。

この記録が、私の死後も人々の目にふれ、何らかのかたちで役にたてばいいと願っている。

付記

この記録原稿は、パソコンを使い、半年近くかけて書き終えた。すべてプリントアウトし、大きなクリップで三カ所にわたって留めた上で、自宅の机の中央に載せた。それが昨夜のことだ。

十時ごろだったと思う。読み返す気にもならなかった。ひどく疲れていたので、バスタブに湯を張り、時間をかけて入浴した。上がってから、タオルを身体にまきつけたまま、顔に化粧水とクリームを塗った。ドライヤーで髪の毛を手早く乾かした。

頭の中がぼんやりしていた。様々なことを考え、氾濫してやまない記憶を追いかける日々が続いたせいだろう。これ以上、もう、何もできないと思われるほど、心身ともに力尽きている感じがしていた。

早く眠りたかった。したかったのはそれだけだった。私は新しい下着をつけ、洗い立てのパジャマを着て、バスルームを出た。

バスルームの外は暗かった。廊下の電気を消しておいたからだ。

寝室に向かおうとした時である。薄闇に沈んだようになっている廊下に、細長い光の筋が伸びていることに気づいた。

部屋の明かりは消したはずだった。ドアも閉めたつもりでいた。なのに、細く開いたドアの隙間から、室内の飴《あめ》色の明かりがもれていたのだ。

電気を消し忘れるはずはなく、消したのならドアはきちんと閉めるはずだった。私は思わずその場に立ちすくんだ。

そっとドアに近づいた。七畳ほどの洋間。たまに依頼されるイラストの仕事をする時に使うので、アトリエと呼びたいところだが、狭すぎるうえに、乱雑に画集やら文芸書やらが積まれていて、およそアトリエらしくない。

この記録は終始、その部屋の机の上に置いたパソコンのキイボードを叩《たた》いて綴《つづ》ったものだ。窓の外に季節が流れていくのを眺めながら、私は必死になって書き続けた。その間、生活上、必要な相手以外、ほとんど誰とも会わずにいた。

外開きになっている扉のレバーに手をかけた。静かにこちらに引いた。全身の血の気が引いて、心臓が割れんばかりになった、と書きたいところだが、私は冷静でいられた。不思議なほどに。

予期していたのかもしれない。ずっと以前、この記録を書こうと決めた時から、こうなることがわかっていたのかもしれない。

私が愛用している机に向かって、誰かが座っていた。女だった。全身に、ミルク色の煙を思わせる淡いヴェールをまとっているように見えた。

女は、俯《うつむ》き加減になりながら、私が書き上げたばかりの記録を読み耽《ふけ》っていた。これ以上ないほど熱心に。夢中になって。しかもどこか愉《たの》しそうに。

……それが誰であったのか、あえてここに記すまでもないだろう。

解説

東《あづま》えりか

幾年《いくとし》も幾年も前のこと
海の浜辺の王国に
乙女がひとり暮していた、そしてそのひとの名は
アナベル・リー――
そしてこの乙女、その思いはほかになくて
ただひたすら、ぼくを愛し、ぼくに愛されることだった。（後略）

加島祥造《かじましようぞう》編アメリカ詩人選(1)『対訳 ポー詩集』（岩波文庫）

『モルグ街の殺人』や『黄金虫』など、ミステリーティストの強い短篇小説家として世界的に有名なエドガー・アラン・ポーには、もう一つの詩人としての顔があった。小説の高名さに比べ、詩人としては一歩譲る物書きであったが、いくつかの作品はたいへん広くアメリカ人に知られていると、岩波文庫版を翻訳した加島祥造は「はじめに」で紹介している。たとえば「大鴉」や「鐘のさまざま」、そして「アナベル・リー」。

六聯《れん》の詞章として綴《つづ》られた「アナベル・リー（Annabel Lee）」は四十歳で亡くなったポーが生前最後に書いた詩で、抒情詩の傑作として多くのアンソロジーに収められ、日本でもいくつかの翻訳がある。

冒頭の一聯目のあと、物語はこう続く。

——愛を超えて愛し合ったぼくたちは、その愛を羨み、憎んだ天使たちによって引き裂かれ、アナベル・リイは殺されてしまう。だが魂を裂くことはできない。だから彼女の墓所にぼくは夜ごと横たわる——

幻想的で美しい内容であるからか、日本でも大江《おおえ》健三郎《けんざぶろう》『美しいアナベル・リイ』（新潮文庫）をはじめとして、この作品からインスパイアされた小説や漫画が散見される。

そして小池真理子もまた、この美しい詩から想起した幻想怪奇小説を生み出した。文芸評論家の東雅夫《ひがしまさお》のインタビュー（カドブン）では、本格的な幽霊譚を書くきっかけとして憧れの作品であるスーザン・ヒル『黒衣の女』を挙げ、「アナベル・リイ」の深淵な闇のなかに落ちていくような独特な言葉選びに惹《ひ》かれて、この物語を作り上げたと明かしている。

とうに還暦を過ぎた久保田悦子《くぼたえつこ》の回顧録として、物語は進んでいく。ものごとを合理的に解釈しようとする「女の軍人」と揶揄《やゆ》されるような現実主義者である悦子が、四十年以上悩まされた怪奇現象は何であったのか。

私は、悦子を慕う「千佳代《ちかよ》」という女性に、最初は疑問を、そして嫌悪を、その後、困惑と動揺と、最後に恐怖を抱いた。なぜ、そんな行動をとるのか、何が起こっているのか、わが身に何が起こるのか。先が見えず、わからないまま事が進んでいくことが一番怖い。

始まりは一九七八年。奔放な両親が留学してしまい、資産家の祖父が建てた家にひとり残された悦子は西荻窪にある「とみなが」というバーでアルバイトを始めた。芸術家くずれで繁盛するその店で、悦子はオーナーの富永《とみなが》多恵子《たえこ》に気に入られ仕事を楽しんでいた。

多恵子が密かに慕う人気フリーライターの飯沼一也《いいぬまかずや》に連れられて、駆け出しの女優である杉千佳代が「とみなが」に現れたのは、悦子の26歳の誕生日であった。

アングラ劇団の新人女優である千佳代は、新作『アナベル・リイ』で病気になった主役の代役に抜擢《ばってき》された。だが評判はさんざん、失意にあった千佳代と、彼女を慰めていた飯沼は恋に落ち、入籍した。

ほぼ同時期、千佳代は同い年の悦子へひた向きな信頼を寄せはじめる。

——ねえ、えっちゃん。えっちゃんてば。えっちゃん、えっちゃん、話を聞いて。えっちゃんは私のたった一人の友達なのよ。本当よ。世界中でえっちゃんだけ。他に誰もいないのよ……——

だがある日「とみなが」で倒れた千佳代は急死する。お骨は郷里である島根の墓所に葬られた。東京に出て憧れのアングラ劇団に入り、女優を夢見ていたのに、さびしい山の中に戻され埋められた。新婚の飯沼は手元にはわずかな遺骨を残すことさえできなかったのだ。

悦子はそんな飯沼に腹を立てていた。それは彼への思いを封印するためでもあった。

それから三か月。「とみなが」に千佳代が姿をみせた。最初はママの多恵子ひとりに見えるだけだったのに、やがて悦子の前にも現れる。極めつけの合理主義者である悦子にも見えたのだ。なのに飯沼の前には出てこない。

怪異現象は思いもかけない時と場所にやってきて、不幸はなぜか連続する。それは千佳代が起こしたことなのか、目の前に〝いる〟のは本当に千佳代なのか。

恐怖が引き金となって、飯沼と悦子は結ばれた。と同時に千佳代の姿も消えた……、はずだった。

先に紹介したインタビューのなかで、東雅夫は本書の魅力をこう語る。

――〝特に理由がないのに〟（ひたひたと怖い）というのが重要ですね。（中略）死んだ彼女が何をどうしたいか、読めば読むほどわからなくなっていく怖さがある――

「小池さんにとってホラー小説／怪奇小説とは？」という質問には「趣味です」と答えるという。いかに恐怖を美しく描くかが作家の腕の見せ所であり醍醐味だと言い切る小池真理子の真骨頂と言える作品だと思う。

だが『アナベル・リイ』が誕生するまで、小池真理子の私生活は大きく揺れていた。

「小説 野性時代」の連載が始まった二〇二〇年一月、夫で小説家の藤田宜永氏ががんで亡くなったのだ。本書は看護期間に構想が練られ、書き始められていた。二〇二二年「ダ・ヴィンチ」九月号で門賀美央子のインタビューを受けてこう語っている。

――「野性時代」で連載をというお話をいただいた頃、夫の藤田宜永の肺に癌がみつかりました。2019年暮れ、第1回の原稿をお渡しした頃には、すでに希望の光が消えるような状態になっていました――

恋愛小説やサスペンスを書く気分にはなれなかったが、幻想怪奇小説なら現実の諸問題から遠く離れることができる。そうして始まった連載は、藤田氏の逝去で一時休載を余儀なくされた。気を取り直して何とか再開した後も、かつての精神状態とは違う次元に入ってしまったというのだ。

私は単行本刊行時に本書を読んでいる。ちょうど、伴侶を喪失した哀しみとその後の生活を綴ったエッセイ『月夜の森の梟』（朝日新聞出版　後に朝日文庫）が大評判を取っていた時期に重なる。

藤田氏とはお酒を飲んだりお喋りしたりしたことが何度かある。とても楽しい方だった。さらに新聞連載中から『月夜の森の梟』を読んで、かけがえのない伴侶を亡くすことがどれだけ苦しいことかと、ただ慮っていた。

本書の終盤で、見えざる手が悦子を心配し助けるように起こる事件は、生者だけでなく死者にも愛しい人を思う気持ちがあることを描いていると理解した。ただその時は、生と死の距離にまったく実感はなかった。

ここからは私の個人的な話になる。

単行本刊行の二か月後、私の夫がスポーツクラブで倒れた。原因不明のまま衰弱していき、特殊ながんだと判明したときはすでに手遅れで、そこから一か月しかもたなかった。

この間、私の心は錯乱の極みにあった。なんとか外には平静を取り繕い、彼の死の二か月後には仕事に復帰した。

六月の新聞書評で小池さんの『日暮れのあと』(文藝春秋)を取り上げたのは偶然だ。生と性、そして死の存在を自然の移ろいに仮託して身近に描く短編集は心にしみた。

書評が出た直後、思いがけなくも小池さんから連絡を頂戴した。共通の知人編集者から私のことを聞いたと心配してくださる手紙を読んで、私は矢も盾も堪《たま》らずお会いしに行き、胸の内を語っていた。

「ちょうど三年前の私を見るようよ」と静かに話を聞き、泣きたいだけ泣くのにまかせてくれたことを私は一生忘れないだろう。代えがたい人生の先輩を得たと思った瞬間だった。

文庫解説で読み返した『アナベル・リイ』の千佳代は、私にとって遠い架空の存在では無くなった。もしもこのあと小池さんに不都合な出来事が起こったら、どんなことであっても私は小池さんを見守り、味方になるだろう。迷惑? そんなことは関係ない。

本書は、二〇二二年七月に小社より刊行された
単行本を加筆修正のうえ、文庫化したものです。

アナベル・リイ

小《こ》池《いけ》真《ま》理《り》子《こ》

角川ホラー文庫　24380

令和６年10月25日　初版発行

発行者――山下直久
発　行――株式会社KADOKAWA
〒102-8177　東京都千代田区富士見2-13-3
電話 0570-002-301（ナビダイヤル）
印刷所――株式会社暁印刷
製本所――本間製本株式会社
装幀者――田島照久

●お問い合わせ
https://www.kadokawa.co.jp/（「お問い合わせ」へお進みください）
※内容によっては、お答えできない場合があります。
※サポートは日本国内のみとさせていただきます。
※Japanese text only

◇◇◇

ISBN978-4-04-114868-6　C0193
JASRAC 出 2407011-401

角川文庫発刊に際して

角川源義

第二次世界大戦の敗北は、軍事力の敗北であった以上に、私たちの若い文化力の敗退であった。私たちの文化が戦争に対して如何に無力であり、単なるあだ花に過ぎなかったかを、私たちは身を以て体験し痛感した。西洋近代文化の摂取にとって、明治以後八十年の歳月は決して短かすぎたとは言えない。にもかかわらず、近代文化の伝統を確立し、自由な批判と柔軟な良識に富む文化層として自らを形成することに私たちは失敗して来た。そしてこれは、各層への文化の普及滲透を任務とする出版人の責任でもあった。

一九四五年以来、私たちは再び振出しに戻り、第一歩から踏み出すことを余儀なくされた。これは大きな不幸ではあるが、反面、これまでの混沌・未熟・歪曲の中にあった我が国の文化に秩序と確たる基礎を齎らすためには絶好の機会でもある。角川書店は、このような祖国の文化的危機にあたり、微力をも顧みず再建の礎石たるべき抱負と決意とをもって出発したが、ここに創立以来の念願を果すべく角川文庫を発刊する。これまで刊行されたあらゆる全集叢書文庫類の長所と短所とを検討し、古今東西の不朽の典籍を、良心的編集のもとに、廉価に、そして書架にふさわしい美本として、多くのひとびとに提供しようとする。しかし私たちは徒らに百科全書的な知識のジレッタントを作ることを目的とせず、あくまで祖国の文化に秩序と再建への道を示し、この文庫を角川書店の栄ある事業として、今後永久に継続発展せしめ、学芸と教養との殿堂として大成せんことを期したい。多くの読書子の愛情ある忠言と支持とによって、この希望と抱負とを完遂せしめられんことを願う。

一九四九年五月三日

ISBN 978-4-04-149411-0

青い夜の底

小池真理子怪奇幻想傑作選2

小池真理子

あなたのそばに、寄り添うものは──。

互いが互いに溺れる日々を送っていた男と女。だが突然、女との連絡が途絶えた。シナリオライターとしての仕事にも行き詰まり、苦悩する男が路上で出会ったのは…(「青い夜の底」)。死んだ水原が、今夜もまた訪ねてきた。恐れる妻を説得し旧友をもてなすが… (「親友」)。本書のために書き下ろされた表題作を含む全8編。異界のもの、異形のものとの、どこか懐かしく甘やかな交流を綴る怪奇幻想傑作選、第2弾。解説・新保博久

角川ホラー文庫

ISBN 978-4-04-100035-9

異形のものたち

小池真理子

甘く冷たい、恐怖と戦慄──。

母親の遺品整理のため田舎を訪れた男が、農道ですれ違った般若の面をつけた女──記憶と時間が不穏に交錯する「面」。離婚で疲弊した女が、郊外の町で見つけた古風な歯科医院、そこに隠された禁忌が鬼気迫る「日影歯科医院」。山奥に佇む山荘の地下室に蠢く“何か”と、興味本位の闖入者を襲う不条理な怪異に震撼する「山荘奇譚」など、生と死のあわいの世界を描く6篇。読む者を甘美な恐怖と戦慄へと誘う、幻想怪奇小説集。

角川ホラー文庫

ISBN 978-4-04-109114-2

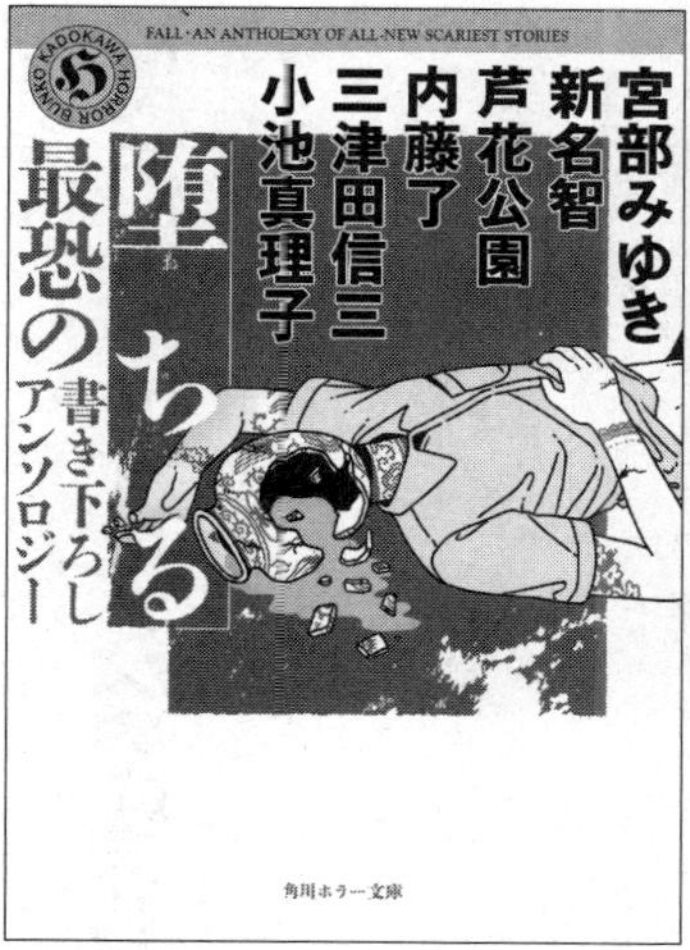

堕ちる
最恐の書き下ろしアンソロジー

宮部みゆき　新名 智　芦花公園　内藤 了
三津田信三　小池真理子

伝統と革新が織りなす、究極のアンソロジー！

あらゆるホラージャンルにおける最高級の恐怖を詰め込んだ、豪華アンソロジーがついに誕生。宮部みゆき×切ない現代ゴーストストーリー、新名智×読者が結末を見つける体験型ファンタジー。芦花公園×河童が与える3つの試練の結末、内藤了×呪われた家、三津田信三の作家怪談、小池真理子の真髄、恐怖が入り混じる幻想譚。全てが本書のために書き下ろされた、完全新作！　ホラー小説の醍醐味を味わうなら、まずはここから！

角川ホラー文庫

ISBN 978-4-04-114077-2

犯罪乱歩幻想

三津田信三

原典を凌駕する恐怖と驚き!

ミステリ&ホラー界の鬼才が、満を持して乱歩の世界に挑む！　鬱屈とした男性が、引っ越し先で気づく異変が不穏さを増していく「屋根裏の同居者」。都内某所に存在する、猟奇趣味を語り合う秘密倶楽部の謎に迫る「赤過ぎる部屋」。汽車に同乗した老人が語る鏡にまつわる奇妙な話と、その奥に潜む真相に震撼する「魔鏡と旅する男」など５篇と、『リング』と「ウルトラＱ」へのトリビュートを収録。恐怖と偏愛に満ちた珠玉の短篇集。

角川ホラー文庫

ISBN 978-4-04-111063-8

子狐たちの災園

三津田信三

奇妙な“廻り家”で起きる怪異

6歳の奈津江は、優しい両親を立て続けに喪い、彼らが実の親ではなかったという衝撃の事実を知る。ひとりぼっちの彼女は、実父が経営する子供のための施設“祭園”に引き取られることになった。鬱蒼とした森に囲まれた施設には、“廻り家”という奇妙な祈禱所があり、不気味な噂が囁かれていた。その夜から、次々に不可解な出来事が起こりはじめる――狐使いの家系に隠された禍々しい秘密と怪異を描く、驚愕のホラー・ミステリ！

逢《あ》魔《ま》宿り

三津田信三

怪異と謎解きの驚異の融合!

結界が張られた山奥の家で、７つの規則を守り“おこもり”した少年が遭遇した奇妙な出来事が恐ろしい「お籠《こも》りの家」。物静かな生徒の絵が暗示する凶事に気づいた教師の記録と、それが指し示す真実に震撼する「予告画」。法事に訪れた田舎の旧家で、蔵の２階に蠢く“何か”を連れてきてしまった大学生の告白が不安を招く「よびにくるもの」など全５話を収録。怪異と謎解きの美しき融合に驚嘆する、三津田ワールドの粋を極めた最恐短編集。

角川ホラー文庫

ISBN 978-4-04-112338-6